M

Adrià Aguacil

Armarios y barricadas

montena

Papel certificado por el Forest Stewardship Council®

Primera edición: marzo de 2023

© 2023, Adrià Aguacil
© 2023, Penguin Random House Grupo Editorial, S.A.U.
Travessera de Gràcia, 47-49. 08021 Barcelona

Printed in Spain – Impreso en España

ISBN: 978-84-18949-93-7
Depósito legal: B-858-2023

Compuesto en Compaginem Llibres, S. L.
Impreso en Liberdúplex, S. L.
Sant Llorenç d'Hortons (Barcelona)

GT 4 9 9 3 7

Andreu, te he buscado en cada línea de este libro. Caminando a ciegas con las palabras. Espero que te encuentres y te leas

«Lo mejor de ese museo era que todo estaba siempre en el mismo sitio. [...] Nada era diferente. Lo único diferente eras tú. [...] Ciertas cosas deberían seguir siendo como son. Deberías poder meterlas en una de esas vitrinas de cristal y dejarlas en paz. Sé que es imposible, pero de todos modos es una pena».

J. D. SALINGER,
El guardián entre el centeno
(trad. C. Criado)

«El mundo está mayormente dividido entre los locos que recuerdan y los locos que olvidan. Los héroes son raros».

J. BALDWIN,
La habitación de Giovanni
(trad. E. Neyra)

1

Salir de casa siempre me lleva más tiempo del que me gustaría y, al
final, llego tarde a todas partes. Fabre —si sois un poco intensos podéis llamarlo «mi mejor amigo»—, en cambio, es un puto reloj. Claro que el muy cabrón no sigue el mismo ritual que yo antes de ir a los
sitios. No se entretiene colocándose bien el pelo frente al espejo (con
los dedos, eh, que yo no cojo un peine desde hace años). No com-
prueba si le han aparecido nuevos granos. Es tan afortunado que
nunca le salen. Tampoco se plantea si debe afeitarse el bigote, ni se
fija en si se le marca lo suficiente la mandíbula para que alguien lo
note y piense: «Joder, qué sexy». En realidad, se llama Marc Fàbrega,
pero todos lo conocemos como Fabre.

A mí solo me crecen unos pelitos asquerosos en la barbilla y algo
de vello bajo la nariz. Él tiene barba de tío mayor: gruesa y seria. Por
eso, cuando lo vemos, todos pensamos: «Joder, qué sexy». Además, el
hijoputa está esculpido a base de jugar al fútbol, entrenar en el gimnasio y esas cosas. A mí el fútbol nunca me ha gustado y las dos veces
que he pisado el gimnasio me he aburrido tanto como cuando mi
madre me obligó a ir a ver una ópera infumable. El gimnasio, mira,
sirve para tener tableta, bíceps, pectorales y todo eso. Pero ¿hay alguien en el mundo a quien *realmente* le guste la ópera? Porque me
pareció que todos los del público eran esnobs haciendo postureo

—mi madre incluida— y que tenían que esforzarse muchísimo para no sobarse.

La noche del Gran Golpe seguí el típico ritual: me miré en el espejo del baño, tensando las cejas y apretando la mandíbula. Me pasé los dedos por el pelo alborotado para que los rizos me cayeran sobre la frente y se me vieran bien los lados rapados. Tengo dieciséis años —los cumplí en enero—, pero todo el mundo me echa dieciocho. Por eso me suelen vender tabaco y alcohol sin pedirme el DNI. Sin embargo, como estoy tan delgado, a veces la mayoría de edad y la pose de sobrado no cuelan. En estos casos no me venden nada y tenemos que pedirle al hermano mayor de algún amigo que visite el súper.

A las doce y media bajé de puntillas a la planta inferior. Mis padres estaban en el comedor. Como creían que yo ya dormía, habían cerrado la puerta. Miré con el rabillo del ojo por uno de los cristales y los vi apalancados en el sofá, ante un documental aburridísimo. La luz del televisor se les reflejaba en la cara cansada.

Salí de casa a lo ninja silencioso. Joan, mi hermano, todavía no había vuelto. Ni idea de por dónde andaba. Ya tiene veinte años y nunca sé lo que hace. Quizá había ido a algún sitio con la novia. De todas formas, si me lo encontraba subiendo la calle, no me preguntaría adónde me dirigía ni les diría a papá y a mamá que me había visto. El muy imbécil me ignoraría, como si fuera hijo único. Lo que hace siempre.

Estábamos a mediados de marzo. Se acercaba la primavera, pero por la noche la rasca de invierno todavía me helaba los huevos. Me puse la capucha de la sudadera, chascando la lengua y cagándome en la puta por no llevar abrigo. No es que me lo hubiese olvidado. Me había dado pereza cogerlo y punto. Al doblar la esquina, me crucé con un tío de hombros anchos que me sacaba media cabeza. Los dos nos aguantamos la mirada y él fue el primero en apartarla. ¿Sabéis por qué? Muy sencillo: no llevaba capucha. No imponía.

Las calles silenciosas y deprimidas se me hacían pesadísimas. Perdí dos maravillosos minutos conectando los auriculares al móvil, poniéndomelos y buscando una canción en Spotify que me apeteciera escuchar. Tras repasar mi lista principal, que mi yo idiota y cursi de dos años atrás había titulado «eDgY-BoY», opté por una pieza exquisita de reguetón clásico. Sí, era consciente de que escupía machismo por todos lados. Laura —si sois un poco intensos podéis llamarla «mi mejor amiga»— me echa la bronca cuando pongo alguna así. A ella le va el reguetón feminista. Hasta hace poco yo no sabía ni que existía. Había añadido canciones de ese estilo a la lista. Molaban bastante. Pero entonces no me apetecía escucharlas porque las cantantes vocalizan, las entiendo y lo que dicen me hace pensar demasiado. Los retrasados del reguetón tradicional, en cambio, hablan como bebés colocados y es imposible pillar nada. Entonces no quería pensar ni rayarme ni deprimirme. Pensar por la noche me provoca dolor de cabeza e insomnio, y no se me pasa hasta que no le doy un par caladas a un porro.

Vivo en la ciudad de Sabadell, justo donde se termina el barrio de Gracia, en una de las casas que dan a la Gran Vía. No os imaginéis la zona de Gracia y la Gran Vía sabadellenses tan pijas como las de Barcelona. Son todo lo contrario: obreras y cero pretenciosas.

No tardé demasiado en llegar a la plaza del Trabajo. Allí me esperaba Fabre. Era la única presencia humana: ya hacía rato que las viejas que paseaban al perro y los flipados que jugaban a baloncesto se habían encerrado en la cueva. Estaba sentado en uno de los bancos, con las rodillas separadas y un brazo sobre el respaldo. Tenía un piti de liar en la boca y el ceño fruncido. Me guardé los auriculares, me bajé la capucha y fui hacia él.

Llevaba la clásica cazadora —que siempre despide olor a tabaco— y el pelo empapado y revuelto, como si se lo hubiera secado con una toalla un segundo antes de salir. Y se había afeitado de una puta vez. El muy flipado es socio del Gimnasio 24/7 de la avenida Barberá. Habría ido a entrenar por la noche y se habría duchado allí mismo. A veces parece que haya salido de aquella peli musical de los ochenta: *Grease*. Las cazadoras vintage me gustan, lo reconozco. Pero, joder, igual que Holden Caulfield no aguanta el cine en general, yo odio a muerte los musicales. Nada me saca más de quicio que los momentos en que, en mitad de una peli, los actores se ponen a cantar y bailar. Le quitan la credibilidad a la historia. La hacen saltar por los aires. Tengo que reprimir las ganas de levantarme y gritar: «¡Cerrad la puta boca, imbéciles!». En el teatro también se representan musicales y todo eso, lo sé, pero yo no piso mucho el teatro. Hace un año y pico de la última vez que me senté en platea. Fuimos a ver *Els pastorets*, porque actuaba mi prima, una esnob insoportable, para variar. Me dormí a los diez minutos.

—Hola, capullo —me dijo Fabre, dándome la mano de la manera menos sentimental posible. Desde los trece años que me saluda con un «Hola, capullo». Todavía me suena raro—. Bro, ¿has visto la hora que es? ¿O me dirás que eres de letras y que no distingues un número de otro? Habíamos quedado a y veinte y ya es casi la una...

—Dame las gracias —le respondí—. Podría haber llegado a las dos.

—Qué hijoputa.

—¿Me das un calo? —le pedí. No sé cómo aguanta el gimnasio y el fútbol fumando tanto.

—Solo uno, ¿eh? Que eres un puto rata y siempre me birlas el tabaco.

Me pasó el piti perfilando una sonrisa. Ya casi se había consumido y me tragué el humo que picaba más. Tuve que disimular para que no se me notaran las ganas de toser y correr a la fuente. No hay nada tan humillante como eso, y más delante de Fabre. Le devolví la colilla, que me agonizaba entre los dedos, por si quería apurarla, pero la tiró haciendo una mueca.

Nos dirigimos al Pau Vila, nuestro instituto. Metí las manos en los bolsillos: me sentía rarito moviendo tanto los brazos al caminar. A veces tengo la sensación de que los balanceo demasiado y me da miedo parecer Miss Universo desfilando por Sabadell.

Rocho —Rocío, en realidad— nos esperaba frente al bar 9Kim, a pocas calles del insti. Se había puesto el eyeliner y se había pintado un lunar sobre el labio.

—Jambo, ¿por qué habéis tardado tanto? ¿Os la estabais mamando por ahí detrás o qué?

Fabre me dio una colleja imprevista. Joder, me reventaba que lo hiciera. Le habría arreado cuatro hostias en la cara, para devolvérsela. Pero no era el momento.

—Es culpa suya —dijo—. Es un puto tardón.

Rocho está en cuarto de la ESO, como nosotros, pero tiene un año más. La muy pringada repitió primero. Es la choni más temida del curso. En segundo le pilló una rabieta con el profe de mates, que la había suspendido. Le gritó: «Me comerás el chocho como me llamo Rocho, gilipollas. ¿Para qué necesito estudiar mates, si ya tengo calculadora en el móvil?» y luego rompió una ventana del aula de un puñetazo. Se hizo mogollón de cortes, empezó a sangrar como un cerdo y vino una ambulancia a llevársela. «¡Toma, me saltaré mates y catalán!», exclamaba, pletórica, mientras salía de clase con el brazo chorreando sangre. Igualmente tuvo que hacer la recu de mates después de Navidad.

Me cae bien, pero tampoco me llevo demasiado con ella. Es mejor así: si os juntáis mucho, un día la cagarás, se enfadará contigo y entonces ya puedes darte por muerto. Obviamente, no todas las chonis son tan chungas. Algunas son empollonas integrales, incluso repelentes, y nunca llegan a las manos con nadie. Rocho, en cambio, celebra la fiesta de los guantazos con la peña que la putea. Una vez se pegó en la plaza del Trabajo con Berta, una falsa de un curso superior que la llamaba putón verbenero a sus espaldas. Toda la panda del Pau Vila fuimos a verlo, gritando eufóricos como si estuviéramos en el circo. Al final vinieron los padres de Berta y le dijeron a Rocho que la denunciarían y que acabaría en un centro de menores. Se llevaron a Berta *a rastras*, que, con la boca ensangrentada, no dejaba de rugir: «¡Te mataré, zorra!». No sé si al final pusieron la denuncia. A Rocho nunca la han mandado a un centro de menores. Y a Berta la terminaron apuntando a La Vall, un cole privado y religioso solo de tías.

Además, Rocho sale con Gabriel Hernández, el Gabri, el cani más chungo de todos los tiempos. Los rumores dicen que está metido en una banda rara. Había ido al Pau Vila: empezó cuarto de la ESO cuando yo entré en primero. No acabó el curso: lo expulsaron en el primer trimestre por insultar y amenazar de muerte al director. Y le felicito, la verdad. Ese señor es un cabrón. Incluso los demás profes lo piensan. El día que el Gabri salió del insti para no volver jamás, se habrían asomado a la ventana y le habrían aplaudido con lágrimas en los ojos, si con ello no se estuvieran jugando el puesto de trabajo. Seguro.

Aunque hayan pasado unos años, las leyendas sobre el Gabri siguen circulando frescas por las aulas. Todos sabemos que vive en el sur de Sabadell y que si te lo encuentras por una calle solitaria y no eres su amigo ya puedes echar a correr. De hecho, a los doce años me atracó apuntándome con una navaja oxidada. «Dame el móvil». Chaval, ¡no veas qué miedo! Le di el Samsung sin dudarlo. Estaba tan cagado que a mis padres les dije que lo había perdido. Me cayó la bronca del siglo —y tardaron meses en comprarme otro—, pero prefería eso a que denunciaran al Gabri o algo por el estilo y que al día siguiente se me plantara un ejército de canis delante de casa.

Obviamente, no todos los canis son así. Christian, de la clase del A, referente MDLR, está obsesionado con sacar sobresalientes en todas las asignaturas y escucha canciones de rap muy profundas que ponen a parir el capitalismo.

Rocho también atraca. Pero solo a niños pijos y ricos del centro y por buenas razones: comprar los libros del insti —luego los pierde o ni se los mira, pero es obligatorio tenerlos—, ropa, billetes de bus, juguetes para sus hermanos pequeños y cosas así. Es una especie de Robin Hood choni. Su familia cree que la pasta la gana dando clases de repaso.

Animalitos.

Llegamos al Pau Vila, que más que un instituto parece una cárcel. Paredes frías, ventanas con barrotes —para que los alumnos y los profesores no se suiciden— y suelo sucio y pegajoso, como si fuera imposible eliminar la mierda por mucho que frieguen. Saltamos la verja que da al patio y nos plantamos ante la puerta del edificio más grande, donde están la conserjería, los departamentos de los profes y algunas aulas, entre ellas la nuestra.

Fabre iba diciendo que el Gran Golpe se nos había ocurrido *a los dos*. Y una polla. Fue idea mía. Él es el más guapo, sí, pero yo soy el que tiene imaginación. Cuando se lo contamos a Rocho, no tardó ni dos segundos en apuntarse. La necesitábamos: es una crac forzando cerraduras. De vez en cuando roba libros y sudaderas de las taquillas, y un día se coló en la sala de los ordenadores para llevarse unos cuantos portátiles. Los vendió por internet y ganó un pastizal. Nunca la pillaron y pasaron meses antes de que los profes se dieran cuenta de que los ordenadores habían desaparecido. Y después dicen que nosotros somos los inútiles...

Con un destornillador, Rocho logró forzar la puerta. El insti es superviejo; lo construyeron en los años cincuenta y aún no lo han reformado. No tiene ni cámaras ni alarma. Pasa perfectamente por un edificio en ruinas de peli de terror. Mientras en los coles pijos y concertados del centro trabajan con pizarras digitales, allí todavía dan clase con esas pizarras verdes de la prehistoria. Cuando alguien escribe en ellas, se oye un chirrido horroroso que da ganas de saltar por la ventana.

Entramos con las linternas del móvil encendidas, sintiéndonos dioses. Mientras pasábamos por delante del despacho del director, Fabre pegó una patada rabiosa a la puerta, que no se rompió por poco, y le tiró un gapo ruidoso.

—Ten cuidado, imbécil —le espetó Rocho—. No es plan de que destroces el instituto. Puta testosterona...

—¿Qué más te da? Este sitio está en la mierda. Ni se va a notar.

Más adelante estaba la conserjería. Rocho forzó la puerta y cogió del armario las llaves de los departamentos de catalán y de química. Llevaban las etiquetas «Cat» y «Qui».

—¿En serio necesitamos las llaves? —le pregunté, entrando en la conserjería—. ¿No puedes forzar los cerrojos y punto?

Rocho me puso el destornillador ante los ojos.

—Estos trastos no son perfectos como los de las pelis. Pueden atascarse en la cerradura, romperse y quedarse ahí. Y entonces sabrán que hemos entrado. Cuanto menos los utilicemos, mejor.

—Vale, vale, James Bond. Chill.

Rocho salió al pasillo. Me quedé mirando las llaves del armario. Se me acababa de ocurrir una idea superoriginal. Cogí la que tenía la etiqueta «Aula 4.º ESO B» y me la guardé en el bolsillo.

El segundo piso es el de los departamentos. Primero entramos en el de química. En realidad, nosotros hacemos física y química, los dos zurullos unidos en un pack delicioso. El profe se llama Elio, como el elemento y el gas. Aún no me ha perdonado que, a principio de curso, mientras recitábamos todos juntos la tabla periódica, me partiera el culo al llegar al «He», o sea que nunca me pone más de un seis en los exámenes.

Nos repartimos las tareas: Rocho miró en los cajones, yo en la mesa y Fabre en la estantería. Fue ella quien encontró las fotocopias del examen del día siguiente, que correspondía al cincuenta por ciento de la nota del segundo trimestre, junto con el solucionario. Lo colocó todo sobre la mesa, meneando las caderas como siempre que escucha música. Tomó fotos y las envió por el grupo de WhatsApp de 4.º B.

—Nos adorarán —dije, mientras veía que los de la clase ya respondían a los mensajes, alucinando. Absolutamente nadie en toda la ESO tiene ganas de estudiar para los exámenes. A algunos les gusta más o menos aprender, pero todo el mundo odia pasarse la tarde empollando.

Tras dejar la sala tal y como la habíamos encontrado, proseguimos con la segunda fase del Golpe: el departamento de catalán. Nuestra tutora, Montse, nos da clase de Lengua y Literatura Catalanas. La cabrona nos había puesto el examen trimestral el mismo día en que teníamos el de química. Le habíamos pedido «por activa y por pasiva» —como decía ella, con ese tonillo repelente— que nos lo aplazara, pero nada. Nos respondía que teníamos que ser previsores y haber empezado a estudiar un mes atrás. ¡UN PUTO MES! Claro, porque en las tardes libres lo primero que se nos ocurre hacer es estudiar el sintagma verbal y el complemento directo de los huevos.

Las fotocopias de los exámenes estaban justo encima de la mesa. Rocho se apresuró a mandar las fotos. No había solucionario, pero seguro que Rihab, la más lista de la clase, el banco de apuntes que siempre nos salva el culo, podía pasarnos las respuestas en media hora.

Cerramos la puerta del departamento con llave y volvimos al piso de abajo. Antes de devolver el material a la conserjería, entré en nuestra aula. Tenía que aprovechar la oportunidad para dejarle un regalito a la tutora. «MONTSE, HIJA DE PUTA 😀», escribí en la pizarra prehistórica.

A ver, no era tan mala tía, pero sus clases me aburrían muchísimo. Y puntuaba superbajo. En el último trimestre de tercero me envió a la recu de catalán, porque de media me quedaba un 4,7 y no le daba la gana de ponerme el cinco. Eran unos meses muy jodidos y sudé completamente de la asignatura, pero tío, un 4,7... Cuando fui a suplicarle el cinco, me soltó: «Óscar, eres inteligente y puedes dar más. La recuperación servirá para que te esfuerces». Los plastas de los profes repiten todo el rato lo de «pUeDes dAr mÁs...». Ya, ¿y qué? ¿Y si no me apetece? ¿Y si no estoy en un buen momento para hacerles el trabajo tal y como ellos lo quieren? ¡Que nos dejen vivir, hostia!

Montse, además, me tenía manía porque mascaba chicle en clase y eso la sacaba de quicio. Me obligó a dejar de hacerlo. ¿Qué coño? Puedes ponerte de los nervios cuando tienes que estudiar treinta mil dosieres, cuando te toca ver una basura de musical, cuando tus padres discuten y se insultan a gritos con tu hermano a las tantas de la madrugada, o cuando te sientas al lado de tu mejor amigo, empezáis a hablar de pibas y, entonces, te das cuenta de que la conversación te importa una mierda y de que te mueres de ganas de comerle la boca. Pero ¿el chicle? ¿Qué daño le había hecho? Yo siempre lo tiraba a la papelera, nunca lo pegaba debajo de la mesa, porque encontrar chicles ahí me provoca náuseas. Dicen que la edad te pudre el cerebro. Montse, que ya rozaba los cincuenta, era un buen ejemplo de ello.

Cuando encontrara mi nota de amor en la pizarra, pensaría que era obra del último alumno que había salido del aula al mediodía, y que el personal de la limpieza se había olvidado de borrarla. Nunca borran nada. Cuando dibujamos macropollas, se quedan allí todo el fin de semana. No sé si es porque apenas hay borradores en el insti o porque no limpian nada en general.

Devolvimos las tres llaves a su sitio y Rocho cerró la puerta de la conserjería con el destornillador. Entonces, unas luces azules nos iluminaron desde unas ventanas que daban a la calle.

—Mierda, la pasma... —dijo Fabre.

Echamos a correr por el pasillo. Salimos por la puerta que Rocho había forzado, la que llevaba al patio, y sin cerrarla ni nada saltamos la verja para aterrizar en la acera. De repente, un coche patrulla dobló la esquina y se detuvo delante de nosotros. Dimos media vuelta y seguimos corriendo, pero en la otra esquina nos esperaban tres agentes.

El Gran Golpe fracasó a medias. Un vecino —probablemente un viejo aburrido que, por desgracia, aún conservaba la vista y el oído— había escuchado ruidos en el instituto, había descubierto la luz de las linternas en las ventanas y había llamado a la policía.

El cabronazo debía de estar amargadísimo. Tendría disfunción eréctil y se tomaría viagras como si fueran Sugus, a ver si eso se la levantaba. O quizá tenía cáncer de próstata, se meaba encima cada cinco minutos y llevaba pañales. Quizá vivía solo y no lo quería nadie, de modo que los únicos que lo visitaban eran los testigos de Jehová haciendo propaganda. Quizá no se acordaba ni de su nombre, y lo único que le quedaba en la memoria era el número de la poli. Quizá los maderos eran los únicos que le cogían el teléfono. En definitiva, debía de estar tan amargado que lo único que lo entretenía era amargarnos la vida a nosotros. En el fondo me daba pena. Tenía que ser deprimente dedicarse solo a joder a adolescentes. En verdad tenía mucho en común con Montse y Elio...

Los agentes nos pidieron el DNI, nos preguntaron qué gilipolleces hacíamos por allí y todo eso. Rocho y Fabre se quedaron en blanco, petrificados. Tal y como ya os he dicho, por suerte o por desgracia he sido bendecido con el don de la imaginación.

Con voz de corderito, les conté que nos aburríamos y que queríamos vengarnos de la tutora, que nos había suspendido a los tres.

—Hemos venido a escribirle una... nota... en la pizarra de la clase. Si entráis, la veréis.

Eso era mejor que confesar que habíamos tomado fotos de los exámenes. A nosotros nos detendrían y ya podíamos olvidarnos de aprobar el trimestre. De hecho, podíamos despedirnos de la vida, porque nuestros padres nos matarían. Pero al resto de los compañeros les acabábamos de regalar dos sobresalientes.

2

Gente, os voy a ser sincero: me dio subidón que los polis nos obligaran a entrar en el coche patrulla. «Venga, chaval, pa dentro». Incluso me puse un poco cachondo. Soy muy ACAB hasta que la porra se me despierta, si sabéis lo que quiero decir. Las luces brillaban, intermitentes, como los focos de una discoteca. Habría sido la polla que nos esposaran y todo eso. Como en las pelis. Pero no lo hicieron. Mientras nos llevaban a comisaría, Fabre, que se sentaba en medio, enterraba la cara entre las manos. Le temblaba la pierna derecha. Rocho, aburrida, apoyaba la cabeza contra la ventanilla.

En comisaría, una poli borde que tenía pinta de odiar su trabajo anotó nuestros datos. Ya les habíamos dado el DNI, pero aun así lo hizo. Luego nos preguntó por qué habíamos entrado en el instituto. Le conté lo mismo que a los otros y lo tecleó en el ordenador sin mucho entusiasmo. Con una voz oxidada que sonaba a «los cigarros que me fumo al día superan los vasos de agua que tomo» nos dijo que, como éramos menores, no iríamos ni a juicio ni a prisión ni nada de eso. Pero que ese «delito tan grave» quedaría registrado en nuestro expediente y nos pasaría factura si seguíamos igual después de los dieciocho. Obviamente, no nos íbamos a escapar de la dura sanción del instituto, porque hablarían con dirección. Al final señaló una puerta medio abierta del pasillo. Nos indicó que aguardásemos allí dentro, que llamarían a nuestros padres y que pronto vendrían a recogernos.

La salita estaba llena de sillas y en las paredes relucían pósteres que animaban a los jóvenes a no drogarse. «Lo que fumas hoy te quemará mañana», «Los amigos que te ofrecen caladas no irán a cuidarte al hospital cuando sea demasiado tarde», «Tú no consumes drogas: las drogas te consumen a ti». Allí había algún poli con madera de poeta. Me habría gustado conocerlo. Aunque tenía que aguantarme la risa. Era surrealista que fuera precisamente la pasma la encargada de decirnos que no nos metiéramos farlopa, ¿verdad?

Fabre se sentaba con la cabeza gacha.

—¿Qué coño te pasa? —le preguntó Rocho—. Parece que vayan a encerrarte treinta años en el trullo. Tranqui. Solo estaremos una hora en el cuartelillo. No se acaba el mundo...

El tío es una drama queen. Cuando juega al fútbol, increpa al árbitro a lo macho alfa, y luego, si un jugador del equipo contrario le roza la pierna con el pie, se tira al suelo gimiendo que casi le rompen el hueso.

—Joder, no conoces a mis padres —le replicó a Rocho—. Me ahorcarán.

Me saca de quicio que se ponga así. Como si nuestros padres sudaran de nosotros y les pareciera de puta madre que nos arrestara la policía. Como si sus problemas fueran más graves y más importantes que los del resto del mundo.

Al rato vino un agente a decirle a Fabre que su padre ya había llegado y que podía largarse. Yo fui el segundo. Rocho, todavía en la silla, se despidió llevándose dos dedos a la frente y dirigiéndolos hacia mí.

—Hasta el próximo golpe, camarada.

Desde que en sociales habíamos dado la Revolución rusa, a Rocho se le había pegado lo de llamar camarada a cualquiera. Incluso bautizó al gato que siempre vagabundea por la plaza del Trabajo como «camarada Lenin».

Mi padre me esperaba fuera del Citroën con los brazos cruzados, sacudiendo la cabeza. Mamá estaba dentro, en el asiento del conductor. No dije nada. Simplemente entré y me apalanqué detrás. Papá hundió el culo en el asiento del copiloto, resoplando. El coche arrancó.

—¿No vas a darnos ninguna explicación? ¿En qué cojones estabas pensando?

Normalmente mi padre es el típico cachondo de cincuenta años que suelta chistes malísimos. Pero cuando se enfada, se arruga y se pone *muy* serio.

—No sé si este es el momento, Jordi —le dijo mamá—. No son horas. Ya lo hablaremos mañana.

—Ester, si es mayorcito para colarse en el instituto en plena noche, también puede mantener una conversación a las tres de la madrugada.

Me pareció que mi madre le daba la razón, porque acto seguido me torturó los oídos con un rollo de los buenos.

—No sabemos qué te ocurre últimamente, Óscar. Este mes hemos recibido ocho avisos de que has faltado a clase... Y Montse nos escribió hace unas semanas diciendo que te veía muy ausente, que no mostrabas interés por nada y que pasabas de los deberes.

Los profes dicen eso de todo el mundo. Creo que cada año hacen copy/paste de lo mismo en todos los correos y todos los informes. Si son unos muermos, trabajan como el culo y no consiguen que nos importe lo que nos enseñan, no es nuestro problema. Si le pillamos manía a estudiar, es culpa suya.

Ah, y no comparto la opinión de Montse. No es cierto que no me interese nada.

—¿No te das cuenta de que te estás portando como Joan? —continuó mi padre.

Me daba muchísima rabia que lo dijera. A la mínima que hacía algo que no le gustaba, me soltaba el estribillo: «Si sigues por ese camino, acabarás como tu hermano». Como si fuera igual de gilipollas que él.

—¿Tienes algún problema, Óscar? —me preguntó mamá—. Puedes contárnoslo todo. Y si lo necesitas, podemos llamar a Vero para pedirle hora.

Vero era la psicóloga que le había hecho terapia a Joan un tiempo. Papá desbloqueó el móvil. Con un dedo y la pantalla a diez kilómetros de la cara, empezó a buscar en la lista de contactos.

—Creo que tengo su número. Si os parece bien, mañana mismo la llamo.

—No hace falta. —Era la primera vez que abría la boca después de meterme en el coche—. ¿Para qué queréis que vaya a verla? A Joan no le sirvió de nada.

Papá chasqueó la lengua, se guardó el móvil de mala gana y se presionó el puente de la nariz con los dedos.

No dijeron nada más durante el resto del trayecto. Ni cuando llegamos a casa. Tampoco les di la oportunidad: subí directamente a mi habitación y cerré la puerta.

A mis padres les apasionan los libros de psicología. Están obsesionados con *psicoanalizar* a todo el mundo. Deben de pensar que soy una persona superprofunda y que hacer pellas, sacar malas notas y escaparme al insti por la noche es la manifestación de un trauma sumergido en mi inconsciente. ¡Chorradas! Las pelis sobre adolescentes intensitos y perturbados han hecho mucho daño. Yo solo quería colarme en el insti para saber las respuestas del examen de química y no tener que estudiarme la tabla periódica. Para catalán no necesitaba mirarme casi nada. Sonará repelente, lo sé, pero soy un crac con las lenguas y me gusta leer. Y aunque odie la mayoría de las lecturas obligatorias, en una tarde las finiquito. El 4,7 del curso pasado fue una excepción. Estaba en la mierda. Cada día era peor que el anterior. Si me hubiera encontrado bien, habría aprobado con los ojos vendados. El grupo de WhatsApp de clase ardía. Rihab ya nos había mandado su propio solucionario del trimestral de catalán y no paraban de llegar mensajes de euforia. En un audio les expliqué que nos habían detenido y todo eso. Que por suerte nadie sabía nada de los exámenes. Que seguramente nos expulsarían a nosotros tres, pero que al menos les habíamos salvado el culo a los demás. Luego añadí por escrito:

> Equivocaos adrede en algunas preguntas, para q no sospechen!!

Soy tan inteligente que valgo para capo de mafia, ¿verdad que sí?

ROCHO
> A sido to fuerte tio

GÓMEZ
> Brooo putos amooooooos

SERRA
> Jdr flipaaaaa

Anna, una que va conmigo a latín y que también hace TIC (Tecnologías de la Información y de la Comunicación, un coñazo de optativa que para nada os recomiendo), se descargó una imagen de los dioses del Olimpo y, con una aplicación cutre del iPhone, colocó mi cara, la de Rocho y la de Fabre sobre Zeus, Atenea y Poseidón. Pasó la obra de arte por el grupo y alguien la puso de foto de perfil. Habríamos quedado mejor en una pintura de mártires torturados con ruedas llenas de clavos o algo así.

Abrí a Fabre por privado. Estaba en línea.

> Todo bn? Q tal con tus padres?

No me contestó. Tampoco dijo nada por el grupo. Esperé unos minutos, hasta que se desconectó, y entonces me fui a dormir.

3

Hacer la cama por la mañana, antes de salir de casa, es lo más inútil del universo. Derrochas un tiempo valiosísimo y no sirve para nada. Total, hasta la noche no volverás a meterte dentro... Como mucho la hago justo *antes* de ir a dormir. Y a veces ni eso: simplemente me tumbo y me tapo con la manta arrugada. La sábana de debajo puede perderse por los pies del colchón durante semanas. Mi abuela odia que me pase eso. No entiendo por qué. Esa sábana es la segunda cosa más inútil del universo.

Al día siguiente del Gran Golpe, llamaron supertemprano a mi madre desde el instituto para decirle que su hijo tenía que presentarse inmediatamente en el despacho del director. Era martes. Ella, cabreada, me obligó a dejar la puta cama perfecta antes de irme. Llevaba mil años sin obligarme a hacerlo. Podría haberle dicho que no me daba la gana, pero la vi tan enfadada que me cagué y obedecí. Además, antes de largarse al trabajo, añadió en tono tajante:

—Por la tarde hablaremos de lo de ayer.

Seguro que me quitaba el móvil hasta que me jubilara o algo así. Y si no hacía la cama, la sanción sería aún más dura. A veces los padres se obsesionan con tonterías, se ponen histéricos y montan dramas innecesarios. Como con el tema de la cama o con el clásico «estás todo el día con el móvil». Adoran culpar al móvil de cualquier cosa.

Y en realidad ellos pasan más tiempo con él que yo, enviándose todo el tiempo vídeos de gatitos vestidos de Papá Noel y gilipolleces varias que no hacen ni puta gracia. No entiendo por qué ponen esos vídeos a todo volumen cuando estamos en el comedor y los miran riendo como hienas. Pobres gatos. Qué lástima. Quienes los graban deben de tenerlos esclavizados para que hagan diez payasadas por minuto. A menudo me imagino a un puñado de animalistas manifestándose en contra de ese tipo de entretenimiento, que es una muestra incuestionable de maltrato especista.

Llegué puntual al insti de milagro. Entré mezclándome con el rebaño de adolescentes. Las pelis americanas son un timo, ¿a que sí? El insti no es ni de lejos como se muestra en el cine. La gente, en general, es tonta y falsa, y nadie ofrece conversaciones interesantes. No existen los clubs de teatro y de literatura, ni el equipo de waterpolo. Ni si quiera los abusones son capaces de hacerte bullying de manera ingeniosa. Y las taquillas no miden dos metros. Apenas llegan a los veinte centímetros. En hora punta es imposible sacar libros si no quieres que te extirpen los ojos de un codazo.

En el vestíbulo me encontré a Gómez, a Font y a sus amigos. Unos gamers. Hablaban de un videojuego nuevo. Font se lo había descargado antes de ayer y estaba viciadísimo. Sacó el móvil y empezó una partida allí mismo, mientras todos se le pegaban detrás para mirar. Yo no quería cruzar el pasillo solo —eso te convierte en una diana deliciosa para las miradas de superioridad, las risitas y las burlas, que te obligan a bajar la cabeza—, de modo que me añadí a los gamers diciendo: «¿A ver?» con interés fingido. El juego se llamaba *Tits Hunter*. Iba de unos duendes con cara de pervertidos que salían a cazar tetas con patas. Gómez y los demás se descojonaban.

—¡Es la polla! —dije, riendo, aunque el juego me parecía un mojón y esos tíos, moscas imbéciles orbitando sobre él.

—¡Hoztia, Ózcar! —empezó el payaso de Font. Cecea todo el tiempo. Alguna vez había intentado vacilarme en clase de educación física soltándome que parecía maricón porque «corría y zaltaba como una tía». Pero no había conseguido picarme: no podía tomarme en serio nada de lo que decía. Bajando el tono, añadió—: Graziaz por haber hecho fotoz de loz eczámenez. ¡Erez un genio! ¡Aprobaremoz todoz, tío!

Joder, menudo retrasado... Para variar, no se lava los dientes y el aliento le apesta como si tuviera un vertedero bajo la lengua. No me gustaría ser él. Si un día, por arte de magia, me despierto convertido en Font, me encerraré en casa para siempre o desayunaré un yogur aderezado con cuarenta somníferos.

Gómez me dio unos golpecitos en el hombro y entró en el aula con los demás. Cuando ves una «masa homogénea» de adolescentes —que diría Elio— como esa, o como los canis que van de un parque a otro con el reguetón a tope y cara de «soy el puto amo y si quiero te reviento», te fijas en uno y ya sabes cómo son todos. Si hay alguien diferente entre ellos, tiene que fingir que no lo es, para no convertirse en el marginado y tal. La ESO es la selva. Estar fuera del rebaño conlleva una sentencia de muerte. Pero también es mortal quedarte en él mucho tiempo, si eres de los míos.

Formar parte de un grupo y no destacar es cómodo y seguro. No se meten demasiado contigo. Pero si, como yo, sabes que en realidad no pintas nada en *ninguno* de los grupitos de tu curso, te quemas por dentro. Te mueres de asco encerrado en un armario y las uñas te sangran de tanto rascar la madera.

El rebaño entró en el aula y yo seguí hasta el despacho del director. El gapo de Marc ya se había secado. Casi ni se notaba. Llamé a la puerta. Desde el interior de la sala, una voz de viejo cornudo dijo: «¡Adelante!». Antes de entrar, eché un vistazo al pasillo destartalado y deprimente. Las paredes padecían superpoblación de manchas y también alopecia, porque la pintura se caía a cachos.

Dentro del despacho estaban el director —ya ni me acuerdo de cómo se llama—, Montse, Fabre y Rocho.

—Siempre soy el último en llegar a la fiesta —dije, sentándome con cara de póquer en la silla libre—. Lo siento.

El dire y la tutora me miraron enarcando las cejas.

—Creo que no es el momento de hacerse el gracioso, Óscar —me contestó él.

—Bueno, ya que nos vais a expulsar y no nos veréis el pelo por aquí nunca más, mejor que nos marchemos riendo, ¿no? —dijo Rocho—. Prefiero los finales felices. Aprended a divertiros, camaradas. Que ya sé que os da pena que nos vayamos, pero no se ha muerto nadie.

Se me escapó la risa. No pude evitarlo. El soso de Fabre permaneció callado, con los ojos clavados en el suelo. Debía de estar pensando en sus padres. En la súpermegaultrabronca con la que le obsequiarían por la expulsión. O en cuántos abdominales haría por la tarde en el gimnasio. Era imposible saber qué le pasaba por la cabeza.

—No os expulsaremos definitivamente —anunció Montse. ¡Plot twist!—. Solo quince días. Desde hoy, 16 de marzo, hasta el miércoles 31. Os faltan menos de tres meses para terminar la ESO y no vale la pena tanto papeleo.

—Mi intención era expulsaros del centro —prosiguió el dire—. Lo que habéis hecho es intolerable. Habéis faltado al respeto al instituto y a vuestra tutora. Pero ella ha insistido en que os quedéis. Aun así, os abriremos un expediente y no iréis al viaje de fin de curso.

¡Jo, el viaje a Italia! Con la ilusión que me hacía... Decían que era la leche. La mejor forma de mandar a tomar por culo la ESO.

Pues *ciao* a la pizza y a la salsa pesto...

—Como consecuencia de la expulsión, no haréis los exámenes que teníais programados para esta semana —dijo Montse—. Para aprobar las asignaturas en cuestión, tendréis que presentaros a las recuperaciones del segundo trimestre, después de Semana Santa. ¿Entendido?

Rocho se volvió hacia mí y me guiñó un ojo.

—Me da lo mismo. Estaba destinada a ir a recus igualmente...

Montse nos llevó al departamento de catalán. Quería darnos no sé qué. Me fijé en su manera de andar, patosa pero segura. Me sorprendía que tras leer el «hija de puta» de la pizarra se hubiese peleado con el director para que no nos echara del insti. Me la imaginaba mucho más cabrona. Hasta me sentía un poco mal. La gente dice que es una escritora fracasada que se dedica a dar clases porque la otra opción era barrer las calles. Que vive sola y amargada con diez gatos que esperan ansiosos que se resbale en la bañera y la palme para zampársela.

En el departamento nos entregó a cada uno un dosier con ejercicios sobre el plasta de Bernat Metge y un libro suyo con pinta de tostón titulado *Lo somni*, y sobre el fumeta de Ramon Llull y las paranoias que le venían a la cabeza. Era el trabajo que teníamos que hacer durante los próximos quince días.

Los profes están obsesionados con los dosieres. Los imprimen compulsivamente. No sé cuántas selvas habrán deforestado ya a causa de eso. Es su palabra favorita. Los oyes decir «dosieres» cien veces al día. En catalán lo pronuncian «dusiés», con una sonrisita malvada que significa: «Aquí tenéis una tonelada de folios con textos y actividades infumables que os robarán la juventud. Bienvenidos al mundo». Y dos minutos después ellos mismos te riñen, ofendidos, con el típico: «¿Por qué estáis todo el día con el móvil y no salís a jugar, a disfrutar de la vida, como los niños de la posguerra de hace treinta siglos?».

¿A quién demonios le importa ese tal Bernat y el sueño que le inspiró para escribir? A mí por supuesto que no. Si ni siquiera sé cuáles son *mis* sueños. Y por las noches tengo unas pesadillas horribles que no entiendo y que prefiero olvidar.

Salí del insti con Rocho y Fabre. Delante del edificio había unos contenedores. Rocho arrancó las hojas del «dusié» y las tiró al azul. A continuación, tiró la cubierta de plástico al amarillo. Nos quedamos a cuadros. Me temblaba el párpado y todo.

—¿Qué pasa? —Nos dijo adiós llevándose dos dedos a la frente. Luego, con acento catalán de Vic, añadió—: *Bones vacances, nens!*

Y giró la esquina en dirección a la Gran Vía.

—¿Te acompaño a casa? —le pregunté a Fabre. Asintió con los ojos preocupados y empezamos a subir la calle—. ¿Cómo fue anoche?

—Bro, ¿cómo quieres que fuera? Fatal. Menos mal que la vieja del cuarto bajó a preguntarnos por qué coño gritábamos a esas horas. Que si había un incendio o algo por el estilo. Me salvó.

Marc es hijo único. Estos son los que siempre reciben las broncas más chungas. Les cae encima toda la mala leche de los padres y no pueden compartirla con nadie. Me duele admitirlo, pero cuando me viene haciéndose la víctima y todo eso, tiene un poco de razón.

—Si supieran el motivo altruista por el que entramos en el instituto —dije—, te felicitarían. Te darían pasta y todo.

—Les daría un infarto.

—Diles que fue culpa mía. Que soy una mala influencia y que te arrastré hasta allí, o una mierda así. Siempre cuela. Les encanta culpar a los demás de las cagadas de sus hijos. Para poder dormir tranquilos, pensando que los han criado bien y que, en realidad, son civilizados e inocentes.

Fabre perfiló una sonrisa sin mirarme. Si se hubiese vuelto, me habría leído en la cara lo que estaba pensando: «Joder, qué sexy». Soy bastante bueno disimulando: he aprendido a base de práctica. Incluso podría ser actor. Pero con él me cuesta más.

Fabre caminaba en silencio, con una mano en el bolsillo y la mirada en la acera. Apretaba los dientes, nervioso, marcando la mandíbula.

—¿Has probado el *Tits Hunter*? —pregunté, para darle conversación.

—Sí, pavo, me vicié el otro día.

—Yo también —mentí—. Ayer no podía dormir y estuve jugando hasta las cinco. Es la hostia, ¿verdad?

—Es cutre, pero engancha.

—Es que esas tetas corriendo por el bosque... Brutales.

—Bua, ¿y has probado el *Cocks Hunter*? —quiso saber.

—No. ¿Qué es?

—Otro juego de los mismos creadores. Son vaginas que persiguen pollas. Cuando las atrapan, las absorben y cada vez se hacen más y más grandes, y así vas subiendo de nivel.

—¡Joder, sí, ya me acuerdo! Jugué un tiempo, pero me cansé. Estaba bien.

Nunca había oído hablar de esa basura de aplicación y ni loco perdería el tiempo jugando a ella.

4

Acompañé a Fabre hasta su portal. Tras despedirme de él heterosexualmente —dándole la mano—, me fui a casa. No había nadie. Una vez en la habitación, catapulté el «dusié» de Montse sobre el escritorio, dejé caer la mochila y me tumbé en la cama boca abajo. Estaba cansado, pero no tenía sueño. Habría podido quedarme en esa posición durante horas sin dormirme.

Me incorporé sin saber qué hacer. La semana pasada había terminado el libro que estaba leyendo: *Nosotros*, de un tal Zamiatin. Es la polla. Os lo juro. Va de un estado totalitario del futuro que obliga a los ciudadanos a vivir en edificios de cristal, no solo para vigilar constantemente cómo se comportan, sino también para que se espíen y se delaten entre ellos. Todos ven cagar a sus vecinos y se quedan tan anchos. Además, tienen que seguir un horario superestricto. Si se lo saltan o si llegan tarde al curro, los meten en la cárcel, los torturan o los envían a la Máquina: una cámara de gas que los convierte en gotas de agua. Las gotas son transportadas hasta el sistema de alcantarillado general, de modo que los tiran por el váter y luego se lavan los dientes con ellos. De locos, ¿eh? A mí hace años que me habrían utilizado para limpiar las calles, por impuntual.

Los horarios superestrictos del libro, traídos al mundo actual, son las clases del instituto. Si llegas tarde, no puedes entrar en el aula.

Y si es primera hora, el conserje ni siquiera te permite acceder al centro. Así que te quedas en la calle con el culo congelado. Este año me ha ocurrido como cincuenta veces. El conserje es un viejo verde de doscientos años, calvo y con el bigote azafranado por los puros. Te mira con ganas de matarte y cree que, si llegas tarde, eres inútil en todo. Un desecho irreciclable de la sociedad. En enero, cuando hacía un frío de Polo Norte, le solté: «Si me dejas fuera, me tumbaré en la carretera, me atropellarán y será tu culpa». Como no había nadie escuchándome aparte de él, el hijoputa me respondió: «Pues vale. Un vago menos. ¡Le haré un gran favor al mundo!». Os lo digo en serio.

Dejando esto de lado, ¿a qué clase de desgraciado se le había ocurrido empezar las clases a las ocho de la mañana? Debió de pasar una infancia de mierda. Si empezaran a las doce del mediodía, la felicidad de la gente aumentaría y la venta de antidepresivos y bolas antiestrés caería en picado. Algo bueno de los días que me esperaban era que podría levantarme a la hora que me saliera de los huevos.

Tenía *Jane Eyre* en la estantería de mi cuarto. Se lo había mangado a mi madre. Hacía tiempo que quería leerlo. Me atraía mucho más que la ida de olla de Bernat Metge. Antes de que lo rescatara, estuvo meses abandonadísimo en el comedor, ahogándose bajo una capa de polvo y desinterés, porque mamá no lo tocaba desde Navidad.

Lo cogí y, tras leer cinco páginas, tuve que parar. La historia estaba muy bien, pero no era capaz de concentrarme. Por la mañana, sobre todo, me cuesta prestar atención a las cosas y desconecto cada dos por tres. Por la noche, en cambio, puedo leerme cincuenta páginas del tirón. Soy partidario de abolir el instituto; sin embargo, si no nos queda más remedio que asistir a clase, preferiría ir por la noche.

Aprovechando que estaba solo en casa, entré en pornhub.com desde el móvil y me hice una paja.

Cuando empecé a masturbarme, a los doce años, pensaba que era el único de la familia que sabía lo que eran las pajas. Que mi hermano y mi padre se las hicieran era impensable. Pero al cabo de un año todo cambió. Papá y yo pillamos a Joan cascándosela delante del ordenador. Papá, en lugar de escandalizarse, se desternilló de risa y nos confesó que mientras vivía con nuestros abuelos y nuestra tía, como solo tenían un baño y no había pestillo, lo habían pillado *in fraganti* unas cuantas veces.

La paja me duró unos quince minutos. Podría haberla alargado más, pero me daba miedo que Joan llegara a casa y me cortara el rollo. Después de correrme siempre veo el mundo más claro. Las nubes del cerebro se me disipan y la mente, nítida, se me prepara para filosofar. Es como tocar el nirvana.

Ya habréis notado que me van los tíos. En efecto. No soy hetero. Tampoco bi. Soy un maricón integral.

Fuera de mi habitación no lo era. O sea, trataba de no aparentarlo y de que la gente no se diera cuenta. Pero dentro lo era tanto como quería. Como un león que, en vez de sentir libertad en la selva, la siente encerrado en el zoo. Allí hacía lo que me daba la gana. A menudo me preguntaba si algún día mi habitación podría convertirse en el mundo entero o, por lo menos, en mi instituto. Claro que darle vueltas a eso me agobiaba y pronto me aparecía *aquella* presión en el pecho, así que enseguida me obligaba a dejar de pensarlo.

Supongo que los tíos me han molado desde siempre, aunque no empecé a notarlo hasta sexto de primaria. Tenía un crush muy bestia con un monitor de la Unión Excursionista que estaba buenísimo. Es raro: no era consciente de ello al cien por cien, quiero decir que en ningún momento pensé «mierda, me he enamorado de un chico, soy gay». Entonces eso no era posible para mí. Pero estar con él me ponía superalegre. En el campamento de verano de ese año, durante las noches en que nos preparaban juegos de terror, me habría encantado que se quitara el disfraz y que se me acercara, para abrazarlo y cursiladas de esas. El año pasado lo busqué en Instagram, por curiosidad. Ahora es diseñador gráfico o algo parecido. Tenía el perfil privado y le mandé la solicitud para seguirle. Nunca me la aceptó. Qué trágico, ¿verdad?

Durante el verano de sexto también me pillé de Josep, entonces mi mejor amigo. Estaba muy enganchado a él: nos bañábamos en la piscina Can Marcet todos los viernes, íbamos al cine y a tomar helados, me invitaba a su casa para jugar a la Wii y mis padres nos llevaban a la playa. Me lo pasaba fetén con él, hasta que dejó de hablarme porque un amigo suyo le dijo que yo no merecía su atención porque era demasiado pringado y friki. Tenía razón, así que *ciao pescao*. No fue al Pau Vila y no hemos vuelto a quedar jamás. De vez en cuando lo veo en la plaza del Trabajo fumando con su panda de porretas, mientras hablan de boquillas y de los tipos de maría y choco que existen. Sí, los porros están bien. Lo que no mola es que tu vida orbite alrededor de ellos. No pueden ser tu Sol, ni tú su Tierra. De todos modos, ellos son unos expertos en hierba y podrían escribir un manual. Se forrarían vendiéndolo.

A los doce años no sabía con seguridad si sentía algo por Josep. O sea, notaba que me atraía, que me molaba mogollón estar con él y todo eso, porque éramos amigos, pero ya está. No até cabos hasta un par de años después. Si nunca se lo han enseñado, a un chico que está a punto de empezar el instituto le resulta difícil —o no puede— entender que ser bisexual o gay es válido y normal.

En primero de la ESO empecé a masturbarme mirando porno hetero. Los payasos de mi curso entraban en páginas web turbias con el móvil y ponían esa clase de vídeos a la hora del patio, en el vestuario o cuando quedábamos. Yo buscaba lo mismo en casa.

Joder, en primero hacíamos macroquedadas de veinte personas o más. Ahora, al recordarlo, me muero de vergüenza. Éramos una manada de críos odiosos que iban de un sitio a otro, comiendo pipas y chuches e insultando a la peña. Hablando de porno y de sexo como si nos hubiéramos sacado un máster especializado en el tema. Diciendo que teníamos la polla enorme cuando la teníamos enana. No me caía bien ninguno de esos matados. Me aburría que lo flipas con ellos. Ni siquiera me gustaban las pipas: la cáscara siempre se me atascaba entre los dientes y no había cepillo que me la quitara. Pero cuando por el grupo de WhatsApp proponían quedar, el instinto de supervivencia me obligaba a ir, para que no dijeran que era un friki sin amigos. Nadie quiere ser un friki sin amigos. Nadie quiere ser como Queralt, la marginada de mi clase que parece una psicópata. Por suerte, en segundo empezamos a formar grupos más pequeños y eso. Fabre era el único de todos aquellos payasos con el que más o menos lo pasaba bien. Me imagino que por ese motivo seguimos siendo amigos.

Una noche, tras semanas intentando hacerme pajas con porno hetero, mi dedo cotilla le dio a la opción del apartado «gay», que contiene tres mil categorías distintas, algunas con nombres un poco raros: twink, teen, old & young, daddy, bareback, oral, straight, group, hentai, interracial, outdoor... Desde entonces no he mirado nada más. Solo algo lésbico una vez y por curiosidad. En general, el porno está mal hecho y es irreal, pero el lésbico aún parece más falso. Creo que lo han puesto ahí solo para los tíos. Las lesbianas son unas intensas y deben de masturbarse con cosas más sofisticadas. Un día vi un vídeo de una youtuber que decía que se tocaba leyendo relatos eróticos, poemas de Safo y novelas de Mercè Rodoreda.

Al principio, mientras me pajeaba mirando pollas (y algún coño, porque no todos los pavos tienen rabo), me repetía una y otra vez que los tíos *solo* me ponían. Que me atraían por el sexo y que yo únicamente me enamoraría de tías. Que las cosas *profundas* las sentiría por ellas. Que tendría novias y que de mayor me casaría con una señora. Que eso de los tíos se me pasaría. Cuando terminaba, me sentía culpable por habérmela jalado con porno gay y empezaba a mirar fotos de pibas en Google, para compensarlo o algo así. No sé. Era imbécil. De hecho, en segundo de la ESO tuve novia y todo. Laura. Me hace mucha gracia mi yo de principios de segundo: en el autocar, volviendo de una excursión del insti, observando el paisaje a través de la ventanilla mientras escuchaba música de Avicii con cara de intensito, pensando que era hetero y que estaba dentro de un videoclip. Imaginándome que regresaba de la guerra y que iba a ver a Laura, con quien había estado enviándome cartas mientras resistía en la trinchera. Cartas que, en realidad, eran mensajes de WhatsApp. ¡Qué payaso!

Mientras me montaba esas pelis, los otros algo debían de sospechar. En primero iba a clase con Aitor, un idiota con pinta de chungo que a los trece años ya fumaba hierba. Un día se le ocurrió esparcir el rumor de que le miraba la polla en el vestuario, después de educación física, y que por lo tanto era marica. A lo mejor me había visto un poco de pluma (trato de esconderla, pero no siempre lo consigo) o, quizá, simplemente decidió que ese día me tocaba pringar a mí. Me decía que era «el rey del orgullo gay», que era «guay» sin la U y esas mierdas. Obviamente, no le miraba la polla. Qué puta rabia.

Precisamente, si había intentado algo, era no mirar ninguna polla. En el vestuario siempre intentaba ducharme y cambiarme lo más rápido posible. Era de los primeros en entrar a la ducha y salir. Si me distraía y no llegaba a tiempo, esperaba que la mayoría de los chicos terminaran para entrar el último. Algunos días ni me duchaba: me lavaba la cara y las axilas en el lavabo, me echaba desodorante y arreando.

Quienes hacían cosas «gais» eran más bien Aitor y sus otros dos amigos chungos. Los tres habían repetido uno o dos cursos y nos parecían supermayores. Salían juntos de la ducha haciendo el helicóptero con la polla y se hostiaban el culo con la toalla chorreando o con la mano. Los muy cerdos a veces fingían que se la cascaban y gritaban como si se estuvieran corriendo. Una vez, Aitor se arrancó un pelo de los huevos y se lo pegó en la espalda a Font. Como era su cumpleaños, le dijo: «¡Toma, un regalo! ¡Felicidadezzz y que cumplaz muchoz máz!». Font lo miraba con ganas de golpearlo hasta dejarlo tan adornado como un árbol de Navidad y que no lo reconociera ni su madre. Eso sí que le habría parecido un buen regalo. Pero no tuvo cojones y, mientras todos nos reíamos como hienas, volvió a la ducha para lavarse de nuevo.

El rumor de que le miraba el rabo a ese gilipollas circuló un tiempo. El trimestre fue una porquería. A veces, la gente murmuraba cosas o se jartaba al pasar por delante de mí. A la hora de ponernos en parejas para hacer trabajos, me juntaba con Fabre, y el grupito de chicas nos decía con retintín nasal: «¿Sois novios? ¿Sois gais?». No les interesábamos precisamente porque fueran unas románticas fanáticas de *Heartstopper*. Quiero decir que se mofaban de nosotros y todo eso. Los chicos me hablaban distantes. En el patio, cuando charlaban sobre las pelis que estrenaban o sobre la basura de videojuegos que se descargaban, me hacían el vacío y no me contestaban si les preguntaba algo. Y lo peor de todo sucedía en el vestuario. Allí como que se alejaban de mí y me miraban raro. Entonces fue cuando Font, en clase de educación física, me dijo: «Correz como una tía».

Por suerte, todo eso se acabó después de Semana Santa. La gente se olvidó del tema y se puso de moda otro rumor sobre Gómez, que en ese momento ocupaba el cargo honorífico de Pajero de la Clase. Alguien afirmaba haberlo visto tocándose en clase de inglés mientras se fijaba en la profe. Además, yo la lie parda haciéndole bullying a Fenda, mi amiga de la infancia, para ser más chulo que nadie, y bueno... Es un tema del que no me apetece hablar.

A los catorce, a finales de segundo, ya vi que por mucho que mirara fotos de tías era y seguiría siendo marica, y que también podía sentir cosas *profundas* por pavos. Me di cuenta de que, de hecho, ya las había sentido.

Sin embargo, una cosa es saberlo y otra decirlo. Ya me imagino lo que me soltaréis. Que soy un cobarde. Que hoy en día, en pleno siglo xxi, todo el mundo puede ser lo que quiera. Que los armarios están casi vacíos. Que los maricas, las bolleras, los bisexuales y los transexuales están supermegaaceptados en la sociedad.

La primera afirmación es cierta. Soy un cagado de mierda. Pero las otras tres son mentira. Dad una vuelta por mi insti, observad, escuchad y lo comprobaréis. Hay gente abierta de mente, modernitos y eso, sí, pero también hay grupitos de trogloditas —son especialmente chicos— que te ponen los pelos de punta. Y luego hay peña que no tiene ni idea de nada.

Ahora, tumbado en la cama, con todo esto en la cabeza y los ojos enquistados en el lomo de *Jane Eyre*, pensaba que de momento no conocía a ningún chico de mi curso que estuviera fuera del armario. Había rumores sobre algunos que *quizá lo eran*, porque tenían pluma y no sé qué, pero nada confirmado. En el C había una chica bi, pero no me llevaba con ella. En bachillerato había un par de bolleras y un bisexual, sí, pero tampoco nos hablábamos. Ni siquiera sabía cómo se llamaban. Estudiábamos en edificios distintos del instituto.

De todas formas, cuando alguien decía: «Me han contado que esa es lesbi» o «A ese le van los tíos», hablaba en susurros, como si fuese algo malo. Alguna chica había llegado a afirmar que se sentía incómoda cambiándose de ropa con una bollera en el vestuario. Lo que me cosía nudos en el estómago eran ese tipo de cosas: los rumores, las miraditas. Que se fijaran en mí y que no supiera lo que pensaban. ¿Qué ocurriría si ensanchaba mi habitación de libertad a todo el mundo? Tal vez nada. Tal vez todos se lo tomarían bien y nadie le daría importancia, e incluso habría quien me miraría como a un exótico cachorro de león expuesto en el zoo, exclamando: «Ay, ¡qué mono! ¿Nos vamos de compras?».

O a lo mejor tendría que abandonar la manada para ser un lobo solitario y convertirme en una especie de Queralt. En verdad, si fuera fiel a mí mismo, a mis deseos, casi no me juntaría con nadie de cuarto. Quizá me pasaría como en primero: no todos, pero algunos me mirarían raro. Los que se creen tan guapos como Jeremy Pope (pero en realidad son cardos) pensarían: «Uy, este es gay. ¡Seguro que viene a tirarme fichas!». Otros me dirían: «¿A ti te gusta chupar pollas? ¿Y que te la metan por el culo? Joder, qué dolor... ¡Y qué asco!». Bueno, no sabía si dolía o si daba placer, porque todavía no me lo habían hecho, pero cuando me masturbaba *allí*, la sensación me molaba. ¿Y qué? Es donde tenemos el punto G: lo escuché en un vídeo de YouTube. Y también lo leí en Yahoo Respuestas, cuando busqué: «Creo k m gustan los tiooos...... K agooo ??¿¿ Aiuda ¡¡¡¡!!».

Además, los heteritos que arrugan la nariz en una mueca de asco pensando en el sexo anal son unos hipócritas, porque luego presumen de haberse pajeado mirando vídeos de sexo anal hetero, en plan tío y tía follando doggy style. Ah, claro, eso sí que les parece cojonudo... Y si les comieran la polla a ellos, estoy seguro de que también disfrutarían.

Sea como fuere, pasaba de ser el mariquita de la clase. Si alguien quería una mascota, que adoptara un perro.

Tal vez cuando llegue a la universidad —si es que llego algún día, porque con la expulsión, las recus y todo eso no voy por buen camino—, el panorama cambia. En las grandes ciudades, en las redes y en la uni parece que hay diversidad y aceptación a punta pala. Pero la cosa está jodida en sitios pequeños y en muchos instis. O quizá es la diferencia entre la pantalla y la vida real.

Menos mal que en algunas series y en internet sí que encuentro a gente queer. Sigo a youtubers y tiktokers gais, lesbianas, trans y bis desde hace tiempo. Referentes de puta madre. Me he pasado noches enteras mirando sus vídeos. Es una mierda que nos separe tanta distancia. No puedo hablarles, ni invitarlos a mi cuarto para preguntarles cosas.

Para colmo, de vez en cuando me entero de que pegan palizas a gente LGTBI. Y no muy lejos de mi casa. Un día en el bus oí a unos tíos que decían: «¿Por qué los maricones tienen que llamar tanto la atención, andando y vistiéndose así, y siendo tan escandalosos? Putos enfermos. Yo los curaría a tortazos». Sé que no todo el mundo piensa así. Que esos zumbados no representan a la mayoría. Pero oírlos me amargó unos cuantos meses. Algunas palizas terminan en el cementerio.

Tengo poquísimas cosas claras. Mi cabeza es como un cajón hasta arriba de calcetines sucios y desparejados. Literal que meo sangre cuando me obligan a tomar decisiones. Pero hay algo en lo que no dudo: en la ESO, los armarios están tan llenos como las taquillas de los pasillos.

5

Mi cerebro insistía en dar vueltas a todos estos temas, así que de ninguna manera iba a poder sobar un rato. Resignado, bajé a la cocina a por galletas. Me las llevé al sofá. Encendí la tele, pero no echaban nada interesante. Me entusiasmó más ver a mi hermano llegando a casa y entrando en el comedor para coger el portátil de la mesita. Lo acompañaba una perroflauta vestida de Decathlon que no era su novia. La examiné frunciendo el ceño y ella me saludó con la cabeza.

—¿Qué haces aquí? —me preguntó Joan.

—Me han expulsado quince días —le conté masticando una Oreo.

Joan asintió con una mueca.

—Felicidades.

—¿Y tú?

—¿Yo qué?

—¿Por qué estás aquí? ¿No curras?

—Lo que hago o lo que dejo de hacer no es asunto tuyo. Ya lo sabes.

—Ah, pero yo sí que tengo que decirte que me han echado del insti, ¿no? En lugar de cajero tendrías que ser dictador, tío. Triunfarías. Mándale el currículum a la Fundación Francisco Franco.

—Hoy le han dado fiesta en el Mercadona —me aclaró la chica.

No le di ni las gracias. Joan le cogió la mano con *ternura* —algo rarísimo, viniendo de él— y subieron a su habitación.

Dios, le estaba poniendo los cuernos a Marta. Pobrecilla. Me caía genial. Habría cambiado a Joan por ella sin pensármelo. De hecho, si a mi hermano lo atropellaba el camión de la basura, lamentaría durante un segundo que el vehículo se hubiese estropeado y luego haría una fiesta.

Era posible que mi padre llegara al mediodía y no me apetecía comerme ninguna bronca suya, de modo que le envié un wasap a Laura para contarle lo de la expulsión y le propuse quedar para comer y pasar la tarde juntos. Me respondió en un fly.

> Vale, qedamos, pero mejor en casa d mi yaya
> Alli estaremos mas tranquilos

Siempre vamos a casa de su abuela.

Laura tiene un año más que yo, ya ha terminado la ESO y ahora se dedica a vivir la vida. Como os he dicho, fue mi primera y única novia. Con ella aprendí a liarme. Yo tenía trece años y ella catorce, y el primer beso nos lo dimos en plena calle, en la entrada de un garaje. Si cierro los ojos, todavía la veo delante de mí. Era un poco más alta y se le veían las pupilas dilatadas y rodeadas de una finísima capa de verde. Estaba supernervioso. Se lanzó y al principio los dos fuimos muy torpes, pero con la práctica mejoramos. Sus besos sabían a menta y olían a champú.

Me pillé mucho de Laura. O sea, las tías no me ponían cachondo, pero entonces sentía cosas por ellas y podían enamorarme. Tres meses después, cuando me dejó, monté un drama del copón, llorando en la cama, escuchando Lágrimas de Sangre y reguetón, creyendo que nada volvería a ser lo mismo, que se acabaría el mundo. Si pudiera viajar en el tiempo, le diría a mi yo de entonces: «Corta el rollo, chaval, que eres gay y das pena».

Aunque me dejó, seguimos siendo amigos y eso. Nos entendemos muchísimo. Siempre me he juntado más con chicas que con chicos. De pequeño era el típico niño que siempre jugaba con niñas y todavía ahora, en la ESO, me llevo más con las tías. Con Laura nos liamos de vez en cuando, porque nos apetece y punto, no porque queramos volver a salir. No me pone, pero es divertido y me sube la autoestima. Una vez intenté meterle los dedos con la técnica Spiderman. Los gilipollas de mi clase la llamaban así. No me lo ha confesado jamás, pero sé que fue un desastre. No tenía ni idea de cómo tocar bien el clítoris y esas cosas y parecía una vieja de noventa años tratando de jugar a la Play. Soy un pringado.

Laura tiene unas curvas espectaculares y mucha labia. La escucharías horas y horas, aunque no entiendas absolutamente nada de lo que te dice. Soy marica, pero no ciego ni sordo, y en shangay.com leí que la mayoría de los gais estamos predispuestos a venerar a las tías como si fueran diosas. Es como si te enseñan un pastel cuando estás lleno: lo ves bonito, huele bien, quizá lo probarías, pero no te lo comerías.

Laura prácticamente vive en casa de su abuela. Sus padres teletrabajan y es donde tiene más espacio para ella. La casa es bastante grande y la señora, viuda, disfruta de su compañía. En lugar de sacarse el bachillerato o un grado, ha montado un estudio fotográfico casero en el piso de abajo. Tiene una cuenta en Insta de fotos profesionales y a veces la contratan para hacer sesiones. Aparte de eso, cultiva maría en la terraza. Ser camella es su segunda profesión. Yo siempre le compro la hierba a ella. Hay que apoyar el comercio de proximidad, ¿no? A su yaya le parece genial y a veces también fuma. Dice que le alivia el dolor de rodilla. Las dos son las putas amas.

De camino a su casa, pasé por la plaza del Trabajo. Había dos chicos un par de años mayores que yo jugando a baloncesto, una tía haciendo piruetas con el skate en las escaleras y un grupo de tíos en bici a su lado. Soy un ciclista de mierda —cuando salgo a hacer excursiones o paridas así siempre me estrello—, pero pienso que los pavos son aún más sexis cuando van en bici.

Uno de los tíos que jugaba a baloncesto se me quedó mirando y yo le sostuve la mirada. Él no la bajó porque no debía de querer mostrar debilidad; yo no lo hice porque estaba bueno y me cundía observarlo. Hundí las manos en los bolsillos para que no se me notara demasiada pluma al andar. Cuando los desconocidos me miran por la calle, me asusta que se estén fijando en mi forma de moverme, y me parece leerles en los ojos: «Lo sabemos». Entonces no sé si me dirán algo, si se reirán de mí o si me zurrarán. Al final, de tanto pensar en andar de manera neutra, acabo tropezando y siendo superpatoso. Por eso siempre trato de ir por calles interiores, poco transitadas, para no encontrarme con nadie. Y cuando hablo y río en público también me preocupa el tono con el que lo hago, sobre todo si estoy rodeado de tíos, y siempre intento ser un puto borde antes que *demasiado* amable. Al chico del baloncesto lo miré frunciendo el ceño, con aires de superioridad, y al final aparté la vista sacando el móvil y fingiendo que leía wasaps.

Al llegar a la casa, llamé al timbre y me abrió Laura. Estaba soñolienta. De la coleta se le escapaban un montón de mechones enredados. Ahora era más alto que ella.

—Te has convertido en el malote del insti, ¿eh? —rio, mientras pasábamos al comedor. Desde allí se veía la terraza. La abuela estaba sentada al sol, haciendo ganchillo, con un porro apoyado en el cenicero y un mechero sobre la mesa. ¡Qué cuadro!

Laura me llevó a la habitación en la que duerme cuando vive allí. Se quitó la sudadera ska para quedarse en tirantes, la arrojó al suelo y se desplomó sobre la cama. Pese a ser una tía muy guay, tiene una pega: los tatuajes. Lleva literalmente un museo de arte en los brazos. El único tatu decente es el del tigre. El resto —la cara de una niña asustada, un mandala y unas cuantas figuras abstractas— me dan ganas de arrancarme los ojos, pero nunca se lo he dicho. No debería callármelo, porque se piensa que le quedan tope de bien y acabará llenándose todo el cuerpo de tinta. Pintarse cosas en la piel es lo más absurdo del mundo. Si te escribes la fecha en que murió tu padre o algo así, lo entiendo, pero no hay nada más idiota que tatuarse una mariposa feísima en el culo, creerse guay por tenerla y enseñarla 24/7, exclamando que tiene un significado megaprofundo.

Laura cogió una bandeja de la mesita de noche con tabaco, hierba, papel, boquillas, mechero y cenicero, y empezó a liarse un porro.

—¿Me vendes un par de gramos a mitad de precio? —le pedí, mientras me tumbaba a su lado, algo incorporado.

—¡No has empezado a fumar y ya estás flipando!

Eché la cabeza hacia atrás, suspirando.

—Estoy en bancarrota. Solo he traído siete euros...

—Te vendo un gramo por cinco y comparto este peta contigo gratis.

Era una rata con la maría. Pero gracias a eso había ganado mogollón de pasta. El verano pasado se había podido pagar las entradas de la Acampada Jove y el Barcelona Beach Festival, además de un viaje a París y a Ámsterdam. Algún día le preguntaré si quiere que sea su socio. Me apetece mucho más ser camello que morir asfixiado bajo una tonelada de «dusiés», con monólogos aburridísimos de profes como música de ambiente.

A Laura le había quedado un porro finísimo. Yo no era capaz de liarlo tan bien en tan poco tiempo. Era una artista. Dejó la bandeja en la mesita, nos tumbamos del todo y me volví para mirarla. Fumaba con mucho estilo, como una actriz de los años cincuenta. Cogía el peta con los dedos ágiles y expertos; cuando daba la calada, la punta se encendía de repente y se oía un crepitar de chimenea. Tensaba las cejas y apretaba los párpados, reteniendo el humo, y luego lo soltaba abriendo los dos cogollos verdes de maría que tenía por ojos.

—¿Qué harás estos días? —me preguntó, tendiéndome el porro. Antes de que le contestara, añadió—: Podrías venir a la Obrera.

Laura se pasa la vida en la Obrera. Es un edificio del banco okupado y convertido en un centro popular donde se reúnen todo tipo de perroflas para practicar yoga, fumar, beber birra, hacerse rastas y hablar sobre feminismo, socialismo y Países Catalanes. A mí no me interesa la política. Prefiero quedarme una hora frente a la tele apagada antes que ver el telediario. En tercero fui el delegado de la clase, sí, pero por obligación. Nadie se presentó y la tutora me eligió al azar, refunfuñando todo el tiempo sobre el terrible futuro que nos esperaba a los jóvenes si no defendíamos ni la democracia ni nuestros derechos. Tener que ir a la asamblea del insti cada dos semanas fue un infierno. Los demás delegados eran unos plastas. Solo se dedicaban a hacer pancartas, a discutir y a votar qué palabras escribirían y con qué color.

—No es el plan que más me apetece —le confesé a Laura, soltando el humo de la calada. Ya llevaba cinco y notaba que la cabeza me flotaba, ingrávida. Estaba tan concentrado en fumar que había tardado como dos minutos en responderle—. Pero no tengo mucho que hacer, así que iré. Eso sí: no pienso pintar ninguna pancarta. Odio las manualidades.

Di otra calada, esta vez muy profunda, y me entró un ataque de tos. No hay nada más humillante que toser cuando fumas en la cama con una tía, aunque seas maricón.

Laura se giró hacia mí, sonriendo.

—Qué mono.

Me cogió por la nuca y me besó. Nos liamos un rato. No estábamos en una posición ideal, pero nos daba palo incorporarnos. Le acaricié el pelo con los dedos y bajé por la espalda. El olor que desprendía me fascinaba: una mezcla de humo, vainilla y jabón. Me agarró la mano y me la puso entre sus tetas.

—Todavía eres virgen, ¿verdad? —quiso saber—. ¿O hay alguna novedad?

—No hay ninguna novedad —la informé, apartándole la mano—. La mayoría de los tíos de mi clase somos vírgenes. Hay mucho fantasma suelto que dice que ha follado con chicas mayores, pero siempre *son del pueblo*. Qué casualidad, ¿eh? El otro día, Carlos, un pringado, nos enseñó el Insta de una pava de Zamora de veinte años con la que se supone que perdió la virginidad. Nadie se lo traga. Y si realmente lo hicieron, seguro que es su prima, porque...

Laura me puso el dedo índice en los labios.

—Pues ya va siendo hora de que tú la pierdas con alguien que no sea *del pueblo*, ¿no crees?

Me quedé en silencio un momento. Si intentábamos follar quizá no se me pondría dura, o tendría que pensar en chicos mientras lo hacíamos y sería un desastre. Me incorporé para fumar un poco y luego dejé el peta en la bandeja.

—Me van los tíos. —Se lo dije directamente. Laura ya no iba al insti ni se hablaba con mis amigos, así que no les contaría nada—. Antes solo lo sospechaba y ahora lo sé seguro.

Laura recuperó el peta y volvió a encenderlo para seguir fumando, mientras me examinaba con un destello de curiosidad en las pupilas.

—¿Solo los tíos?

—Sí.

—Es una pena que no seas bi, como yo. Pero me mola. ¿Ya has hecho algo con alguno?

—Sí.

—¿Y qué tal?

—Normal. Estuvo bien.

—¿Ahora te gusta algún chico?

—Alguno me atrae, sí, pero son amores platónicos y ya está, porque no sé si son gais o bis. No conozco a pavos abiertamente maricones —se me escapó una risita—, aparte de mi tío, claro.

—Yo podría presentarte a un par de ellos, pero no quiero forzaros a nada. No quiero ser de esas personas que presentan a dos gais e inmediatamente se los quedan mirando, esperando a que se besen mientras surge un arcoíris a su alrededor. Descárgate Tinder. Es el invento más útil del siglo XXI.

Según decían, por Tinder se ligaba un montón. Laura había conocido a tías y tíos por allí. Se había enrollado con algunos. A otros les había vendido hierba. A veces ambas cosas.

Resoplé.

—Qué paliza chatear. Ojalá fuera hetero. Todo sería más fácil. Podría tirar la caña de manera normal, sin preocuparme de si me pegan un puñetazo por ello. Quiero tener un botón mágico para pulsarlo y transformarme de golpe en heterobásico. Eso sí que me parecería el invento más útil del siglo XXI.

—Óscar, el puñetazo te lo daré yo por lo que acabas de decir. Ser heterobásico es lo peor que puede pasarte, porque vives siguiendo el rebaño y no tienes nada de especial. Aceptas las cosas sin planteártelas y sin protestar, porque eres un privilegiado. Te mueres habiendo vivido una vida supervacía y ni siquiera eres consciente de ello. A lo mejor estás a punto de descubrirlo un día, con setenta años, mientras te sientas delante de la tele y de repente piensas: «Creo que me falta algo». Pero como pensar es un polvillo molesto, enseguida te lo quitas y no le das más vueltas.

Me reí por debajo de la nariz. Culpa de la hierba, que me ponía tonto. A ella, en cambio, le daba por reflexionar.

—¿De qué te ríes, idiota? —me espetó, con tono amistoso.

—Eres una poeta cojonuda.

—Vete a la mierda.

—Lo digo en serio. —Le revolví el pelo—. Cuando hagas mítines arrasarás.

—No te invitaré nunca más a maría, ¿eh?

—¿Por qué? ¿No me crees? Iré a escuchar todos tus discursos y seré tu fan número uno. Te lo juro. Los heterobásicos me dan tanta pena... ¡Los muy cortitos jamás llegarán a comprenderte!

—A mí no me dan ninguna pena. Los normales y los básicos nunca pasan a la historia, ¿sabes? Y lo que decías antes, lo de que «ser hetero sería más fácil» y no sé qué, también podemos pensarlo las tías por ser tías. ¡Ojalá fuera un tío! Iría más tranquila por la calle, no sufriría violencia de género, no se me exigiría un físico de revista, no sería tan difícil ocupar altos cargos... Los migrantes y los refugiados racializados que huyen de la pobreza y de las guerras seguro que piensan que ojalá hubieran nacido burgueses y blancos en otro país. ¿Y qué tenemos que hacer? ¿Llorar y resignarnos? ¿No salir nunca a la calle, por miedo de que nos violen o de que nos maten? ¿No enamorarnos? ¿No luchar por una vida digna? ¡Ni de puta coña, Óscar! Lucharemos para poder existir. Por nosotros, por los del pasado y por los que vendrán.

—Joder. Qué bonito. O sea, eres una filósofa. Piel de gallina.

Me respondió poniendo los ojos en blanco y resoplando. Parecía que le estuviese vacilando, pero os prometo que no bromeaba.

Alucinaba con ella. La mayoría de las tías nos dan mil vueltas a los tíos. Cuando hablan y cuando discuten se fijan en muchísimos detalles. *Piensan* más. La mayoría de los tíos nos hemos quedado atrás, al pie de la montaña, compitiendo por ser el que aguanta más tiempo la mirada, mientras ellas nos miran desde la cima.

6

Comí con Laura y su abuela y pasé la tarde con ellas. La abuela no paraba de hablar de la posguerra. Al volver a casa, entré sin hacer ruido. Fui al baño a toda velocidad a lavarme los dientes y ducharme para que la peste a tabaco y hierba no me delatara. Salí vestido solo con la toalla, agarrando la ropa sucia con una mano. Tras asegurarme de que el pasillo estaba vacío, lo atravesé de puntillas y me encerré en mi cuarto.

Luego, vestido del todo, puse el dosier de Montse sobre la mesa, pero en lugar de hacer los ejercicios, cogí el móvil, me metí en Insta y cuando volví a mirar la hora ya habían pasado más de treinta minutos. Un segundo después, mi madre llamó a la puerta y entró. Fingí que hojeaba el «dusié» con atención e interés supremos.

—Montse me lo ha contado todo por teléfono —me dijo—. ¿Dónde has estado esta tarde?

—He quedado con Marc para buscar info sobre Ramon Llull, para el trabajo que tenemos que hacer y tal.

—Ya, claro.

—Pues vale, no me creas si no quieres, pero ahora soy un experto en literatura catalana. Te lo juro. Llull es prácticamente mi hermano.

Mamá puso los ojos en blanco.

—Claro que sí. Venga, aplícate. Que no te han dado fiesta.

Me dejó solo. Pasé las páginas del dosier, leyéndolas en diagonal. En la última se me pedía que escribiera una redacción sobre qué pensaba de las redes sociales. No tenía ninguna intención de hacerla. Siempre nos obligan a escribir redacciones sobre internet, las redes y la publicidad, y se olvidan de los temas interesantes.

La única vez que disfruté con una redacción del insti fue el trimestre pasado. Teníamos que hablar sobre el suicidio. Los de la clase escribían que la vida era un regalo, que *carpe diem* y toda esa mierda, y que suicidarse estaba mal. Pero yo escribí que vivir no podía ser una obligación. Que si querías suicidarte porque te daba pereza estudiar y trabajar más de sesenta años para sobrevivir y aspirar a una pensión, nadie debía impedírtelo. ¿O es que no está permitido irte de un restaurante antes de los postres porque la comida no te está sentando bien?

Al fin y al cabo, nunca nos preguntan si queremos nacer. Nos obligan a ello. La gente tiene hijos de manera egoísta. Los fuerzan a vivir y a sufrir, y si no son como ellos se esperaban, si no son estudiantes aplicados, si no hacen el trabajo que les imponen y no se adaptan a sus normas, los castigan. Yo no puedo quejarme demasiado de mis padres. Aun así, alguna vez, mientras me doy un baño o mientras me lavo los dientes, miro con interés la Gillette y no pienso precisamente en afeitarme.

Terminé la redacción sobre el suicidio culpando al capitalismo. Todavía no sé definirlo muy bien, pero se había puesto de moda criticarlo. Se me fue la olla y escribí que el sistema capitalista nos explotaba y nos obligaba a consumir de forma compulsiva hasta que moríamos, y que quería que fuéramos siempre superfelices para que nunca dejásemos de comprar. Cuando estamos tristes o deprimidos nos encerramos en casa y no gastamos tanto, por eso nos dicen que estamos enfermos y nos hinchan a pastillas, para que vivamos en *Un mundo feliz*, como en el libro distópico de Huxley.

El profe de castellano me llevó a la psicóloga del insti después de leer el texto. Se temía que iba a suicidarme o algo así. Le dije a la señora que solo había sido sincero. Que los profes no podían pretender que fuéramos optimistas si siempre escuchábamos que con tantas crisis y tanto cambio climático no nos quedaría ni planeta ni futuro. Que me reventaba que hubiese imbéciles que dijeran que tener dieciséis años es lo mejor, que es la mejor época. Si la ESO son los años más extraordinarios de la vida, apaga y vámonos.

La psicóloga tuvo la gran idea de enseñarme las redacciones optimistas de algunos compañeros, pensando que eso me alegraría el día. Rubio, una tía falsísima, había escrito chorradas como «¡Vivir es estupendo! ¡Disfruta de cada instante al máximo!». Luego, en el patio, la muy cabrona se reía de nosotros mirándonos con superioridad. «Por culpa de gente como tú —le habría dicho— no podemos disfrutar de nada». Para variar, era la típica que escribía todo el tiempo #PutaVida y #KeMierdaTodo en Twitter y en las instastories. Ya ves, chaval: Rubio existía antes del big bang y fue quien inventó la hipocresía...

En *El guardián entre el centeno*, el profesor de historia de Holden dice: «La vida es una partida que uno juega de acuerdo con las reglas». Pero no has elegido jugar. Si desobedeces una regla, vas a la casilla de la cárcel y de ahí no sales. Además, no puedes abandonar la partida fácilmente. Eres un número en una ecuación larguísima y la aritmética va marcándote el camino.

Cuando alguien tiene un hijo, no sé si dar la enhorabuena a los padres o el pésame al niño.

Debería existir un edificio que se llamase «la terminal» o algo así, para que cuando te rayaras de la vida pudieras ir allí a morirte.

Al jefe que te explota y al resto de gente que estás harto de soportar les dirías: «Oye, he probado esto de vivir y no me ha convencido. Venga, adiós, me voy a la terminal. ¡Que os den, hijos de puta!». Y *c'est fini*.

7

A la mañana siguiente me desperté con un wasap de Fabre. Me decía que sus padres no estaban en el piso y que si me apetecía ir a jugar a la Play, al *Call of Duty*. Con los videojuegos de matar zombis soy tan malo como con las pruebas de educación física y los partidos de fútbol, pero por lo menos me entretienen y no me obligan a levantar el culo del sofá. A las once fui para allá. Mi casa estaba vacía y no tuve que romperme la cabeza inventando excusas.

Marc me saludó con un «Hola, capullo» y me llevó a su cuarto. Encendió la Play, me dio un mando y cogió otro para él. Nos sentamos en la cama y empezamos una partida de zombis. Él era un pro —se notaba que estaba casado con la consola— y los mataba a la primera, mientras que yo no paraba de dispararles, no abatía ni uno y me quedaba sin munición. Era como ligar. Fabre casi ni lo intenta y un montón de pibas le tiran la caña. Al mismo tiempo, los pringados como Gómez tiran directamente el crucero a todo culo que ven, pero no pescan nada.

—Óscar, tío, ¡qué manco! —rio cuando me mataron por segunda vez.

En la tercera ronda ya me cansé del juego. Me giré disimuladamente para mirar a Fabre, que estaba concentradísimo en la partida. Llevaba pantalones de chándal y una sudadera azul. Tenía el cuello tenso. Los mechones de pelo se le ondulaban ligeramente por encima de las cejas. Olía a colonia One Million y eso me volvía loco.

En primero de la ESO, cuando lo conocí, no me imaginaba que llegaría a ser tan sexy ni que me acabaría gustando tanto. Entonces era gordo y bajito, un tapón de Font Vella rapado al cuatro y con cara de dónut. El típico que siempre veías con la mochila medio abierta y una manga del jersey o un trozo de estuche asomando. El primer día de curso, inexplicablemente, llegué temprano al insti. Él entró en el aula un poco más tarde. Vino hacia mí, nervioso, a decirme que se llamaba Marc y que si podía sentarse a mi lado. Estuve a punto de mentirle respondiéndole que ya se sentaba otra persona, porque pensaba que me contagiaría la etiqueta de friki. Pero me dio lástima y le dije que sí. Y miradlo ahora. Cuanto más crece, más se le marca la mandíbula, más guapo es y más se le suben los humos. Ahora, si me ven con él, me siento importantísimo y también se me suben. Cuando estamos juntos puedo convertirme en alguien muy hostiable, porque me atrevo a vacilar todo lo que no vacilo estando solo.

—¿Qué coño haces? —dijo Marc—. ¡Entra en el edificio!

Miré de nuevo la pantalla. Estaba dividida en dos: una parte era la visión del avatar de Fabre y la otra la del mío. Desde la parte de Marc vi a mi avatar en un descampado dando vueltas como un pato con náuseas, mientras los zombis lo linchaban. A los cinco segundos lo mataron. Ya se me habían agotado las vidas y mi media pantalla se volvió gris. Unas letras rojas y líquidas anunciaron: «DEAD!».

—Bro, no has sobrevivido ni tres rondas —me restregó Fabre—. Cada día mueres antes, ¿eh? ¡Felicidades, crac!

—Me he embobado —reconocí, tirando el mando a la otra punta de la cama y tumbándome, usando los brazos como almohada—. Claro, es que yo hago cosas productivas. No me paso la vida viciado a la Play. Tú eres prácticamente su marido.

—En cambio, tú te has casado con el porno y las pajas —contra-atacó—. *Cosas productivas.*

—¡Qué imbécil! Piensas en eso todo el día, ¿no?

—Debes de tener el historial lleno de pornhub y xvideos.

Solté una risita.

—Qué plasta, joder. Si entro, lo hago desde el incógnito, así que no. Tú seguro que te metes tanto en esas webs que ya eres su cliente VIP.

—Sí, sí, y en la lista de los VIP he visto a tu madre. «Ester Martínez, a un kilómetro de distancia. Madurita buenorra, MILF».

Me lancé sobre él como si fuera a pegarle, pero tampoco habría podido hacerlo porque es más fuerte y me habría parado los puños. Me agarró por los brazos, bloqueándome.

—¡Es broma, es broma! —exclamó, riendo. Rodé hacia un lado y lo dejé en paz. Se levantó de la cama—. Venga, ven.

Fuimos al comedor, donde había un armario repleto de licores.

—Mis padres no los tocan desde hace un siglo —me contó Fabre—. Si bebemos un poco no se darán cuenta.

Hicimos ron-colas y nos los llevamos a la cama. Muy cutre, pero no se nos ocurrió otra mezcla más creativa. El alcohol es como el café: sabe fatal, me lo trago rápido y sin respirar y solo me lo tomo para que me suba.

Mientras nos bebíamos los cubatas, Fabre me explicó que últimamente se hablaba mucho con Alba, una chica de la clase que está en nuestro «grupito de amigos». Fabre y yo somos los únicos chicos del grupo, y aparte de Alba, también están Helena y Fátima. La gente del insti con la que quedo normalmente. Con ellos voy a los conciertos, a las fiestas mayores y todo eso. A veces también se nos acopla Juliana, aunque no está en el grupo de Whats.

Fabre me contó que el otro día había ido al Ripoll —un río feo, raquítico y prácticamente radiactivo que pasa por Sabadell— con Alba y que se habían liado. Hostias...

—¿Al igual? —dije—. Me cae muy bien y todo lo que tú quieras, pero es un puto cardo. Tiene tantos granos en la cara que parece un meteorito lleno de cráteres. Si la miras de noche, podrías confundirla con la luna.

Fabre me dirigió una mirada asesina.

—Eres gilipollas, Óscar.

Joder, eso me deprimió. No me gusta nada criticar a las personas por su físico, y menos aún si me llevo bien con ellas. Pero me daba rabia que Fabre estuviera de lío con Alba. Y el ron ya me estaba subiendo a la cabeza. Laura siempre lo dice: cuando los tíos encuentran pareja desaparecen y, tras mucho tiempo haciendo como que no existes, te buscan para que los ayudes a solucionar sus dramas sentimentales.

—¿Continuaréis quedando o qué? ¿Queréis ir a más?

—No lo sé. Ya veremos.

Seguimos dándole a la bebida. Una cosa condujo a la otra y al final volvimos al tema del porno. En el insti solo nos hablan de placas tectónicas, así que en los vídeos es donde aprendemos cosas. Hice acopio de mi talento de actor y mentí diciendo que la sección que más miraba era la lésbica.

—Yo voy cambiando —dijo Fabre—. Ahora me gusta la categoría blacked, que está dentro del interracial. Son negros que se follan a blancas.

El porno, aparte de machista, es megarracista. La mayoría de los actores son blancos y a las personas racializadas las colocan en secciones aparte, como «interracial», «asian» o «latino».

—No conozco esa categoría —admití.

Marc apuró la bebida y se inclinó para dejar el vaso sobre el escritorio. Se sacó el móvil del bolsillo. Tenía las mejillas y los ojos rojos y las pupilas dilatadas. Yo debía de estar igual o peor.

—¿Pongo algún vídeo?

No me interesaba para nada, pero dije que sí.

Abrió Google en incógnito y escribió «po» en la barra de búsqueda. El predictor enseguida le propuso un enlace y él lo pulsó. Pronto localizó un vídeo blacked que le convencía, lo seleccionó y puso el móvil en horizontal para poder ver la obra cinematográfica en pantalla completa.

La escena era forzada y surrealista. El tío tenía una polla descomunal. Empezaba a hacerle anal a la tía, que armaba un escándalo chillando en inglés que le encantaba. Como de costumbre, todo parecía falsísimo. Pero la verdad es que se puede aprender bastante inglés con el porno. A mí me ha ayudado con los listenings.

Me gustaría convertirme en una tía con vulva durante un día y masturbarme, a ver qué se siente. Seguro que es mil veces mejor que lo mío. Laura dice que cuando folla tiene varios orgasmos y eso me flipa.

—Alucino con el rabo del pavo —comentó Fabre—. Uf, a mí me dolería mogollón que me reventaran el culo...

Perfilé una sonrisa y di un par de tragos. Marc se cansó de aguantar el móvil con la mano izquierda y se lo pasó a la derecha. Por el rabillo del ojo le vi un bulto en el pantalón de chándal, entre las piernas. Joder, se había empalmado muchísimo. Aún olía a One Million. Y cuando tragaba saliva se le marcaba la mandíbula.

La presión inquieta que notaba bajo los vaqueros iba en aumento. La polla me estaba traicionando. Siempre en el peor momento. Para disimularlo, me incorporé un poco hacia delante, haciendo como que miraba el vídeo más de cerca. Fabre, en cambio, no se molestaba en esconderlo.

La cabeza se me ensanchaba como un globo y el corazón, excitado, me latía como un cronómetro. Me bebí el resto del ron-cola de un trago y dejé el vaso vacío sobre la mesita.

—¿Alguna vez te has planteado hacer algo con un tío? —le pregunté, con voz temblorosa. En circunstancias normales no me habría atrevido. Fabre me miró y se dio cuenta de lo que estaba intentando disimular. Parecía que no le importaba.

—A lo mejor haría un trío con una tía y otro tío —contestó—. Pero no follaría con un pavo solo. ¿Y tú?

—Bueno, no soy gay ni nada de eso, pero no me importaría probar la polla de un tío alguna vez.

—Eso es que eres gay.

—Qué va. Pero no pasaría nada si lo probara una vez. Así sabría lo que ya sé: que *no* lo soy.

No pude aguantarme: le miré directamente el puto bulto. Me estaba poniendo muy caliente y, gracias al dios Ron, casi ni me daba vergüenza.

—Si ya lo sabes, ¿por qué necesitas probarlo?

—Joder, Fabre, cuántas preguntas. ¿Ahora eres profe de filo?

—Has empezado tú. —El vídeo seguía reproduciéndose, pero ya no lo mirábamos—. ¿En serio me la comerías?

—Sería mejor follar con una tía, pero sí, lo haría. O sea, no me molestaría. Además, los dos tenemos polla y sabemos lo que nos gusta. No sé, dicen que el sexo lésbico es el mejor porque las chicas se conocen muy bien, y nosotros necesitamos Google Maps para encontrar el clítoris...

En realidad, ese tema es más complejo. Pero entonces no podía pensar tanto.

Se hizo un silencio atronador entre los dos. De fondo se oía al negro gruñendo y a la blanca jadeando. Me acerqué más a él. Le examiné los ojos. Los *exploré*. Eran hermosos. Por alguna extraña razón, yo me atrevía a mirarlo fijamente y el me sostenía la mirada.

—¿Quieres? —le pregunté, y al oír mi propia voz me invadió un escalofrío. Bendito sea el ron, que ya me corría por las venas y me lo alivió.

—No lo sé.

Me aparté unos centímetros.

—Vale, tranqui. Perdona.

—No, no. O sea, si te apetece... —Apagó la pantalla del móvil y se repapó en la cama—. Como quieras.

Nunca le había hecho una mamada a nadie. Como mucho había probado las pajas cruzadas. Le puse una mano en la pierna. Ardía. Lo miré, con adrenalina en las pupilas, y asintió.

Le bajé el chándal y el bóxer; me ayudó levantándose un poco. Ya la tenía fuera. Estaba durísima. Nunca se la había visto *tan* tiesa. No era especialmente larga. Pero gruesa sí. Me apuntaba a la boca como un revólver, rígida y con las venas definidas.

Improvisé. Primero le lamí lo que se le había destapado del muslo. Luego le subí la sudadera y le besé el vientre. Su piel sabía a sudor y a colonia. *Sabor de chico*. Me volvía loco. Empecé a comerle la polla. No os mentiré: hacía tiempo que deseaba que pasara esto con Fabre. Lo había vivido en sueños. Me lo había imaginado para empalmarme y mientras me la jalaba. Pero jamás lo había admitido en voz alta. Para que no se hiciese real, supongo.

Me preguntaba si él tenía tantas ganas como yo. Si pensaba en mí del mismo modo. Obviamente, no paré de chupársela para verbalizarlo. Me lo guardé para mí.

Le hacía el oral poniéndole las manos en los muslos. De vez en cuando se los presionaba. Mientras tanto, él me hundía los dedos en el pelo. Al cabo de un rato le pregunté si quería que siguiera y me dijo que sí. En un momento dado me apretó la cabeza contra la polla, como hacen en el porno, y no me gustó nada. Las arcadas no molan. Le aparté las manos y continué. A veces alzaba la vista y le descubría las cejas en tensión. A veces me miraba con embriaguez y curiosidad. Yo alternaba la boca con las manos. Pasados unos minutos, me dijo que me apartara, que estaba a punto, y acabó él con su mano.

Bajé de la cama, mareado, y fui al baño a buscarle papel. Soy la persona más amable del mundo. Me merezco un Premio Nobel, ¿verdad? Mientras hacía girar el rollo de Scottex, me contemplé en el espejo del lavabo y no pude evitar sonreírme. «¡Felicidades, crac! ¡Has perdido en la Play, pero has triunfado con la lengua!».

Después, cuando le di el papel, le dije:

—¿Te ha gustado?

—Psé. No ha estado mal.

Se giró de cara a la pared para limpiarse y ponerse bien la ropa. Le daría vergüenza que lo viera. El calentón se le debía de haber pasado y ahora debía de sentirse culpable. Fue a tirar la *basura* a la papelera de la habitación. Me pregunté si allí también estaría el «dusié» de Montse. Me imaginé el tiempo que habría dedicado a preparárnoslo, los folios y la tinta que habría gastado... y todo para terminar mezclado con la lefa de Fabre. Qué pena. Podría ser una metáfora de la vida: al final, después de trabajar tantos años chorreando litros de sudor, solo seremos desechos mezclados con lefa.

—Ahora te toca a ti, ¿no? —le pregunté, inseguro y aún de pie. No podía abrir los ojos por completo.

—Ni de coña —respondió Fabre, sentándose en la cama con las piernas cruzadas—. Si estás cachondo, enciérrate en el baño y tócate tú. A ti te cundía una polla, a mí no. No me van los rabos.

Eso me quitó el calentón de golpe. Como si me hubiesen arrojado al océano Ártico.

—Si no te gustan los chicos, ¿por qué te has excitado mientras te la comía? ¿Por qué te has corrido tan rápido?

—Tranqui, los tíos no me ponen. Ha sido la situación. El alcohol y eso. Además, estaba pensando en Alba.

—En sus granos.

—Cierra el pico, subnormal.

—Qué injusto, bro —insistí, ronco. Más adelante me arrepentiría de lo que estaba diciendo—. Te la mamo y lo disfrutas, pero tú a mí no me haces nada...

—Tú ya has tenido bastante, que lo has disfrutado más que yo.

Fue una puñalada venenosa y traidora. Creo que me incliné un poco y todo, como si me la hubieran clavado de verdad.

—Eso lo dudo.

—Yo no.

—Pues has sido tú el que se ha corrido, ¿eh? No yo. Puto fantasma...

—Tú eras el que me chupaba el nardo. El que se moría por probarlo. Yo ya te he dicho que estaba pensando en otras cosas.

—Sí, sí, pero has durado poquísimo. ¿Quién de los dos es el que estaba más caliente, eh?

—¡Qué cansino, bro! Como si me la mamaba la vieja del cuarto. Me habría corrido igual.

Se le escapó una risita nerviosa.

—Ahora no me hables de viejas. Qué asco, tío...

—Ah, y si no eres marica, ¿por qué me suplicas que te haga algo? —me escupió, hundiendo la uña en la llaga—. Seguro que si te toco un poco te corres en cero coma. ¿O crees que no me he dado cuenta de cómo babeabas en cuanto me la has visto?

La rabia me hacía arrugar la frente y apretar los dientes.

—Qué hostia tienes. No te he suplicado nada.

—No ni poco, chaval...

—Qué hijoputa. Te hablaba de generosidad. Yo la he tenido contigo. Es algo entre amigos y punto.

—¿Ah, sí? ¿Sueles hacer esto con todos tus amigos?

—Ya te gustaría que lo hiciera —se la devolví—. Para mirarnos y pedirnos que te la comamos un poquito, ni que sea la puntita.

—Vete a la mierda. ¡Puto salido!

Suspiré, frustrado, enfadado, agobiado y confundido.

—¿Qué quieres hacer ahora? —gruñí, cambiando de tema.

—No sé.

Me apoyé en la pared. Os juro que no me aguantaba de pie. Incluso me costaba respirar.

—¿Seguimos jugando a la Play o algo? —logré preguntar.

—No me apetece.

—Ah.

Ya no me miraba a la cara. Era incapaz. Noté un cosquilleo en la nariz y un nudo en la garganta. Como si tuviese ganas de llorar. ¿Qué coño? ¿Por qué demonios me sentía así? Me sorbí la nariz cerrando los ojos, para que desapareciera la sensación.

—Además —agregó con un gallo—, enseguida vendrá mi padre y va a querer comer conmigo y tal. Si te ve a lo mejor me echa la bronca...

No soy tontito del todo. Pillé la indirecta y me marché. Yo también tenía ganas de largarme. La situación era demasiado incómoda. Me sentía demasiado humillado. Por supuesto, antes de que me fuera los dos acordamos que no contaríamos nada a nadie. Lo que ocurre cuando dos tíos quedan para jugar a la Play no sale de allí.

De camino a casa, aún con la cabeza dándome vueltas, pensé que sería muy bestia poder viajar al pasado, especialmente a las primeras semanas de la ESO. El día en que teníamos que votar al delegado,

Fabre me esperaba en su sitio del aula, gordo y sonriente, jugando con un llavero de Assassins Creed. «Te votaré a ti», me dijo, con voz de niño rata. Sabía que no quería que me eligieran y tenía ganas de putearme.

Si en ese momento hubiera aparecido alguien y me hubiese dicho que en unos años le estaría haciendo una mamada, me habría partido de risa y le habría pedido que volviera al manicomio.

8

Cuando estaba a punto de llegar a casa, me di cuenta de que no me apetecía nada estar encerrado, así que me puse los auriculares y fui a dar una vuelta autista por Sabadell. Ya no estaba nada cachondo. Al contrario: estaba apático. Hacía tiempo que no me sentía tan vacío. Tan *usado y tirado*. Y a la vez tan culpable, no por mí, sino por Fabre. Desde que había salido de su piso arrastraba preguntas infectadas de pus: en verdad, ¿lo que había pasado le había cundido tanto como a mí? ¿Se arrepentía?

Mientras atravesaba el Parque Cataluña, vi a un grupo de chalados haciendo cosas raras en el césped. Formaban un círculo, se apuntaban con el dedo y cambiaban de postura, así todo el rato, como si jugaran al pistolero. Debían de estudiar en el Instituto del Teatro y se creían actores por hacer esa mierda. Los vi otra vez desde lejos, después de cruzar el lago: ahora habían cerrado los ojos y se movían a ciegas, dibujando círculos con las manos. Los aspirantes a actor siempre están haciendo este tipo de paridas. Se piensan que son los más inteligentes y los más profundos del mundo. Y los más sexis, por supuesto.

Aun así, las pocas obras de teatro de texto que he visto —salvo *Els Pastorets*— me han gustado. La mejor fue *La reina de la belleza de Leenane*. Finísima. Fuimos a verla con el insti el curso pasado. Va de una tía que siempre ha vivido en un pueblucho con su madre, una hijaputa manipuladora que nunca le ha permitido estudiar ni nada. Porque quiere tenerla de criada toda la vida. Un día, a la prota la llama un exnovio que le dice que se muda a la ciudad y le pregunta si quiere irse con él. Ella acepta y quedan a las doce en la estación de tren del pueblo. La madre no quiere dejarla marchar: la insulta y le grita que no podrá vivir sin ella, que está loca y que tiene informes de médicos que lo demuestran. En un acceso de rabia, la prota se carga a su madre y se dirige a la estación. Pero en realidad el pueblo ni siquiera tiene estación y es cierto que está loca. Nadie la había llamado: se lo había imaginado todo. La madre la había torturado psicológicamente muchos años y eso le había pasado factura. La obra se acaba cuando la tía, después de tumbarse en el suelo de la cocina, bajo el que ha sepultado el cadáver arrugado y putrefacto de la progenitora, se levanta y se viste con la chaqueta de *ella*. Es superfuerte: se convierte en lo que más odia.

Estas son las historias realmente buenas, no como los musicales falsos y nauseabundos en que cuatro payasos pretenciosos cantan y bailan un poco y, de repente, todos los sueños se hacen realidad. *High School Musical* tendría que prohibirse.

En primero teníamos una profe de música que era muy fan de *Los miserables*, *West Side Story* y todos estos musicales. Una vez al mes nos ponía alguna de las pelis. Era el momento ideal para echarse una siesta. Además, la profe era una inútil. Cuando Aitor y sus amigos imbéciles empezaban a hacer el gilipollas con la flauta, de golpe era ciega y no los veía, solo los oía. Entonces se enfadaba y decía que como no salieran del aula los que no paraban de hacer ruiditos y como no los delatara nadie, nos quedábamos todos sin recreo. Evidentemente, Aitor y su troupe no decían nada y nadie se atrevía a chivarse. Los profes siempre dicen: «Sois un grupo y debéis actuar como tal», pero eso no tiene ningún sentido. No somos amigos de todos los que van con nosotros a clase y nunca trabajamos juntos como buenos hermanos. Al contrario: la mayoría de los compañeros nos caen mal. Solo nos llevamos con unos pocos. Y todavía tiene menos sentido que nos exijan que nos comportemos como un grupo y que, inmediatamente después, nos obliguen a delatarnos unos a otros. A ver: o somos una mafia o nos clavamos puñaladas, pero las dos cosas al mismo tiempo es imposible.

Odio a las profes de música. Son el peor invento del universo. Una broma de la naturaleza.

En segundo ocurrió algo parecido, mientras estábamos de campamentos en una casa de colonias. Por la noche, en la habitación de los chicos, Aitor y los otros dos orangutanes estaban haciendo ruidos con las manos, fingiendo que se pajeaban. Aitor empezó a gritar como un loco, como si se estuviera corriendo. De repente entró el tutor berreando: «¿Quién es el de los gritos? ¡Que salga!». No salió nadie y nadie respondió. Aitor y sus amigos eran bastante chungos. Ninguno de nosotros quería pagar las consecuencias de ser un puto chivato. El tutor pilló un cabreo tremendo. Como castigo, todos tuvimos que correr alrededor de la casa durante veinte minutos, con el frío de octubre helándonos los huevos.

Los amigos de Aitor le hicieron el vacío hasta que se terminaron los campamentos. Como ocupaban el mismo lugar en la pirámide feudal del insti, podían permitirse el lujo de ser bordes con él. Los muy tontos tendrían que haberlo delatado en su momento. Al día siguiente el chaval estaba rabioso y le dio por verter un vaso de agua en el almuerzo de Queralt, la friki que se sentaba delante de él en el comedor. Yo me sentaba a su lado, porque los monitores nos habían distribuido por las mesas por orden alfabético de apellido. Me reí como una hiena, igual que los demás. Pero por dentro pensé que

Aitor era un imbécil integral, que si me lo hubiese hecho a mí le habría partido la boca con el plato y que ojalá se pirara del instituto. Por suerte, repitió segundo y se cambió de centro. El universo había escuchado mis plegarias. Me acuerdo de que una vez, en el patio, dijo: «Mira, yo a los maricas los respeto y todo lo que tú quieras, pero que no se me acerquen. Los quiero lejos de mí». Entonces le respondí: «¡Yo igual!», o algo por el estilo, pero ahora le habría dicho que no se preocupara, que daba tanto asco que no querríamos estar ni a diez metros de él, que como mucho lo buscaríamos cuando necesitáramos provocarnos el vómito.

Aparte de los que hacían ejercicios raros, el césped del Parque Cataluña estaba lleno de parejas heteros enrollándose. Por un lado, me caían todos como el ojete. Los heteros enamorados son estúpidos. Los reyes de las cursiladas. Actúan como si ya estuvieran casados y me dan mucha rabia. Por otra parte, los envidiaba infinito. Me habría encantado estar ahí, como ellos, con un chico. Con Fabre, por ejemplo. Era una utopía: ya sabía que nunca estaría así con él. Seguro que después de lo de hoy dejaba de hablarme.

Cuando regresé a casa, aún con la imagen de los heteros liándose en la cabeza, me descargué Tinder y me creé un perfil con unas fotos que me había hecho Laura. Marqué que estudiaba un grado de auxiliar de veterinaria y que tenía dieciocho años. Si eres menor, no puedes registrarte. En la descripción no se me ocurrió nada más original que declarar: «Odio a muerte los musicales». Por si acaso. No quería que me ofrecieran ninguna sesión de *Mamma mia*. Tras fijar el límite de edad en 18-20, indiqué que buscaba tíos y establecí un radio de cinco kilómetros.

Empecé a jugar dando like y dislike a los chicos que me salían. Era lo más superficial del mundo, pero me divertía. Había otakus, canis, universitarios, entrenadores personales, skaters, edgy boys, perroflas, excursionistas... En las fotos algunos presumían de abdominales, paquete, culo o pectorales. Otros, más intensos, se vendían con descripciones sofisticadas: «Me apasiona la naturaleza, ir de excursión, acampar, escalar, respirar aire puro, el ska y Oques Grasses. Soy vegano. ¿Tomamos una birra?». O: «¿Eres más de gin-tonic o de Nesquik?», «Soy Tauro y odio a los Géminis», «¡Con un café y un libro soy feliz!», «Si eres de derechas no haremos match» y «Adoro el chocolate».

Al cabo de una hora o así empecé a tener *matches*, lo cual significaba que había pibes a los que les había molado mi perfil. Eso me inyectaba autoestima directamente en la vena. Le escribí a un tal Isaac, de 19 años.

> Hola 😀

Me respondió enseguida.

> Heyyy

Si las fotos no mentían, estaba buenísimo y tenía ojos de joyería. Estudiaba biomedicina. Hablamos de chorradas durante un rato. Nos seguimos en Insta y seguimos chateando por allí.

> K haces ahora?

> Ps estoy en la cama
> Aburrido
> Jaja

> Yo tbn

Entonces me mandó una foto que se había hecho de cintura hacia abajo. Solo llevaba calzoncillos y el bulto de la polla deformaba la N y la K de «Calvin Klein».

De repente me deprimí. Estaba rayadísimo por lo de Fabre. Y todavía me entristecía más no poder estar cachondo en el momento del sexting. Era cuando tenía que estarlo. Quería estarlo. No me apetecía decirle a Isaac que no era mi día y que no estaba el horno para fotopollas, ya sabéis, mucho texto, o sea que lo bloqueé.

9

Mis padres volvieron tarde a casa. Los miércoles siempre quedan al salir del curro para ir juntos al súper. Bajé a ver qué habían comprado y qué cenaríamos. Al mediodía me había dado una pereza titánica cocinar y había comido unos fideos Yatekomo insípidos, así que la barriga ya me rugía. Si solo pensaban hervir verduras, me deprimiría. Las judías con patatas me incitan al suicidio.

Me detuve antes de entrar en la cocina. Mis padres estaban dentro, charlando y riendo. Me asomé al umbral de la puerta y los observé mientras sacaban las cosas del carro para colocarlas en los armarios. Me gustaba verlos así de alegres, bromeando y sonriéndose. Se amaban. Si entraba de repente, se acordarían de que me habían expulsado y de que no dejaba de cagarla. Les estropearía el momento. Los padres de algunos compañeros de clase discuten todo el tiempo. Su casa es un infierno de voces y golpes. Los míos, a lo sumo, discuten conmigo y con mi hermano; entre ellos se llevan bien.

A menudo me pregunto si se arrepienten de haberme tenido. La verdad es que no soy muy buen hijo. De vez en cuando, todos los padres deben de preguntarse cómo sería su vida si no hubieran procreado. Apuesto la chatarra de mi cartera a que la mayoría piensan que todo les iría mejor. Seguro que en alguna ocasión han buscado la máquina del tiempo en Amazon, para intentar corregir el error. Si yo me tuviera a mí mismo de hijo, no me soportaría. De hecho, cuando conozco a alguien que se me parece, me cae como el culo. Y si fuese el padre de mi hermano, lo abandonaría en la autopista sin miramientos. Sacaría la mano por la ventanilla del coche haciéndole una peineta, mientras me alejaba, y por el retrovisor lo vería desamparado en el asfalto, poniendo en práctica el autostop.

Afortunadamente, si mis padres se animaban a viajar por el espacio-tiempo, lo harían porque soy gilipollas, no porque sea gay. Si se lo confesara, no se lo tomarían a malas ni me dirían: «Es una moda pasajera, ya se te pasará». Son buena gente. Además, tampoco les parecería extraño, porque conocen a mi tío. Lo que de verdad me daba miedo y pereza eran las preguntas de después. ¿Te gusta alguien? ¿Tienes novio? ¿Utilizas protección? ¿Has leído el último informe de mil quinientas páginas sobre enfermedades de transmisión sexual que ha publicado el Instituto Catalán de la Salud?

Los interrogatorios parentales. Tremenda tortura.

A la mañana siguiente le envié «Buenos días» a Fabre. Me dejó en visto. Le pregunté si se había enfadado y tampoco me respondió. Empezó a dolerme la barriga. No me entraba nada para desayunar. Me senté en el escritorio y abrí el «dusié», pero me veía incapaz de concentrarme más de tres segundos. La pierna me temblaba. Me di cuenta de que me había estado rascando el pulgar con el índice de forma inconsciente.

Entonces, mamá irrumpió en mi cuarto sin llamar a la puerta ni nada. Eso me saca de quicio. Como ese día iba más tarde al trabajo, no tenía nada mejor que hacer que tocarme los huevos.

—Ayer te miré el dosier —me dijo, en tono acusador. Encima metía las narices en mis cosas. ¡Fantástico! A veces se obsesiona buscando por casa motivos para echarme la bronca—. Solo has escrito el nombre. ¿Y has visto cómo tienes la habitación? ¡Menudo caos! No sé cómo puedes vivir así...

—Mamá, yo no meto la mano en tu cajón de las bragas ni te canto las cuarenta cuando tenéis el estudio hecho un mojón, ¿verdad que no? Pues deja mi cuarto en paz.

Mamá resopló. Me dijo que estaba harta de que no diera un palo al agua. Que si por la noche todavía no había terminado los ejercicios del dosier, iría a currar al taller de mi tío. Gruñí «sí, sí» poniendo los ojos en blanco, para que se largara de una vez. No podía tomarme en serio la amenaza. De pequeño, cuando llegaba a casa con notas de los profesores en la agenda en las que comentaban mi mala actitud, mis padres intentaban asustarme diciéndome que a la próxima me cambiarían de cole, pero nunca lo hacían.

Mamá se fue en algún momento: no oí la puerta de abajo al cerrarse. Durante dos horas lo único que hice fue copiar la biografía de Bernat Metge de Wikipedia. Rellené media página. Eso ya me dejó exhausto. Cada cinco minutos miraba el móvil, a ver si Fabre me había contestado. Cada cinco minutos me llevaba una decepción.

Para distraer la ansiedad, empecé a buscar a los profes en Instagram. Encontré a Elio, el de química. El perfil daba demasiado lache. Colgaba selfis tomados desde abajo, enseñando toda la papada. En el pie de las fotos escribía cosas así:

Hemos..., comido. ' Muy bien en Cadaquès¡ # familia # relax

Menudo retrasado.

Hice captura de algunas imágenes para crear stickers de WhatsApp y vengarme por las malas notas que nos ponía. Si eres una basura de profe que no sabe explicar, no puedes exigirnos exámenes impecables.

Me llegó una notificación de Tinder. Me había hablado un tal David, de 18 años. Estaba en primero de Enfermería en la UAB. Junto con su mensaje, la aplicación me enviaba una frase de lo más deprimente: «Te van a salir canas esperando. ¡Háblale ya a tu match!». Qué triste que, tras años tragándome pelis románticas sobre adolescentes y creándome expectativas, la cruda realidad de lo que es ligar me caiga encima como una viga de cutredad.

A mi si q me gustan los musicales

Pues vaya... Yo no los aguanto jajaja

Pq? Si son lo mejor del mundo! En el ordenador tengo descargadas grabaciones pirata de espectaculos de broadway

Q ilegal!

Ya ves jajaj. Cualquier dia viene la BRIMO a casa para meterme en chirona

Bueno, quiza puedo dejar q me adoctrines y me hagas adorar los musicales

Si?

Ns, tengo que pensarmelo...

JAJAJAJA! Y donde haces el grado de auxiliar de veterinaria?

> En el cementerio. Me dedico a sacrificar gatitos y perritos indefensos

Jdr, q creepy

> JAJA, es broma. En realidad estoy en primero de bach y tengo 17 años

Si le contaba que estaba en cuarto, quizá se sentía asaltacunas y me bloqueaba, así que no se lo dije.

> Yo tengo 18, pero soy del 2 de enero. Me salté 5o de primaria

Yo era del 6 de enero y tenía dieciséis. Nos llevábamos dos años.

> Hostias, eres superdotado?

Q va, no llego a tanto. Pero era de los mayores de clase, sacaba buenas notas y me pasaron de curso. X desgracia creo q lo q tenia d listo ya lo he perdido

> Jajajajaja, igualmente te pedire consejo para cuando tenga q hacer las PAU
> Tienes insta?

Me pasó el Insta y flipé con sus fotos. No entiendo del tema: no tengo ni idea de cómo conseguir una profundidad y una iluminación óptimas, pero no era necesario para darse cuenta de que era un artista, como Laura. Mi perfil daba pena al lado del suyo. Había subido imágenes de paisajes, de ciudades y de él. En algunas salía sofisticadamente maquillado. Siempre he pensado que los chicos que se pintan la raya lucen ojos de película. No sé por qué no nos la hacemos todos antes de salir a la calle. Debo confesaros que intenté pintármela una vez, en casa. No habríais querido ver el resultado. Parecía que me hubiesen pegado un puñetazo.

Estuve todo el día hablando con David. Nos mandábamos audios contándonos la vida —la suya era, por supuesto, mucho más interesante que la mía, que solo giraba alrededor de la expulsión— y memes de humor negro. Algunos incluso hacían chistes sobre maricones.

Me olvidé de comer y de que Fabre llevaba horas ignorándome. Cuando mi madre volvió, por la noche, subió a cotillearme el dosier, como si fuera un niño de tres años. Vio que, aparte de aquella media página, no había escrito nada más.

—Óscar, ¡te has pasado el día aquí y no has pegado ni golpe! Ya basta de hacer el vago, ¿no? ¿Quieres ser como Joan, que no se ha sacado ni la ESO? —Apenas le prestaba atención. Tenía la mirada fija en el móvil. Acababa de recibir un audio de David y me moría por escucharlo—. Llamaré a Román. Mañana irás a trabajar a su taller.

—¿Va en serio?

—Por supuesto. —Desenfundó el móvil—. A las siete de la mañana te vas derechito hacia allí. Te quedarás hasta las siete y media de la tarde, que es cuando cierra. Y luego te quiero en casa, ¿eh? No aproveches para hacer una de tus escapaditas...

—Cobraré algo, ¿no?

—¿Me tomas el pelo? ¡Claro que no! ¡Te estoy castigando!

Junté las muñecas, como si me hubieran esposado, y fingí que sollozaba.

—¡Qué injusticia! ¡Me estáis esclavizando! ¡Encima me obligáis a ir un *viernes*!

Me daba una pereza inmensa visitar el taller de mi tío, especialmente si era para montar y desmontar cosas. Siempre me puntuaban bajo en tecnología y de peque odiaba los Lego.

Mamá chasqueó la lengua.

—¡Venga, no me seas payaso!

—Estáis vulnerando mis derechos. ¡Soy un ciudadano libre! —Como podéis ver, durante un tiempo me había aficionado a las series de policías y jueces—. Me merezco un sueldo. ¿Cómo quieres que me pague la droga, si no?

Mi madre arqueó una ceja. Había cruzado una línea roja sin proponérmelo. No sé qué me estaba pasando. A veces me pongo tonto.

—¿La droga? —me preguntó con la voz desgarrada—. ¿En eso te gastas la paga?

—Joder, mama, es broma. En serio...

El «mama» no sirvió de nada. Salió al pasillo y la oí hablar con su hermano por teléfono.

Mi madre debía de pensar que las sanciones del insti y lo del taller bastaban como escarmiento. Porque al final, lo que tanto me temía, la clásica bronca en la mesa del comedor con ella y papá soltando chispas de furia, no llegó a producirse. Bien por mí. Ese tipo de broncas siempre entran en bucle.

10

Cuando sonó la alarma de las siete, me desperté grogui y la apagué. Diez minutos más tarde, mi madre hacía una aparición estelar en la habitación y me torturaba abriendo la persiana y dejando entrar todo el sol. Eso era criminal. La luz me quemaba los ojos. Sentía que me moría, como un vampiro. Me escondí debajo de la manta, gruñendo. El cerebro no me permitía articular nada más.

—Román te espera en el taller dentro de una hora y media —dijo mamá, arrancándome la manta de un tirón. Proferí un «nnnmmm-bfff»—. Sí, sí. Rugidos y monosílabos: lo único que sabéis decir los adolescentes. ¡Qué miedo me da el mundo que nos espera!

Estaba cabreadísima. En parte tenía razón: no soy capaz de formular una frase mínimamente inteligente hasta el mediodía.

Me daba mucha pereza currar en el taller, pero aún me la daba más convertirme en Lenin y liderar la Revolución rusa contra mamá. Aceptando la explotación a la que me condenaban, me levanté y me dirigí a la ducha moviéndome como un zombi del *Call of Duty*.

Me metí bajo el agua caliente. Me quedé ahí quieto como media hora, haciendo un esfuerzo enorme para no dormirme de pie, hasta que mi padre llamó a la puerta. Desde el pasillo me dijo que si la factura del gas de ese mes subía ni que fuera un céntimo, la iba a pagar yo.

Estaba clarísimo que habían amanecido con ganas de putearme. Les hubiera gritado que si estaban de mal humor, podían encerrarse en su habitación y echar un polvo matutino, pero entonces me habrían expulsado de casa o me habrían estrangulado directamente. Temía demasiado las represalias y, llamadme caguetas, opté por morderme la lengua.

El panorama ya estaba bastante jodido.

No tenía hambre. Además, las galletas de chocolate, una de las pocas cosas que puedo tragarme por la mañana, se habían terminado. Se las habría zampado todas el cabrón de mi hermano. Lo añadí a la lista mental de motivos por los que lo odiaba. Algún día mandaría la lista a la Madre Naturaleza, para pedirle explicaciones de por qué lo había traído al mundo.

Una vez vestido, salí y subí por la calle Roger de Flor, que lleva a los Merinales, el barrio donde trabaja Román y donde también vive mi abuela. Cuando era pequeño iba muchos fines de semana a verla y todo eso. Allí, como casi no circulan los coches, jugaba con los niños del barrio en la calle sin que los adultos tuvieran que vigilarnos meneando la cabeza como si fuera la luz de un faro. El sabor de los polos y del chicle de fresa me recuerdan esos días. Una vez, cuando iba a sexto o así, estaba en una plaza y vino una niña a preguntarme si era marica. Le dije que por qué quería saberlo. Ella señaló a un chico mayor con gafas que también estaba en la plaza. «Él lo es y tú lo pareces». Lo miré fatal, con asco de verdad. Me sacaba de quicio que se riera tan escandalosamente con sus amigas y que hablara con esa voz. Si hubiese tenido huevos, le habría gritado que se cosiera la boca, a ver si así se callaba. Le respondí a la niña que no, que yo no era marica, y traté de no acercarme jamás a ese chico. No quería que pensaran que era como él. No quería serlo. En el cole, si te llamaban marica, era para insultarte.

Quizá tenía cosas en común con el chico de las gafas. Quizá habríamos podido ser amigos. O quizá no. La cuestión es que tiré la oportunidad por la alcantarilla. Si siempre estás embobado o si te asustas por todo, los trenes se te escapan, las vías se te oxidan y, con el tiempo, ya no te pasa ninguno.

De camino al taller, pisé una caca de perro. Acostumbro a pisarlas por las mañanas, cuando ando medio dormido. El pan de cada día, tete. He llegado tarde al insti muchísimas veces por culpa de eso. Por suerte, estaba seca. Mientras frotaba la suela del zapato contra el césped de un parque, me pasó por delante un gordo con cara de gilipollas que caminaba como un pato. Se rio de mí. El mundo funciona así: o pisas o te pisan. O te burlas del gafe que ha pisado una mierda o alguien se mete contigo por ser una foca o por tener pluma. Unos pringados se burlan de otros pringados, y así sigue una cadena trófica que termina en los pringados de abajo del todo de la pirámide: quienes reciben más palos. Si no quieres ser como ellos, tienes que pisar a alguien. Y muchas veces, el grupito con el que vas es quien te empuja a hacerlo.

Seguí andando. Me detuve un momento ante un portal, para peinarme aprovechando el reflejo. El viento me había dejado el pelo horrible. Entonces vi a un chico sentado en un banco. Tenía la espalda echada hacia delante y los codos en las rodillas. Llevaba un pendiente. Los tíos con pendiente me vuelven loco. Sin querer, me lo quedé mirando fijamente y, cuando me devolvió la mirada, yo se la aparté de repente. A veces me da miedo parecer demasiado salido. Algunos días no puedo evitar fijarme en la gente de mi alrededor y fantasear con los tíos que me llaman la atención. A veces no puedo parar de pensar en el *sexo*, aunque apenas sé de qué va. Y lo peor de todo: no puedo contárselo a nadie. Los gamers pajeros de la clase, como Font y Gómez, declaran libremente y sin tapujos con qué vídeo se hicieron el Vladimir ayer por la noche. Hasta nos lo enseñan. Pero yo, si voy con ellos a comer al puto McDonald's, nunca les confieso cómo me pone el cajero, ni las fantasías que tenía el curso pasado con el profe de repaso de Fabre. Ahora, para variar, acababa de prometerle a mi mejor amigo que no contaría a *n-a-d-i-e* que le había comido la polla.

En la plaza del Trabajo había unos viejos haciendo taichí o algo por el estilo, con una entrenadora de treinta y pico años. La adolescencia es una basura. Los treinta deben de ser la hostia: eres guapo, sofisticado, curras, cobras, ya no te salen granos y tienes pareja o incluso te has casado. Y en realidad, llegar a los setenta debe de ser todavía mejor: eres feo, tienes una barriga cervecera de récord Guinness y no hace falta que te preocupes por el físico, porque el resto de yayos de tu grupo de taichí están igual. Te la suda todo. Te has jubilado. Vives la vida.

Sería la polla jubilarse de repente y saltarse todos los años de tortura en el trabajo. Ojalá ser un puto abuelo que cobra una pensión y solo se dedica a ir de excursión con el Imserso, hacer calçotades y tomar Danacol. Los abuelos incluso pueden tirarse pedos ruidosos en público sin necesidad de disculparse.

Uf, ¿en qué momento me he puesto a pensar en los pedos de los viejos? Ya os advierto que a veces se me va la pinza... Mejor dejémoslo.

Ese día, el aire de la mañana me recordaba a cuando jugaba en el patio del cole, con Fenda, mi amiga de la infancia. En primaria lo hacíamos todo juntos. En primero de la ESO aún iba conmigo a clase. Para que dejaran de preguntarme si le miraba la polla a Aitor en el vestuario y para dejar de estar abajo de todo de la pirámide, *pisé* a Fenda. Es negra y un día —se me debía de apagar la neurona— cogí un selfi suyo y, con una aplicación del móvil, lo pegué sobre la imagen de un paquete de Conguitos. Envié el collage por el grupo de WhatsApp de los chicos de 1.º B. Aitor y sus colegas chungos se partieron de risa.

Fenda no tardó en enterarse. Obviamente, nunca volvió a hablarme. Me lo merecía. Había sido un puto racista. Me las di de cabrón y el rumor sobre mí desapareció, pero ella no me perdonó. Como era muy inteligente y buenísima en atletismo, en segundo la apuntaron al Centro de Alto Rendimiento de Sant Cugat. No la veía desde entonces.

Ella era uno de los trenes que había dejado escapar. Y todavía no me lo he perdonado.

11

Cuando me faltaban diez minutos para llegar al taller, me vinieron ganas de fumar. En la mochila solo llevaba boquillas y papel; el tabaco se me había acabado. Entré en el primer estanco que vi y, muy serio, dije:

—Un Manitou de liar, por favor.

—¿Eres mayor de edad? —me preguntó la mujer, arqueando una ceja.

—Claro —le aseguré—. Tengo diecinueve.

El truco para que te vendan la mercancía consiste en afirmar que tienes diecinueve y no dieciocho, que es muy justito, mientras les sostienes la mirada con naturalidad.

—¿Me enseñas el DNI?

—Lo he olvidado en el coche. —El comodín perfecto para estas ocasiones. Infalible.

—Sí, seguro.

—En serio.

—Pues ve a buscarlo. No te daré nada sin el DNI.

—Tengo mucha prisa, señora. El jefe me espera en la oficina. Es el típico capullo. Ya sabe. Como llegue tarde me pone de patitas en la calle.

Se rio entre dientes.

—O me traes el DNI o nada. Lo siento.

—¿Y si le dejo quedarse con el cambio?

—Muy amable por tu parte. Pero no.

—Puedo ir a comprarlo a la competencia, ¿sabe?

—Me parece genial. Salúdalos de mi parte.

Mierda. Esta vez las técnicas no me funcionaban.

—Arruinará su negocio con este plan, ¿eh? —dije, y me largué tratando de que no se me notara la cara de derrota. Si me creciera barba de la buena, en lugar de esta mierda de pelos aleatorios, colaría siempre. En pocos días, Fabre puede tener una barba convincente que pasa la aduana de todos los estancos. Es un imbécil con suerte.

Paré a una señora de la calle. Le pedí que me comprara el tabaco. La tuteé para que no se sintiera tan vieja.

—Tengo diecisiete y cumplo los dieciocho el mes que viene. En serio. Puedes quedarte con el cambio, si quieres. Me ofrezco a liarte un piti gratis y todo.

—¿Óscar? —dijo entonces la señora—. Vaya, ¡qué mayor estás!

Me había reconocido. Esperaba que no fuera amiga de mis padres. Si ahora, para colmo, se enteraban de que fumaba, les daría un ataque al corazón y me quedaría huérfano.

—¿Sabes quién soy?

—No... Lo siento.

—La madre de Sergi. Ibais juntos a primaria, ¿no te acuerdas?

—¡Hostia, sí!

Qué fuerte. Sergi era el que siempre me llamaba maricón. En clase de educación física nos chutaba pelotas a Fenda y a mí. En primaria, mientras a todos nosotros nos la sudaba el tema, él estaba obsesionado con identificar a los maricas, las nenazas y los frikis para hacerles la vida imposible. Un día, en quinto o así, me harté de tanta tontería y fui yo quien le tiró una pelota de baloncesto a la cara, gritándole: «¡Maricón tú!».

Sergi rompió a llorar, hirviendo de rabia. Con la cara roja, la nariz chorreándole mocos y la vergüenza evaporada, fue hacia la profe de educación física señalándome y gimiendo: «¡Me ha insultado! ¡Me ha llamado maricón!». La profe me indicó que me acercara. Me preguntó por qué lo había hecho. «No le he insultado —le respondí—. Mi tío siempre dice que está orgulloso de ser maricón. No creo que se insulte a sí mismo». Fenda, que pasaba por allí, me defendió: «¡Sergi siempre le dice lo mismo!».

Pero la profe debía de estar cansada. Tendría ganas de volver a casa, encontrarse con su pareja y echar un polvo rápido, guarro, escandaloso y adornado con palabrotas. Ignoró a Fenda y me castigó dos días sin recreo. Encima me obligó a copiar treinta veces la séptima norma de la agenda: «No faltaré al respeto a los compañeros de clase con insultos, porque a mí no me gustaría que me hicieran lo mismo». Podría haberse resumido en «No insultaré». La alargaron para joder a los niños. Quien redactó esas normas tuvo que pasar una infancia de mierda. Seguro. Igual que los profes que se sienten empoderados al ver sufrir a los niños.

Los padres de Sergi estaban divorciados y todo el mundo decía que ese era el motivo por el que se portaba tan mal en el colegio. A los abusones siempre los excusan de algún modo: pobrecitos, seguro que les pegan en casa. Pobrecitos, seguro que tienen problemas económicos. Pobrecitos, seguro que el divorcio de sus padres los ha traumatizado. Nadie dice: son imbéciles, disfrutan haciendo daño a la gente y punto. ¿Por qué nos cuesta tanto aceptar que la mala gente existe y ejerce cada día?

Sergi hacía lo mismo antes de que sus padres se separaran, así que eso no tenía nada que ver. En mi casa, mis padres discutían con Joan todo el maldito tiempo porque faltaba a clase, nunca cogía el teléfono y con catorce años volvía a casa a las tantas de la madrugada, oliendo a marihuana y alcohol, después de haber estado vete tú a saber dónde... Yo no molestaba a nadie por eso. En primaria era buen chico. Fue en la ESO cuando empecé a comportarme como un hijoputa. Y os aseguro que no me lo provocó mi hermano. Fueron otras cosas.

El padre de Sergi tenía una empresa que funcionaba de puta madre y parientes metidos en el PP. La cartera de esa familia sufría obesidad por exceso de billetes. Gracias a todo eso, Sergi fue a estudiar a un instituto privado, religioso y carísimo de Barcelona, o sea que lo perdí de vista al terminar sexto. De vez en cuando me cruzaba con él por el centro de Sabadell, pero nada más.

Por casualidad, el mes pasado lo encontré en Insta y le cotilleé el perfil. Ahora se hacía llamar Sergio, porque era un cayetano. Había salido del armario como gay y —joder, qué rabia y qué envidia— tenía un novio que estaba buenísimo. Había viajado a Cerdeña con él y con su familia, y también a Bruselas y Miconos. El karma no existe. Esta es la prueba irrefutable.

Sí, ya sé que lo del abusón homófobo que acaba saliendo del armario es un tópico. Lo hemos visto en mogollón de pelis y tal. Pero en el mundo real ocurre a menudo. Supongo que por eso funciona el cliché.

—Cuando yo tenía tu edad —dijo entonces la madre de Sergi, con los brazos en jarras—, le vendían paquetes de tabaco a cualquiera. Y si no te lo compro, seguirás fumando igualmente, ¿verdad?

—Por supuesto. Le puedo pedir a ese viejo con pinta de pedófilo que me haga el favor. Seguro que acepta el piti gratis encantado. Aunque prefiero dártelo a ti. Así, mientras te lo fumas, me cuentas cómo le va la vida a Sergi.

Soltó una risita.

—Qué espabilado. Ya se te notaba cuando eras pequeño. Te lo compraré, pero no se lo digas a tu madre, ¿eh?

—Soy una tumba.

Era la típica MILF de cincuenta años, rubia de bote, que va a pilates pero se pone a fumar en cuanto sale de la clase, y que adora que le hagan la pelota. El mundo está infestado de esta especie. Son una plaga.

—Además —añadí—, lo del cáncer de pulmón es una chorrada. Al marido de la prima de mi madre le salió uno y en nada la palmó. Y era runner, vegano, tomaba batidos de frutas vomitivos y nunca había probado una calada. Yo creo que fue culpa de los batidos. Tenían una mala pinta...

A la madre de Sergi le pareció un razonamiento muy ingenioso y asintió, tendiéndome una mano. Le di el billete de cinco. Me compró el Manitou y fuimos a sentarnos a un banco. Saqué las boquillas y el papel de la mochila y empecé a liar los pitis.

—Sergi era buen chico —dije, entretanto—. Pasamos momentos inolvidables juntos.

—Lo sé, lo sé —me contestó, gesticulando artificialmente—. Nos hablaba divinamente de ti.

¡Vaya! De modo que era tan falsa como yo. Fantástico: podríamos jugar al Mentiroso.

—Me acuerdo perfectamente de cuando jugábamos a baloncesto. Nos divertíamos tanto... Él era mejor que yo, sin duda. Siempre me ganaba.

Se sonrojó.

—Desde pequeño que se le dan bien los deportes, ¿a que sí? —exclamó, entusiasmada. Asentí con convicción. En realidad, no era de los buenos. Más que meter la pelota en la canasta o en la portería, nos la chutaba a la cara—. Sin embargo, tanto su padre como yo creemos que debería estudiar Derecho o Economía. ¡O las dos! Así podrá hacerse cargo de la empresa dentro de unos años.

—¡Qué gran idea!

—¿Verdad que sí?

Me moriría si tuviera que estudiar alguna de estas vainas. Si mis padres me obligaran a hacerlo, me fugaría de casa. Me dedicaría a mendigar cantando fatal por las calles. Seguro que la gente me daba pasta para que me callase y me fuera a desafinar a otra ciudad.

Cuando terminé de liar los cigarros, le ofrecí uno.

—¿Tienes fuego?

La señora llevaba un mechero rosa fosforito en el bolso. Me encendió el piti mientras yo lo sostenía entre los labios. Luego hizo lo mismo con el suyo.

—Qué pena que Sergi no fuera al Pau Vila, ¿eh? —lamenté, justo antes de dar una calada y soltar el humo apuntando hacia otro lado.

—A él también le supo mal separarse de los amigos —suspiró. Cogía el cigarro torciendo la mano de manera afectada. Fumaba como una pija básica—. Pero ahora le encanta el Colegio de los Jesuitas de Sarriá. Estudiará el bachillerato internacional allí mismo. ¡En inglés! Estoy orgullosísima. Además, está saliendo con un chico *ideal* para él. Carlos. Ya te lo habrá contado, ¿no?

—Por encima.

Si no fuera porque la MILF me había conseguido tabaco y fuego, no la estaría aguantando. Encontrarte con la madre de un excompañero que presume todo el rato de su hijo y que va de guay es de las peores cosas que pueden pasarte.

—Son monísimos —prosiguió—. Dos medias naranjas con mil cosas en común que afortunadamente se han encontrado. Hacen tantos planes juntos... —Mi yo vengativo deseaba intensamente que lo que me contaba fuera mentira. Ojalá tuvieran un zurullo de relación—. Ven un día a casa. ¡Así te lo presenta!

—Oh, sería genial.

Antes preferiría arrancarme los ojos.

Lo que más rabia me daba era que él, con una familia conservadora, se había atrevido a salir del armario, mientras que yo todavía estaba dentro.

Fui cordial y me quedé con ella hasta que apuramos los pitis. Luego le dije que me iba porque tenía un compromiso.

—Dale recuerdos a Sergi de mi parte —le pedí.

—Se los daré. ¡Hasta luego, guapo!

Bajé la calle en dirección al taller. Llevaba un paquete de Trident en el bolsillo. Solo me quedaba un chicle. Me lo metí en la boca y lo masqué para disimular el olor a tabaco mientras me acercaba a una papelera y tiraba la cajita, que estaba tan vacía como mis ganas de vivir tras hablar con esa señora.

12

El taller de mi tío tiene una bandera LGTBI ondeando en la entrada. Las paredes de dentro están llenas de pósteres: David Bowie, Alaska, Queen, Elton John, Raffaella Carrà, Village People, ABBA, la Veneno, Gloria Gaynor, Madonna, Lady Gaga, Judy Garland, Rosa Parks, Martin Luther King, actores, actrices y drag queens. También hay fotografías en blanco y negro de las celebraciones del orgullo de los años setenta, ochenta y noventa, así como carteles sobre activismo LGTBI. Un museo del colectivo.

Cuando entré, él estaba debajo de un Opel, reparando algo. Solo se le veían las piernas. Salió rápidamente, se levantó y se me acercó limpiándose la grasa de las manos con un trapo. Las uñas le relucían pintadas de azul marino.

—¿Ya lo saben tus padres? —me preguntó.

—¿Qué? —dije, con voz temblorosa, mientras dejaba la mochila en el suelo. ¿Le había pitado el detector de maricas o algo así?

—Que fumas.

Respiré aliviado.

—Yo no...

—No intentes escondérmelo, Óscar. Los chicles no funcionan: es de segundo de primaria.

—No tienen ni idea. Y espero que no te chives.

—No se lo diré —aceptó Román—. Pero aquí dentro no quiero ver ni un cigarro. —Hizo una mueca—. Yo antes era fumador. Ahora no soporto el olor a tabaco. Los que ven sexy a la gente que fuma están chiflados.

Mi tío me parecía el hombre más raro del mundo. Cuando yo era pequeño, en los encuentros familiares siempre me aconsejaba: «¡Pórtate mal!». Me veía demasiado buen chico y creía que, por mi propio bien, tenía que rebelarme de vez en cuando. Pues ahora le estaba haciendo caso. ¿Qué más quería?

Se acercó a una mesa cubierta por una montaña de herramientas. Con gestos teatrales, cogió unas cuantas y fue hacia el Opel. Abrió el capó y se puso a manipular el motor tarareando «I'm Still Standing» de Elton John, la *faggota* legendaria. Os juro que no os estoy mintiendo. Si me pidieran que desmontara una cosa de esas, no sabría por dónde empezar. Sería como tener que traducir al chino un texto en suajili.

Román no reparaba vehículos. *Bailaba* la danza del mecánico. Es la persona más excéntrica y detallista que jamás conoceréis. Y me caía peor que una patada en el culo. No porque fuera mala persona. Siempre ayudaba a mis padres cuando lo necesitaban. Pero me ocurría lo mismo que con el chico de las gafas que vi con once años, en aquella plaza. Me incomodaba. Cuando hablaba, cuando se reía, cuando veía que no se cortaba ni un pelo, me daban ganas de irme a otro sitio.

Esto me deprimía muchísimo y hacía que me odiara a mí mismo.

De alguna forma, me estaba preguntando: ¿por qué tú puedes ser así y yo no?

Durante la primera media hora que estuve allí, Román se concentró en diseccionar el Opel y no me habló. Me gustaría contaros qué demonios hacía y enumeraros, una por una, las herramientas que utilizaba. En serio. Pero no tengo ni puta idea de mecánica. Lo único que puedo deciros con certeza es que, aparte del coche, en el taller también había una moto. Y que el símbolo de la marca Opel se parece al emblema de los okupas. Al fondo del local se esconde una pequeña oficina. Con un escritorio y un PC más viejo que Matusalén. Fui para allá. Un día, de pequeño, lo encendí sin permiso, para meterme en el Paint y jugar a dibujar círculos y mierdas así. Ni mi tío ni mamá me veían: estaban charlando fuera. Sin querer, le di adonde no debía y encontré una foto de dos hombres en pelotas enrollándose. Nunca antes había visto a dos tíos besándose. Qué triste. Odio las pelis románticas del estilo *Love Actually*, pero habría preferido verlos por primera vez en un sitio así. A mis padres les flipan ese tipo de pelis. Se pasan las Navidades poniéndolas en la tele. Siempre son iguales. Laura las resumiría así: ricos blancos cisheteros que aún creen en el amor romántico.

La segunda vez que vi a dos tíos enrollándose fue en casa de Vic, cuando cumplió doce años y nos invitó a su fiesta. Éramos diez niños o así. Su madre nos había preparado una gincana y una tarta. Vic le soltó que ya no estábamos en el parvulario, que la gincana le parecía un muermo y que no le daba la gana de hacerla. Cogió la comida y nos llevó a su cuarto. Dejó a su madre con cara de «se me ha muerto el perro». Me la imaginé organizando el juego por la casa unos días antes, entusiasmada, pensando que su hijo se lo pasaría en grande. Sentí lástima por ella.

Vic tenía el portátil de su hermana en la habitación. Mientras devoraba un trozo de tarta y la nata le ensuciaba la boca, nos enseñó la fantástica web porno que había descubierto. Nos puso un vídeo de la sección gay diciendo que tenía mucha curiosidad por saber cómo lo hacían los tíos. Puto Vic. Ahora iba a otra clase y no nos hablábamos. Desde primero de la ESO ya destacaba por ser un salido.

Cuando las profesoras se inclinaban sobre el pupitre de un alumno para resolverle dudas, poniendo el culo en pompa —una manía que comparten todas—, las miraba y hacía como que se pajeaba. Y si por desgracia te sentabas a su lado, cuando menos te lo esperabas te murmuraba al oído: «Estoy empalmado». A veces le daba por coger la regla, fingía que se la medía y exclamaba que superaba los veinte centímetros.

Menos mal que ya no nos llevábamos. Lo último que sabía de él, y me lo contó Fabre, es que iba a menudo al hospital, a visitar a su madre, que estaba ingresada porque le había dado un ictus. Conclusión: si te preparan una gincana, aprovéchala. Podría ser la última.

Al lado del ordenador de Román había una fotografía enmarcada, de tonos quemados y aire nostálgico. En la parte inferior, con lápiz, habían escrito «1982». Aparecían mi tío y otro hombre, jóvenes, sentados sobre unas escaleras y vestidos con ropa vintage. Debían de tener veinte años o así. Román lucía una melena a lo John Lennon. Estaba serio, llevaba gafas de sol y se le veía muy delgado. Ahora es calvo y tiene barriga cervecera. Tal y como proclama el profe de latín: *Tempus fugit!* Su compañero llevaba el pelo más corto y sonreía.

—¿Ya me estás hackeando el ordenador? —dijo Román, irrumpiendo en la oficina. Abrió uno de los cajones adosados a la pared y rebuscó en su interior.

—¿Quién es el que está a tu lado? —le pregunté, señalando la foto. Siempre había querido saberlo.

Cogió unas piezas y cerró el cajón. Me miró enarcando las cejas.

—¿Hoy te has despertado curioso?

Puse los ojos en blanco.

—Miquel —dijo por fin—. Un novio que me eché en los ochenta. Los dos militábamos en el FAGC.

—¿En el qué?

Ahora fue él quien puso los ojos en blanco.

—¡Dios mío! Los jóvenes de hoy en día no sabéis nada. Nacéis, os lo dan todo hecho y ni siquiera pensáis en los que estábamos aquí antes que vosotros. Nos comimos un montón de hostias para conseguiros derechos y vosotros como si nada. —Suspiró—. El FAGC es el Front d'Alliberament Gai de Catalunya. Se creó en 1975, el año en que el malnacido de Franco por fin la diñó.

De repente me interesaba muchísimo la historia de mi tío con el tipo de la foto. Me daba vergüenza preguntarle más cosas, pero al mismo tiempo sabía que no tenía nada que perder, así que me tiré a la piscina.

—¿Qué pasó con Miquel? ¿Lo dejasteis?

—¿Tu madre qué te ha dicho? ¿Que vengas a trabajar o a interrogarme? —refunfuñó, mientras salía de la oficina y me dejaba solo e intrigado. Vaya capullo. Fui detrás de él.

Entonces reparé en que uno de los carteles de la pared era del FAGC. Salían las siglas, un puño en alto y la leyenda «amnistía homosexuales».

—Mamá siempre dice que eres más de ir de flor en flor —intenté chincharlo—. No sabía que habías tenido novio.

Román estaba otra vez liado con el motor del Opel. El capó levantado lo tapaba y no lo veía. Solo le oía la voz, oxidada tras años de fiestas y alcohol. Sonaba como un automóvil antiguo.

—De hecho, nunca reconocimos que éramos novios. Estábamos juntos y punto. Duramos cuatro años. ¡Cuatro! Incluso a mí me cuesta creerlo. Es la relación más larga que he tenido. Lo dejamos porque no soy amigo de los compromisos y eso hacía que discutiésemos mucho. Él era de Martorell. El día que cortamos regresó allí y no lo vi más. No he nacido para el matrimonio. Y a los hombres les cuesta tres cojones aguantarme. Los que lo intentan pillan migraña.

—¿Después de tanto tiempo, no has vuelto a ver a Miquel? Para poneros al día y eso.

—No.

—¿Y por qué?

—¿Ahora eres de Telecinco?

—Ah, ¿no te lo he dicho todavía? Soy un joven que no tiene ni idea de nada. Me lo han dado todo hecho. —Lo dije con retintín—. Solo intento saber algo de la vida.

Inspiró y espiró largamente. Lo interpreté como una victoria, porque siguió hablando.

—Era periodista.

—¿Y?

—Fue a rodar un reportaje a Irak, durante la guerra del golfo, y lo mataron en un atentado con bomba.

Joder, ¿para qué abría la boca?

Me senté en el suelo, apoyando la espalda contra la pared.

—Hostia, yo no... Mi madre nunca me lo ha contado —fue lo único que pude decir.

El capó de Opel bajó. Vi la cabeza calva y la cara cincuentona de Román. Se encogió de hombros.

—*Shit happens*, chaval. Ya lo irás viendo.

Con los brazos en jarras, se acercó a unas fotografías enmarcadas y colgadas al lado del póster de Gloria Gaynor. Me levanté para mirarlas. Eran de una manifestación liderada mayoritariamente por mujeres trans, que sostenían una pancarta que anunciaba «NOSOTRAS NO TENEMOS MIEDO. NOSOTRAS SOMOS». En las demás fotos aparecían carteles que exigían la amnistía y la libertad de las personas del colectivo. La gente lucía gafas, melenas, ropa y bigotes de los setenta. De peque, cuando visitaba el taller con mamá, no me fijaba en las imágenes de las paredes. Pasaba por allí sin prestarles atención.

—1977 —dijo mi tío, sin dejar de mirar esas fotos—. La primera manifestación del orgullo LGTBI en Barcelona. Tenía diecisiete años, más o menos como tú ahora. En total, éramos cinco mil. Los grises cargaron e intentaron dispersarnos a porrazos y disparándonos balas de goma. Para defendernos, levantamos barricadas con las sillas y las mesas de las terrazas de las Ramblas.

—¿En serio?

—Por supuesto. Nosotros hemos conseguido algunos derechos, pero la policía no ha evolucionado. Esos hijos de puta cromañones siguen haciendo lo mismo.

Joder. Con diecisiete años, Román ya trabajaba en el taller, luchaba por sus derechos y se enfrentaba a la poli en batallas campales. Yo, con dieciséis, me quedaba embobado en la cama, sin hacer nada. Salir de casa para ir a clase me costaba muchísimo esfuerzo, como si tuviera que ir a la mina. Y tenía miedo de admitir que miraba porno gay.

—Durante el franquismo, se aplicaba la Ley de Vagos y Maleantes —prosiguió—, con la que se perseguía la homosexualidad. Nos trataban como a unos delincuentes. En el año 70 la cambiaron por la Ley de Peligrosidad y Rehabilitación Social, que servía igualmente para reprimirnos. Si eras gay, lesbiana, travesti, bisexual o transexual, significaba que eras peligroso y que podían coserte a golpes y multas y meterte en la cárcel. O enviarte a un centro psiquiátrico para que te hicieran electroshocks y te *rehabilitaran*. Gracias a las acciones del Movimiento de Liberación Homosexual Español, que luego se convirtió en el FAGC, cambiaron un poco la ley, para disminuir la represión hacia nosotros, pero no la derogaron totalmente hasta 1995, cuando yo ya me estaba quedando calvo.

—Flipa... —murmuré—. No tenía ni idea.

—Ah, y el FAGC no fue legal hasta los ochenta. La policía nos perseguía y nos apaleaba. Algunos de mis compañeros pasaron semanas encerrados en celdas. Y si no le hubiéramos plantado cara a la autoridad, injusta y violenta, si no la hubiésemos liado parda, no habríamos conseguido nada. ¿Te suena Stonewall?

—No —dije.

En realidad, había oído hablar de ello en TikTok. Pero quería que siguiera contándome cosas. Nunca había conversado tanto tiempo con mi tío. Nunca imaginé que me interesaría hacerlo. Era un puto héroe.

—Yo prefiero llamarlo la *batalla* de Stonewall. —Sonrió—. Stonewall era un bar gay de Nueva York. La madrugada del 28 de junio de 1969, la policía entró para hacer una redada, vaciar el local y arrestar a cuantos más negros e hispanos mejor. La homosexualidad se consideraba un delito y a eso se le sumaba el racismo. Los clientes desalojados, hartos, se rebelaron. En lugar de huir, se enfrentaron a los polis arrojándoles un diluvio de piedras y ladrillos. De hecho, fueron dos mujeres trans racializadas las que empezaron la revuelta. Los agentes desenfundaron las pistolas y todo, y tuvieron que refugiarse en el bar y pedir refuerzos. A la protesta se sumaron más de dos mil personas. Los disturbios se alargaron tres noches: llovían adoquines, los manifestantes hacían añicos los escaparates e incendiaban los contenedores... En las calles ardía el fuego de la rabia. Y también el fuego del orgullo. La policía daba palizas, pero la gente no se rendía.

»Por eso el 28 de junio es el día del orgullo LGTBI. Desde 1969 se ha avanzado mucho, pero no en todas partes. En Polonia, en la entrada de algunos municipios se anuncia que están «libres de personas LGTBI». Tanto en Rusia como en China se prohíben las pelis en las que aparecen gais y lesbianas. En Indonesia, si tienes relaciones homosexuales, te encierran en el trullo y te castigan con ochenta latigazos. ¡Hostia puta, ochenta latigazos por un polvo! En Jamaica te condenan a trabajos forzados. En Afganistán, Arabia Saudí, Mauritania, los Emiratos Árabes, Irán y en varios países más, te cae la pena de muerte.

»Y tras la mani del 77 han pasado un porrón de años, pero aquí sigue habiendo LGTBI-fobia. Discriminación, asesinatos y violencia física y verbal contra gente del colectivo. ¿O crees que una pareja hetero se plantea si corre peligro por el hecho de cogerse de la mano y besarse en la calle? Una pareja de dos tías o de dos tíos, en cambio, se lo plantea a menudo. Miras a tu alrededor, cohibido, por si acaso, porque no te apetece que te miren mal ni que te insulten. Porque te gustaría llegar a casa con la nariz intacta. ¿Y alguien trans? Alguien cis no piensa que salir de casa siendo él mismo lo puede mandar al hospital. O a la tumba. Pregúntale a alguien trans si alguna vez ha tenido miedo de *ser*. Las miradas y los comentarios hacen mucho daño. Algunos son tan letales como los golpes. Tú perteneces plenamente al siglo XXI. En el colegio, si eres de la comunidad o si la gente piensa que lo eres, ¿te tratan como a uno más?

Bajé la mirada y meneé la cabeza.

—Depende. Hay personas muy avanzadas y tolerantes y tal —dije, con la voz ronca. Carraspeé. Pensé en Laura, que no iba a mi curso, pero que había estudiado en el Pau Vila. Y en Helena, de mi clase, que se le parecía un poco—. Pero también hay quien no lo es en absoluto. Además, por lo menos en mi insti, no nos hacen talleres sobre sexualidad ni nada de eso. Solo nos hablan de drogas. Podemos decir que todos nos hemos sacado un máster y un posgrado en sustancias estupefacientes.

—Pues esta es la puta realidad: los LGTBI tenemos que enfrentarnos a muchos más problemas que los que no lo son. En todas partes.

Román tenía las cejas tensas. En los surcos de la frente podía verle el puño alzado del Frente de Liberación grabado a fuego.

—Supongo que sí. Como las tías. Como los negros.

Chasqueó los dedos llenos de grasa.

—¡Venga, despierta! ¡Es la hora de tu generación! ¡Dejad de utilizar el móvil para chorradas y aprovechadlo para destruir el cisheteropatriarcado!

Esto me arrancó una sonrisa. Era raro y gracioso que dijera todo eso. A Laura le encantaría.

Cogió de la mesa un par de herramientas cuyo nombre ignoro y se agachó para desmontar una rueda del coche.

—¿Aún militas en el FAGC? —pregunté.

—¿En serio? ¿No te ha bastado la lata que acabo de darte?

—Ha sido duro, no voy a negarlo. Pero así te entretienes charlando y te olvidas de que tendría que estar trabajando.

—No lo he olvidado. —Señaló a su izquierda—. ¿Ves la moto? Está reservada para ti. La arreglarás tú solito.

—Si lo intento, explotará.

Soltó una risita, mientras seguía aflojándole los tornillos a la rueda.

—Bueno —probé—, tus batallitas no las encontraré en Wikipedia. Y podría utilizarlas para rodar una serie de Netflix.

—¿Qué serie vas a rodar tú?

—¿Una sobre tu vida? No me digas que no sería la leche...

—No pararás de insistir, ¿verdad? —suspiró—. Pues no. Hace tiempo que no voy a las reuniones del FAGC. Pero conservo algunos amigos. Hay dos que pronto cumplirán cien años. De ellos sí que se podría hacer una serie cojonuda. Dos valencianos que eran amantes. Durante la Guerra Civil los obligaron a luchar, uno junto a los fascistas y el otro junto a los republicanos. Coincidieron en la batalla del Ebro. Cada uno en un lado distinto del río, disparándose balas sin verse, pensando que a lo mejor se acababan matando el uno al otro. Pero sobrevivieron y en el 77 fueron a la manifestación de Barcelona. Todavía viven juntos. Joder, ¡ojalá contara con su capacidad de compromiso! ¡Ojalá los enamoramientos me duraran más de una noche!

Me daba rabia reconocerlo, pero yo era un mierdas comparado con mi tío. Había sido gilipollas pensando que era raro y que me caía como una patada en el culo. Nunca se lo diría, pero me parecía el putísimo amo. Un terminator calvo, gordo y diva.

—¿Sabes qué decía tu abuelo cuando yo iba a manifestaciones con los del FAGC? —continuó, mientras retiraba la rueda del Opel. Negué con la cabeza—. Que iba a un desfile de pervertidos a gritar: «¡Nosotros también queremos pintarnos las uñas! ¡Y que nos la metan por el culo!». Mientras lo decía, sentado en el sofá, se reía como una bestia. La barriga le rebotaba y se le veían los agujeros de las piezas que le faltaban en la dentadura. Eran como pozos sin fondo. Como tubos de escape. Qué hijoputa.

—Vaya —dije—. Así que se había dejado algo de pelo en la caspa, ¿no?

—Al muy facha le salía caspa por todas partes.

Hace un año que se murió el yayo. Ocurrió por la noche. Fuimos todos a su casa, a hacerle compañía a la abuela mientras esperaba que vinieran a llevarse el cadáver. Mi tío, al entrar en el salón, dijo: «El hijoputa por fin la ha palmado». Ninguno de nosotros objetó nada. Ni siquiera la yaya. Todos sabíamos que el abuelo había sido un cabrón con él. De hecho, aquella noche Román solo estaba allí por su madre. Y asistió al funeral solo por ella.

Nunca se refería al abuelo como «mi padre» ni como «papá». Cuando hablaba conmigo, lo llamaba «tu abuelo». Con mi madre lo llamaba «tu padre» y, con la abuela, «el Luis».

Lo que me sorprende es que yo nunca noté que el yayo Luis fuera mala persona. Conmigo era muy bueno. Se parecía a Papá Noel. Pelo blanco, barrigón y siempre apalancado en el sofá, mirando pelis del

Oeste. Cuando iba a verle, me daba cinco euros para que me comprara chuches o fuese al cine. Jugaba conmigo al dominó y a las cartas. Me regaló su navaja cuando cumplí los trece. Aún la tenía. La guardaba en mi cuarto, dentro de un cajón.

Me imagino que las personas nunca son del todo buenas o del todo malas.

13

Supongo que querréis que os aclare varias cosas. Pues apretaos el cinturón.

Mi madre y mi tío habían nacido en Jabuguillo, un pueblecito de Huelva. Gracias a lo que me había contado ella y gracias a lo que se comentaba en las comidas familiares, me había hecho una idea de cuál era su drama. Román era la nenaza del pueblo. Los niños se reían de él porque era afeminado y lo llamaban maricón y esas cosas.

Cuando Román y mamá todavía eran pequeños, se mudaron con sus padres a Sabadell, a un piso de los Merinales. El abuelo abrió el taller y obligaba a Román a trabajar con él. No pensaba pagarle ningún estudio que no estuviera relacionado con la mecánica. Reparaban vehículos y siempre lo harían. Al principio, mi tío lo odiaba, pero acabó cogiéndole gusto a la profesión. Al fin y al cabo, currárselo y ser mejor mecánico que su padre era una manera de rebelarse contra él.

El yayo Luis sufría mucho de la espalda y se prejubiló con cincuenta y cinco años. Le dijo a Román que no le cedería el taller hasta que no se casara con una mujer, porque *su* negocio debía mantener la reputación intacta. No podía estar en manos de un invertido sodomita. Decía que, si no se casaba, la gente lo vería como un enfermo inútil. Que nadie le llevaría jamás un vehículo y que se arruinaría.

Al final, Román se casó por lo civil con una amiga lesbiana que también tenía problemas con su familia. Eran muy buenos amigos y llevaron el taller juntos un tiempo. Vivían en un piso compartido, como los estudiantes universitarios, y cada uno tenía sus aventuras. Hasta que la chica —Gemma— se fue a vivir con su novia y se «divorciaron». Pero el taller ya estaba a nombre de mi tío: eso no podía cambiarse.

Román y Gemma siguen siendo amigos. Yo la he visto alguna vez. Tiene el pelo largo y gris, suele llevar gafas de sol y fuma como un carretero. Ríe escandalosamente y su voz, seca y oxidada, suena muy sabia. Como la de mi tío. Él, de hecho, es el padrino de la hija de Gemma y su esposa.

El abuelo era un machista y siempre maltrató a la abuela. Yo no lo veía, porque delante de los nietos era totalmente diferente. Y también zurraba a Román. En Jabuguillo, entre su padre y los niños que le hacían la vida imposible, las pasó canutas. En Navidad nos explicó que, a los nueve años, tuvo que entrar en la iglesia para huir de unos energúmenos mayores que lo perseguían. El cura le preguntó qué le sucedía y él se lo dijo.

«Si te persiguen, es por algún motivo —le contestó el cura—. Si te dicen que te portas como una niña, es que no haces lo que toca. El señor te envía sufrimiento para que veas que te estás desviando del camino. Cuando seas igual que los demás niños, te acogerán en el rebaño. De pequeño yo era como tú. *Diferente.* La oveja negra del pueblo. Muy a menudo me preguntaba por qué Dios me hacía sufrir tanto. Por qué me odiaba. Al final descubrí que, en realidad, me amaba. Me quería a su lado. Y con el dolor que me infligía no solo pretendía que fuera como el resto de ovejas, sino también que las guiara».

El discursito no convenció a Román. No sabía ser como los otros niños. No era como ellos. Y ni borracho se metería a cura. De modo que salió de la iglesia, plantó cara a los trogloditas y le dejaron la cara hecha un mapamundi.

«Si el señor quería mandarme una señal —nos dijo mi tío, en la comida de Navidad en que nos relató la anécdota, mientras vertía vino tinto en su copa—, que me enviara unos buenos tacones y a Judy Garland bajando por un tobogán de arcoíris. Y mientras, que proclamara desde el cielo: "Hijo mío, eres marica. ¡Abrázalo!".

»Por culpa de esa paliza —prosiguió—, no salí a jugar con mis amigas durante semanas. —Bebió un trago de vino lentamente, saboreándolo de manera teatral—. Después de clase, regresaba a casa corriendo. Si volví a salir fue porque estar encerrado con el Luis era aún peor. Las frases optimistas tipo Mr. Wonderful son una basura. Los golpes no te hacen ni más fuerte ni mejor persona ni más valiente. Pasar una infancia de mierda no te convierte en estrella de cine de mayor. Yo soy mecánico: un autónomo miserable, cosido a facturas. En cuanto alguien me viene con la típica frasecilla, golpeo la mesa y exclamo: "¡Pues vaya timo!"».

Aquella mañana, en el taller, me puse a pensar en las manis del FAGC. Me imaginé a Román y a Miquel, a finales de los setenta, luchando contra los grises tras una barricada de sillas en llamas. Intercambiando una mirada de esperanza, rebeldía y amor prohibido, con fuego en los ojos. Ignorando que, al cabo de unos años, a Miquel lo mataría una guerra extranjera.

Si elegía esconderme y «ser como los demás», por miedo, por pereza y por gilipollas, les estaría estafando. Traicionando. Borrando su lucha. Apagándoles los ojos ardientes con un cubo de cobardía.

14

—¿Qué tal está Jabuguillo? —me preguntó Román, devolviéndome a la realidad. Me había sentado en el suelo otra vez y me había quedado empanado. El Opel ya no tenía ruedas—. Fuisteis en verano, ¿no?

—Sí. Mamá, papá y yo. Joan no vino.

—Normal. Es un pueblo aburridísimo. Por algo llevo más de treinta años sin pisarlo. ¿El siglo XXI lo ha cambiado o sigue anclado en el XIX?

—Ha llegado el wifi y poco más.

—Las neuronas todavía no, ¿verdad?

—Qué va.

Me fijé en la moto que estaba al lado del Opel.

Me entraron muchísimas ganas de hablarle a mi tío del verano pasado. De repente quería contarle mil cosas. Pero me mordí la lengua. Vosotros, por supuesto, lo sabréis todo. Sois unos privilegiados.

Mi primer «amor gay» —suena demasiado cursi y tampoco se le puede llamar así, pero no he encontrado nada mejor en mi vocabulario— tuvo lugar el pasado agosto. Puto Jabuguillo. Cuánto daño nos hace. Tenía una pandilla de amigos en el pueblo: algunos eran de allí y otros de los pueblos de alrededor. Uno de ellos, Dani, era de Higuera de la Sierra y me sacaba dos años. Yo tenía quince y él diecisiete.

Siempre venía en moto. Quedaría muy pro deciros la marca, la velocidad máxima que podía lograr y esas vainas, si las supiera.

Con la pandilla siempre organizábamos planes. Nos bañábamos en la piscina, dábamos vueltas por ahí, íbamos a las ferias y a las fiestas de cada pueblo y montábamos botellones. Cosas así. De vez en cuando también jugaban al fútbol en un descampado, pero allí nunca me veían el pelo. Los deportes. ¡Qué paliza! Me quedaba en casa de la prima de mi madre mirando series y leyendo. Que conste que no estoy diciendo que no te puedan gustar los deportes si eres maricón. Soy yo, que estoy poseído por el dios de los vagos.

La cuestión es que Dani me dijo de quedar por WhatsApp. Una noche. No lo propuso por el grupo de amigos, sino por nuestro chat privado.

> Illo, te hace una vueltecita con la Paca?

Le había puesto nombre a la moto y todo. Rocho le habría dicho que era un jambo. Al chico debía de haberle saltado el gaydar, el radar de los maricones, al conocerme. Nos encontramos como a las dos de la madrugada. Me escapé por la ventana de la habitación, para que nadie se diera cuenta de que salía.

Me esperaba en la parada del bus, fumando un cigarrillo con el culo apoyado en la Paca. Vestía una camisa blanca abierta por arriba, que resaltaba su piel dorada por el verano andaluz. Cuando aspiraba el humo, la llama del cigarro le iluminaba los ojos claros por un instante.

Tiró el piti y me pasó un casco.

—Póntelo. No quiero que te mates.

Él se puso el otro. El corazón me iba a mil. De veras que estaba superinquieto. Subió a la moto y yo me senté detrás, agarrándole la cintura. Me llevó por carreteras que atravesaban campos de olivos, encinas y alcornoques, bajo la luz plateada de la luna, que se le reflejaba en el casco. La moto a ratos zumbaba y a ratos rugía.

Entró en un terreno abandonado y se detuvo allí. Nos quitamos el casco y nos tumbamos en la hierba, de cara a las estrellas. Si alguna vez estáis bajo ese cielo, alucinaréis. Se ve la Vía Láctea de cabo a rabo.

Dani era un tío silencioso. Ah, y olía muy bien. No sé si por la cera del pelo, por el champú o por la colonia. Quizá el olor lo desprendía él.

—¿Qué tal? —me preguntó, volviéndose hacia mí.

—Muy bien —le dije. Qué idiota. No se me ocurrió nada más creativo. Se me comían los nervios. Aún no había hecho nada con ningún chico.

La gente de pueblo nos lleva años luz de ventaja a los que somos de ciudad. Empiezan a beber antes. Tienen sexo más pronto. Y en comparación con nosotros, son superespabilados.

Miré a Dani. Tenía unos labios de anuncio de perfume. Se incorporó un poco y me besó. Como siempre, al principio todo fue muy ortopédico. Pero una vez pasada la fase de descoordinación, aprendimos a entendernos sin palabras y a liarnos de manera más o menos fluida. Le notaba los labios calientes. Sabía mover muy bien la lengua. Yo todavía no he aprendido a meterla y utilizarla como Dios manda. Si la muevo poco, me siento inútil y acabo enrollándome solo con la boca. Si la muevo mucho, me siento como una lavadora y también termino limitándome a los labios.

Me puso la mano en el pecho y bajó hasta la entrepierna. Al notarla de golpe y porrazo allí abajo, tan cálida, se me cortó la respiración. Me venían a la mente cuerpos que me habían erizado la piel en el pasado. Cerré los ojos y me concentré en el momento, tratando de

110

no pensar en nada y *solo sentir a Dani*. Me imaginé que lo único que existía en el mundo eran sus dedos ansiosos que me desabrochaban el botón y la bragueta de los pantalones y se me metían por dentro de los calzoncillos. En cuanto pude volver a respirar, me pegué más a él y le hice lo mismo.

Nos hicimos una paja cruzada: él a mí y yo a él. Estalló antes y se manchó la camisa. Yo aún estaba nervioso y tardé algo más. Cuando me corrí, fue fantástico. Una mano me masturbaba mientras la otra me dibujaba círculos en el pecho. Manos de motorista. Sus ojos llenos de Vía Láctea me atravesaban. Sus labios rojos y húmedos me volvían loco.

Nos limpiamos con una sudadera que guardaba debajo del asiento de la moto. En la sierra de Aracena las noches estivales pueden ser bastante frías. Sin decir nada, volvimos a tumbarnos sobre la hierba. Me apoyé en su hombro y me pasó la mano por encima. Hablamos de chorradas de las que ya ni me acuerdo. Cuando nos cansamos de eso, nos liamos otra vez. Cambiamos de postura: se tumbó poniéndome la cabeza en el abdomen, mientras le acariciaba el pelo. Estuvimos así hasta que las estrellas desaparecieron, el cielo adoptó ese tono entre gris y azul claro, y salió el sol.

—Illo, no cuentes nada de todo esto, ¿vale? —me pidió, mientras se incorporaba. Igual que Fabre. Tío, todos dicen lo mismo.

—Tranqui. Tú tampoco, ¿eh?

Cogió el móvil y aprovechó el reflejo de la pantalla apagada para peinarse. No tenía sentido, porque luego se pondría el casco y volvería a despeinarse. Y si subía a la moto sin casco, el viento ya se encargaría de hacer su trabajo.

—Me gustas —admitió, arreglándose el tupé—. No aguanto a las locas que van de diva y eso. Todo el tiempo intentando llamar la atención. ¡Qué pesados! Tú eres más normalito.

Después de que dijera eso, me gustaría haber pensado que acababa de perder todo el encanto. Debería haberle soltado que era un plumofóbico de mierda. Que la próxima paja se la haría su madre. Que las locas que van de diva tenían más huevos que él. Que se necesitaba mucha más valentía para ser una diva que para ir en moto.

Pero nada de eso. Me tomé el comentario como un elogio. Qué imbécil.

—¿Quieres que quedemos otro día? —le pregunté. No me contestó. Solo se peinaba. Cuando terminó, regresamos al pueblo en moto.

Al cabo de dos noches, fui a la Feria de Aracena con los de la pandilla. Dani no vino con nosotros. Nos lo encontramos en las casetas. Estaba con unos chicos mayores de Higuera. No me dijo ni hola.

Al día siguiente, por la tarde, quedé con Yaiza, una tía de Sevilla que también pasaba el verano en Jabuguillo. Hacía días que me tiraba fichas y ya se había intentado liar conmigo en alguna fiesta. Me caía genial. Fuimos a dar una vuelta por el río. Sentados en la orilla, empezamos a lanzar piedras. Ella conseguía que rebotasen; yo no lo lograba. Era una crac con todo y bailaba de puta madre: shuffle, break y danzas urbanas de esas. Ojalá me gustaran las tías. Me casaría con ella. Tendríamos una vida de la hostia.

Tras perder de la forma más humillante posible en el lanzamiento de piedras, nos besamos un rato y tal, hasta que aparecieron dos tíos, cada uno con su moto. Conducían por el camino del río. Se detuvieron ante nosotros, dando vueltas y riendo. Uno era Dani. Me hice ilusiones pensando que vendría a saludarme o algo así, pero qué va. Para tocar los huevos, giraron cada vez más rápido, levantando una nube de polvo, y luego se largaron.

No volví a verlo en todo el verano.

Si lo que tenía era envidia porque me estaba enrollando con Yaiza, me lo podía decir por WhatsApp y quedábamos para repetir lo de la otra noche. Por desgracia, prefería verlo a él. Pero su capacidad de comunicación se limitaba a acelerar la moto con rabia para rebozarnos de polvo.

Con eso entendí perfectamente lo que decía Holden Caulfield en *El guardián entre el centeno*:

«Había acabado de peinarse y de darse palmaditas en el pelo y todo eso, así que se fue. Como Stradlater. Todos esos tíos guapos son iguales. En cuanto acaban de peinarse su maldito pelo, te dejan tirado».

El zumbido de la moto me hizo volver al taller. Román intentó enseñarme a reparar el motor, pero no lo consiguió.

—¡Para, para! —exclamó—. Te cargarás los cilindros. ¡Eres un mecánico de pacotilla!

—Lo siento.

—Estropearás aún más los vehículos y me quedaré sin clientes. Mira, mejor vete a fumar porros con los colegas. O a llamar a los interfonos para luego salir corriendo. O a reventar farolas. Yo qué sé. Lo que sea que haga tu generación.

—Somos más de subir vídeos a TikTok.

Sacudió la cabeza, confuso.

—No te preocupes: le diré a tu madre que has estado trabajando de sol a sol y de manera ejemplar.

—Bueno, gracias.

Cogí la mochila.

—Ah, por cierto, ¿ya sabes qué vas a estudiar?

Mierda. La pregunta maldita.

—Ni idea. No sé si hacer bachillerato o un módulo. Mis padres quieren que me saque el bach, pero no sé cuál escoger. Y tampoco tengo ganas de pasar más años en el insti. Quiero largarme de allí de una puta vez. Preferiría dar la vuelta al mundo o algo así antes que sacarme el bachillerato. Pudrirme seis horas en una silla todos los días es una tortura.

En realidad, no sé por qué todos tenemos que hacer necesariamente algo con nuestra vida. ¿Por qué no podemos simplemente no hacer nada? No elegimos nacer para vivir explotados estudiando y trabajando. Nos deberían pagar una pensión vitalicia a quienes decidimos dedicarnos a ser vagos. Ser vago debería convertirse en un derecho, una profesión y una vocación.

—¿No te interesa nada? —dijo Román—. No me lo creo.

—Sí. Me gusta leer. Ahora he empezado *Jane Eyre*. Es denso y me cuesta avanzar, pero está guay. Y me interesan algunas obras de teatro. Pero el insti y los profes dan puto asco. Estoy harto de todos ellos. Es mejor aprender las cosas por tu cuenta y cuando te apetece.

«Puto sistema educativo». Mi frase favorita. Y la de Laura.

—Los profes —proseguí— están amargadísimos. Parece que compitan por ser el que da la clase más aburrida. O por ser el que nos inspira más ganas de cortarnos las venas. El verbo «motivar» no existe en su diccionario. En serio.

—Cuando yo iba al colegio, los profesores nos pegaban con una regla si nos portábamos mal.

—Los míos están deseando hacerlo. Si pudieran, ya me habrían arrancado la piel de la cara.

Y tendría que llevar máscara. Mirándolo bien, ya no sería necesario que me preocupara por los granos. Ni por estar guapo antes de salir de casa. Nadie me reconocería. Sería genial.

—Antes sacabas buenas notas y te gustaba el colegio. Tu madre siempre me lo decía.

Se me escapó la risa.

—El colegio jamás me ha gustado. No lo admitía porque me daba miedo que mis padres se enfadaran. Tampoco estudiaba nunca. Primaria estaba chupado. Y ahora, en la ESO, apruebo mirándome las cosas en el último momento.

—Una vez tuve una profesora de inglés buenísima. Nos hablaba de Shakespeare y de los verbos irregulares con la pasión de una cantante de ópera. La escuchaba como si fuera Angela Davis pronunciando un discurso. Incluso me entraron ganas de estudiar Filología Inglesa. En serio. Y no soy de letras.

No sé quién demonios es Angela Davis. Y odio la ópera. Pero asentí, convencido.

—Qué suerte.

—En cambio, tu abuelo era un maestro terrible. La mecánica se me da bien, pero cuando trabajaba con él era lo último a lo que quería dedicarme.

—Todos los profes del Pau Vila tienen el mismo talento para enseñar que el yayo Luis.

De hecho, había pensado en estudiar literatura o algo así. Pero las clases de catalán y castellano consistían en leer libros que, en el noventa por ciento de los casos, no me aportaban nada, y en contar las sílabas de los poemas. Nunca leíamos *el* poema. Por eso la poesía no me gusta ni la entiendo. Si eso era estudiar literatura, no lo quería para nada.

—Elijas lo que elijas —concluyó Román—, que no sea mecánica. Eso táchalo de la lista.

—Tranqui. Nunca había estado en la lista.

Mi tío tenía una última pregunta.

—¿Cómo está Joan?

—Sigue haciendo de las suyas, pero desde que es mayor de edad se controla un poco más. Como ahora trabaja en el Mercadona, el alcohol y la hierba tiene que pagárselos él. Ya no puede birlar nada a los papas.

Me contestó con una mueca que podría significar muchas cosas. Luego hizo un gesto con la mano.

—¡Venga, vete!

15

Bajaba la calle, sin saber adónde ir. No podía volver a casa. Si tenía la mala pata de encontrarme a mis padres, se enterarían de que no me había pasado el día en el taller. Miré el móvil. David, el chico de Tinder con el que había estado hablando ayer, me acababa de mandar un audio en el que me decía que después de comer, sobre las cuatro, podíamos quedar para tomar algo y conocernos. Me parecía perfecto. No tenía nada que hacer hasta las ocho de la tarde y me moría de ganas de verlo en persona, aunque solo con imaginarme la situación ya me aparecía *ese* nudo en el estómago.

Le contesté «de una». A continuación, mientras le escribía «Donde kedamos?» sin mirar hacia delante, choqué contra un señor con pinta de director borde de sucursal. Uno de esos que siempre tienen mucha prisa. Que piensa que todo lo que no está relacionado con ganar pasta y con la casa de la playa es una mariconada. El típico que insulta a todo el mundo cuando va en coche. Que se irrita si no entiendes las cosas a la primera. Que te exige que seas puto perfecto y que no te embobes nunca. Cuando no te ríes de sus chistes, te dice que eres tonto e inútil, como toda tu generación.

He conocido a varios gilipollas así. Los primos de mi padre. Un profe de educación física. ¡Malditos cuñados!

—¡Mira por dónde vas, idiota! —me espetó. Le hice una peineta sutil, pero no lo vio porque estaba de espaldas, bajando la calle con sus brazos enormes. Debería haber sido yo el que le dijera que mirara por dónde iba. El que anda empanado choca sin querer. El que está atento es quien tiene que apartarse, al verlo venir. O avisarlo antes de que choquen, para ahorrarse la bronca de después.

Me vibró el móvil y dejé de pensar en eso.

> T va bien quedar en la estacion de autobuses, al lado d la Renfe? A las 4?

> Okey

Faltaban más de dos horas para las cuatro y ya empezaba a tener hambre, así que me compré un bocadillo de queso y fui a la plaza del Trabajo a devorarlo. Qué escena más triste, ¿verdad? Comer pan con brie solo, en un banco. Si me pegaran en la frente un pósit que dijera «loser» ya me admitirían en el Museo de los Fracasados.

Los del Pau Vila terminaban las clases al cabo de media hora. Pensé que, cuando todos salieran y pasaran por allí, a lo mejor me encontraba a Fabre. Podría preguntarle por qué narices no me respondía a los mensajes. Pero luego recordé que lo habían expulsado, como a mí. Debía de estar viciándose a la Play. O matándose a pajas mirando porno blacked.

Mientras me zampaba el bocata, me imaginé veinte versiones de cómo sería quedar con David. ¿Cómo lo saludaría? ¿Qué podía decirle? ¿Cómo iba a hablarle? ¿Yo le gustaría? ¿Tenía que soltar chistes de vez en cuando, para que se riera? Pero mis chistes daban pena. ¿Y si no se reía y pensaba —o, más bien, averiguaba— que soy un pringado? ¿Tenía que confesarle que estaba en cuarto y no en primero de bach?

El bocadillo de nervios me cayó en el estómago como la bomba de Hiroshima. Tuve que entrar en un bar y suplicar que me dejaran usar el baño. Me estaba jiñando. Los cabrones me obligaron a comprar una Fanta. Accedí porque no me aguantaba. Volví al banco para bebérmela. Sabía fatal, pero ni de coña iba a tirar dos euros a la basura. A las dos y media, la gente del Pau Vila empezó a desfilar por la plaza con cara de moribundos. Anna y Rihab, de mi clase, se pararon a saludarme. Son las tías más listas y más normales del planeta. Bastante simpáticas y nada repelentes. No como Queralt, que es rara de cojones y que, sentada siempre en primera fila, me mira haciendo muecas de asco, como si fuera culpa mía que todos los años gane el premio de Miss Marginada. Esa tía da mucho miedo. Tiene la misma cara de frustración que Hitler cuando no fue admitido en la escuela de arte de no sé dónde. Seguro que planea exterminar a todos los canis, chonis y porretas del mundo. La Solución Final de Queralt. Me apuesto una Fanta.

—¿Qué tal la expulsión? —me preguntó Rihab.

—De puta madre —le contesté, esforzándome para que la sonrisa me saliera creíble—. ¿Han ido bien los exámenes?

—Demasiado bien —dijo Anna—. Gracias a vosotros, incluso Font ha sacado notazas. A Elio y a Montse les ha parecido rarísimo: creen que nos copiamos o que los hicimos con el móvil. Nos los repetirán la semana que viene, cambiando las preguntas. Ya ves qué putada. Me sabe mal que os sacrificarais por nada...

—¿Sacrificarnos? ¡Pero qué hablas! Nos han regalado quince días de vacaciones. ¿Qué más quiero? —Esto les arrancó una carcajada—. Por cierto, ¿sabéis algo de Fabre? Hace un par de días que no me dice nada.

Aparte de sacar siempre sobresalientes, Rihab se entera de hasta el último rumor que circula por Sabadell.

—Fernández lo vio anoche cuando salió a pasear el perro —me contó, arqueando las cejas—. En Can Gambús. Con Alba. Liándose. Fabre le estaba metiendo mano y todo. Hoy le he preguntado a Alba si era cierto y no me lo ha negado.

No os mentiré: fue como si me acabaran de pegar un puñetazo en la cara. Quiero decir, ya sabía que en el río se habían enrollado y todo eso, pero que lo repitieran después de lo ocurrido entre él y yo y después de los vistos que me estaba dejando...

—Qué fuerte —dijo Anna—. Alba antes era supermonja, supervirgen y superempollona, y en medio año se ha convertido en una perrofla alternativa que va a saco. Seguro que ya ha desvirgado a Fabre.

Sonreí por dentro, orgulloso. Según algunos youtubers, el sexo oral ya era follar, por lo que podíamos afirmar que había sido yo quien lo había desvirgado. Pero el pavo nunca tendría huevos para admitirlo.

—Llama a Fabre y pregúntale cómo les fue —me sugirió Rihab—. Si te da detalles, nos los cuentas.

—Vale —dije convencido, simulando que me interesaba mogollón el tema.

Anna y Rihab se fueron a casa, todavía hablando de lo flipante que era el lío de Alba y Fabre. Me las quedé mirando desde el banco.

¿Sabéis qué? Cuando Joan tenía diecisiete años, lo ingresaron en el hospital porque se había pasado metiéndose éxtasis con sus amigos. Muy bestia. El día que le dieron el alta, papá nos llevó a los dos a pasear por el Parque Taulí. Al rato nos sentamos en un banco. Lo que mi padre le dijo entonces me lo podría estar diciendo a mí ahora mismo:

—Joan, ¿ves a esas dos chicas que caminan por ahí? —Mi hermano, soltando un resoplido de agotamiento, alzó la mirada y asintió—. Pues su vida será así: ir adelante. Llegarán a la universidad. Trabajarán un tiempo aquí y un tiempo allí. Se enamorarán, les romperán el corazón y romperán corazones. Viajarán a Roma, Atenas, Berlín y París. En Navidad se pudrirán de aburrimiento en las cenas familiares. Tras muchos años, se jubilarán. Irán a clases de zumba y colaborarán con la Cruz Roja y el banco de alimentos. Probablemente, jamás sabrán lo afortunadas que son. Y mientras tanto, tu vida, Joan, será estancarte en este banco y matarte a drogas y peleas. Mientras ellas caminan hacia delante, mientras el resto de la gente va más allá y *vive*, tú te marchitarás aquí, perdido en tres metros cuadrados.

Joan miró a papá en silencio y con desprecio.

—Cuando sea demasiado tarde, te acordarás de lo que te he dicho hoy. Y arrepentido, te preguntarás por qué no levantaste el culo del banco. Te arrancarás el maldito pelo, si todavía lo conservas, preguntándote por qué no te pusiste a andar.

El nudo de la barriga se me convirtió en un agujero negro. Me daba miedo estancarme en el banco de la plaza del Trabajo. Sin encontrar nada que me entusiasmara hacer. Bebiendo Fantas que no me apetecían, mientras pasaban los años. Engordándome hasta que se me taponaran las venas y me muriera. Pensando en Fabre, en su colonia y en el papel que le llevé para que se limpiara la lefa. En Dani, siempre peinándose en mi cabeza, con ojos de Vía Láctea y la moto al lado.

Mientras yo me pasaba la vida atrapado ahí, ellos serían felices, con casa, trabajo, pareja. Vendrían a verme para presumir de sus hijos: bebés con cara de ogro, infestados de mocos. Porque, no nos engañemos, los bebés son feísimos. La gente que enloquece cada vez que ve uno y, alcanzando un nivel estratosférico de estupidez, exclama: «¡Es precioso!» con voz estridente, miente y lo sabe.

16

Mientras esperaba que fueran las tres y media, saqué *Jane Eyre* de la mochila y lo abrí por la página que había doblado. Leer en un banco es cosa de viejos, pero por suerte la plaza se acababa de vaciar. Todo el mundo estaba echándose la siesta. No me vería nadie. La gente del xix era ultradetallista. Tenían nombres y protocolos para todo. Si hubiese nacido entonces, me habrían matado antes por gafe que por marica. Habría metido la pata llamando lord a quien no debía, saludando a alguien con un beso en la mejilla en lugar de encajarle la mano, tropezándome en un baile, destrozando un telar o poniendo a parir a la reina.

Tengo que confesaros que hice una cursilada de intensito tremenda. Antes volví la cabeza a ambos lados, para comprobar que no me estuvieran mirando. Siempre que alguien hace algo por el estilo, me río por dentro y pienso que es un flipado. Queralt suele hacerlo cuando se sienta a leer sola en un rincón del patio. El gesto en cuestión consistía en coger un lápiz y subrayar unas frases que me molaban. Al margen de la página apunté «Laura», porque sabía que le encantarían. Era el típico texto que pondría en el pie de una foto de Instagram.

«Si todos obedeciéramos y fuéramos amables con los que son crueles e injustos, ellos no nos temerían nunca y serían cada vez más malos. Cuando nos pegan sin razón debemos devolver el golpe, para enseñar a los que lo hacen que no deben repetirlo. [...] No debo tratar bien a los que se empeñan en tratarme mal y me parece que debo defenderme de los que me castigan sin razón».

Esta Jane era la puta ama. Me caía genial. En el mundo faltaban Janes así.

Miré el móvil. Ya eran las 15.32. Me guardé el libro y subí la calle en dirección a la Rambla. Mientras bordeaba el Pau Vila, tiré la lata de Fanta por encima de la verja del patio, haciéndole una peineta al edificio.

Una vez en la Rambla, me detuve ante el Gummins. Con doce años, robar chuches ahí me provocaba descargas de adrenalina. Me creía el más malote del barrio. Mafioso. Atracador de bancos.

Ahora era lo más cotidiano del mundo. Hasta me resultaba aburrido. Entré en la tienda, con ademán natural y las manos en los bolsillos, y mientras la señora de la caja consultaba el móvil pillé dos chicles de menta de un bote. Al salir, le dije adiós a la cajera con una sonrisa jovial, y ella me la devolvió.

En la calle, me coloqué la mano delante de la boca y soplé, para ver si me cantaba el aliento. No olía nada, pero por si acaso me puse a mascar los dos chicles a la vez. No podía ir a lavarme los dientes a casa: era el único recurso que me quedaba.

Cuando llegué a la estación de autobuses, notaba el corazón en la garganta. Me arrepentía de haber ido. Estaba a punto de dar media vuelta, volver al taller de mi tío o refugiarme en casa de Laura. Le diría a David que me había resfriado en el último minuto. O lo dejaría tirado sin ninguna explicación, lo bloquearía y no le hablaría nunca más.

Entonces me di cuenta de que ya estaba allí. Sentado en uno de los bancos de metal. Era clavadito a las fotos. Me vio y vino hacia mí.

Yo estaba, no sé, como paralizado. Nos miramos y nos analizamos mutuamente durante unos segundos. Llevaba un ukelele colgado a la espalda, como los monitores cursis de la Unión Excursionista, y un pendiente en la oreja derecha que me provocó un orgasmo visual. Me sacaba dos años, pero yo le sacaba media cabeza. Era moreno. Dos cejas negras le coronaban los ojos almendrados. Me daba cosa mirarlo demasiado a la cara, porque era la primera vez que nos veíamos y todo eso, y no quería parecerle un bicho raro, así que bajé la vista. Sus manos eran bonitas. Yo tengo los dedos más feos del mundo. Los hago crujir tanto que son como anguilas.

Entonces me saludó con dos besos. Era raro darle dos besos a un tío. Aunque siempre tenía ganas de saludar así a Fabre. Una vez lo intenté, de broma, y se apartó de golpe, medio riendo mientras decía: «¿Qué coño haces?». Le parecía poco masculino. En cambio, el otro día, en su habitación, no me pidió que parara de comerle la polla. Eso le parecía genial, desde luego.

—Veo que no eres un viejo verde que se hace pasar por joven —dije. Automáticamente me sentí superidiota. ¿A quién se le ocurría empezar así una conversación?

—¡Qué pena! —respondió David—. Preferías un sugar daddy, ¿verdad?

—Claro. Un millonario de ochenta años. Para quedarme con la herencia.

Se echó a reír. Tenía pluma y eso me gustó. No me pasó como con el chico de las gafas de los Merinales. Al contrario: me sentí aliviado. Seguro que no era un tío avergonzado y reprimido que te utilizaba y te tiraba, como si fueras un clínex. Seguro que no era ni un Dani ni un Fabre. Esto me hacía estar menos deprimido.

—¿Qué quieres hacer? —le pregunté—. Sabadell es un zurullo. No hay nada.

—La T-Joven me ha costado un ojo de la cara. Estoy sin blanca. No puedo permitirme ir a un bar y contribuir monetariamente al sistema capitalista. Podemos pasear por el Parque Cataluña o algún sitio así, y sentarnos y eso.

—Vale.

A esa hora no habría mucha gente en el parque. Era poco probable que nos encontrásemos a alguien del insti.

Por el camino empezamos a hablar de paridas. Pero yo me moría de ganas de pasar a los temas interesantes. Era el primer chico abiertamente marica con el que quedaba para ligar. Por eso, cuando me preguntó si estaba en bachillerato, le solté como un caballo al galope:

—Sí. Pero todavía no he salido del armario ni nada. Solo se lo he dicho a mi mejor amiga. Lo de que me van los tíos, quiero decir. —Asintió, en silencio—. No sé cuándo empezaré a contárselo a la gente. La verdad es que me da mucha pereza. O sea, no quiero levantarme en medio de la clase y gritar: «¡Peña, soy marica!». Los heteros no lo hacen para declarar que son heteros, ¿sabes?

—No hace falta que lo hagas. Puedes hablar del tema solo con los que te caen bien y te importan.

—Me cae bien poca gente. Tendrías que ver mi clase. Qué fauna.

—En el insti, cuanto más imbécil eres, más te van detrás. Si eres majo, o se aprovechan de ti o te conviertes en presa fácil para los aficionados al bullying.

—Tú eras de los majos, ¿no?

—Por desgracia. —Perfiló una sonrisa—. ¿De cuáles eres tú?

—Depende del momento. Hay días en los que me levanto imbécil y días en los que me levanto majo. —Joder, me sentía muy cómodo conversando con él. No tenía ganas de dejar de hablar. Y a la vez me preocupaba que pensara que era un pesado—. No creo que salga del armario en el insti. Sería el único marica del curso y no quiero cargar con la etiqueta. Ya lo haré en la uni. Cuando los subnormales del pasado me vean de lejos o en las fotos de Insta, me recordarán vagamente y dirán: «Ah, ¿ese que iba conmigo a la ESO ahora es gay? Pues muy bien, me la suda. Con tantos exámenes de bioquímica y nanotecnología no tengo tiempo para criticarlo». Mira, quizá bloqueo a todos mis excompañeros en Insta cuando me largue del instituto.

Si en bachillerato me cambiaba de centro o si estudiaba un módulo, pronto perdería de vista a los del Pau Vila. O sea que en pocos meses podría bloquearlos en todas las redes. Eso me alegró por un momento.

—¿Escuchas Bowling For Soup? —quiso saber David—. El grupo de música.

—No.

—Tienen una canción muy guay: «High School Never Ends». El instituto no se acaba nunca, por mucho que lo abandones. Aunque te hagas mayor y te pongas a trabajar, encontrarás imbéciles y homófobos en todas partes. Yo salí del armario en segundo de la ESO. Ya sabía que me gustaban los chicos y, además, se me notaba tanto que no valía la pena esconderlo. Se habrían reído aún más de mí si hubiera ido de hetero. Pero a veces hay personas que, vete tú a saber por qué, cuando se lo comento se sorprenden y me dicen que no se me nota. Es triste, pero automáticamente me alegro de oírlo. Y luego me doy rabia.

—¿En tu clase había más chicos como tú? Como nosotros, quiero decir.

—Había uno. Pero no se supo hasta cuarto de la ESO. Lo pillaron metiéndose mano con uno de primero de bach en los baños. Un capullo los grabó con el móvil por encima de la puerta, envió el vídeo a todo dios y alguien lo subió a las redes. Se lio pardísima. Lo denunciaron a la policía, pero muy tarde, porque no se atrevían a contarlo a sus padres para no tener que salir del armario con ellos ni nada de eso. Al final los padres se enteraron por otra gente y todavía fue peor. Fue entonces cuando pusieron la denuncia.

—¡Tela marinera! Vaya drama, ¿no?

—Pues sí. Luego, en cuanto las cosas se calmaron, me jodieron a mí. En clase había gente superplasta que todo el tiempo intentaba que él y yo estuviéramos juntos y mierdas así. Nos dejaban solos en el patio. Nos preguntaban que si nos gustábamos y que si estábamos saliendo. Como él era el quinto de la lista y yo el sexto, cuando los profes nos dividían por parejas para que hiciéramos proyectos, teníamos que sentarnos juntos. Entonces, algunos compañeros nos disparaban miraditas y murmuraban cosas. —Vaya, lo mismo que nos hacían a Fabre y a mí en primero. La gente es cero original—. Los mismos cabrones que, antes de educación física, en el vestuario, nos observaban entre risitas. El chico no me caía mal, pero no me atraía ni nada. Y yo a él tampoco. Seguro que nos habríamos llevado bien, en circunstancias normales. Pero terminamos pillándonos manía el uno al otro. No nos aguantábamos. Nos picábamos por tonterías. En el fondo, le estaba culpando de lo que nos hacían, y él a mí también. En bach ya ni nos hablábamos.

—Qué movida...

—Ya sé que no te van los musicales. Pero la canción «Take me or leave me» de *Rent* nos definía: «*A tiger in a cage can never see the sun*». —El cabrón pronunciaba muy bien el inglés—. Éramos dos tigres encerrados en una jaula. Los humanos nos habían puesto ahí para mirar cómo nos peleábamos, mientras comían palomitas y se atragantaban por la risa. En lugar de pelearnos, tendríamos que habernos aliado para escapar.

—Me da mucha pereza salir del armario para luego ser un tigre en una jaula —reconocí. Todo era muy poético y muy cursi, pero me gustaba la metáfora. A David le caería bien Jane Eyre.

—Tranqui. Sin prisas. Ahora seguro que crees que estás solo, que solamente tú eres así. Pero dentro de un tiempo fliparás. Dentro de unos meses o de unos años, te sorprenderá el mogollón de gente que es LGTB. Llegas a la uni y, ¡guau!, descubres que vivías en una burbujita y que hay muchos como tú. Entonces, lo que tanto te preocupaba en la ESO y en bach pasa a importarte una mierda. Te das cuenta de que fuiste un idiota al despilfarrar energía por motivos y personas que no la merecían. No me arrepiento de haber salido en segundo de la ESO. Vale la pena ser tú. Y no todo el mundo es gilipollas. De hecho, los que hacían comentarios homófobos en el insti eran pocos. Tus amigos no tendrán ningún problema con el tema. Mira, en bach tenía una amiga bollera que era la leche. Laia. Superfiestera y tal. Se apuntaba a un puto bombardeo, en serio. Quiero decir que en este sentido no estaba tan solo, y tú tampoco lo estarás. Seguro. Es worth it no desperdiciar estos años escondiéndote. Te quitas un peso de encima. Y puedes ligar abiertamente.

Se me escapó la risa.

—No voy a ligar con nadie del insti. Es imposible.

Pensé en Fabre, que se avergonzaba de lo ocurrido. Si todo el mundo se enteraba de que me molaban los pavos, no querría que lo vieran tanto conmigo.

—Eso no lo sabes. —Sonrió—. Lo ideal sería que no nos reprimiésemos nunca. Se lo debemos a los que en el pasado lucharon por nuestros derechos y a los que siguen haciéndolo ahora. Una vez iba por la calle cogido de la mano de un chico y unos señores empezaron a gritarnos «¡Putos maricones!». ¿Sabes qué hicimos? Nos separamos. Nos acojonamos. Y me arrepiento muchísimo.

Me estaba cansando de hablar del tema, de modo que le pregunté cuáles eran sus hobbies. Me explicó que escribía poesía —lo cual era cursi y raro nivel diez mil, pero lo hacía mono— y que, como le apasionaban tanto los musicales, estaba ensayando *West Side Story* con una compañía amateur de Sabadell. Interpretaba a Bernardo. Estrenarían la obra en junio, en el teatro del Instituto Casablancas, donde él estudiaba hasta el año pasado.

—Puedo hacer una excepción —dije— e ir a veros. Con tu brillante actuación, tal vez cambio de opinión sobre los musicales. A mí me gusta leer y eso, pero solo novelas. La poesía... No la entiendo. Cuando leo poemas me siento estúpido y me parecen un timo. Si no pillo nada, siento que me están timando. Y si alguien me los descifra y los entiendo, encuentro tan patético lo que dicen que también me siento timado. Pienso: ¿tanto misterio y tantas paranoias para acabar diciendo cuatro paridas que ya sabe todo el mundo?

David se partía de la risa.

—Tú seguro que estás dentro del grupo de emos, góticos y haters de la vida.

—Claro —dije—. Soy un edgy boy. Cada viernes me reúno con otros edgy para enumerar mil maneras de suicidarse, mientras escuchamos My Chemical Romance. «Cancer», «I don't love you», «I'm not OK» i «Dead!» son los temazos que más nos gustan. Nuestros himnos. Al despedirnos, nos decimos: «¡Hasta mañana! O quizá no...».

—Cómo te pasas...

Llegamos al Parque Cataluña y fuimos a sentarnos en el césped del anfiteatro, que es más llano y normalmente está más vacío que el de delante del lago.

Hacía un día hermoso. La temperatura era ideal, como la de algunos días de primavera, y me sentía a gusto con ese chico. Aunque fuera pronto, decidí sacar el tema del sexo. Era el único tío con el que podía hablar de ello sin tapujos y me moría de ganas.

—Soy virgen, ¿sabes? —le confesé. No quería ir de guay inventándome que era un folleti. No colaría, y si alguna vez llegábamos a hacer *algo*, se notaría que no sabía nada—. Bueno, he hecho una mamada. Si quieres, puedes decir que he perdido la virginidad así. Pero nunca he hecho lo otro. Ya sabes.

—Anal.

—Sí. Y no tengo ni puta idea de follar ni nada de eso. Lo siento. Los profes, los padres, los del telediario y todos los adultos en general se quejan siempre de que los adolescentes miramos porno. Dicen que nos hemos vuelto adictos. El porno es irreal y todo eso, pero en cuanto eres consciente de ello, ya no es *tan* malo. Te sirve como vía de escape, para desconectar masturbándote. Los que lo ponen a parir también lo disfrutan. No me cabe la menor duda. Los humanos siempre nos hemos masturbado. Un siglo atrás lo hacían con las fotos de las revistas. En el Renacimiento, fantaseando con los cuadros y las esculturas. Y hace un millón de años, mirando pinturas rupestres.

Internet es nuestra verdadera escuela. Porque en el insti prácticamente no hay educación sexual. No nos hablan de sexo, emociones, afecto, consentimiento, orientaciones sexuales e identidades de género. Como si no existieran. Nos enseñan más cosas sobre placas tectónicas y medusas que sobre eso. Y, vamos, yo creo que en la vida real la gente se preocupa más de follar que de los terremotos y los pólipos.

Eso sí: cada puto año viene un policía a darnos el coñazo sobre lo peligrosas que son las drogas. En resumen, nos dice que si accedemos a probar una calada de porro es cuestión de tiempo que nos condenen a cadena perpetua por narcotráfico. O que muramos de sobredosis.

Y a pesar de los talleres antidrogas, nos drogamos igualmente. Sería más práctico que viniera alguien experto en el tema —no un madero que, probablemente, se mete toda la coca que requisa— a decirnos: «Eh, pringados. ¿Verdad que os drogaréis? Pues hacedlo con moderación. Intentad *pasarlo bien* sin *pasaros*».

En cambio, de sexo, nada. Y la gente que folla supera con creces a la que se chuta éxtasis.

En el cole y en el insti, a lo sumo, nos hablan del sexo cishetero enfocado a la reproducción. Y nos repiten mil veces que follar significa morirte, porque te contagia todas las enfermedades venéreas del universo: VIH, gonorrea, papiloma, clamidia... Puedo enumerar unas cuantas más. Incluso sé identificar los síntomas. En resumen, nos dicen: mejor no folléis. Como la típica vieja que exclama: «Niño, ¡no te hagas pajas, que te quedarás ciego!». Madre mía. Si eso fuera cierto, la humanidad llevaría siglos leyendo solo en braille. Y, sinceramente, si tengo que elegir entre las pajas o la vista, me quedo con las pajas. Así no veo la cara de tantos imbéciles.

En clase, lo único que nos enseñan es a poner un condón a un plátano. Y sanseacabó. Como si en todas las relaciones tuviera que participar una polla. Obviamente, la protección es importantísima para evitar enfermedades de transmisión sexual, pero nunca vamos más allá. Por el porno, las redes sociales y YouTube —y por mi tío—, sé que el sexo es más que embarazo y sida. Que hay varias opciones. Que los chicos están con chicos y las chicas con chicas. Que existen las personas no binarias. Que hay tías que nacen con pene y tíos que nacen con vulva, porque los genitales no deben marcarte la identidad de género.

—¿Y tú qué? —le pregunté a David.

—¿Yo? —Se tumbó en la hierba, utilizando los brazos como almohada—. No soy virgen.

Me eché a su lado.

—¿Has tenido novio alguna vez?

—Qué va. No he tenido ninguna relación cerrada. Solo tres líos. El primero duró una noche. Los otros dos, un par de meses. El segundo lío fue con un chico trans, ¿sabes?

—Cómo mola. —Asentí, un poco celoso—. Entonces, ¿tu *primera* vez fue con el lío de una noche?

—Sí. No hay que tener prisa para perder la virginidad. Yo la tenía y follé con el primero que pude. No me cundió, porque el tío no me gustaba. Para hacerlo con alguien no necesitas estar *enamorado*, que es una palabra muy fuerte. Pero tienes que sentirte cómodo. Tienes que confiar en esa persona. Y tiene que gustarte, obviamente.

—Ya.

—De todas formas, las primeras veces están sobrevaloradas. En realidad, son las peores.

—Mi mejor amiga también lo dice. —Laura le caería bien a David, seguro.

—A nuestra generación le da más miedo el amor que el sexo, ¿no crees? Nos parece mucho más fuerte enamorarnos que follar.

Nunca me lo había planteado. Pero tenía razón.

—Supongo que sí.

Nos incorporamos y volvimos a hablar de paridas. Me reía con él. Me costaba menos deshacerme de los filtros.

Sacó el ukelele de la funda y se puso a tocar. Los tíos que tocan la guitarra perroflautamente en la ciudad me gustan, aunque sean unos posturetas. Me molaba su cara de Mozart concentrado mientras pasaba los dedos por las cuerdas. Parecía que le estuviera haciendo un masaje al instrumento.

Pensé que me pondría cerdísimo que me tocara con la misma suavidad. Deseé que la humanidad desapareciera por un rato. Que estuviéramos los dos solos en el mundo, por lo menos esa tarde. Si el deseo se hubiese cumplido, me habría quedado horas mirándole, quieto, tranquilo, sin decir nada.

Por desgracia, la humanidad seguía allí, y yo no podía evitar mirar a nuestro alrededor de vez en cuando, preocupado por si venía alguien a insultarnos o pegarnos o algo así. O aún peor: por si nos veía alguien que me conocía. Si nos encontrábamos a gente del insti, me preguntarían quién era David y no tenía ni idea de qué contestarles. Sería feo inventarme una mentira delante de él. Además, saltaba a la vista que era una cita. Por cómo hablábamos. Por cómo nos mirábamos. Seguramente lo adivinarían. O, como mínimo, se lo plantearían. ¿Qué pasaría si Rihab se enteraba y, un instante después, todos lo sabían? Murmurarían. Me preguntarían cosas. ¿Qué hacías con ese chico? ¿Es alguien especial? Todo eso me daba una pereza titánica. Qué puta mierda.

David me cogió la mano.

—¿Estás bien? Si quieres, podemos ir a otro sitio.

—No. Aquí estoy bien. Quiero quedarme. Como si no nos movemos en toda la semana.

Y era cierto. No quería enquistarme en el banco de no-hacer-nada por lo que podría pensar la gente. Si me estancaba, si no aprovechaba el tiempo, de mayor me arrepentiría y me arrancaría los pelos con rabia. Tenía que levantar el culo del maldito banco.

Total, el qué dirán no nos salva de ser atropellados. Ni del cáncer. Ni de la vejez. No nos devuelve los minutos perdidos.

Miré los ojos almendrados de David. Me arriesgué a pasarle la mano por el pelo, a ver cómo reaccionaba. La conciencia de los huevos, adoptando la voz nasal y taladradora de una profe de primaria mediocre, vino a decirme que era un mindundi. Que nunca estaría a la altura de ese chico. Que seguro que había cien tíos mejores que yo haciendo cola para enrollarse con él.

En ese momento, sin embargo, David me miró los labios, desplegó una sonrisa y dijo:

—Esta escena no quedaría nada mal en uno de esos musicales que tanto odias. Lo titularían *Cita en Sabadell*. Ahora, de entre los árboles del parque, saldría la fauna de la ciudad: pijos, canis, chonis, perroflas y abuelas indepes. De repente, todos serían bailarines excelentes, improvisarían una coreografía a nuestro alrededor y se pondrían a cantar al mismo tiempo.

Entonces me besó. No se liaba tan bien como Dani, pero al menos no me soltó aquella mierda antes de despedirnos.

17

Las relaciones heterobásicas —y no me refiero a *todas* las relaciones heteros— son aburridísimas y pobrísimas en comparación con las homos. Los heterobásicos tienen muy fijadas las maneras en que deben comportarse el tío y la tía. Los roles que le corresponden a cada uno. No se salen de la raya, porque si lo hacen les explota el cabolo. Entre tíos o entre tías me parece que nos dejamos más margen para jugar.

David estaba sentado en el césped y yo estaba tumbado entre sus piernas y apoyado en su pecho. Había oscurecido, empezaba a refrescar y cada vez me pegaba más a él. De vez en cuando bajaba la cabeza para besarme, o me hundía los dedos en el pelo, mientras yo le dibujaba círculos en los muslos. Apenas lo conocía y ya me sentía en la gloria.

A las 20.07 me vibró el móvil. ¡Mamá!

> Oscar ¡¡ Donde.estas ??
> Acuérdate de que' hoy hay toque.de queda a las 8!!!

Le respondí con el comodín de la mentira que uso siempre:

> Voy d camino

135

Laura también me había escrito.

> Wapo, mañana x la tarde quieres ir a
> hacer yoga a la Obrera? 😀

Decidí que le contestaría más tarde.

—Tengo que irme a casa —le dije a David—. Hoy mi madre la Mussolini me ha puesto toque de queda.

Soltó una carcajada.

—Qué cuqui.

—Ah, y mañana quizá visito la Obrera...

—¡Ya me parecía a mí que tenías pinta de perrofla! —exclamó, riendo. Nos incorporamos y nos sentamos cruzando las piernas.

—Será la primera vez que vaya. Mi mejor amiga casi vive allí.

—Yo vivo en el sur de Sabadell. —Vaya, igual que Rocho. Tal vez eran vecinos—. Cerca de la plaza Montserrat Roig. Al volver a casa siempre paso por delante de la Obrera.

—Yo vivo en Gracia.

—Te acompañaría a casa, nene, pero tengo que pasar por la biblio, que chapa a las nueve, para pillar un manual de anatomía.

—Chill. Podemos quedar otro día, si quieres.

Hizo como que iba a besarme; me acerqué a él medio abriendo los labios, pero entonces me hizo la cobra, dejándome con las ganas.

—Seguiremos el próximo día —dijo, desplegando una sonrisa de capullo.

Me acompañó hasta la parada de autobús de la avenida Francesc Macià. La calle estaba a rebosar. Se esperó conmigo, porque la biblio, aún abierta, no estaba lejos del parque, y quería ir andando. Cuando vio que venía el bus, decidió romper la promesa de «seguir el próximo día». Me acarició la nuca y trató de besarme. Le volví la cabeza automáticamente y le aparté la mano. Mi cobra no fue tan sexy como la suya.

—Hostia, lo siento... —murmuró.

—No, no —dije, con la voz ronca, mirando a la gente de alrededor—. Es culpa mía. Soy gilipollas.

Sí, incluso superaba a Dani.

Le di la mano cual hetero. Subí al bus con cara de bobo y pasé la T-Casual por la máquina. Me quedaban seis viajes. Me senté al final de todo. Veía a David por la ventanilla. Me parecía que estaba mirándome. Quería decirle adiós con la mano o algo así, pero entonces dio media vuelta y empezó a bajar la avenida.

El bus se puso en marcha. De repente me sentía vacío y triste. El agujero negro en el estómago acababa de regresar. Tenía miedo de haber cometido una cagada lapidaria y que a David no le apeteciera verme nunca más.

Quizá era mejor así. Era muy mono, estaba lleno de vida y todo eso. Yo no quería ser un puto reprimido inestable que le hiciera daño. Ni alguien tóxico que le amargara la vida con paranoias.

Aun así, le mandé un wasap:

> Sorry 😖

Me merecía el Premio Pulitzer por mi creatividad literaria, ¿a que sí?

Tras bajar del bus, tuve que caminar diez minutos hasta casa. David me respondió al mensaje:

> Tranki nene <3
> Me lo he pasado genial hoy

Le dije que yo también y que podíamos repetir la cita cuando quisiera. Me envió un vídeo de YouTube: un fragmento de *Jesucristo Superstar*.

> No soy religioso ni nada d eso, pero este musical es uno d mis favoritos

Me senté en el escalón de mi portal, con los auriculares puestos, y miré el vídeo. No estaba nada mal, pero me apetecía picar a David.

> Meh... Me gusta mas Ladilla Rusa

No soy creyente ni he hecho la comunión, y sé poquísimo de cristianismo, pero siempre me ha parecido que Jesús era un antisistema. Okupaba establos. Luchaba contra la esclavitud y el gobierno de los romanos. Defendía a los pobres y los oprimidos. Colectivizaba la comida, porque lo de multiplicar los panes y los peces debía de ser una metáfora sobre montar un *yo pongo*. Tenía más en común con los hippies de la Obrera que con la panda del Vaticano. Los amigos de Laura, con esas melenas, incluso se le parecían. Si Jesucristo hubiera nacido en Cataluña en el siglo XXI, sería de Podemos o de la CUP. Seguro. Huiría cagando leches de la Capilla Sixtina e iría a parar desahucios.

A las nueve entré en casa. Mamá estaba en el comedor, sentada en una silla, con el ceño fruncido y los ojos tan fijos en el móvil que podrían haberlo perforado. Los boomers se dividen en dos grupos a la hora de manipular pantallas táctiles. O se las ponen a un centímetro de la cara o a diez mil kilómetros. Mi madre es de los primeros.

—¡Óscar! —exclamó. Me acerqué a ella—. Román ha cerrado el chiringuito hace más de una hora. ¿Por qué has tardado tanto en volver?

—He vuelto andando. Para tomar el aire y tal.

Me escrutó formando un arco de incredulidad con una ceja.

—Ah. Ya.

No continuó indagando. Retomó la obsesiva tarea de mirar el móvil. Había otras cosas que la preocupaban más que la poca solidez de mi coartada.

—Román me ha llamado antes —me explicó al cabo de un minuto. Todavía no me había movido y ella seguía esperando que saliera un conejo mágico de la pantalla—. Ya me ha contado que lo has ayudado mucho y que no has protestado demasiado. Me lo creo porque me lo dice Román, pero si la información viniera de otro, no daría crédito. Te levanto el castigo. No hace falta que vuelvas al taller. Eso sí: tendrás que terminar todo el trabajo que te han mandado desde el instituto, ¿eh? Si te quedas en casa, que no sea para rascarte la barriga.

—Vale —acepté, con voz de corderito—. Me aplicaré... y tal.

—Aproveché que estaba rayada por vete tú a saber qué para mendigarle—: ¿Si me paso las mañanas trabajando y todo eso, me dejas salir por el barrio un rato por las tardes? Con Laura o Fabre...

Se lo pensó o como mínimo fingió que se lo pensaba. Al final accedió.

—Está bien. Pero ni hablar de levantarse tarde. Las mañanas empiezan a las ocho, no a las doce.

No me vio asentir. Encogiéndome de hombros, di media vuelta hacia la cocina, y entonces me preguntó:

—¿Sabes algo de Joan? Hace mucho que ha salido del trabajo. Todavía no ha vuelto y no me responde a los wasaps.

—Ni idea.

Mamá sacudió la cabeza.

—Le guardaré algo de cena.

Mi hermano es subnormal. Había hecho sufrir tanto a papá y mamá que no le costaba nada contestarles los mensajes. No se merecía que le guardaran cena. No se merecía nada.

—A lo mejor ha salido a tomar algo con Marta —sugerí, solo para que mamá se relajara. Ya me suponía que eso no era lo que pasaba.

—Le he escrito a ella preguntándoselo. Mira, acaba de responderme. Dice que hoy no lo ha visto. Que cree que ha salido con los compañeros del súper, pero que no sabe dónde.

Ayer, Joan se había presentado en casa con otra. Se habían encerrado un buen rato en la habitación.

La pobre Marta no tenía ni idea de que el muy cabrón le había puesto un casco vikingo. ¿O quizá sí?

18

En quince minutos pillé comida de la nevera y me la jalé. Me moría por encerrarme en mi cuarto. A las diez, con los dientes cepillados, bajé al comedor a por el móvil. Mamá aún estaba en la silla, chasqueando la lengua, pendiente del WhatsApp. Joan no daba señales de vida. Preferí no hacer preguntas para no agobiarla más. Tampoco podía cambiar nada.

Una vez en la cama, con camiseta, bóxer y nada más, estuve horas hablando con David por WhatsApp. Alguna cursilada se me escapó. Por ejemplo:

> Tengo muchas ganas d volver a verte
> Me aburro solo en la cama...

> Quieres q vaya a hacerte compañia?

> Vente

> Ojala...

> Q te lo impide? 😛

Un monstruo llamado uni

Pues no me cae nada bien la uni

A mi tampoco
Estaria mucho mejor contigo, pero tengo q
acabar d redactar la memoria d la practica
Si seguimos asi, no la terminare hasta las
6 d la mañana

Soy una mala influencia
Soy el puto demonio 😈

Me encantan los demonios
Mejor ser libre en el infierno q esclavo
en el cielo

Jajajaja, q buena
Si quieres voy a sobar y te dejo trabajar...

Tranqi! Soy nocturno y mg trabajar d noche

Eso te ira bn cuando seas enfermero
Yo tengo q hacer un trabajo sobre Ramon
Llull, pro no soy tan aplicado como tu... :')
:') Intentare invocar su espiritu con la ouija
para q me dicte las respuestas, pro si no
funciona entregare el trabajo en blanco

No seras tu un director d cine d terror en potencia?

Estuvimos diciéndonos chorradas un rato más, hasta que se me empezaron a cerrar los ojos.

Sorry, ya no puedo mas...
Me hare un vladimir y me ire a dormir

Ojala estar alli para hacerte el vladimir

Se me empalmó automáticamente.

Ps queda pendiente...

Queda pendiente
Quieres un poco de inspiración para el vladi?

Vale... jeje

Me pasó una foto en que se le veía el paquete. La envió de modo que desaparecía después de abrirla y mirarla. Estaba en calzoncillos y camiseta de pijama, sentado en una silla. Supongo que la del escritorio de su cuarto. En el bóxer se le marcaba *algo*. Se me puso todavía más dura. Me desperté de golpe. Ni me acordaba de que dos minutos atrás me derretía por el sueño. Activando el flash, porque la habitación estaba a oscuras, le mandé una foto de cómo la tenía yo, enfocando desde el abdomen, con la manta tapándome hasta los muslos y los calzoncillos bajados. Se veía casi toda.

Mira lo q has conseguido

Wooooooow, esta duraaa eeeh

> Culpa tuya jsjs

Me respondió con un vídeo corto de él sacándose la tula y pajeándose. Era preciosa. Estaba circuncidada y me flipaba su forma. No porque fuese una XXL —de hecho, no lo era, y no me vuelven especialmente loco los pollones descomunales—, sino porque se veía bonita. Era una obra de arte de la naturaleza.

> Uf... me encanta... t la comia entera

> Ya tengo ganas d q lo hagas

> No tienes tantas ganas como yo, t lo aseguro

Me grabé quitándome el bóxer, cascándomela y luego girándome y enfocándome por encima de la espalda, para que se me viera el culo. Me agarré una nalga y la apreté, como para abrirlo.

> Lo adoro
> Quiero morderlo jeje

Me envió dos fotos tomadas en el espejo de su cuarto en las que mostraba la espalda y el culo.

> Jdr
> El tuyo es mucho mas bonito

> Ah si? Y q quieres hacer con el?

> Follarmelo

De repente me daba miedo haberme pasado de la raya.

> O sea, solo si tu quieres, claro

Me encantaria q me la metieras
Asi q todo tuyo

> Mientras t como el cuello?

Ufff, si...

> La tengo chorreando eh...
> Me pones cerdisimo

Y no era mentira. Quiero decir que me estaba saliendo bastante pre y normalmente no me sale mucho. Suerte que había cerrado la puerta. Con tanto pre, se oía demasiado que me estaba masturbando.

Guapo, t dejo q tengo q seguir con el trabajo

> Sisi, sigue, tranqui

Disfruta d la paja y hablamos mañana <3

> Buenas noches <3

Abrí una pestaña de incógnito en Google. Entré en boyfriend.tv para cambiar un poco. El pornhub ya me cansaba. Me senté en la cama con los auriculares puestos. Escogí un vídeo y dejé el móvil apoyado en la almohada.

Mientras me hacía la paja con la derecha, con la izquierda probé a meterme un dedo, lubricándome con saliva. Ya lo había hecho en alguna ocasión. Otras veces solo me tocaba eso por encima. Me vuelve loco tocármelo cuando me corro. Al principio, mientras me entraba el dedo, la sensación era rara. Imprevista. Después, a medida que aquello se dilataba, me acostumbraba y me gustaba. Cada vez me ponía más. Molaba mover el dedo en círculos, sacarlo un poco y volverlo a meter, al mismo tiempo que dejaba de pajearme un rato con la derecha para tocarme los huevos o la punta de la polla. Frotarse la punta es lo mejor.

En cuanto noté que se acercaba el final, me empezaron a aparecer notificaciones de mensajes de WhatsApp. Tapaban medio vídeo. Con un dedo intenté deslizarlas a un lado para que se esfumaran, mientras seguía pajeándome con la otra mano. Pero sin querer las pulsé y se abrió la conversación del grupo de clase. No pude aguantarme más: me corrí, y justo entonces Font nos mandaba una foto de su careto, diciendo: «no entiendo los problemas d fisica». Lo que había empezado como una empalmada prometedora terminó siendo la peor corrida de la historia. Me vino a la cabeza Font haciendo el helicóptero con el nardo en el vestuario, riendo como un esquizo, pegándonos hostias en el culo con la toalla empapada y exclamando: «¡Latigazooo!». ¡Qué asco, joder!

De muy mal humor, me limpié con los calzoncillos que aún rondaban por la cama, arrugados entre las sábanas. Me puse los pantalones del pijama y fui al baño a lavarme las manos, de puntillas, porque mis padres ya dormían, y rápido para poder refugiarme de nuevo en mi cuarto.

Como ya no tenía sueño, podía escribirle a David, pero no quería distraerlo más, así que dejé el móvil sobre la mesita. Me tumbé boca abajo y empecé a darle vueltas a todo. Pensé en mi hermano. Él ya hacía tiempo que sabía que soy marica, incluso antes de que yo mismo lo descubriera.

Durante el verano de sexto me juntaba mucho con Josep, ese chico del barrio. Hacíamos un montón de planes y todo eso, hasta que el cabronazo me rompió el corazón diciéndome que ya no quería ser mi amigo. Es una parida enorme, lo sé, pero a los doce años me dolió mucho. Joan entonces tenía dieciséis. En agosto fuimos a una casa rural del Empordà con nuestros padres. Una tarde calurosa, Joan y yo salimos a pasear por un bosque cercano. Nos sentamos sobre unas rocas, a la sombra de los pinos, y él se sacó del bolsillo un paquete de Marlboro y un mechero. Empezó a liarse un cigarrillo. Era un maestro en la materia: lo hacía rapidísimo y le quedaban tan impecables que eran dignos de exponerse en un museo. Yo todavía no soy tan hábil.

—¡Los papas te han dicho que lo dejes! —lo reñí, horrorizado, mientras él daba caladas tranquilas. A pesar de ir a la ESO, fumaba como un anciano con pipa. Tenía la plácida expresión de quien espera el fin del mundo y no pretende mover ni un dedo para evitarlo.

Fingí que tosía, a ver si eso lo hacía cambiar de opinión. Pero él ya sabía que estaba siendo un falso: cuando soltaba el humo, se volvía para que no me fuera a la cara.

—Ya te han pillado muchas veces —insistí—. Si ven que fumas otra vez, te matarán.

Joan me miró perfilando una sonrisa. Se había afeitado medio centímetro de una ceja y la tenía partida, como los canis. Eso imponía. Cuando me veían con él, me subía la autoestima de repente y me creía el más guay del país.

—Los papas no están aquí —dijo, sacando un poco de humo por la boca. El olor a tabaco, en realidad, no me resultaba desagradable—.

No me ven. Y tú no les contarás nada, ¿verdad que no, Harry Popotter? —Como me gustaba leer, siempre me llamaba Harry Popotter.

—No me llames así.

—Vale, Harry Po-po-potter.

—Si tú me llamas así, yo te llamaré «fumeta».

—¿Quieres probarlo?

—¿El qué?

Me tendió el cigarrillo.

—Lo de ser fumeta.

—No.

—¿Seguro, Popotter?

—No... No lo sé.

Miré a ambos lados. Josep me había dicho que había probado el tabaco una vez, y yo no podía ser menos.

—Bueno, venga... Pero no se lo digas a los papas, ¿eh?

—Si tú no te chivas, yo no me chivo. —Cogí el cigarro y lo examiné como quien intenta descifrar jeroglíficos—. Es fácil. Te lo pones en la boca, sorbes y aspiras el humo apretando los dientes.

Tras seguir los tres pasos, me entró un ataque de tos.

—¡Me arde la garganta! —gemí, mientras mi hermano me quitaba el cigarrillo, riendo. Me quedé tan traumatizado que no volví a echar una calada en los dos siguientes años. La segunda vez que fumé fue con Laura y desde entonces no he parado.

—¿Qué tal con ese amigo tuyo? —quiso saber Joan—. El que tiene cara de rata.

—¿Josep?

—Sí.

—¡No tiene cara de rata!

—Tienes razón, Óscar. —Asintió arrugando la frente, muy serio—. No es que tenga cara de rata, sino que *es* una rata. Un niño rata. El mundo está lleno de ellos: ya lo verás cuando empieces la ESO. La mitad de los de tu clase serán niños rata. Una especie de mutantes. De tanto jugar a videojuegos, les ha salido un morro del copón y unos dientes larguísimos y asquerosos. Y cecean. Dan vueltas por el patio como aves carroñeras, mirando a ver quién lleva patatas chips. En cuanto localizan una presa, se le acercan diciéndole: «¡Quiero patatazzz!» y escupiéndole babas asesinas.

Me meaba de risa. Me dolía la barriga y todo.

Al rato me calmé y le confesé, cabizbajo, que Josep ya no quería quedar más conmigo.

—Pues suda de él. ¡Que le den, al niño rata de los cojones! —Joan me miró y dedujo que insultarle no me subía el ánimo. Entonces me preguntó algo que no esperaba con el tono más sincero del mundo. Nunca lo había oído hablar tan honestamente—. Te gusta, ¿verdad?

—¿Qué?

—Josep. Te has enamorado de él, ¿a que sí?

—Pero ¡qué hablas, loco!

En ese momento, eso era impensable.

Joan desplegó una sonrisa de oreja a oreja. Recuperó el tono burlón, para picarme.

—Te gusta. Seguro. ¡Eres mariquita, como el tito!

—¡Qué va, tío!

Tiró la colilla y se me abalanzó para hacerme cosquillas y provocarme una explosión de carcajadas y convulsiones. Lo empujé para que parara, y paró, pero yo no podía dejar de reír.

—¡Te gustan las ratas y punto! —exclamó—. ¡No lo niegues!

—¡Cállate, pesado!

—¿Echamos una carrera hasta la piscina? —me propuso—. Si yo llego antes, nos tiramos al agua en bolas.

—Y si yo llego primero, nos bañamos igualmente, pero tú tienes que pegar un salto de bomba gritando: «¡Quiero patatazzz!» supermegafuerte.

—Trato hecho.

Gané yo. Me sentía orgullosísimo. Como si hubiese subido al podio de una maratón. Creía que Joan se había quedado atrás porque fumaba y no tenía resistencia. Ahora lo pienso y me doy cuenta de que me flipé tres pueblos. Me sacaba cuatro años. Yo era un enano, mientras que él medía metro ochenta.

Me dejó ganar.

Terminamos bañándonos en la piscina de la casa rural en bolas y me tronché cuando saltó gritando: «¡Quiero patatazzz!» a pleno pulmón.

Después de cenar, nuestros padres bajaron al pueblo a dar una vuelta. Yo estaba agotado y me quedé en la casa, con mi hermano. Nos sentamos en el porche, ante la noche plateada. La luna relucía, cálida, en cuarto creciente.

—Parece una D —dije.

—¿Qué?

—La luna. Una D de David.

—Ah.

Joan no alzó la vista. Estaba distraído liándose otro piti. Ya era demasiado mayor para las chorradas de la luna, así que cambié de tema:

—¿Al final repetirás tercero de la ESO?

—Ni de coña. Ya repetí segundo y fue una tortura. Además, estoy harto del insti. No me verán más por allí, por mucho que quieran obligarme a ir.

Y cumplió la promesa. No volvió a pisar el Pau Vila. Y todavía no se ha sacado la ESO. Era el rey de las pellas. Había días en los que ni los profes ni los papas ni los compañeros de clase sabían por dónde andaba.

—Ahora empezarás primero —me dijo, serio de verdad—. No quiero que sigas mi ejemplo. Haz algo con tu vida, ¿vale? Estudia, aunque te dé palo.

—¿Por qué tú no haces lo mismo?

Antes de contestarme, lamió el papel y cerró el piti.

—Yo soy un puto inútil. Los papas dicen que todo es culpa de los porros, pero no es cierto. Sería igual sin la hierba. No puedo remediarlo. Soy como los gordos que quieren adelgazar y que, al mismo tiempo, no pueden evitar seguir comiendo porquerías. Tú eres inteligente. Lees. Sacas buenas notas. Aprovéchalo.

Sin embargo, la vida con Joan no siempre fue como esos días de verano.

Para él, el instituto era una cárcel. Entre los catorce y los diecisiete años pasó por una época rebelde durísima. Insultaba a los profes. A los alumnos no; por suerte no le hacía bullying a nadie. Le encontraban choco y otras drogas en la mochila. Lo expulsaban cada dos por tres. Los papas llamaron mil veces a la policía, preocupadísimos porque no lo localizaban.

Si no lo ingresaban en el hospital por coma etílico, llegaba a casa a altas horas de la madrugada, borracho y colocado. Si se acordaba del camino, claro. Cuando no lo recordaba, la poli se lo encontraba en la calle, tumbado en un portal cualquiera, durmiendo sobre un banco o dentro de un cajero automático. A veces en manga corta, en pleno invierno, porque alguien le había birlado el abrigo. Sus amigos eran muy simpáticos en el momento de colocarse, pero no tanto para acompañarlo hasta casa cuando iba mal.

Discutía cada día con papá y mamá, que querían que se alejase de las malas compañías, que se centrara un poco y que, por lo menos, terminara la ESO. Pasaba olímpicamente de ellos. Se escapaba de casa cuando le salía de la polla. De pequeño estuve noches enteras sin poder dormir porque Joan se nos presentaba emporrado y vomitando, se montaba un pollo y las paredes temblaban al compás de las broncas y los portazos.

Los papas tenían una parte del cerebro siempre alerta, reservada para mi hermano. A menudo hablaban entre susurros en la cocina. Pegado a la pared, junto al umbral, trataba de escucharlos.

—¿Qué hemos hecho mal, Jordi? —decía mi madre, a veces. Debía de estar pasándose las manos por la frente y hundiéndoselas en el pelo, como siempre que le preocupa algo—. ¿Darle mucha libertad? ¿Echarle demasiadas broncas?

—No lo sé, Ester —le respondía mi padre—. Quizá no se ha sentido lo bastante querido. Quizá cree que ni lo entendemos ni sabemos cómo tratarlo.

—¿Y es así? ¿Lo entendemos? ¿Sabemos cómo educar a un hijo o somos unos incompetentes?

Creían que habían fracasado como padres. Pero se equivocaban. No tenían que culparse por nada. Joan habría sido igual con más o menos libertad. Él mismo me lo dijo esa noche cálida, en el porche. Era un desastre porque no tenía ni personalidad ni criterio. Imitaba lo que hacían sus amigos falsos y punto. Ni la personalidad ni la inteligencia se compran en el súper. O naces con ellas, o te las trabajas. A él no le dio la gana de trabajárselas, por lo que era el único culpable de sus males.

Me cagaré en todo si algún día se atreve a decir que no se sentía querido. Porque abarcaba un noventa por ciento de la atención de los papas, mientras que a mí me dedicaban un injusto diez por ciento y a ellos mismos un cero por ciento. Si de pequeño hubiese sido capaz de hacer este razonamiento, se lo habría soltado cuando los oía susurrar en la cocina.

El peor enemigo de Joan era él mismo.

En quinto de primaria yo hacía teatro en un centro de Sabadell. Preparamos un par de obras cutres. *El libro de la selva* y *Hércules*, me parece. Suena a la típica historia patética de peli americana nauseabunda sobre musicales, lo sé. Pero por desgracia, es lo que ocurría: mis padres no vinieron a verme a ninguna de las funciones. Joan, que entonces estaba repitiendo segundo de ESO, los mantenía ocupadísimos. O tenían que estar con él en el hospital o tenían que entrevistarse con su tutor o tenían que reunirse con la psicóloga. Se esforzaron un huevo para reconducirlo, para que no lo internaran en un centro de menores. Apenas podían llevarme en coche a los ensayos, a las funciones y a las clases de natación. Me llevaba Amalia, la mejor amiga de mamá, o la yaya cuando todavía conducía.

El imbécil de Joan cocinaba marrones tan grandes que teníamos que comérnoslos entre todos.

Aún espero que nos dé las gracias.

Por suerte, tras cumplir los dieciocho, la cosa mejoró. Ahora trabajaba de cajero en el Mercadona. Se había relajado un poco. Tenía una novia estable con la que *parecía* que le iban bien las cosas. Continuaba bebiendo y fumando porritos de vez en cuando, pero ya no se juntaba con esa chusma.

Cuando estaba a punto de dormirme, oí un golpetazo. Me incorporé de repente. Había dejado la puerta de la habitación entornada. Del baño de abajo llegaba un ruido extraño, como si alguien estuviera vertiendo cubos de agua. Encendí el móvil. La luz de la pantalla me cegó y tardé unos segundos en poder ver bien la hora. Las tres y media de la madrugada.

Bajé entre bostezos. Mis padres no debían de haberse enterado de nada: su habitación estaba cerrada. Si entraba, seguro que los pillaba roncando.

Me encontré el baño abierto de par en par: alguien había empujado la puerta con fuerza y la había hecho chocar con la pared. Joan se asomaba a la taza del váter, tumbado boca abajo, con los ojos inyectados en sangre. Respiraba con dificultad.

—¿Por dónde andabas? —le pregunté—. Estás superdemacrado.

—He ido a casa de Roger —articuló, justo antes de proyectar una cascada de vómito dentro del inodoro. Ya llevaba unas cuantas.

Luego estalló en un acceso de tos y escupitajos.

—Joder, Joan... ¿Ya estamos otra vez? Creía que habías cambiado *un poco*.

—Cierra el pico.

—Eres un puto desastre.

—Nadie te ha pedido tu puta opinión.

—Si quieres matarte bebiendo, vete a un descampado. Pero no vengas aquí a hacer el numerito. Estoy hasta los cojones de ti.

—¡Que te calles!

—Ya tienes veinte años, tío. ¿Todavía quieres ser el puto centro de atención de esta casa? Cuando no respondes a los mensajes y cuando vienes superpedo, yo desaparezco. ¡Hostia puta, estoy harto de que tus mierdas importen más que yo!

—¡Que me dejes en paz, joder!

Otra arcada. Vomitó la bilis.

Apenas podía levantar la cabeza para mirarme.

—No sé cómo Marta es capaz de salir contigo. Flipo con que te aguante.

—Marta me ha dejado.

—Le pusiste los cuernos, ¿no? Con la tía vestida de Decathlon.

—Bingo.

—Te mereces que haya cortado contigo, chaval. No cuidas las cosas. Crees que toda la gente es como los papas. Que te lo permitirán todo y que siempre te perdonarán. Pero el mundo no funciona así.

Se incorporó tambaleándose, con la cabeza a punto de explotarle.

—¡Como no te calles te parto la cara! —me amenazó, señalándome con un dedo vacilante. Tenía la boca llena de pota y babas.

—Siempre la estás cagando. Ni siquiera puedes controlarte la polla. Normal que los amigos y las novias te duren dos días.

—¡Cállate ya, maricón!

—Sí, sí. Yo soy maricón y tú solo sirves para amargarnos la vida. Es muy injusto que los papas te hayan dado tantas oportunidades. ¿Me oyes? Hace años que tendrían que haberte abandonado en el hospital.

Se le puso la cara rojísima. Los ojos le hervían de rabia. Se abalanzó sobre mí para darme un puñetazo, pero lo esquivé. Perdió el equilibrio y cayó de rodillas. Se agarró al bidé, tosiendo, mareado y encorvándose por los espasmos de las arcadas.

—Buenas noches —le dije, y volví a la cama con las manos temblándome.

19

Me desperté a las once. Me daba un palo tremendo desayunar. Tampoco tenía hambre, así que lo único que hice fue trasladarme de la habitación al comedor, con el móvil en la mano. Mis padres habían dejado una nota en la mesa para informar de que pasarían toda la mañana en Castellar. Joan, que curraba los sábados, ya se había ido al trabajo, me imagino que con una resaca del copón.

—Pfff, qué paliza de vida —resoplé, desplomándome en el sofá.

Si fuera una señorita inglesa del siglo xix, habría abierto mi diario entre suspiros y gestos afectados y habría escrito: «20 de marzo de 1843: cuarto día de expulsión o, dicho con más precisión, de vacaciones pagadas. La imaginación se me agota y mi alma no halla nada con que llenar el tiempo y aliviar el tedio...».

Pero dado que no me llamaba Catherine y mi apellido de soltera no era ni Winston ni Churchill, en lugar de abrir el diario miré el móvil. Laura me había escrito.

Wapo, al final hoy q?
Vienes a comer a casa d mi abuela y
luego vamos a la obrera?
La clase d yoga es a las 7

> Antes t puedo enseñar el local, q ya veras
> q mola mazo

Mi madre hace yoga. A mí me parece aburridísimo. Una vez me llevó a una clase y me quedé sobado como a la mitad. ¡Qué vergüenza, tío! Además, su profe está pirada. No paraba de hablar de chacras descuadrados, infusiones mágicas que curan el cáncer y paranoias por el estilo. Siempre le envía *fake news* a mi madre por WhatsApp. Que si el virus de la gripe no existe. Que si beber leche de vaca equivale a chutarse ácido sulfúrico. Que si las vacunas son un invento del Nuevo Orden Mundial de los Illuminati para inyectarnos microchips y controlarnos a todos.

También le manda fotos con frases estúpidas: «No estés triste. Tal y como decía Buda, la vida es fabulosa. Sonríele a tu reflejo: ¡hoy es un nuevo día!». Esto es lo *peor* que puedes decirle a una persona que está deprimida y con la autoestima bajo cero. Lo último que quiere es mirarse al espejo y sonreírse. En serio. Para colmo, la burra de mamá nos reenvía las fotos con las frases a todos, pensándose que nos alegrarán el día.

De hecho, ayer nos mandó un artículo de internet por el grupo de Whats de la familia (en el que estamos ella, papá y yo; Joan salió justo después de que lo metieran). «Estar mucho rato con el móvil provoca diabetes», anunciaba el titular. Seguro que se lo había enviado esa chalada. Si lo que afirmaba era cierto, yo debería inyectarme mil kilolitros de insulina cada hora.

En fin, da igual. Le contesté a Laura que sí, que iría a comer con ella. Y a pesar de odiar a muerte el yoga, le dije que me apuntaba a la clase.

Era gracioso que hicieran yoga en la Obrera. El prototipo de perrofla luce rastas, mohicano o mullet, escucha ska reivindicativo, es vegetariano, dice «hola a todas» y hace yoga. Los porros son opcionales, pero abundan. No podemos negarlo. A mí la música ska me taladra el cabolo en cuanto llevo más de media hora escuchándola. Pero las letras de las canciones me gustan. Me dan que pensar. Aun así —y no os chivéis a Laura, porque me mataría—, creo que quienes escuchan ska y van a clases de yoga lo hacen solo por el postu. En el fondo se están muriendo de aburrimiento. Están deseando largarse a una disco a bailar reguetón y perrearse a saco.

Me duché, me vestí y todo eso y me dirigí a casa de Laura por un camino distinto al del último día. No quería pasar por delante del Pau Vila. Si veía el insti, corría el riesgo de vomitarle encima. Subí por la calle Permanyer, que termina en una plaza. Desde allí veía los trampolines altísimos de Can Marcet, la piscina de Gracia. Gente, aprovecho que me fijé en Can Marcet para explicaros algo que me pasó con trece años, en verano. Necesitáis saberlo antes de llegar al momento en que me puse a hacer contorsiones budistas diciendo «Ooooooom» con el colectivo chacras.

Aquel verano mi hermano todavía se juntaba con peña chunga y a veces me llevaba por el barrio con ellos. Me imagino que mamá y papá lo obligaban a sacarme a la calle los días que ellos trabajaban, para que no me quedara tanto tiempo encerrado en mi cuarto, y lo único que se le ocurría era que me uniera a los planes de sus colegas. En aquella época, dentro de su pandilla era uña y carne con Pablo, un chaval dos años mayor que él que me ponía los pelos de punta. Cuando lo veía por casa bajaba la cabeza y caminaba en silencio temiendo que pudiera molestarse por algún gesto mío y me escupiera un huracán de insultos mientras me aplastaba la cabeza con el zapato.

Una mañana de agosto, Joan me llevó a Can Marcet con Pablo. No quería ir, pero no pude negarme. «Vamos a la piscina», me dijo mi hermano en el comedor, mientras Pablo estaba a su lado mirándome con el ceño fruncido. Tenía el pelo cortado a cepillo y un lunar enorme bajo el ojo. Relucía, redondo, negro y cosido como un parche en la piel blanca. Ni abrí la boca: sentía que cualquier cosa que dijera ante esas cejas y ese lunar supondría una sentencia de muerte. Y aún lo supondría más si decía que no me apetecía pasar tiempo con ellos. Además, estaba cambiando la voz. Si me hubiese salido un gallo no habría soportado que se rieran. En un segundo ya me estaba preparando la mochila.

Aquel día Pablo estaba especialmente simpático conmigo. De camino a la piscina, me ponía las manos gruesas y duras sobre los hombros al cruzar pasos de cebra, como para protegerme si venía un coche, me daba una especie de masaje y finalmente me despeinaba. Y mientras tanto ni me miraba, solo hablaba con Joan de tetas y gramos.

Era raro. El chico me daba muchísimo miedo. Tenía diecinueve años y yo trece. Me sacaba una cabeza y media. Iba con tirantes y se le veían los bíceps grandes, ansiosos, asesinos, con las venas marcadas como los cables de un robot. Estaba fuerte, *fuertísimo*; podría haberme matado con el gesto despreocupado con el que ahuyentaba a las moscas. O eso me parecía entonces, que era un chiquillo. Al mismo tiempo, cuando me tocaba de ese modo, me sentía bien. Aceptado. A salvo en la manada.

Si habéis estado en la piscina de Can Marcet, ya sabréis que es muy honda. Llega a los seis metros o así. Nos estábamos bañando los tres y en un momento dado me hundí nadando a toda pastilla hasta que toqué el fondo. Solté el aire de golpe para poder sentarme con las piernas cruzadas y mirar arriba sin flotar. Era como ver el mundo del revés. Pies que flotaban en el espacio, mientras el sol atravesaba el agua y creaba cuadrados en la superficie por el reflejo de los azulejos. Cuando ya no aguantaba más, me impulsé con un pie para salir disparado. Y al asomarme al exterior, apenas tuve tiempo de coger aire, porque Pablo me agarró la cabeza y me hundió de nuevo.

Y en cuanto me sumergió, me apretó la cabeza contra su tula. Aunque la cubría el bañador, la noté gorda, flácida y asquerosa contra la mejilla.

Volví a salir tosiendo y echando agua por la nariz y por la boca. Qué puta vergüenza.

—¿Qué haces, tío? —le espeté—. ¡Que me ahogas!

Automáticamente me arrepentí de hablarle así. Ahora seguro que me ahogaba de verdad.

Pero no lo hizo. Tanto él como Joan se tronchaban con sus voces graves. Si las oyes de noche en un callejón oscuro y vas solo, te dan ganas de morirte.

—Osquiii, pequeñajo, ¿te he hecho daño? —rio Pablo. Se me acercó para hacerme cosquillas y lo esquivé—. ¡No llores!

Yo seguía tosiendo.

—Venga, Óscar, ¡no me seas marica! —exclamó mi hermano.

«¿Marica yo?», quería soltarle. «¿No has visto dónde me ha metido la cara Pablo? ¡Marica él, joder!».

Cuando me recuperé, Joan vino hacia mí buceando, me agarró por la cintura y me propulsó. Me lo hacía desde pequeño. Sabía que me encantaba salir volando de improviso para luego caer al agua. Eso hizo que me olvidara un poco de la broma, si se le puede llamar así.

Más tarde fuimos a jugar un mundialito a la pista del complejo con un chico del barrio que llevaba pelota y que conocía a mi hermano. Yo odiaba el fútbol, pero ellos eran los mayores, así que tenía que adaptarme. Era la jungla de los bros. Pablo se puso de portero mientras el resto jugábamos todos contra todos. Pese a ser el menos Messi de los tres, quedé segundo. Pablo me animaba, me decía hacia dónde moverme y me dejó marcar un par o tres de goles.

—¡Venga, enano, chuta! ¡A la derecha, a la derecha! ¡Tú, tú, la bola, la bola! Así, así, ¡dale, dale fuerte!

No sabía por qué lo hacía. Supongo que porque era el *enano*. O porque le sabía mal haberme hundido. Ni puta idea. Darle demasiadas vueltas me provoca dolor de estómago.

Después del partido nos bañamos otra vez y cuando llegó la hora de comer nos fuimos al vestuario. Joan fue el primero en encerrarse en una de las duchas. Menos mal que eran individuales. Si no, me habría duchado en casa.

Me quedé a solas con Pablo en los bancos del vestuario. Yo, todavía con bañador, hurgaba en la mochila, sacando la toalla, el gel, la ropa y todo eso. Él me miraba a un metro de distancia. Le devolví la mirada. Estaba quieto, como una estatua esculpida en mármol frío, vacilándome con una media sonrisa. Desnudo de pies a cabeza, con la piel empapada. El agua se le condensaba en gotitas a lo largo de la cara de piedra, los labios burlones, el trapecio definido, las colinas de los pectorales y la tableta de culturista. Traté de no fijarme en lo que le colgaba entre las piernas clavándole la vista al cuello, tan tenso y con los músculos tan hinchados y las venas tan prominentes que parecía a punto de reventar. Sí, aquel cuello cada vez más apretado, que subía y bajaba con la respiración, le estallaría en cualquier momento y la sangre inundaría el mundo y nos ahogaría a todos.

El miedo me retorcía el estómago.

—Te gusto, ¿verdad? —me preguntó. De repente el miedo me bajó a la polla, arrastrando sangre, hasta que la noté dura contra el bañador mojado.

—No... No soy marica —articulé. Para disimular la erección, me moví un poco y me recoloqué el bañador.

Me observó los muslos inquietos y se le alargó la sonrisa.

—Ya. Seguro.

Dio un paso hacia mí. Ahora nos separaban pocos centímetros. Olía a cloro y sudor agrio. Lo miré a los ojos. Al *lunar*, más bien, porque era incapaz de sostenerle la mirada.

—¿La quieres tocar? —me dijo.

Me bloqueé unos segundos. No, no, no. ¿Qué se ha creído? ¿Qué mierdas está pasando? ¡Huye, huye de una vez! Pero el cuerpo no me obedecía, como si temiera demasiado la reacción de Pablo ante mis movimientos.

Al final conseguí girarme de la manera más torpe posible. Cogí el gel y la toalla con las manos temblando por los nervios y sin querer tiré la mochila. No la recogí. De hecho, hui tan rápido hacia las duchas que ni siquiera la vi aterrizar, solo la oí. Y mientras aceleraba el paso, por detrás me perforaba la risa grave y socarrona de Pablo, que se interrumpió con un:

—Menudo bujarra.

Al salir de Can Marcet con Joan y Pablo hice como si aquello no hubiera pasado. Caminaba callado, mirando la acera, contando las esquinas que faltaban para poder refugiarme en casa. Pablo también hacía como si nada. No habló del tema con mi hermano ni me torturó con ninguna otra broma, ni aquel día ni nunca más. No lo volví a ver ni por el barrio ni por casa.

Hacia el final del verano, Joan se peleó con él por la pasta que le debía y por una movida con una chica. Nunca ha querido contarnos la historia entera. Se insultaron y se pegaron y demás en la plaza del Trabajo. Luego Pablo se piró de la cuadrilla apretando los dientes con sangre en la boca mientras se frotaba el puño herido con la otra mano. Lo acogió una chusma de Barberá del Vallés igual de aficionados a apretar los dientes y frotarse los puños, con quienes podía compartir la rabia y el odio que sentía por todo el mundo.

Lo último que Joan sabía de él, y se enteró unos meses después de la pelea, es que se había afeitado la cabeza y se había tatuado una esvástica en el pecho. Mientras Laura y yo nos besábamos por primera vez en la pendiente de un garaje, no muy lejos de allí una aguja de tatuar zumbaba cargada de tinta sobre su piel desnuda.

No he vuelto a ducharme en Can Marcet. Quiero decir que siempre que voy paso el menor tiempo posible en el vestuario. Aunque Pablo ya no ande por allí, tengo miedo de encontrármelo con los pectorales empapados y las gotas resbalando por una esvástica tan oscura y tan profunda como el agujero negro que lucía bajo el ojo.

Ya han pasado casi tres años desde aquella mañana. Pero a veces, cuando me fijo en los altos trampolines, la recuerdo y se me eriza la piel. Su «¿la quieres tocar?» me retumba en la cabeza, así que aparto la vista y analizo los coches aparcados para reafirmar que me importa una mierda la automoción. O, como hice el día del yoga, miro el móvil. Laura me cantaba las cuarenta por WhatsApp.

> Hace un siglo q la yaya y yo te esperamos pa comer!!
> Q coño haces? Deja los pajotes y ven!

> Ya llego

Iba en serio. Fue doblar un par de esquinas y ya estaba llamando al timbre. La abuela de Laura había cocinado tortilla de patatas y el aroma flotaba en el recibidor.

20

Después de comer, Laura y yo estuvimos en su habitación hasta las seis y pico, jugando a cartas, fumando pitis y escuchando Oques Grasses. Las horas volaban. Entre la partida de la Puta y la del Mentiroso, pensé en contarle que el día anterior había quedado con un chico y que nos habíamos enrollado. Pero al final no le dije nada. Pesaba demasiado la pereza de tener que darle detalles y responder a las preguntas que seguro que me haría.

Llegamos a la Obrera unos minutos antes de las siete. El local es un edificio esquinero de dos plantas con azotea. La pared del piso de abajo es casi toda de cristal, o sea que desde fuera se ve el interior. Laura me explicó que antes aquello era un concesionario de coches. Cuando pasó a pertenecer al banco, lo okuparon y crearon un centro social. Siempre tiene que haber alguien dentro «protegiendo la fortaleza», porque los del banco quieren recuperarla de algún modo. Llevan años sepultando a los de la Obrera bajo una tonelada de denuncias. Las multas se pagan con un fondo común. Al parecer, tanto los miembros del centro como los vecinos del barrio aportan pasta y material.

—Tenemos tiempo de explorar el centro —dijo Laura, plantada en la puerta y sonriendo. Antes de entrar, miré alrededor y reparé en que al otro lado de la calle había un bar con terraza. No me hacía mucha gracia que los que tomaban el cafelito de la tarde nos vieran poniendo el culo en pompa en todas las posturas de yoga, pero bueno, ajo y agua...

La sala principal era muy amplia. Había bar, cocina y una pequeña biblioteca con mesas, bolis y esas cosas. En las paredes de yeso, entre los cristales, relucían pinturas, grafitis, pósteres y carteles que anunciaban charlas sobre feminismo, antirracismo, antifascismo, sexualidad, activismo LGTBIQA+, marxismo-leninismo, animalismo y cosas así. Me apuesto lo que queráis a que se aprende más allí que en el cole. La semana siguiente iban a proyectar una peli sobre Guillem Agulló y vendría una mujer a hablar del tema.

—La sala principal también se utiliza como comedor social —dijo Laura. Luego me llevó detrás del bar, al gimnasio popular Rukeli. Se llama así en honor al boxeador gitano asesinado por los nazis en un campo de concentración en 1944.

En el Rukeli había gente haciendo pesas, luchando contra sacos de boxeo y practicando varios ejercicios. Saltos de tijera, sentadillas y eso. Lo que menos me entusiasma de la vida en pocos metros cuadrados. También había un ring en el que un grupo aprendía defensa personal. La monitora brincaba de un lado a otro, motivadísima.

—Todas las actividades son gratuitas —me informó Laura—. Los que usan el material y los que van a las clases colaboran con el centro impartiendo talleres, donando comida, dinero o más material, o limpiando y administrando el local.

—¡Flipa! Pues yo no he traído nada. Como mucho, le puedo liar un cigarrillo al profe.

—Ya le valdrá.

En el segundo piso había varias salitas dedicadas a reuniones y talleres. En dos de ellas, que daban a un balcón, habían colocado mesas, sillas y pizarras para transformarlas en aulas. Así era cómo en la Obrera habían creado una escuela popular: la Madrasseta. Los profes eran voluntarios. Organizaban clubs de lectura. Daban clases de repaso. Enseñaban mates, ciencias, pintura, música e idiomas. En la pared, un cartel en el que aparecían dos señoras leyendo proclamaba: «¡COLECTIVICEMOS LOS SABERES!».

—Tenemos muchos alumnos —decía Laura—. Migrantes que están aprendiendo catalán y castellano. Menas que han llegado hace poco y que necesitan ayuda para adaptarse al cole. Niños a los que no pueden pagarles las clases de repaso. Gente del barrio. Artistas urbanos.

Vi una de las aulas llena. Estaban dando clase con la puerta medio abierta. Me asomé y descubrí a Montse. Mi tutora.

—¿Montse del Pau Vila también es profe de la Madrasseta? —le susurré a Laura al oído—. No me jodas...

—Pues sí. En el insti era un muermo como una catedral. Pero en realidad es la boomer más enrollada y antisistema de la ciudad. Tendrías que oírla en las reuniones. A veces nos acompaña a las manis. Nos ha ayudado en más de una ocasión cuando la poli nos ha dado problemas. Aquí enseña catalán algunas tardes, después de pasarse no sé cuántas horas en el Pau Vila, aguantándoos y corrigiéndoos los exámenes. Muchos de sus alumnos son menores no acompañados que iban a emigrar a España con su familia. Pero las autoridades solo les permitieron entrar a ellos y tuvieron que separarse de sus padres, que fueron deportados y toda esa mierda. Algunos no saben nada de ellos desde entonces. ¡Y son niños, tío! Hay dos que vienen de campos de refugiados. Los padres se quedaron atrapados allí: solo ellos lograron cruzar la frontera y llegar hasta aquí.

—Qué putada.

—Montse dice lo mismo. Con la típica voz seria y formal de profesora de lengua, declara: «Me gustaría cambiar el sistema de arriba abajo yo sola, pero como no puedo, vengo aquí a aportar mi granito de arena».

—Qué mona, ¿no?

—Es supercuqui. Cuando tenga noventa años todavía la verás en las barricadas, luchando contra la BRIMO con una muleta, mientras recita versos de Ausiàs March. «ACAB i foll amor!».

Me desternillé de risa. Montse me oyó y me vio. Sin salir del aula y sin dejar de explicar el sintagma nominal, me saludó haciendo un gesto seco con la mano.

—¿Ves? —dijo Laura—. No solo nos dedicamos a fumar hierba.

Echamos un vistazo a la azotea, donde habían plantado un huerto, y luego volvimos al piso de abajo. Yoga time.

Ya había gente preparada con la esterilla y vestida de chándal. Hablaban de no sé qué huelga estudiantil convocada para exigir mejoras en la educación pública. Laura me los presentó. Yo no había traído ropa de deporte ni nada. Iba con vaqueros.

Me presentaron al profe. Juanjo. Debía de tener unos veinte años o así. Llevaba la melena recogida en un moño de samurái. Parecía buen tío y, joder, no pude evitar pensar que estaba bueno. Desprendía un aire salvaje. Me lo imaginé cargado con la tienda de campaña, viajando de festival en festival. Desfogándose con bailes extravagantes en un prado, bajo la luna, colocado y escuchando música electrónica epiléptica.

Un día quedé con Laura para ayudarla a teñir una tela imitando el estilo tie-dye de los hippies. En mitad de la tarde, se nos acopló una amiga suya dos años mayor que ella. Nos contó que en verano había ido a un bosque cerca de una mierda de pueblo de Solsona a meterse setas. La muy flipada nos dijo que al tumbarse en la hierba sintió que entraba en comunión con la tierra, porque todos estamos hechos de las mismas partículas y no sé qué. Nos dijo que conectó con sus ancestros, que una vez muertos se habían fundido con el cosmos. Se encontró con su abuela, que la había palmado el año anterior, y también con su bisabuela y su tatarabuela, a las que jamás había conocido. De repente, se teletransportó mentalmente al comedor de su abuela, donde merendaba de pequeña después del cole, y las cuatro se pusieron a hablar de la Guerra Civil y el anarcosindicalismo, degustando magdalenas proustianas y colacaos.

Juanjo me saludó con la mano. Quería soltarle algo sofisticado, como «encantado de conocerte» o «oye, ¿tienes Insta?», pero se me trabó la lengua y solo fui capaz de decir:

—A... ¡Hey!

Me cago en todo. Odio que por culpa de los nervios se me olvide cómo hablar.

Laura y yo cogimos un par de esterillas del montón y las colocamos en la última fila. Me parecía perfecto que estuviésemos allí. Así, Juanjo no me vería demasiado mientras hacía el ridículo tratando de copiarle los ejercicios.

—No te hagas ilusiones —me susurró Laura.

—¿Qué?

—Con Juanjo. He visto cómo lo miras. Es hetero.

—Oh.

—Tiene una churri supercayetana. Blanca Goicoechea. Estudia Economía en ESADE. Su historia es una versión de *Romeo y Julieta*. Los padres de Blanca están forrados, son supercatólicos y no lo soportan. Dicen que es un perroflauta piojoso y que no lo quieren dentro de casa para que no les pegue las chinches. Pero ellos siguen juntos igualmente. Ahora lo ves así, tan alternativo y tal, y jamás lo dirías, pero tiene la relación más monógama del mundo. Están casadísimos.

—Los polos opuestos se atraen, ¿no?

—Nunca he creído en esta mierda. Jamás en la vida me follaría a un facha. Pero Juanjo no es tan finolis como yo... —Soltó una risita—. Es broma. Pobre Blanca. Es pija, pero maja. No como sus padres...

En verdad, yo tampoco me trago la basura de los polos. Es falsísima. Igual que «lo importante es participar», «el karma existe» y «la belleza está en el interior». Que no os engañen. Lo importante es ganar. Lo de participar y lo del karma son mentiras rellenas de frases de filosofía barata que nos zampamos para no caer de cabeza en la depresión. Y si la belleza estuviera realmente en el interior, jamás nos enamoraríamos de guapos gilipollas y nos ahorraríamos un montón de dramas. Pero no nos engañemos: los guapos gilipollas nos vuelven locos.

—Buenas tardes a todos —empezó el profe mientras ponía una melodía de flauta de pan con el móvil y lo dejaba sobre una mesa—. Nos tumbaremos bocarriba sobre la esterilla. Inhalaremos y exhalaremos tranquila y profundamente...

La clase de yoga era un tostón, como ya me esperaba. Hicimos las posturas del gato y del perro, el saludo al sol y unas cuantas acrobacias raras más.

Hasta que nos interrumpió el jaleo.

21

Estábamos haciendo una postura invertida. Me caí por el susto y golpeé a Laura con el pie. La música relajante aún sonaba.

Alguien había arrojado algo contra la pared de cristal y se había abierto una telaraña de grietas. Todos nos incorporamos, acojonados y desconcertados. A través del cristal, vimos que en la terraza del bar que estaba al otro lado de la calle había un grupo de hombres con la cabeza afeitada. Algunos sentados y otros de pie. Vestían cazadoras, pantalones militares y botas. Dos de ellos llevaban una esvástica tatuada en el cuello. El del medio tenía el símbolo de las SS nazis —los dos rayos que siempre aparecen en los libros de historia— bordado en el pecho de la cazadora. Y un lunar enorme bajo el ojo.

Era *él*. Lo oía reír desde dentro. Y también lo sentía enquistado en lo más hondo de la memoria, escociéndome como un grano de pus.

«Menudo bujarra».

Precisamente fue Pablo quien agarró la segunda botella de cerveza por el cuello y la lanzó contra la pared. Esta vez se abrió un agujero del tamaño de una mano y cayeron trozos de cristal en el interior. Uno me llegó a los pies.

—¡Fuera de aquí, comunistas separatas! —rugió el que había sido el mejor amigo de mi hermano.

—¡Escoria! —escupió Juanjo.

Laura me aferró el brazo.

—Joder, Óscar, son skinheads neonazis...

En realidad, la estética de la cabeza rapada surgió entre los comunistas de Inglaterra en los años 60. Los primeros skins eran obreros y antirracistas. En el gimnasio de la Obrera incluso había visto algún redskin. Por desgracia, los nazis, que no tenían estética propia, se apropiaron de esa, y hoy en día la asociamos mucho más con ellos que con los antifascistas.

De repente, Juanjo, el resto de yoguis, dos redskins y otras personas que andaban por la Obrera salieron a la calle, indignados. Laura no dudó ni un segundo: se puso los zapatos y se unió a ellos. Montse bajó corriendo a ver qué demonios sucedía, pero se quedó dentro, con sus alumnos. Yo no sabía qué hacer. Estaba paralizado. ¿Era prudente o iba a enfrentarme con los calvos? ¿O huía a casa corriendo? ¿Y si Pablo me reconocía?

—¡Okupas piojosos! —nos gritaban los ultras.

Lanzaron otra botella de cerveza contra la pared de cristal y apareció una tercera telaraña. Parecía el objetivo de una pistola del *Call of Duty*. Pensé que Fabre debía de estar en su cuarto tan tranquilo, cargándose a los zombis de la Play, mientras que yo acababa de infiltrarme en una peli sobre bandas chungas.

A Laura la separaban pocos metros de los nazis. Si no la apoyaba, me arrepentiría. Si no les plantaba cara, decepcionaría a Román. Me miraría sacudiendo la cabeza y diría que si todo el mundo hubiese huido de las situaciones complicadas, nunca habríamos conseguido ningún derecho.

De repente, la adrenalina se me disparó. Me corría por las venas, salvaje, como el Dragon Khan. Quería meterme en primera fila y ver lo que ocurría. Me calcé. Una vez fuera, atravesé un campo de codos para plantarme al lado de Laura.

A la Guerra Civil en miniatura que se armó le habría quedado de puta madre Zoo de fondo. O Green Day: «Dirty rotten bastards», «Bouncing off the wall» o «99 revolutions», por ejemplo.

—¡Largaos del barrio, fascistas! —gritaban los de la Obrera.

—¡Sabadell es antifascista!

—¡No pasarán!

—¡Hijos de puta!

—¡Machete al machote!

—¡Nazis fuera!

—¡El facha muerto es abono pa mi huerto!

Algunos vecinos se reunieron a nuestro alrededor para apoyarnos. Algunas personas pasaban por allí y, jiñándose, daban media vuelta y se iban por otra calle.

Ni los ultras ni los de la Obrera se atrevían a saltar a la otra acera para hostiarse. Todavía.

—¡Fuera, maricones sidosos! —bramó uno de los del tatuaje esvástico.

—¡Okupas apestosos! ¡Parásitos! ¡Venid aquí, a ver si tenéis cojones!

—¡Duchaos de una vez, cerdos!

—¡Arriba España, joder!

—¡Iros con los moros a su país, a daros por el culo!

—¡Racistas de mierda! —les gritó Laura—. ¡Moríos de una puta vez!

Nunca la había visto tan alterada.

—¡Cállate, zorra feminista! —le respondió Pablo—. ¡Vete a morolandia a comer kebabs y pollas negras! —Acto seguido le tiró el cenicero de una mesa. Le dio en la cabeza y le brotaron hilos de sangre en la frente. Se agachó con la mano en la sien.

El corazón me pegó un salto de trampolín. La agarré por el brazo. ¡Hijo de la grandísima puta!

—¿Laura? Hostia, Laura, ¿estás bien? —Era lo más estúpido que podía preguntarle. Tenía un montón de mechones empapados de sangre—. ¡Venga, vámonos de aquí! ¡Nos matarán!

Se levantó, se pasó la mano por la frente y se la limpió en el pantalón.

—Márchate tú. Yo me quedo. —Recogió una piedra que había a los pies de un árbol y la lanzó hacia ellos. No le dio a ninguno—. ¡Ratas asquerosas!

—¡Estás flipando, tía! ¡Pirémonos ya!

Juanjo, con los ojos rabiosos y el moño haciéndole equilibrismos, atravesó la carretera, aterrizó en la otra acera y le propinó un puñetazo a un nazi, que se lo devolvió empujándolo contra una mesa. Juanjo tropezó, chocó con una silla y se cayó. Se levantó con violencia, como un puto samurái, para arremeter de nuevo contra el ultra. Siguieron peleándose un buen rato: arañándose, tirándose de la ropa y descargándose hostiones y patadas esterilizadoras en los huevos. Se les sumó un segundo skin, que tumbó a Juanjo con la ayuda del primero. Uno lo inmovilizaba mientras el otro le golpeaba el estómago y los riñones con la bota, como si fueran instrumentos de percusión. De algún modo, Juanjo logró aferrarse a una pata de la silla de detrás. La catapultó contra el facha que tenía encima y se escapó.

Tres neonazis saltaron a la acera de la Obrera. Dos de ellos empezaron a empujar a la gente. El tercero, Pablo, fue con cara de hiena famélica a por Laura, que agarró un pedazo de adoquín que sobresalía, se lo lanzó y le dio en el hombro.

Pablo, la ira en persona, se abalanzó sobre ella y me interpuse placándolo como un jugador de rugby. Continuaba siendo más corpulento y más fuerte que yo, pero ahora éramos casi igual de altos. Contraatacó empujándome y haciéndome chocar con el cristal de la Obrera. Pensaba que el golpe me había cortado la respiración, pero no, eran esas manos nazis que me oprimían asquerosamente el pecho. Y cada vez con más fuerza. Si seguían así, me romperían las costillas. Intentaba librarme de la tenaza con toda la energía que podía generar, pero no lo conseguía. Trataba de patearle los huevos, pero no atinaba. Laura no podía ayudarme. Otro ultra acababa de agarrarla de los pelos y la sacudía de lado a lado, como a una marioneta.

Entonces Pablo redujo la presión. La cara encendida y arrugada se le suavizó. Las cejas pasaron de ser navajas que apuntaban hacia abajo a formar un arco de asombro.

—¿Qué coño haces aquí, enano? ¿Ahora te juntas con perroflautas? —Me soltó—. Tira pa tu casa, anda. Tu hermano te girará la cara en cuanto se entere de por dónde andas...

Le había abierto la cabeza a mi mejor amiga. Era a él a quien tenían que girarle la cara. 360 grados, hasta que diera la vuelta al sol.

—Muérete —le dije, mientras me temblaba la mandíbula.

Le escupí, creo que en el mentón, e intenté reventarle las pelotas pegándole con la rodilla. No sé si acerté. Pero le hice daño, eso seguro. Me lo confirmó contrayendo el rostro en una mueca. Entonces, Laura, por fin libre, le tiró de la chupa. Eso hizo que se girara a medias. Ella lo aprovechó para soltarle un puñetazo en toda la jeta.

—¡Déjalo en paz, imbécil! —le ordenó, mientras yo retrocedía.

Pablo se llevó la mano a la mejilla. Luego vino hacia nosotros, resoplando, para volver al ataque. Cogí lo primero que vi —un trozo de cristal del suelo— y se lo tiré. Por desgracia, no le fue al ojo. Solo le abrió una herida en la mejilla.

Los coches de policía llegaron en ese momento. Pablo se limpió el escupitajo con la manga y regresó con los suyos, fulminándome con una mirada homicida mientras decía:

—Eres un hijoputa, como tu hermano. Luego vendré a por ti. Te partiré la puta cabeza.

Su cara, una bola de billar reluciente con una mancha negra, no mentía.

Los polis acordonaron la calzada para separar a los antifas de los nazis. Aun así, el fuego cruzado de insultos seguía ardiendo. Juanjo todavía se estaba pegando con un facha, al otro lado. Dos agentes se interpusieron entre ellos para reducirlos. Juanjo se deshizo de los brazos del poli. Como represalia, este lo empujó contra el capó de uno de los coches, lo esposó y lo metió en el vehículo. Lo acababan de arrestar. A él. En cambio, no arrestaron a ningún neonazi troglodita. Todos se fueron de rositas a su cueva.

La mayoría de los antifas volvieron a entrar en la Obrera. Unos pocos se acercaron a la pasma para explicarles lo sucedido, a ver si soltaban a Juanjo. Pero no les hicieron ni puto caso. Se lo llevaron a comisaría con la excusa de que ya estaba fichado. Tenía antecedentes por no sé qué parida.

Laura se sentaba en un banco de la calle, sosteniéndose la cabeza ensangrentada con las manos. Fui rápidamente a la sala principal de la Obrera y pedí al primer chico que vi que me diera hielo o algo por el estilo. Corrió a la cocina a por él. Se me escapó una risita de maníaco al oír la flauta de pan silbando en el móvil de Juanjo, sobre la mesa. La musiquilla nos había acompañado en todo momento, aunque desde fuera no la oyésemos.

El chico, supersónico, me tendió una bolsa de plástico llena de cubitos.

—Gracias —le dije—. Por cierto, ese es el móvil de Juanjo. No lo ha podido coger antes de que lo detuvieran.

El chico lo apagó y se lo metió en el bolsillo.

—Se lo guardaremos hasta que vuelva.

—Ya veo cómo aprovechas los días de expulsión, ¿eh? —comentó una voz detrás de mí, en catalán, pronunciando muy bien las vocales neutras. Montse—. Habéis sido muy valientes. La ambulancia ya está de camino. Tendrán que llevarse a Laura al hospital.

Asentí, avergonzado de hablar con ella después de que me expulsara, y le llevé el hielo a Laura. Se lo apretó contra la cabeza, soltando un suspiro de alivio. Me senté a su lado.

—Te encuentras fatal, ¿verdad?

—Qué va. ¡Estoy eufórica! —Desplegó una sonrisa ensangrentada—. Definitivamente, los polos opuestos no se atraen. Nunca me follaría a un facha.

—Es mi primera pelea —le confesé—. Y todavía no me lo creo. —No podía evitar sentirme orgulloso. Siempre me alejaba de las peleas. Cuando empezaba a discutir con alguien, prefería darle la razón y dejarlo estar. No insistía en el tema por pereza, y lo último que quería era llegar a las manos. Pero esta había sido una batalla noble—. ¡Qué fuerte! ¿En qué momento pasas de hacer yoga y decir «¡Ooom!» a hostiarte con nazis?

—Bienvenido a la Obrera, chaval.

—Soy el nuevo camarada.

Laura se echó a reír. Y las carcajadas pronto se le convirtieron en gemidos. Le acababa de estallar una granada de dolor en la cabeza.

—Es broma —dijo, con voz ronca—. El día a día en la Obrera no es así. Esos imbéciles no se nos volverán a acercar hasta dentro de un tiempo. Se han cagado vivos: no se pensaban que contraatacaríamos. Y aunque los polis no nos protejan una mierda porque son tan fachas como ellos, tenemos el barrio de nuestra parte.

Laura levantó un poco la vista para mirarme.

—La revolución te favorece —agregó—. Estás muy guapo.

—Tú sí que estás sexy, hecha polvo y llena de sangre.

Me dio un golpecito con el codo, y yo, que sí podía, me eché a reír.

—Ese nazi... —articuló—. El que te ha estampado contra el cristal. ¿Lo conoces? Ha dicho no sé qué de tu hermano...

—Era amigo de Joan. Hace tiempo.

—¿Y aún se juntan?

—Qué va.

—Ándate con cuidado estos días, ¿eh?

—Vale.

—¿Me lo prometes?

—¿Me lo prometes tú?

—Ya sabes que no puedo prometértelo, Óscar. Me encanta meterme en líos.

—¿Te encanta que te rompan el cráneo, como hoy?

—He nacido para esto. Soy una guerrera urbana.

Me tronché tanto al oírla que tuve que agarrarme la barriga. No sabéis lo bien que me estaba sintiendo.

Ya puestos a hablar de cómo me sentía, os seré honesto, gente. Durante la pelea, el miedo se me fundió con las descargas de adrenalina. Odié tanto a Pablo que una parte de mí deseaba que no hubiese aparecido la pasma. Que se hubiera lanzado sobre mí, para luego coserlo a hostias y abrirle ríos de sangre. Suena muy fuerte, lo sé. Pero en ese momento de excitación lo ansiaba. Un sueño húmedo de violencia desenfrenada. Una fantasía absurda, porque yo me imaginaba luchando como un boxeador profesional, como el puto Rukeli, pero seguro que no habría acertado ni un puñetazo. En realidad, no tengo ni idea de pegar. Habría terminado en el suelo, con los nazis matándome a patadas.

Los técnicos de la ambulancia atendieron a Laura y a otro antifa al que le sangraban la nariz y el labio. A ella la trasladaron al hospital y me dejaron acompañarla. Le hicieron un TAC craneal, le administraron un calmante y todo eso, y le dijeron que no le ocurría nada grave. Que la herida era superficial. En cuanto le graparon los puntos, le dieron el alta.

—¡Tengo el cabolo durísimo! —exclamó, dándose palmaditas en la frente, mientras salíamos de urgencias—. Pero ese cabronazo me ha hecho daño, ¿eh? Él, en cambio, no habría sentido nada, porque dentro del cráneo los nazis no tienen más que serrín...

«Después de atacar —dirían los del National Geographic, si filmaran un documental sobre neonazis—, las bestias se refugian en su madriguera, rugiendo "¡Unga, unga! ¡Putos rojos!". Parece que se ha restablecido la calma. Que podemos respirar tranquilos. Pero la oscuridad no les alimenta. Pronto les vuelve el apetito y salen a por nuevas presas».

22

Llegué a casa a las nueve y media. Mi madre estaba en el sofá del comedor con Amalia, charlando. Fui a saludarlas. Son amigas de la infancia.

—¡Ah, hola, Óscar! —exclamó mamá, mirando el reloj—. ¿Dónde estabas?

—He quedado con Laura.

—¿Y cómo ha ido?

—Muy bien.

Si sois padres, desconfiad de vuestros hijos cuando os digan que todo les ha ido bien. Quizá os ocultan que acaban de pelearse con neonazis a la vuelta de la esquina.

Miré a Amalia, que medio sonreía con los labios cortados.

—¿Qué tal todo?

—Voy tirando, Óscar. Gracias por preguntar.

Es una señora cadavérica, consumida por la depresión. Camina tambaleante por la finísima cuerda de la vida y si se sostiene es gracias a los antidepresivos. Tiene unos ojos oscuros condenados a tristeza perpetua.

—¡Ah! Te he traído algo. —Cogió un paquete de la mesa con la mano temblorosa y me lo dio. Siempre que nos visita me trae un regalo. Como si fuera su sobrino.

Abrí el envoltorio. Era un libro: *Rebeldes*, de S. E. Hinton. El año pasado lo habíamos leído en la asignatura de catalán. Fue la única lectura obligatoria del curso que me gustó. A Fabre le parecía un tostón, o sea que ni se lo terminó. Se estudió un resumen de El Rincón del Vago y aprobó el examen con un seis. En cambio, yo me leí la novela dos veces. Ponyboy me caía de puta madre.

Esto no lo diré nunca en voz alta, para no sonar pedante, pero flipo con la gente que prefiere ver a youtubers comiendo porquerías japonesas y luego vomitándolas antes que leer las tragedias de Ponyboy. O vídeos de hostiones en cadena. O tíos buenos perdiendo la dignidad en TikTok, creyendo que mover los brazos de forma ridícula mientras ponen cara de seductores significa bailar bien. Mirar esos vídeos mola solo un rato. Al final, cuando estás en el patio con gente y alguien los reproduce sin parar en el móvil, te agobias y te dan ganas de cargarte la pantalla. Porque nunca se acaban. Empiezas a mirarlos y puedes pasarte la eternidad sin levantar la vista. De repente, te examinas en el espejo, ves que ya tienes ochenta años y en el móvil te suena una alarma que dice «hora de morirse».

No le confesé a Amalia que ya había leído el libro. Me daba demasiada lástima. Le agradecí el regalo y le dije que me lo habían recomendado y que llevaba tiempo buscándolo.

El hijo de Amalia, Gerard, tenía un año más que yo. Ella y mi madre hacían planes muy a menudo cuando éramos niños. Venían a nuestra casa y nosotros íbamos a la suya. Mientras ellas dos hablaban de temas de adultos, me dejaban solo con Geri para que jugáramos. Qué cabronazo. Era uno de esos niños enormes que parecen el muñeco de Michelin. O Gigante, el personaje de Doraemon. Ante su madre era un angelito, pero a solas... ¡Uf! Me prohibía jugar con sus cosas. Me arrinconaba en su habitación y me decía que no me moviera, porque podía ensuciársela. Cuando hacía algo que no le gustaba, como ganarle a un juego de mesa, me cosía a collejas. Y no eran collejas amistosas: me las soltaba con rabia. En cambio, cuando él entraba en mi cuarto, me lo desordenaba todo.

Cada año Amalia le preparaba una fiesta de cumpleaños en el chiquipark. Nos invitaba a mí y a los niños de su clase. Nunca quería ir, pero mi madre me obligaba porque pensaba que *tan solo* me daba pereza y que allí me lo pasaría genial. En la fiesta, el niño aprovechaba que yo era el más pequeño para burlarse de mí ante los demás. Tal vez le hacían bullying porque estaba gordo y solamente así lograba ganarse el respeto. Tras la dosis de burlas, me dejaba solísimo e iba a tirarse por los toboganes. Cuando traían la tarta, se zampaba seis o siete trozos y las sobras de los demás. Amalia, que parecía ciega, lo observaba contentísima mientras le decía:

—¡Come, come! ¡Y disfruta, que a vuestra edad lo quemáis todo!

Nunca conté nada de esto a mis padres. ¿Qué iba a decirles? ¿Que Geri me ponía los pelos de punta? Y Amalia era tan simpática y les caía tan bien que me daba lástima que se pelearan con ella o algo así por mi culpa.

Al hacerse mayores, los adultos experimentan una amnesia parcial. Se olvidan de cómo son los niños. Creen que la infancia es un idilio. Que todos son angelitos. Desconfiad de los padres que os dicen que sus hijos son «muy buenos chicos», porque Amalia decía eso de Gerard con una sonrisa de oreja a oreja y, en realidad, era un hijoputa.

Ahora viene lo más fuerte: Geri murió de leucemia a los once años. Amalia se hundió en el pozo de la depresión y allí se construyó un castillo. Nunca ha salido del hoyo y nunca saldrá. Ya sé que diréis que es muy chungo, pero lo que más me importaba cuando ocurrió la desgracia era que el conglomerado de neumáticos ya no volvería a putearme. La noche en que mis padres me lo contaron, mientras

Amalia perdía la mirada y la vitalidad en una habitación vacía de hospital, con los ojos llenos de Sáhara, yo dormía más contento que unas castañuelas.

Mis padres fueron al funeral, pero yo no. Los niños no suelen ir a los funerales. Pasados unos días, los tres visitamos a Amalia, que se deshizo en lágrimas sobre el hombro de mamá. En ese momento me sentí culpable por haberme alegrado de no ver más a Geri. Era como si al odiarlo le hubiese provocado la muerte. Aún me cuesta mirar a Amalia a los ojos sin que me carcoma la vergüenza. Siempre que me la encuentro está igual: ojerosa, abatida, al borde del llanto.

Es rarísimo, lo sé, pero desde la muerte de Geri, cada vez que odio a alguien pienso que debe de tener una madre o un padre que lo ama incondicionalmente, que se preocupa por él y que piensa que es un buen chico. Me pasaba con Sergi en quinto y sexto de primaria. Me caía como una patada en el culo, pero a veces me imaginaba que, si se moría, su madre lloraría tanto como Amalia, y enseguida me sentía fatal por odiarlo. Incluso a Pablo, pese a ser escoria, debía de quererlo alguien.

Dejé *Rebeldes* sobre la mesa. Amalia me miraba con aquella sonrisa deprimida que ansiaba un abrazo. Estas cosas me estremecen. Cuando me trae regalos y me observa así, tengo la sensación de que ve en mí una continuación de Gerard. Un sustituto. Entonces me siento superincómodo, porque mientras ella había llorado, yo había sonreído. Porque me acuerdo de cuando Geri me decía: «¡No juegues con *mis* coches!» y me imagino que se me aparece, gordo, enfadado y con la boca llena de chocolate, para gritarme: «¡No juegues con mi madre, imbécil! ¡Es *mía*!».

Pero lo que más me incomoda es saber que Amalia vive engañada, con un recuerdo falso de su hijo. No tenía nada de buen chico. Era cruel. Y, por desgracia, nunca tuvo la oportunidad de cambiar.

Cené con mamá y Amalia sin decir ni pío. Luego les informé de que me iba a dormir porque estaba reventado.

Y lo de estar reventado me duró todo el domingo. Mi familia estaba en casa y no me apetecía nada verlos, así que salí del cuarto solo para comer y cenar, y engullí la comida supersónicamente. El resto del día lo pasé en la cama leyendo, enviándome nudes con David y haciéndome pajas. Además, hacía un tiempo de mierda. Diluvió desde la mañana hasta el atardecer. En verdad ya me iba bien. Era la excusa perfecta para no tener que pisar la calle. Total, ¿qué haría allí fuera, aparte de cruzarme con cuatro gilipollas mientras me calaba hasta los huesos?

23

El lunes volvía a disfrutar de la soledad en casa. A mediodía, tumbado en el sofá y apoyando los pies en la mesa, en plan boss, vi que Fabre había enviado como mil mensajes al grupo de WhatsApp que teníamos con Alba, Helena y Fátima. Nos había pasado la captura de una publicación de Insta que anunciaba los conciertos que se harían el sábado por la noche en la plaza Cruz Alta de Sabadell. Empezarían a las doce. Tocarían los Pirat's Sound Sistema y luego pincharían DJ Lenin y DJ Pastis.

El hijoputa de Fabre decía que el nuevo disco de los Pirat's era la polla y que se moría de ganas de verlos. En el chat privado me regalaba todos los vistos que os podéis imaginar, pero en el grupo era una cotorra. Y eso me rayaba mogollón.

Vengo d 1

Me sentaría bien una noche de fiesta, aunque fuera con Fabre.

FATI

Sorry, no puedo ir 😣

HELENA

+2! Me apunto!! <3

ALBA

Omg q guaaays los conciertos!
Vamos si o siii
+3!! 😍😍

La verdad es que los Pirat's no me entusiasman. Me raya escuchar más de tres canciones suyas seguidas. La mayoría de conciertos gratuitos de plaza y calle son basura. Solo sirven para tajarla, meterse en ollas y desahogarse. Únicamente se salvan los de Oques Grasses y Roba Estesa, que son brutalísimos.

Por suerte, cuando te pillas un pedo, cualquier música de mierda te parece estupenda, aunque te perfore el cerebro. La Negrita y el Jagger son tan poderosos que convierten a los Pirat's en los Strokes.

Me llegó un wasap de David. Ese día estaba solicitadísimo. Tendría que comprarme una agenda —la del insti llevaba tiempo perdida— para que la gente pidiera cita para chatear conmigo.

Nene
Quieres quedar x la tarde, cuando vuelva
d la UAB?
Mi casa esta libre y puedes venir
Podemos mirar los Miserables, aver si
consigo q t gusten los musicales

Valeee
A q hora??

Sobre las 5

Y me mandó la dirección.

Antes de comer, subí a la habitación para intentar avanzar el «dusié» de catalán. Y digo *intentar*, porque con la energía que tenía solo fui capaz de poner un boli BIC sobre otro, formando una cruz, e invocar al fantasma de Llull para que me dictara las respuestas.

—Señor Ramon, si está entre nosotros, envíeme una señal, por favor. Le he facilitado unos bolígrafos fantásticos para que nos podamos comunicar.

Uno de los bolis cayó al suelo y rodó hasta desaparecer debajo de la cama.

Demasiado trabajo, agacharme para recuperarlo. Se quedará ahí, junto a todos los calcetines con los que me he limpiado después de pajearme, hasta que un milagro —o mamá o papá— los saque del limbo al que los he condenado.

Vale, podría haber hecho los ejercicios. En internet hay un porrón de información y solo necesitaba copiarla. Pero tenía *cero* ganas. La profe de yoga de mamá siempre le hablaba de dos lobos que vivían en nuestro interior: uno representaba el mal; el otro el bien. Estaban en guerra eterna o algo así. La localcoño decía que teníamos que esforzarnos para alimentar al lobo bueno.

Pues una parida por el estilo era lo que me ocurría: la pereza se me enfrentaba a la responsabilidad. Y ganaba la pereza, sin duda. Una reflexión ingeniosa, ¿verdad? Seguro que, si le mandaba un correo a Montse colándolo como excusa para pasar de todo, se descojonaría y me aprobaría el curso directamente. Bajo las notas, en el apartado de observaciones, escribiría: «¡Menudo genio! Es demasiado listo para el instituto: ¡jubiladlo ya!».

Acabé tumbado en la cama, leyendo *Jane Eyre*.

De camino al piso de David, pasé por la Obrera. Laura no estaba, pero encontré a Juanjo en el bar tomando una birra al lado de una tía teñida de platinum que tenía ojos de tigre. Llevaba un abrigo de piel.

—Hola. Soy Blanca —me dijo.

¡Hostias, la novia pija de ESADE! Me presenté y le di dos besos. Juanjo tenía moratones en la cara y el labio reventado.

—¿Qué artistas te han pintado todo esto? —le pregunté—. ¿Los nazis y punto, o la poli también añadió pinceladas?

El cuadro de costras y cardenales se iluminó con una carcajada.

—Nah, por suerte la pasma estaba en plan chill. No se atrevieron a pegarme. Me interrogaron y les conté que habían venido a atacarnos y que solo estaba actuando para proteger a la gente. Defensa propia, chaval. El madero era un cabrón y me soltó que por qué no nos habíamos quedado todos dentro, esperando a que viniera la policía. Me meé de risa en su cara, sin más. Y el tío se me quedó mirando. Quería una respuesta. No podía creérmelo. Le dije que podía irse a la mierda.

Eran okupas. Sabían perfectamente que tenían que autodefenderse. Que los polis no les ayudarían. De hecho, cuando llegaron con los coches patrulla no detuvieron ni interrogaron a ningún ultra.

—Me pusieron una multa por desórdenes públicos —continuó— y me soltaron. La recurriré. Y si al final no me queda más remedio que acatar, la pagaremos con el fondo común de la Obrera.

—Al cual he contribuido con una generosa donación —añadió Blanca, y luego bebió un trago de cerveza.

Antes de irme, también ayudé a la causa con una generosa donación de tres euros. Modesta en absolutos, un dineral en relativos, si sabéis lo que quiero decir.

La plaza Montserrat Roig estaba a tres manzanas de donde vivía David. Me la encontré destartalada y rodeada de obras, porque estaban construyendo algunos bloques de pisos nuevos. Los albañiles ya se habían ido a casa. No se oían máquinas ni nada. Solo silencio posapocalíptico.

Mientras la cruzaba en diagonal, vi a dos ultras sentados en un banco. Fumaban. Los examiné de lejos. Tuve una suerte de cojones, porque ninguno de ellos era Pablo. Pero igualmente me sonaban. Estaban en la pelea. Uno me miró a través de las volutas de humo. La adrenalina galopaba dentro de mí. Fijé la mirada en el suelo y apresuré el paso con las manos en los bolsillos, deseando que ni me reconocieran ni se me acercaran. O eran miopes o no me identificaron o esa tarde no tenían ganas de apalear maricones, porque no me gritaron nada, y llegué vivo a la calle de David.

Joder, hacía tiempo que no pasaba tanto miedo. Durante el ataque a la Obrera estaba cagado, sí, pero tenía un montón de gente alrededor. Ahora, la plaza estaba vacía y los edificios circundantes estaban a medio construir. No había ningún vecino simpático para rescatarme. Estaba solo. Ellos eran dos y seguro que, de repente, podían ser muchos más. Y si se les unía Pablo, estaba apañado... Me harían morder el polvo. Si esto fuera una peli de acción, no os decepcionarían.

Cuando David me abrió la puerta del piso, lo saludé en plan sentimental: liándome con él directamente. Me gustaba la sensación electrificante de *soltarme*, aunque no habría actuado igual si alguien nos hubiera estado mirando.

Enseguida me arrepentí de haberlo hecho. Quizá le parecía demasiado violento y no le apetecía que fuera tan a saco.

—Vas al grano, ¿eh? —rio. ¡Uf!—. Pero no pienses que así me distraerás. Ya tengo *Los miserables* listos en la tele.

—Coño, ¿tenemos que ver la peli entera? —Tenía la esperanza de que lo de mirar musicales fuera solo una excusa para quedar y enrollarnos—. Dura como mil horas.

—Tranqui. Mola tanto que se pasa rápido.

—No creo. Ese tipo de pelis son mis somníferos.

Como hacía algo de calor, me quité la sudadera y la dejé en una silla del comedor. Nos sentamos descalzos en el sofá y David le dio al play. Al principio no paraba de comentarlo todo, resaltando cada detalle para que valorara su incalculable calidad cinematográfica. Un cuarto de hora después, cuando por fin vio que ni entendía lo que decía ni me interesaba, se calló.

Poco a poco nos fuimos acercando. Yo le acariciaba la espalda y la nuca; él me hundía los dedos en el pelo. Nos tumbamos haciendo la cucharita: él delante y yo detrás, mientras lo rodeaba pasándole un brazo por debajo del cuello y el otro por encima del pecho y entrelazábamos los dedos.

Joder, la explicación es supercursi... Lo siento. Estaba nervioso. Lo reconozco. Me había soltado al principio, pero ahora todo se me volvía a hacer difícil. Para no cagarla, me pensaba muy bien cada movimiento antes de hacerlo. Y aún me preocupaba más que me notara el corazón latiéndome a velocidad de autopista.

No estaba nada pendiente de la peli. Conectaba de vez en cuando y veía escenas aleatorias que no me provocaban ninguna emoción. Lo único que me mantuvo enganchado fue el momento en que Anne Hathaway, para ganar pasta, se corta el pelo y se arranca los dientes y se los vende a una vieja asquerosa con cara de profe de canto. Fascinante. El musical podría reducirse a eso y sería buenísimo. Las dos horas y media restantes sobran.

Tener a David tan arrimado, con su espalda contra el pecho y su culo contra la entrepierna, me estaba poniendo muy cerdo. Me pregunté si le molestaba notarme empalmado.

Tras darle unas cuantas vueltas, le empecé a besar el cuello y la oreja. Él bajó la mano hasta mi paquete y jugó a manosearlo, mientras yo me movía con la pelvis, cachondo. Me agarró el culo e hizo fuerza para apretarme contra el suyo.

Menuda idiotez haber salido de casa con esos tejanos. Son muy ajustados y rascan. Tendría que haberme puesto chándal o algo más cómodo.

Lo abracé fuerte, siempre comiéndole el cuello. Le bajé la camiseta por la parte superior para continuar con la nuca y la espalda. Trataba de dejarle un chupetón. No uno pequeño, sino grande, que saltara a la vista. Pero no lo conseguía. Nunca he sabido hacerlos y me da rabia porque todo el mundo dice que es facilísimo.

—Gírate —le susurré, con la voz ronca, viendo que había fracasado en el intento.

Se volvió. Luego se incorporó para quitarse la camiseta. Lo imité. Las dejamos en el suelo. Nos tumbamos de nuevo, de cara. En la peli, Hugh Jackman cantaba «Who Am I?», mientras nos tocábamos por todas partes y nos liábamos. No nos coordinábamos con las lenguas y terminamos utilizando solo los labios. Le metí la mano por dentro de los calzoncillos. La tenía dura y húmeda. Se ve que hay chicos que lubrican en cero coma. Yo suelo tardar más.

—¿Vamos a la habitación? —me propuso.

Joder, sí.

—Vale, pero no me he depilado —admití. Siempre me había preguntado si era necesario depilarse antes de tener sexo. Laura no lo hacía. Pero había gente que sí.

—¿Y qué? —dijo David, riendo—. Yo tampoco. Casi nunca lo hago. No me gusta. Me parece una tontería.

Apagó la tele y me llevó a la cama.

Iba muy caliente, en serio, pero a la vez estaba nerviosísimo. Él tenía más experiencia que yo y me rayaba no saber hacer bien las cosas. Quizá no le gustaba nada de lo que le hacía. O quizá no le gustaba *yo*. No tenía cuerpo de estatua griega. Estaba muy delgado. Laura me habría dicho: «La comunicación es importantísima. Díselo todo». Pero me daba miedo y pereza decirlo *todo*. No quería cortar el rollo ni me apetecía interrumpir lo que estábamos haciendo para hablar ni nada de eso.

La cama estaba hecha y nos tumbamos encima. David me recorrió el abdomen con los dedos, dibujando un círculo alrededor del ombligo, y me desabrochó los tejanos. Me los empezó a bajar, y como era complicado hacerlo en esa posición, porque se encallaban, lo ayudé. Después se quitó los suyos. Abrió la cama y nos metimos debajo de la manta.

Mientras me bajaba el bóxer y con el pie izquierdo me lo quitaba de la pierna derecha, le di un golpecito en los huevos. Soy un inútil. Soltó un «¡au!», riendo, y me disculpé como treinta veces. Los calzoncillos se perdieron en la oscuridad de las sábanas.

Entrelazando las piernas y los brazos, seguimos tocándonos. Estaba siendo muy racional. Era como si lo estuviera forzando todo. Calculaba bien dónde lo acariciaba y dónde lo besaba, preguntándome, inseguro, si le gustaría, tratando de no volver a hacerle daño. Y aun así era un torpe. Los dientes nos chocaban cuando nos liábamos. Tenía que moverme todo el tiempo porque no había manera de encontrar la postura ideal para besarlo. Cuando bajaba la mano, le buscaba la polla donde no tocaba y luego, sin querer, se la aplastaba con la pierna. Las escenas de sexo de las pelis y los libros están idealizadas. No son como en la vida real. Me sentía estafado.

—Joder —soplé, incorporándome—. Lo estoy haciendo fatal. Lo siento.

Me puso la mano en el brazo.

—Qué va. Es normal que al principio nos cueste. Nos estamos conociendo y tal. Si quieres, paramos y...

—No. No quiero parar.

—¿Seguro? ¿Estás bien?

—Sí. O sea, estoy algo nervioso.

—No te metas tanta presión. No tienes que ser perfecto.

Dios, él sí que era perfecto...

Se incorporó y empezó a besarme el cuello. Hizo que me tumbara y siguió con los besos. Eran suaves y me los daba cada vez más abajo. La manta ya lo cubría de pies a cabeza. De repente noté la polla superhúmeda. Me la estaba recorriendo con la lengua. Me sobrecogió porque no me lo esperaba. Era una sensación extraña, pero molaba que flipas.

—¿Te gusta?

—Mucho.

—¿Quieres que siga?

—Sí.

Se le daba de puta madre. Quiero decir que no podía compararlo con ninguna experiencia anterior porque no me lo habían hecho hasta entonces, pero era la hostia, sobre todo cuando intentaba comérmela entera. Le dejaba hacer. No como Fabre, que me comprimía la cabeza para que me entrara todo el rabo de golpe, como en el porno.

Al rato, David salió de debajo la manta y se tumbó a mi lado.

—¿Qué tal? —me preguntó.

—Genial.

—¿Hasta dónde quieres llegar? ¿Te apetece que hoy nos lo tomemos con calma o...?

Joder, pensar en hacer sexo anal ahora me creaba una bola enorme en el estómago.

—Con preliminares y oral estoy bien.

—Perfecto.

Me coloqué encima de él e imité lo que me había hecho, preguntándole de vez en cuando si le gustaba que se lo hiciera así o si prefería algo diferente. Le ponía que le comiera la punta y que al mismo tiempo jugara con los huevos y se lo hice un buen rato. Me gustaba cómo suspiraba. Me gustaba que lo disfrutara. Intenté meterle un dedo, lubricándolo con saliva.

—¿Te mola?

—Mucho.

Pasado un rato, añadió:

—Méteme dos, si quieres.

Lo hice durante unos minutos. Él me hundía las manos en el pelo, suavemente, o me acariciaba la nuca y los hombros, casi haciéndome cosquillas. En ningún momento me aplastó la cabeza contra la polla.

Puto Fabre. No tiene ni idea. Si follaba con Alba, seguro que lo hacía fatal. Pobre tía.

Me asomé por debajo de la manta, mientras lo masturbaba, porque tenía ganas de verle la cara mientras se corría. La mano me iba cada vez más rápido.

—Bua, bua, estoy a punto... —dijo, finalmente, y estalló en un arco enorme. La lefa le salpicó en el cuello. Había batido un récord Guinness. Seguro.

Inspeccionando la habitación, descubrí una caja de pañuelos en la mesita de noche. Cogí unos cuantos y nos limpiamos en silencio. Siempre es un poco raro e incómodo el momento de limpiar la corrida, y aún más si mientras tanto no se habla. Pero ¿qué queréis que nos digamos? ¿Vaya, qué maravilloso es el papel pringoso y en proceso de desintegrarse?

Después me empujó sobre el colchón y reanudó lo que había dejado a medias. Mientras me la sorbía, me metió un dedo, como le había hecho yo. Al principio me gustó, pero luego me resultó incómodo, así que le pedí que me lo sacara.

No tardé demasiado en acabar. En el momento en que me asaltó el hormigueo intenso y agradable de cuando estoy a punto de correrme, lo avisé y dos segundos más tarde el semen se derramaba a borbotones y se me inflamaban de placer todas las partes del cuerpo. A pesar de los nervios, estaba muy cachondo.

Eso era mil veces mejor que hacerme una gayola solo en casa.

—Tienes buenas venas —me dijo, resiguiéndome el brazo y la muñeca y observándolos con atención quirúrgica. Aún no habíamos salido de la cama. La manta solamente nos cubría hasta la cintura.

—Son perfectas para cortármelas, ¿no? —bromeé.

—¡Qué tonto! Te lo digo porque son fáciles de ver. Me irías bien para practicar las analíticas.

—Pínchame cuando quieras. Soy todo tuyo.

—Me lo apunto, ¿eh? Luego no me dejes tirado...

—Eso sí: tendrás que pagármelo de alguna manera.

—¿Un polvo te sirve?

—Quiero dos.

No sé por qué, pero ahora me sentía mucho más seguro. Ya estaba pensando en cuándo volvería a invitarme al piso. Seguro que la segunda vez se me daba mejor que la primera.

—¡Qué exigente!

—También te pediré un masaje en la espalda. —Me tumbé bocabajo—. Ya puedes empezar.

El cabrón ignoró la sugerencia. En lugar de quitarme las contracturas o hacerme caricias, me reprochó:

—¿Eres consciente de que te has perdido la mejor canción de *Los miserables*? «One Day More». Dice así...

Afinando asquerosamente bien, el capullo se puso a cantar:

> *One day more before the storm*
> *Do I follow where she goes?*
> *At the barricades of freedom*
> *The time is now*
> *The day is here*
> *One day more to revolution*

—¡Basta, basta! —lo acallé, tapándole la boca con la mano. Me lamió la palma y se la aparté.

—¿No eres un rebelde que va a la Obrera? —me echó en cara—. Te tendría que fli-par este musical. «¡Todos a las barricadas! ¡Que estalle la revolución!».

—A la revolución no le hacen falta musicales.

—Discrepo. ¿Qué basura de revolución harás si no la acompañas con canciones, coreos y una buena dosis de drama y romanticismo?

—Te compro lo de las canciones. Pero lo demás no.

—Pues vaya muermo. Imagínate un espectáculo musical en medio de una mani o un desahucio, o en las barricadas que se arman en Barcelona, con un montón de perroflas luchando contra la poli, esquivando porras y balas de goma. ¿No sería puto genial?

Quería darle la razón, porque el show tendría buena pinta, pero el ego orgulloso me obligó a tragarme las palabras. Le contesté con un resoplido y un:

—Qué mariconada.

David se echó a reír.

—¿Y lo dices tú, payaso?

—Sí. Claro. ¿Qué pasa?

—Tú sí que eres una mariconada. ¡Un mariconazo!

La risa se me contagió.

—En realidad —reflexionó—, llamarlo «mariconada» es un elogio. Porque sería eso tal cual. Una mariconada estupenda. Revolucionaria, rompedora, escandalosa y divina.

—Si tú lo dices...

Chascó la lengua. Al rato, asumiendo que no daría mi brazo a torcer, cambió de tema:

—El jueves por la noche voy a Arena con dos amigos de la uni que son de Sabadell. ¿Te vienes?

—¿Qué es Arena?

—Una discoteca LGTBI de Barcelona. Tiene varias salas. Las que más nos gustan son Madre y Classic, que están juntas, en la misma calle.

De repente recordé que Fenda iba a menudo a Arena Classic con las compañeras de atletismo. Lo había visto en sus stories. No nos hablábamos desde primero de la ESO, pero nos seguíamos en las redes. Parecía que el sitio era cojonudo. Siempre subía selfis con drag queens.

—Vale. Me apunto. Pero todavía no tengo los dieciocho.

—¿No tienes un hermano mayor?

Se me escapó una risita.

—Sí. Vale, iré con su DNI.

Ya había usado el DNI de Joan alguna vez. Para ir a Waka, una disco de niñatos. Superheteronormativa. Todos los tíos vienen prefabricados. Como si los hubieran impreso en serie en una nave industrial. Van vestidos igual: camisa blanca, vaqueros negros, cinturón de

Calvin Klein y cadenita de Shein. Y bailan de la misma manera: hacen el gesto del teléfono con los dedos, mueven un poco los brazos y se aferran al culo de una tía que les hace twerk. Nada más. No vaya a ser que se salgan de la estricta línea de la masculinidad.

Para colmo, los que llevan Waka son unos racistas. No dejan entrar ni a negros ni a magrebíes ni a nadie que no sea blanco. Y si no vas bien vestido te echan. Además, solo pagan entrada los tíos. Las tías entran gratis y los seguratas las dejan pasar aunque sean menores, mientras se las miran babeando. Qué puto asco.

24

De: montse-salavert@inspauvila.cat

Para: oscar.putavida@gmail.com; mfabrega10@hotmail.es; rocho_cho-cho@gmail.com

Enviado: martes, 23 de marzo, 11.07

Asunto: Tutoría jueves 25/3

Estimados alumnos:

Os recuerdo que ya ha pasado una semana desde que se os expulsó. El miércoles de la próxima semana, como ya se habrán cumplido los quince días, podréis reincorporaros a las clases.

Aun así, este jueves os espero a los tres en el aula 014 del instituto, a las 17.00. Hablaremos de las fechas de recuperación de los exámenes, de las tardes en que tendréis que venir al centro —porque la amonestación no consiste tan solo en la expulsión— y de cómo deberíais enfocar el próximo trimestre. Además, me entregaréis los dosieres debidamente cumplimentados. No faltéis.

Gracias,

Montse

De: oscar.putavida@gmail.com
Para: montse-salavert@inspauvila.cat
Enviado: martes, 23 de marzo, 12.43
Asunto: RE: Tutoría jueves 25/3

Montse:
¿Podemos quedar cualquier otro día en la Obrera? Me iría mucho mejor, la verdad. El jueves por la tarde tengo que ir a comprar calcetines con mi madre y no me dará tiempo de ir.
Atentamente,
Óscar

De: montse-salavert@inspauvila.cat
Para: oscar.putavida@gmail.com
Enviado: martes, 23 de marzo, 15.57
Asunto: RE: Tutoría jueves 25/3

Hola, Óscar:
Que hayamos coincidido en la Obrera en unas circunstancias tan tristes como las del sábado no te permite tomarte tantas confianzas. Sigo siendo tu tutora y no somos colegas. Escríbeme con algo más de respeto o me veré obligada a convertirme en *Lo teu pitjor malson*, es decir, tu peor pesadilla: la versión terrorífica de *Lo somni* de Bernat Metge. Y te aseguro que la advertencia no es moco de pavo.
En cuanto a la propuesta de cambiar el día y el lugar de la reunión, lamento decirte que no voy a aceptarla. Nos vemos el 25/3 a las 17.00. Podéis ir a comprar calcetines en otro momento. No me cabe la menor duda.
Montse
PD: Espero que tanto Laura como tú estéis bien.

Bajé la pantalla del portátil, que estaba en el escritorio, y me desplomé en la cama resoplando. El sol de la tarde que entraba por la ventana se me derramaba en la cara.

—Manda huevos... —gruñí.

Menos mal que no todo era tortura y miseria. Porque después de la sesión de bronca con Montse, me iría a la disco con David. Esto me calmó el mal humor.

Abrí Insta en el móvil y entré en el perfil de Fenda. La mayoría de fotos eran de ella compitiendo en pruebas de atletismo o mordiendo medallas en el podio. En una de las primeras imágenes que había subido salía conmigo. Era un selfi que nos habíamos hecho en primero, mientras visitábamos la Sagrada Familia. Entonces todavía éramos amigos. No la había borrado. La miré un rato. Estaba seguro de que los ojos me estaban brillando, y no por la luz del sol.

La echaba de menos, tío. Era la polla. Nos entendíamos. Joder, era la persona con quien más conectaba. Venía a mi casa y nos poníamos los tacones de mi madre. Montábamos coreografías. Eso nunca me atrevería a hacerlo ni con Fabre, ni con Helena, ni con nadie más. Ni siquiera con Laura.

Tras pensarlo como diez minutos, le envié un mensaje:

> Hey, Fenda! Q tal todo?

Empecé a escribirle otro texto, pero me estaba enrollando tanto que opté por mandarle audios. Era mejor que obligarla a leer la Biblia. Le pedí disculpas por el collage de los Conguitos. Le dije que había sido un racista de mierda. Que había tirado a la basura un porrón de años de amistad para llamar la atención entre los imbéciles de clase y que me merecía haberla perdido. Que, aunque me arrepentía mazo, sabía que lo que le había hecho era imperdonable.

Le confesé que la añoraba. Y también que soy marica. No sé por qué. Supongo que me salió. Le conté que estaba de lío con un chico, que el jueves iría con él a Arena y que, si le apetecía, podía acompañarnos. Que así nos veíamos.

Ella seguro que no necesitaba que volviéramos a ser amigos ni nada de eso. En el CAR era muy popu, tenía dos mil seguidores en Insta y siempre estaba saliendo con gente de atletismo. Pero valía la pena intentarlo.

Me contestó al cabo de una hora.

> Hey Óscar! Cuanto tiempo 😆
> Trankiii, todo aquello es agua pasada
> La mayoria d gente es gilipollas en 1° d ESO
> Pues llevo muchos dias con ganas de ir a arena, asi k si os parece bn k me acople, voy con vosotros
> X cierto, soy bollera

Es gracioso que los miembros del colectivo nos hagamos amigos incluso antes de saber que somos compis de bandera.

25

Llegué tarde a la reunión del jueves. Entré en la 014 a las cinco y diez. Rocho y Fabre ya estaban allí, sentados en distintos puntos del aula, en esas sillas superincómodas que tienen incorporada una mesa diminuta. No vi a Montse por ninguna parte. Me senté entre ellos dos, más o menos a la misma distancia de cada uno.

Rocho había puesto el estuche sobre la mesa para poder apoyar el móvil. Había activado la cámara frontal: le servía de espejo mientras se construía un moño vertiginoso. Se curraba muchísimo los moños. Alucinabas con el equilibrismo de sus peinados, que encima le duraban un puñado de horas.

Me volví hacia Fabre.

—Hola.

Me soltó un «hey» borde entre dientes, sin apartar la mirada del móvil. Debía de estar jugando al *Tits Hunter*.

Montse entró con pasos pequeños y silenciosos. Solo me di cuenta de que estaba allí cuando dejó caer las llaves y un montón de hojas sobre la mesa del profesor. Casi pegué un salto en la silla del susto.

—¿Y bien? —dijo, de pie y con los brazos en jarras—. ¿Cómo lleváis el trabajo sobre el ilustrísimo Ramon Lull?

—No lo he hecho —contestó Rocho, sin morderse la lengua. Estaba aplicándole los últimos retoques al moño—. Y no porque se lo haya comido el perro ni porque haya estado enferma. Lo siento: no me interesa y me da palo hacerlo. *No penso inventar-me excuses.*

—*La sinceritat és una virtut, Rocío. Moltes gràcies.*

En realidad, no había sido cien por cien honesta, porque no le había contado que hacía días que el dosier se pudría en la planta de reciclaje.

—Yo no lo he terminado —confesé.

—Ni yo —dijo Fabre, guardándose el móvil en el bolsillo.

—Pues representará el cincuenta por ciento de la nota del tercer trimestre. Si no lo hacéis, suspenderéis catalán. A menos que saquéis un diez en todos los exámenes, claro. —Se sentó en la mesa, no en la silla. Nunca la había visto con un aire tan informal—. De ahora en adelante, todos los jueves por la tarde tendréis que venir a la 014. De cinco a siete. Hasta que se termine el curso. Tendréis tiempo de sobra para estudiaros la biografía de Llull entera. Además, os iré mandando trabajos. Rellenaréis fichas, escribiréis redacciones o limpiaréis las mesas.

—¿QUÉ? —exclamó Rocho—. ¡No me jodas, Podas! ¡Nos vas a arruinar los juernes!

—¿Tienen que ser *todos* los jueves? —refunfuñé—. ¿No puede ser, yo qué sé, una tarde al mes, o algo así?

—Yo tengo una vida, ¿eh? —añadió Fabre—. Tengo entrenos y partidos.

—Es lo que hay —dijo Montse, encogiéndose de hombros—. A mí tampoco me apetece pasar tantas tardes con vosotros. Pero de algún modo tengo que justificarle al director que no os hayamos expulsado definitivamente. Habéroslo pensado dos veces antes de hacer la gamberrada...

—Porfa, no me obligues a vivir este infierno —le suplicó Rocho—. Si me perdonas el castigo y me pones un cinco de gratis en la asignatura, te traigo una caja de bombones. Y te regalo la suerte de no tener que verme tanto, que sé que te caigo mal.

—Si me cayeras mal, Rocío, te juro que te darías cuenta. Pero las cosas no funcionan así.

Me hacía gracia que en la Obrera fuera una revolucionaria antisistema y que ahora nos dijera que «teníamos que conformarnos» porque «las cosas funcionaban así».

—No vale la pena que venga a hacer fichas extra. En serio. Tanto tú como estos dos parguelas lo sabéis: soy una cateta. No he nacido para empollar. Ojalá hubiera nacido vikinga. Entonces nadie estudiaba nada.

—Ya. Pero haría unos dos años que estarías muerta. ¿O te crees que los médicos vikingos te habrían salvado de la apendicitis? ¡Venga, no seas tan catastrófica! Cuando termines la ESO, puedes meterte en un ciclo de Auxiliar de Enfermería. O en cualquier grado medio en el que no tengas que empollar biblias. Algo práctico.

—Sí, iré a limpiarles el culo a los yayos. Lo llevas claro, profe.

Montse suspiró largamente. Cogió varios folios en blanco del montón y nos dio dos a cada uno.

—Hoy me deleitaréis con una redacción. Como odiáis tanto el sistema educativo, me escribiréis sobre cómo os gustaría que fuera la enseñanza. —Rocho y Fabre mostraron la ilusión que eso les despertaba con un resoplido—. Volveré a las siete, deseando ver vuestras reflexiones sobre la mesa. Adornadlas con conectores. Y evitad las frases largas. Prefiero una oración simple que se entienda antes que una subordinada que dé la vuelta al sol y no diga nada. Gastaos con puntos lo que os ahorraríais en comas.

Se fue dejando la puerta ajustada.

—Le entregaré una hoja en blanco —nos dijo Rocho—. Porque así es como quiero que sea el instituto: inexistente.

—Qué poético —reconocí.

—Cierra el pico, anda.

Encendió de nuevo la cámara frontal del móvil. Se deshizo el moño —no le debía de convencer cómo le había quedado— y volvió a hacérselo. Cada vez era más alto y más empinado.

—¿Por qué dices que eres una cateta? —quise saber.

—Porque no se me da nada bien. Mis notas lo confirman. Pero bueno, me da igual. ¿Me ves cara de preocupada? —Con un dedo se trazó un círculo alrededor de la cara. Negué con la cabeza—. Pues ya está.

—No se te da bien memorizar los ríos, ni resolver ecuaciones ni entender las placas tectónicas ni hacer análisis sintácticos. Pero la vida no es solo eso. Que no se te den bien esas cosas no te hace tonta. También es cierto que muchos de los que aprueban sociales y mates no saben enfrentarse a nada de la vida cotidiana. Son inteligentes solo dentro del aula. Fuera, son idiotas.

Y había mazo de gente con títulos universitarios en la cola del paro o cocinando hamburguesas cancerígenas en el McDonald's. Estudiar y sacar sobresalientes no era garantía de nada.

—Coño, qué listo te has vuelto, ¿no? —Dejó de tocarse el pelo y me miró—. Ya, bueno. Tienes razón. Pero llevo toda la puñetera vida estudiando y soy la que peor lo hace de la familia. Siempre he sido la tonta a la que cada semana le echan la bronca por sacar ceros. Oye, ya que hablas tan bien, ¿por qué no me escribes la redacción? Seguro que te sale to flama.

—¿Tus hermanos saben hacerse unos moños como los tuyos? —le pregunté, ignorando la propuesta—. Flipo en colores cuando los veo. En serio.

—¡Ja, ja, ja! Qué va. Ya les gustaría. El mayor ya se está quedando calvo, y aunque le creciera mi melena, no tendría ni idea. Si ni siquiera sabe depilarse el entrecejo...

—Hay ciclos formativos de peluquería. ¿Lo sabías?

Me devolvió una mirada venenosa. No te pases, colega...

—Claro, como soy choni tengo que ser peluquera, ¿no?

—No, tía. No te lo digo porque seas choni, sino porque lo harías de puta madre. Joder, ¿qué problema hay en currar de lo que te gusta, si se te da bien? Si fueras una crac en física cuántica, irías a trabajar a un acelerador de partículas. Esos sitios también deben de estar llenos de chonis, y seguro que todas tienen un gato llamado Schrödinger. Pero la cuántica no es lo tuyo, ¿no?

—¿La cuán-ti-qué? —se rio—. Mi gata se llama Bad Gyal. No tiene ese nombre tan raro que dices.

—Y arrasas en las batallas de gallos —añadí, recordándolas. Se enfrentaba rapeando a tíos que medían cinco armarios de Ikea y que le sacaban siete años. Los dejaba por los suelos—. Puedes ser poeta. Peluquera y poeta.

—Tú flipas, nene.

—Si escribes los versos que te oigo rapear en el patio, ganarás un montón de pasta. Seguro.

—Vale ya.

—Como quieras. Pero mira a Rosalía y a la Zowi. No me parecen tan distintas a ti, la verdad. Piénsalo. El mundo es una puta mierda. No somos ricos, así que estamos obligados a currar para comer. Y como mínimo tendría que gustarnos lo que hacemos. Si no, nos arriesgamos a ser unos amargados, como la mayoría de los profes del insti. Tú por lo menos te lo pasas bien con algunas cosas. Yo no tengo ni idea de lo que me gusta.

—Cuánta razón, camarada. Puto sistema. Mira, si no consigo casarme ni con un marqués ni con un empresario podrido que me hagan de sugar daddy, me miraré lo de la peluquería. Aunque me niego a aguantar los piojos. Estoy harta de quitárselos a mis hermanos pequeños. Cada dos por tres están infestados. Ay, cuando los veo haciendo acrobacias entre los mechones... ¡Qué asco!

—¿Podéis callaros de una puta vez? —nos espetó Fabre, que ya hacía rato que había empezado a escribir la redacción—. ¡No puedo concentrarme, hostia! Cuando vuelva esa subnormal y vea que nos hemos estado rascando los huevos todo el rato, nos obligará a venir *todas* las tardes...

Eso me puso de muy mal humor. Durante unos segundos se impuso el típico silencio denso e incómodo que surge después de que alguien te meta un zasca. Un clásico.

Miré a Fabre. Sabía que no estaba cabreado porque Rocho y yo charláramos. El motivo era otro.

—¿A ti qué mierda te pasa?

No me hizo caso. Siguió escribiendo. O dibujando garabatos, fingiendo que escribía.

—Te he preguntado algo. —Silencio—. Eres un imbécil integral. ¿Por qué estás así conmigo? ¿Por qué me dejas el visto en el WhatsApp y ahora te portas como un gilipollas? —Silencio—. ¿Te avergüenzas de que te comiera la polla, o qué?

—¿Qué hablas?

Seguía mirando la hoja.

—Tranqui, tío, es normal que te molara. Cosas que pasan.

—Eres un flipao.

—Me tienes delante y no puedes ni mirarme porque recuerdas que te gustó. ¿Verdad que sí?

Tiró el boli al suelo, apretando la mandíbula.

—Cállate ya, payaso...

—Fabre, tío, ¡no es para tanto! Mírame a la cara: íbamos cachondos, te la comí, te cundió y punto. ¡Supéralo!

—¡Eres un puto bocazas! —saltó—. Dijimos que no se lo contaríamos a nadie, y ahora vas y lo sueltas. ¿Qué coño haces?

Rocho no estaba tan callada desde el día en que se murió su abuela.

—No me hablas desde entonces —le recordé—. ¿Qué quieres que haga? ¿Que finja que no ha pasado? ¿Que te ignore, como me ignoras tú a mí? ¡Somos amigos, joder! Lo que hicimos no es malo y podemos hablar de ello.

—No pillas las indirectas. Si no te contesto en el WhatsApp y si soy borde, a lo mejor es que no quiero hablar del tema. A lo mejor no quiero que seamos amigos.

—Ah, ¿no?

—No tanto como antes. No quiero que se repita lo que pasó y no tengo ganas de que vayas contándolo a la gente, presumiendo y haciéndote el guay y toda esa mierda.

—¿Qué dices? No he presumido de nada. ¡Y no se lo he contado a nadie!

Soltó una risita de rabia odiosa.

—Bro, acabas de gritarlo aquí mismo, delante de ella... —masculló, mirando a Rocho.

—Tranqui, tío —le respondió ella—. Yo os guardo el secreto. Además, tampoco hace falta saber latín para ver de qué palo vais.

—No tenemos que repetirlo si no quieres —dije—. A mí tampoco me apetece.

Lo veía así, con la cara encendida y escupiéndome basura, y me caía como el culo. No entendía cómo podía haberme atraído ese hijoputa. Me daba asco él y me daba asco yo mismo por haberlo considerado mi mejor amigo y haber dejado que me metiera el nardo en la boca.

Durante un rato estuvimos los tres en silencio. Fabre recogió el boli del suelo, pero en vez de escribir empezó a morderlo, inquieto. La pierna derecha le temblaba. Mientras tanto, Rocho daba forma a lo que sería el moño definitivo de la tarde y se peinaba las cejas con los dedos, y yo estudiaba el contorno de las hojas en blanco, como si así fuera a aparecer una redacción impecable por arte de magia.

—Óscar —dijo Fabre en algún momento, con la voz ronca y abatida—. ¿Te llegué a contar lo de Luismi? Un pavo que jugaba conmigo en el equipo, el año pasado.

—No.

No acostumbraba a hablarme de los chicos del equipo de fútbol. Nunca subía fotos con ellos a Insta. Se ve que salían mucho de fiesta, pero él se apuntaba dos veces al año, a lo sumo. Como si no terminara de encajar del todo.

Había ido a verle jugar partidos, aunque me aburría incluso más que mirando una ópera. En uno perdieron porque falló el último penalti. Inclinándose y apoyando las manos sobre las rodillas, hirviendo, sudando y derrotado, rompió a llorar. Lo encontré supersexy. Sí, es absurdísimo llorar por perder en un juego. Pero él se lo tomaba con tanta pasión que, como los de Hollywood, transformaba una mierdecita en un drama sublime, merecedor de Oscar. Me refiero a la estatuilla, eh, porque por muy idiota y pringado que yo sea, Fabre lo es mucho más y no me merece.

Ese día, desde las gradas, me monté una peli de las que hacen vomitar. Me imaginaba que bajaba corriendo, sin tropezar, saltaba la verja para llegar al césped y lo abrazaba para consolarlo, mientras me fundía con su pecho caliente y empapado que no paraba de temblarle por el llanto. Eso sí que era digno del *and the Oscar goes to...*

—Luismi —empezó Fabre, tragando saliva— tenía bastante pluma y eso. Todo el mundo decía que era gay, aunque él nunca nos lo confirmó. Era majo. La mayoría de los del equipo no teníamos ningún problema con él. El primer día que vino a entrenar, todos nos reímos un poco cuando lo oímos hablar, pero ya está. Fuimos acostumbrándonos a su manera de ser.

»Sin embargo, Arderiu y Vila, dos cabrones del equipo, a menudo se lo quedaban mirando entre risitas mientras corría; decían que se movía como una tía, que «vaya marica» y cosas así. Luismi no era ni ciego ni sordo y se enteraba de todo, pero se la sudaba. Venía a jugar y punto, y era muy bueno. Pero esos dos fueron a más. Le hacían el vacío en el entreno. En los partidos nunca le pasaban la bola. Si nosotros se la pasábamos o si simplemente le dirigíamos la palabra, nos miraban mal o se descojonaban o susurraban cosas, de modo que dejamos de hacerlo. Dejamos de tenerlo en cuenta. Arderiu era el admin del grupo de Whats del equipo y no lo añadió, para que no viniese cuando quedábamos. Cuando *quedaban*, más bien, porque yo estoy en el grupo pero apenas salgo con ellos.

»En el vestuario, Vila y Arderiu se burlaban de él porque se arreglaba mucho. Lo imitaban exagerándole los gestos. Entre ellos se decían: «Bua, ¿no se le pondrá dura con tantos tíos alrededor?» lo bastante alto para que él lo oyera. A medida que avanzaba el curso, se atrevían a más. Con cara de asco, le preguntaban: «¿Eres activo o pasivo? ¿Te pone que te follen el culo o prefieres meterla tú?».

»Cuando todo esto ocurría, el resto de tíos no decíamos nada. Los dejábamos hacer. Nos daba igual que Luismi fuera gay, pero no teníamos cojones para apoyarlo y chaparles la boca a esos dos. El entrenador nunca echó la bronca a nadie por el tema. Quizá no le daba importancia o quizá no se daba cuenta de nada. Ya lo ves: no siempre somos un *equipo*.

»Eso sí: fuera de los entrenos, los del equipo eran todos unos putos fantasmas. Iban largando a la gente que con nosotros jugaba un gay que se empalmaba al vernos desnudos y que se hacía pajas en la ducha mirándonos. Una noche en que salí a Waka con ellos, conocimos a tres pavas de Can Llong. Les contamos todas estas mentiras y yo, para hacerme el chulo, alargué la trola diciendo que a veces me proponía quedar y que siempre le decía que no porque me daba cosita cómo me observaba. No sé ni por qué lo dije. Cuando estoy con ellos me transformo. Y si están Arderiu y Vila, todavía me transformo más.

»Los padres de Vila pidieron a la dirección del club que expulsaran a Luismi del equipo. O, al menos, que se cambiara y se duchara en un sitio aparte. Decían que era peligroso que alguien *así* compartiese vestuario con su hijo. Hacia el final de curso, justo antes del penúltimo partido, Luismi se piró del club, hartísimo de todo. Yo no habría aguantado ni la mitad de mierda que se comió. Perdimos ese partido, y también el último de la temporada.

»A mí no me da la gana de pasar por ese infierno. Por eso te digo que no cuentes a nadie lo que hicimos. Si se entera alguien del equipo y lo larga, no me verán el pelo por el campo nunca más.

En primero de la ESO, Fabre era un niño rata. Ya le bastó que los de segundo lo llamaran «carasapo» cuando salía al patio. Ahora, con la pubertad y el gimnasio, se había metamorfoseado. Había crecido al mismo ritmo que le aumentaba el ego. Le preocupaba mucho más conservar la reputación que los amigos. Tampoco quería dejar de gustar a las chicas.

Cuando los tíos pasan por esta fase son lo peor que puedes echarte a la cara. Yo la pasé en primero y me metí una hostia perdiendo a Fenda.

—¿Por qué crees que en el insti me junto sobre todo con tías? —añadió, con la voz quebrada—. Estoy hasta las narices de cómo funcionan los grupitos de tíos. No son todos iguales, ya lo sé, pero en clase he tenido la mala suerte de encontrarme la misma escoria que en el fútbol. Crean sus sectas de testosterona y cuando no hablan mierda de la peña de fuera se pasan el día insultándose y bregando entre ellos.

—Chill, Fabre. Solo estaba preocupado por si te habías enfadado. No te he dicho lo de la mamada porque quiera repetirla.

—¡Ya vuelves a sacar el tema, tío! ¡No me harás más gay recordándomelo! Me van las pibas y punto, ya lo sabes.

—Loco, puedes ser bisexual —le soltó Rocho—. No todo es blanco o negro. Las gamas de grises existen, aunque seas demasiado básico para verlas.

—Exacto.

—¡Dejadlo, joder! —Me miró—. Quiero quitármelo de la cabeza. Por eso me estoy distanciando de ti. Lo entiendes, ¿no?

—¿Lo quieres olvidar porque te gustó?

—¡Me cago en la puta, Óscar! No le des más vueltas, ¿vale? Te lo pido de buen rollo.

Fijé la vista en el suelo, apretando los dientes. Odiaba a Fabre por lo que estaba haciendo, pero al mismo tiempo no podía evitar sentirme triste y culpable. Tal vez sí que era hetero al cien por cien —pese a que esto parezca utópico— y no bi. Pero a mí me moló lo que le hice. Quiero decir que me moló *un poco*. Y pensaba —y quería seguir pensando— que a él también le había gustado, que no solo había servido para provocarle un Himalaya de rayadas.

—Jambo, ¿hace falta que montéis tanto drama? —rio Rocho—. Los tíos sois mu raros: si os la mamáis de vez en cuando, no es na malo. Os rentaba en ese momento: fin de la historia.

—Yo no se la mamé —dijo Fabre.

—¿No le hiciste ni una paja?

—No.

—Pues ya te vale. Pobre Óscar. —Rocho se volvió hacia mí, haciendo una mueca y arrancándome media sonrisa—. Entre tías también hay homofobia, bifobia, transfobia y mierdas de esas. Pero no tanta. Yo a veces meto la pata hablando del tema, sin querer. Lo reconozco. Y también reconozco que el sexo que más me ha rentado lo he tenido con tías. Nos entendemos mejor. Los tíos con polla muchas veces no saben qué hacer cuando están delante de un coño. Empiezan a improvisar, creyéndose los putos amos, y les sale fatal. Como el Gabri, macho. Al principio me daba pena decirle que lo que me hacía no me gustaba nada. Pero ahora ya no me corto.

Vaya. No tenía ni idea de que Rocho era bi. Nunca nos lo había mencionado.

—Los rabos no son tan difíciles de manejar —dije—. Son más simples, ¿verdad?

—Sí. Como los onvres heterobásicos. ¡Ja, ja, ja! ¡Por cierto! El otro día, el Gabri y los de su equipo de fútbol grabaron un vídeo en contra de la LGTBI-fobia en el mundo del balón. Por suerte, hay pavos que piensan un poco más que los que juegan con el Fabre. Podéis decirle al Luismi ese que se vaya a jugar con el Gabri. Allí no tendrá ningún problema. Tú podrías acompañarlo, Fabre. No te veo demasiado contento en tu club.

Marc no le contestó.

—Bueno, Fabre, entonces quieres que dejemos de llevarnos y todo eso, ¿no? —zanjé—. Quieres que pase de ti.

Me regaló uno de sus resoplidos de crío agobiado.

—¡Qué plasta, bro! Ya te he dicho que no quiero que nos llevemos como *antes*, que quedábamos los dos para hacer cualquier parida. Pero tranqui, no me importa que sigamos saliendo con Alba, Fati y Helena. Eso sí, aprende a callar, joder, que abres la boca muy fácilmente.

No sé si me lo decía con doble intención. De haber sido así, se habría ganado un lote de guantazos.

Intenté guardar silencio hasta las siete y *dejarlo estar*. En serio. Pero estaba tan rayado y tan deprimido que no pude.

—¿Sabes qué, tío? —le espeté—. No necesito que me perdones tanto la vida. ¡Que te folle un pez! O aún peor: que *no* te follen. Porque a mí ya me has visto bastante...

Empecé la redacción para poder ignorarlo mejor. La titulé «Las clases que cunden» y escribí que sería la polla trabajar a partir de proyectos. Que cada alumno eligiera qué temas tratar. Así, todo el mundo estudiaría solo lo que le interesaba y no terminaríamos tan quemados del instituto. Al final, Rocho se inspiró y también empezó a escribir, con la esperanza de que si nos aplicábamos esa tarde nos perdonarían el castigo. Puso «Tintes y versos» de título con una caligrafía horrible.

26

—El jueves os espero en clase. A primera hora —decía Montse, mientras nos recogía las redacciones mirándonos a través de las gafas caídas hasta la mitad de la nariz—. Con el dosier terminado, ¿entendido?

—Y yo quiero un unicornio —protestó Rocho, colgándose la mochila a la espalda—, pero acepto que es imposible.

Montse guardó un silencio severo. No me cabía duda de que por dentro se estaba tronchando. Rocho era la última de la clase, pero la primera de la calle. Fabre y Rocho se marcharon. Yo iba lentísimo recogiendo las cosas. Siempre soy el último en salir del aula.

—En realidad, no eres tan muermo como dicen —le dije a Montse, aprovechando que estábamos solos. Ya lo había metido todo en la mochila, así que la cerré—. Eres la Lenin de la Obrera. ¿Por qué en el insti, en cambio, eres estricta, tradicional y das unas clases tan aburridas? ¿Por qué te tomas las normas como si fueran la Biblia? ¿Cómo es que nos mandas tostones de trabajos de toda la vida (¡y cada año los mismos!) sobre Bernat Metge, las crónicas de Pere el no-sé-qué y todo eso?

Le había escrito «hija de puta» en la pizarra y me había peleado con neonazis delante de ella, de modo que ya no me daba vergüenza decirle aquello.

—Después de pasar horas —proseguí— buscando sujetos, predicados y complementos directos, y contado las sílabas de los poemas de Ausiàs March sin entender qué cojones dicen, tengo cero ganas de estudiar Filología Catalana. Y lo cierto es que me gusta leer. Obviamente, no voy gritándolo todo el día por el insti, ni le enseño a todo dios los ejemplares de Carme Riera.

—¿Riera te gusta? —me preguntó, seria.

—Sí. *Te deix, amor, la mar com a penyora* y *Jo pos per testimoni les gavines* le dan mil vueltas al *Llibre de les bèsties* de Llull.

—Carme Riera. Qué mujer. En la universidad era mi profesora. Tenía muchos humos, pero era buenísima. ¡Ay, qué tiempos! —Se frotó la nuca con la mano—. Mira, Óscar, cuando empecé a trabajar de docente, con veinticuatro años, estaba muy entusiasmada. Quería contagiar la pasión por el catalán y la literatura a los jóvenes, para que los disfrutaran tanto como yo. Pero me desgastaba curso tras curso. Cada año tengo más alumnos en el aula. Ya hay cuarenta en cada uno de los grupos que llevo. La mayoría de los adolescentes vienen desinteresados de fábrica. La energía que invertiría en transmitirles mi pasión la derrocho con broncas y castigos que evitan, solo a veces, que la clase se descontrole. Por no hablar de cómo me agotan los padres que vienen a quejarse porque su hijo «es un angelito», yo «le tengo manía» y «no soy nadie para criticarlo». Claro que sí: con cuarenta y nueve años, lo que más me entusiasma es odiar a los niños de trece y hacerles la vida imposible.

»Cuando estaba en la universidad, me imaginaba que en el instituto abriría un club de escritura creativa. Que redactaríamos cuentos. Pero aquí, más que cuentos, escribo amonestaciones, expedientes y notas en la agenda, y pongo negativos a quienes no hacen los deberes. Al principio, los deberes que mandaba no eran obligatorios, pero nadie los hacía y nadie aprendía nada. Además, algunos alumnos pensaban que, al ser yo joven y simpática, era estúpida, y siempre intentaban tomarme el pelo.

»Tras dejarme la piel y la voz durante años, como recompensa los alumnos me increpan y me escupen desde la ventana mientras cruzo el patio. O me escriben «hija de puta» en la pizarra. Al final, pierdo las ganas de esforzarme innovando. Me he convertido en la típica profesora que más odiaba: la dictadora. He acabado dándole la razón a Maquiavelo, que decía que es mejor ser temido que amado.

»Por suerte, los alumnos de la Obrera son poquitos y agradecidos. Allí sigo siendo la Montse idealista de la Autónoma. Puedo dar clases de forma totalmente distinta. Aprendemos la teoría de manera práctica, con proyectos colectivos y cosas por el estilo. ¿Cómo quieres hacer lo mismo en el instituto si cada año suben la ratio mientras que el número de profesores baja?

Joder, el discursito me hacía sentir como si me hubiesen obsequiado con un 3x1 de puñetazos en el estómago. Antes de poner a parir a los profes, nunca pensaba cómo sería estar en su piel. Me imaginé llevando un grupo de tercero de la ESO que no paraba de disparar caliches con la goma de la agenda.

Prefería suicidarme.

—Lo siento —balbucí, refugiando la mirada en los zapatos. Tenía las puntas cubiertas de polvo. No sabía desde cuándo, ni dónde me las había ensuciado—. Lo del insulto, quiero decir.

—Tranquilo. A los dieciséis años se te nublan las neuronas. Estoy acostumbrada. Me han escrito florecillas mucho peores, si te consuela.

—No creo que merezca la pena luchar tanto para que haya silencio en el aula. Ni para que hagamos los deberes. Si te curras las clases, pero nosotros no nos aprendemos el temario, es nuestro problema. El que suda de todo, se jode. Ya se apañará. Yo me olvidaría de los negativos y de las notas en la agenda. Daría clase solo para quien la quiere.

Y si solo la quieren los empollones de primera fila, pues perfecto. Como no se bajará la ratio porque el Gobierno no da suficiente pasta a la educación pública, al empezar el curso, yo diría: «Los que no vayan a prestarme atención porque les importan una mierda el catalán y los libros, que salgan de clase. Aprobaré a todo el mundo y el cinco lo tendrán igual, así que chill. Que se queden únicamente los que tienen ganas de aprender algo». Si tras esto acabas con ocho o diez alumnos, la Montse revolucionaria resucitará.

Se deshizo en carcajadas. Tuvo que apoyarse en la mesa y todo.

—*Renoi*, no es mala idea. Pero el director no lo vería con buenos ojos.

No sabía qué más decir, así que cogí la mochila y me dirigí hacia la puerta.

—Me gustó la coma —añadió Montse. Me detuve en el umbral y me giré.

—¿La coma?

—Escribiste «Montse, hija de puta». Fuiste tú. Conozco tu caligrafía. La coma me asombró. Pensé: ¡qué vandalismo más bien escrito! ¡Qué literario! —Sacudió mi redacción—. Con esto y las dos primeras frases que acabo de leer puedo afirmar que tienes talento para escribir. No permitas que la versión muermo y dictadora de Montse te lo mate.

—Gracias. Supongo.

27

A las diez y media, Joan estaba jugando con el portátil en el comedor. Aprovechaba que papá y mamá se habían ido a leer a la cama para ponerse ahí y que le llegara mejor el wifi. Estaba concentradísimo en la partida del *League of Legends*. Entré en su cuarto y le mangué el DNI de la cartera. No se daría cuenta. No tenía pinta de querer salir esa noche. Se quedaría en casa y no lo buscaría para nada.

A mis padres les dije que Montse nos había mandado mogollón de deberes y que me pasaría la noche haciéndolos en casa de Fabre. Para que sonara más creíble, añadí que entre los análisis sintácticos y los ejercicios de fonética miraríamos un episodio de *Stranger Things*. Los pillé de buen humor y no se opusieron. Con mis padres soy un mentiroso compulsivo. Me raya pensar qué podría pasar si algún día se enteran de todo lo que les he ocultado.

Después de afeitarme el bigote, depilarme un poco las cejas y lavarme los dientes dos veces, me perfumé con desodorante y colonia y pasé un buen rato delante del espejo, peinándome. Sabía que una vez fuera el viento me alborotaría los rizos y tiraría el esfuerzo a la basura, pero era incapaz de salir sin hacerlo.

Quedé con Fenda a las once, en el Burger de la Rambla. Los dos llevábamos sudadera. Es raro reencontrarte con alguien que era tu amigo, tras años sin verlo ni hablarle. Habéis cambiado y ya no sabes si conectaréis del mismo modo.

—¡Hola, compi de bandera! —exclamó. Me eché a reír. Siempre me había sacado media cabeza y ahora éramos igual de altos.

—No creo que te acuerdes —dije—, pero en P5 nos casamos. Me fabricaste un anillo con el papel de plata del bocadillo, te me declaraste y te dije que sí.

—Tío, ¡tus padres me lo recordaban siempre que me veían! Y ya ves cómo nos ha ido... Tú marica y yo bollera.

—El pack perfecto.

De camino a casa de David nos pusimos al día. Me habló de las competiciones de atletismo: estaba muy metida en el mundo y ya había ganado unas cuantas a nivel estatal.

—¿Y qué tal con las chicas? —quise saber. Tengo vocación de maruja.

—Estuve con una hasta enero. ¡Pero no pienses que ligo mucho, eh! Estos últimos meses he estado en plan monja. ¿Y tú qué, folleti? ¿Quién es este tío que nos llevará a Arena?

Hostia, a la gente del insti no me saldría contarles lo de David. A ella, en cambio, podía explicárselo todo sin problemas, y lo hice.

—Sergi tenía razón cuando me llamaba maricón —concluí, aunque ya estuviera al corriente—. ¿Sabes que...?

—Sí, sí, lo sé. Me lo he encontrado unas cuantas veces y me ha contado cosas. Joder, ¡cómo ha cambiado todo! Contigo le habría saltado el gaydar. A lo mejor incluso le molabas, y llamarte nenaza en educación física era su manera de confesártelo. ¿Te imaginas? En realidad, te estaba diciendo: «Eh, marica, ¡eres como yo! ¿Por qué no me haces caso?».

Solté una carcajada.

—¡Joder, no!

—Si eso era lo que ocurría, suspendió la asignatura de tirar la caña. Espero que haya mejorado.

Hablando con Fenda se me pasó la rayada por lo de Fabre. O sea, se me olvidó. Ojalá pudiera tener siempre conversaciones así con los amigos. Encontrar buenas amistades es como comerte una buena hamburguesa: si vas todos los días al McDonald's, nunca te enterarás de que las buenas hamburguesas existen. No lo sabrás hasta que pruebes una y, entonces, te darás cuenta de que las habías echado de menos toda la vida y jamás volverás a pisar el McDonald's.

En el portal de David nos esperaban él y dos amigos suyos: Jordi —David me había comentado que era un hetero aliado que estudiaba la carrera con él— y Aida. A ella la había stalkeado por la tarde. Salía en las stories destacadas de David, o sea que había sido fácil dar con su perfil. Era una tía trans lesbiana que publicaba vídeos en Insta y TikTok hablando de la transición y de la teoría queer. Explicaba que no es necesario ni operarse ni hormonarse para ser trans, que la identidad de género está dentro de ti y punto, y resolvía un montón de dudas. Tenía dieciocho o diecinueve años y ya era el referente de muchísima gente. También recomendaba libros y esas cosas.

Iba a salir de fiesta con una influencer.

Todos subimos al coche. Fenda y yo nos sentamos detrás, con Jordi. Los que no nos conocíamos nos presentamos y Aida creó un grupo de WhatsApp titulado «Arenasso» con los cinco, por si alguna vez queríamos repetir la noche.

—No hace ni un mes que tengo el carnet —nos confesó David, antes de arrancar. Había cumplido los dieciocho en enero y el teórico ya se lo había sacado con diecisiete. El práctico lo había aprobado a principios de marzo. En el parabrisas posterior llevaba enganchada la L de «Loser». O de «peLeLe», como diría el Morad—. Espero que lleguemos a Barna de una pieza.

Aida se agarró al cinturón.

—¡Oh, no! ¡La palmaremos!

—Ya podéis empezar a rezar —dijo David—. Y consideraos afortunados, porque Aida y Jordi tienen un año más que yo y ni siquiera se han apuntado a la autoescuela. Si condujeran ellos, nos estrellaríamos sí o sí.

—Voy en transporte público para no contaminar —replicó ella.

David se rio.

—Pero cuando me ofrezco a hacer de taxista no dudas en aprovecharlo, ¿eh?

Cuando llegamos al Eixample, encontramos aparcamiento mucho antes de lo que me esperaba.

—Para entrar gratis en Arena —nos contó Aida, mientras salíamos del coche y subíamos la calle— tenemos que ir a Punto a tomar una cerveza o algo así. Con la bebida te dan la entrada.

Era la primera vez que iba a Barcelona por la noche. Quiero decir que me hacía ilusión. Y no os mentiré: todavía me ilusionaba más ir con David. Caminaba siguiendo a Aida y la euforia me palpitaba en el pecho. Me sentía mayor. Me sentía tan guay como la ciudad. Como si fuera mía. Acababa de aterrizar en la Nueva York de las pelis, repleta de taxis amarillos, luces seductoras y gente de todas partes. Barna es mucho mejor que Sabadell. Hay un abanico amplísimo de cosas para hacer y para ser. Me gustaría vivir allí algún día. Nadie te conoce. Eres más libre. Prefiero sentirme solo y libre en medio de un montón de desconocidos antes que acompañado por los de siempre y encarcelado en mi barrio. Mi barrio es un armario. A veces miro el calendario del móvil y cuento los meses que me faltan para cumplir los dieciocho y poder largarme de casa con la excusa de los estudios o algo así.

En la gran ciudad no pueden señalarte por rarito, porque hay mil personajes más raritos que tú esperando a que los señalen antes. Ah, y si te caes en plena calle y das cuatro o cinco vueltas por el suelo de la manera más patética posible, no hay problema, porque seguro que no vuelves a encontrarte a los que se tronchan al verte.

Punto, donde íbamos a conseguir las entradas, es un bar LGTBI. En la puerta le enseñé al segurata el DNI de mi hermano, que lo examinó, me miró, volvió a bajar la vista y me dejó entrar. Creo que Fenda pasó con un DNI falso. O quizá solo había modificado la fecha de nacimiento del suyo. No lo entendí porque me lo explicó mientras atravesábamos la muchedumbre de dentro y el ruido nos bombardeaba por todos lados. Las chicas de atletismo son unos linces para esas cosas. Si trabajasen para la mafia italiana, se forrarían.

Creo que los otros tres ni se enteraron de que Fenda era menor. En cuanto Jordi llegó a la barra, nos pidió las Estrellas y nos las acercó. Venían acompañadas de un ticket para entrar en Arena Madre y Arena Classic.

La birra todavía no me convence. No sabe muy bien. Pero era lo más barato del bar. Dicen que cuando te matriculas en la universidad te vuelves adicto. Tendré que esperar.

Nos sentamos en una mesa del piso de arriba y pude fijarme en la gente. Había personas de todas las edades con pintas superdiversas. Tías emo-góticas. Tíos con chándal o pitillo, algunos con una pluma desbordante. Travestis, personas andróginas, perroflas, punkies, gente vestida de Anime... Encontrabas mogollón de estéticas. Allí podías ser tan transgresor como quisieras y no llamarías la atención. Lo que más me flipaban eran las drag queens. Nunca había visto tanto arte concentrado en una sola persona.

—Tenemos bebida en el coche —nos avisó Jordi—. Por si queréis beber más antes de entrar en las salas.

—Tengo que conducir —se quejó David—. Solo puedo beberme esta birra...

—¡Qué primo! —lo vaciló Aida.

Volvimos al coche y nos acabamos la botella de Fanta con vodka entre los cuatro, mientras David nos miraba celoso. Era el típico vodka de cinco euros del Mercadona. Sabía fatal. Al día siguiente nos hundiríamos en una resaca tremenda. Pero cundía tajarla.

La discoteca estaba muy cerca de donde habíamos aparcado. Llegamos andando. Primero entramos en la sala Madre. Flipé porque era superdiferente de Waka y Bora. Había la misma gente diversa de Punto. Te encontrabas tías bailando con tías, tíos con tíos, drag queens en los podios y personas con cuatro mil pirceings encaramadas a las barras de metal, haciendo un número cutre y borracho de stripper. La música iba más allá del reguetón. Ponían ABBA, Lady Gaga y muchas canciones de los setenta, ochenta y noventa. Aida me dijo que en la sala Classic sonaba sobre todo música retro petarda y pop.

Ese sitio sería el paraíso de mi tío. Debía de haber venido mil veces. Me lo imaginé agarrado a la barra, vestido de cuero, bailando un remix de «It's Raining Men». Me habría encantado verlo. Os lo juro.

El alcohol ya me estaba subiendo. Nos pusimos los cinco a bailar «Fiebre» de Bad Gyal cerca de una tarima. Bailo como el culo, pero empezaba a ir pedo y me la sudaba. Tenía a David delante. No podía evitar mirarle todo el rato la cara, el pendiente y los labios cortados, ansioso por *tocarlos*.

Me sonrió. Me acerqué a él y bailamos juntos. En mi cabeza nos estaba saliendo una coreografía de puta madre. Pero no tengo claro si realmente nos coordinábamos. Entrecruzamos las piernas, de forma que la mía le quedaba entre los muslos y viceversa. Lo miré a los ojos y me lancé. Me parece que le comí la boca con *demasiada* pasión, mientras él me cogía por la cintura y yo le hundía la mano en la nuca.

Si hubiese estado sobrio me habría dado vergüenza mostrarme tan cerdo. Se volvió, me pegué a su espalda envolviéndolo con los brazos y seguimos bailando, como si estuviéramos perreándonos, pero de manera sutil. Era un baile sexy, no como el de los canis de Waka, que son unos bestias.

—Me gustas mucho —le susurré.

—Si queréis, ¡os pagamos un hotel! —nos dijo alguien. Me giré. Creo que se me escapó un «¿Qué?».

Había sido Fenda. Me lo repitió. David y yo nos detuvimos en seco y todos nos echamos a reír. Cuando sonaba «A quién le importa» de Fangoria, nos acercamos al bar de la sala y Fenda, Aida, Jordi y yo pedimos un cubata. Honestamente: no recuerdo de qué lo pedí. Mientras me lo bebía no notaba mucho el sabor. Era dulce y llevaba alcohol, o sea que ya me valía. Al terminármelo, grité que quería que alguien me invitara a un chupito, pero nadie se ofreció y no tenía más pasta, así que me quedé con las ganas.

No sé cómo lo hice, porque ya no sentía las extremidades, pero logré subir a la tarima (los moratones que al día siguiente me encontraría en los brazos me confirmarían que me había caído un par de veces en el intento) y allí bailé con Fenda. Nos liamos como en tres ocasiones y desde arriba proclamé, eufórico, que ella era bollera y yo marica y que aun así nos estábamos enrollando.

Bajamos y mientras sonaba «La revolución sexual» de La Casa Azul —de eso me acuerdo claramente— Aida se lio con Fenda y Jordi con una tía random que acababa de conocer. Más tarde, Aida se lio con David. Empecé a montarme paranoias pensando que se habían intercambiado las caras mágicamente, como Arya en *Juego de Tronos*, y que nunca más podría saber quién era quién. La cabeza se me ensanchaba y pronto me saldría volando. Llegué a la conclusión de que sería la hostia intercambiarse las caras de vez en cuando.

—¡Por la mañana estudio Enfermería! —exclamó Aida—. ¡Y por la noche soy pole dancer!

Tanto nosotros como la gente de alrededor la ovacionamos mientras trepaba por una barra e improvisaba una coreo. No iba a clases de pole dance ni nada de eso, y seguro que pegó cuatro movimientos sencillísimos, pero nos parecieron saltos mortales. David la grabó y publicó el vídeo en su instastory.

Me estaba meando y fui al baño solo, esperando inocentemente que luego sabría volver. Pero tardé lo que me pareció una eternidad en encontrar el sitio donde estábamos. Di como treinta vueltas antes de llegar a la tarima. Y una vez allí, no vi a nadie. Se habían pirado. Me rayé: es una mierda perder a tu grupo de amigos cuando sales de fiesta. De repente pensé en Fabre y eso me deprimió todavía más.

Para distraerme, fui a hablar con un grupito de góticos que no conocía de nada. Diría que debían de sacarme dos o tres años. Estaban quietos en un rincón y dos se apoyaban en la pared. Uno de los chicos iba con una camiseta de My Chemical Romance que decía «Black Parade».

—Bua, he perdido a mis amigos —les informé. Mirando al tío añadí—: Y me gusta tu camiseta. ¿Por cuánto me la vendes?

—Sesenta pavos.

—Joder, pues nada. No puedo permitirme ni un chupito.

Nos echamos a reír. Nos acabamos presentando. Estudiaban cine en la ESCAC. No recuerdo el nombre del de la camiseta guay. Una persona del grupo, la que llevaba mechas azules y verdes y un septum en la nariz, se llamaba Andrea y era no-binaria. No se identificaba con ningún género en concreto. Creo que me dijo que podía hablarle con la «e» y también en masculino o femenino.

—Pues tu nombre es perfecto —le comenté, rozándole el oído con los labios—. Quiero decir que es muy neutro y te encaja superbién.

De repente me rayé por si había metido la pata con el comentario. Pero se rio un poco y me dijo:

—Eres muy mono.

Respiré aliviado. A continuación, les pregunté si estaban rodando alguna peli actualmente. Me contaron que justo esa tarde habían terminado de grabar un corto de terror. Le pedí a Andrea si podía probar su cubata y me dejó dar dos tragos de los buenos. Cuando apuraron la bebida, les pregunté si querían subir a la tarima. Estaban aburridos de no moverse y no se negaron.

En la tarima me enrollé, primero, con el pibe de la camiseta de Black Parade. Antes le pregunté si le apetecía que nos liáramos. Como me dijo que sí, me lancé. No lo hacía muy bien y no tardé en apartarme. Luego, Andrea se me acercó para bailar conmigo «Despechá» de Rosalía.

—¿Cuántos años tienes? —quiso saber.

—Dieciocho. Los cumplí ayer.

—¡Felicidades con retraso!

—¿Y tú?

—Cumplo diecinueve en diciembre.

—Está pepino. ¿Montarás una fiesta en una sala de cine? Dicen que los de la ESCAC estáis forrados. Seguro que te has comprado un cine solo para ti.

—¡Qué va! —exclamó, riendo—. Soy pobre. Me dan beca.

—¿Y tus compas de carrera son todos pijos flipados que van de artistas?

—La mayoría sí. Los muy plastas repiten todo el tiempo que les encanta Tarantino. No saben que, si algún día los conoce, le inspirarán para rodar una tercera parte de *Kill Bill* en la que Uma Thurman les corta la cabeza a todos con una catana.

—Iría a verla.

—¿Y tú qué estudias?

—Te estudio los ojos.

No sé por qué lo dije. Estaba borracho y me salían estas cosas. Se me lanzó y me lie con elle. Besarle molaba pila porque tenía un piercing en la lengua. Y olía muy bien. En un momento dado paró para decirnos que se moría de ganas de fumar y bajó de la tarima para salir. El tío de «Black Parade», los otros dos y yo la seguimos. Nos sentamos en la acera de la calle. Las luces de los semáforos y las farolas se agrandaban y se fundían con los edificios. Tenía la sensación de que me deslumbraban como los focos de un teatro.

Andrea se lio el cigarrillo, lo encendió y a las dos caladas me lo tendió.

—¿Quieres un calo?

—Por supuesto.

Al final di tres. Me había dejado el tabaco en casa y tenía que aprovecharlo.

—¡Tío, no te tragas bien el humo! ¡No sabes fumar!

—¡Sí que sé! —La acusación me ofendió. Me había apuñalado el orgullo—. Es que ahora voy un poco... taja.

—Su, su... Venga, trae, que se te ha apagado. —Me quitó el piti—. Por cierto, flipo con tus ojazos, ¿eh? ¿Sabes que quedarías genial como prota de nuestro próximo corto?

—¿Otro corto de terror?

—No. Será un drama familiar.

—Mi vida ya es un drama. Podríais hacer una peli sobre mí y ganaríais diez Oscars.

—¿Quieres participar en el casting?

—Vale. Arrasaré, ya lo verás. Me he pasado la ESO... quiero decir, me *pasé* la ESO fingiendo que era hetero y que la gente me caía bien. Soy el mejor actor del planeta.

Andrea se puso el cigarrillo en la oreja, como en las pelis ochenteras, y sacó el móvil para guardarse mi contacto. Le dicté el número.

—Perfecto. Ya te he enviado un wasap.

Supongo que giré algunas cifras, porque jamás recibí el mensaje. Andrea debió de escribirle a un boomer random. El típico José María que le contestaría: «Se puede. Saber## quien diablos eReS ??».

Al rato me despedí de todos ellos porque ya tenía ganas de volver con Fenda y David. Además, la taja se me había bajado un poco y me estaba sintiendo incómodo con tantos desconocidos. Quería entrar en la sala Madre, pero por error atravesé la otra puerta, que conducía a Classic. Tuve suerte, porque me los encontré a todos allí, sobre una tarima enorme.

—Estaba a punto de ir a buscarte —me dijo David, mientras me ayudaba a subir—. ¿No has leído mi wasap? Te he dicho que nos cambiábamos de sala y que quedábamos aquí.

—No he leído nada. No me acuerdo ni de la contraseña del móvil.

—Estás borrachísimo, ¿eh?

—Bueno. Ahora ya no tanto.

—Pues te has perdido el show de Toya, cari... —Me lo dijo con tristeza de verdad—. Lo ha hecho aquí mismo. ¡Con «Mala mía» de la Villano y el Biza! Nosotros hemos llegado cuando ya estaba a punto de terminar.

—¿El show de quién?

Entonces, el chaval que tenía al lado se apartó y vi a una drag queen que venía hacia nosotros. Se puso a bailar con Aida. David saltaba de alegría mirándolas.

—¡Divinas, divinas! —aplaudía—. Esta es Toya Colors —me aclaró—. ¡La reina de la purpurina y las sombras!

La drag era espectacular. Una diosa. Era como ver a todas las divas —actrices, cantantes, modelos: las icónicas— fusionadas en ella.

—¡Qué escándalo! —exclamaba, improvisando un número de jazz alternativo con Aida.

—¡Digo! —le contestó ella, y luego empezaron a perrearse. Bajaban hasta el suelo, agachándose y moviendo el culo, ¡y Toya con tacones! Luego subían y vuelta a empezar.

—¡Qué arte tiene mi niña! —celebraba la drag—. ¡Ole! ¡Fantástica, fabulosa, estupenda! ¡Divina!

Quería decirle a Toya que me encantaba. Que parecía que la hubiera creado el puto Da Vinci. Con la taja que todavía llevaba le habría gritado que se casara conmigo. Pero cuando iba a presentarme, otras travestis le tiraron del vestido para que bajara. No-sé-quién las esperaba en la barra para invitarlas a chupitos, decían. Toya se despidió de Aida a toda prisa:

—Adiós, mi alma, me voy con mi chulo. —Y desapareció de mi campo visual.

—¡Cuídate, amore! —le deseó Aida desde el podio.

—Qué pasada... —articulé. Fenda nos cogió a los dos por los hombros e indicó a Jordi y Aida que se acercaran.

—Me muero por ver el cuarto oscuro de Madre —nos confesó—. Nunca me he parado a mirarlo.

A Aida y Jordi les daba palo moverse, así que se quedaron allí, esperándonos, y Fenda, David y yo cruzamos la puerta interior que unía las dos salas.

En Madre, en un rincón algo apartado, hay una salita sin ningún tipo de iluminación, donde la gente se mete para enrollarse a ciegas con desconocidos. A veces van parejas o grupos que quieren hacerlo entre ellos en un espacio más privado. La entrada es un círculo de oscuridad absoluta y perturbadora. Me daba bastante miedo. La gente entraba y salía.

—Nunca me he metido ahí y hoy tampoco pienso hacerlo —le dijo David a Fenda.

A Fenda y a mí nos hacía gracia ver que existía algo así —¡era fuertísimo!—, pero ella y yo tampoco quisimos entrar.

Nos alejamos del lugar, con la intención de regresar a Classic, y entonces David se encontró a una amiga con ganas de charlar.

—Guau, me meo encima —me confesó Fenda, mientras ellos dos se ponían al día y todo eso. Le dije a David que ahora volvíamos y la acompañé a mear.

Mientras esperaba a Fenda en el pasillo de los baños, vi a dos chicos que dejaban las mochilas en el guardarropa. Les reconocí. Uno de ellos era Sergi, mucho más alto de lo que yo recordaba. Iba en camiseta de tirantes para que todo el mundo se enterara de que era El Cachas. Las pecas se le esparcían como estrellas alrededor de la nariz. El otro era Carlos, su novio. Hacían tanto postureo en Insta que lo identifiqué sin haberlo visto antes en persona.

Sergi me miró unos segundos. Le costó, pero acabó reconociéndome. Los dos permanecimos inmóviles, dudando entre saludarnos o ignorarnos. Entonces, Fenda salió del baño, fue hacia Sergi y lo saludó superentusiasmada. Incluso le dio dos besos. Vacilé un instante y, a continuación, fui detrás de ella para hacer lo mismo, reduciendo, obviamente, el entusiasmo.

—No me habías dicho que os llevabais —le dije a ella.

—Nos encontramos a menudo cuando salimos de fiesta —me informó.

—Sobre todo aquí —puntualizó él, sonriendo.

—Los dos hemos cambiado mogollón desde primaria —continuó Fenda, mirándome con la cabeza ligeramente inclinada—. Los tres. No somos los mismos.

—¡Ya ves! —le dio la razón Sergi. Luego me presentó a Carlos, que me obsequió con un «hola» nervioso e incómodo y dos besos bruscos y descoordinados. Repitió lo mismo con Fenda. Acto seguido, encendió el móvil y se puso a leer y responder mensajes, mientras Sergi hablaba con nosotros. Nos dijo que estaba a tope con la gimnasia artística y fardó del bachillerato internacional que empezaría el próximo curso. En la voz le brillaba un ego cegador del tamaño de las pirámides. Ni siquiera intentaba disimularlo.

—Sergi, Noe nos está esperando fuera para fumar —dijo Carlos, áspero, sin levantar la vista de la pantalla.

—Ve tú —le respondió el otro—. Yo ya iré. Que hace mucho tiempo que no veo a estos dos.

Carlos alzó la mirada y soltó un resoplido.

—Vaya, que me abandonas otra vez. ¡Fantástico!

—Tío, tranqui, solo estaré con ellos un rato. ¿Por qué te molesta?

—Siempre que salimos de fiesta haces lo mismo. Desapareces. Parece que invites a Noe para dejarme con alguien y así no sentirte tan mal.

—Eres una dramática, ¿eh? —Sergi le sonreía, pero al otro no le hizo ninguna gracia el comentario.

Sergi lo besó en la mejilla (creía que Carlos se apartaría, enfadado, pero no fue así) y se dirigió a la pista. Fenda y yo lo seguimos. Me volví un segundo y vi que Carlos todavía no había salido a fumar. Estaba quieto, observándonos con cara de asco.

Joder, aquello era una mina de drama...

—¿Cuánto tiempo lleváis juntos? —le pregunté a Sergi. Se me hacía rarísimo hablarle, y aún más sobre novios.

—¿Con Carlos? Seis meses.

—¿Y cómo os va?

—Yo estoy bien. Tenemos una relación abierta porque ninguno de los dos quiere cerrarse a nada. Quiero decir que estamos genial juntos, pero no nos apetece perdernos oportunidades. Ya me entiendes. Cuando empezamos a salir, lo acordamos así. A los dos nos parecía bien. Pero a Carlos a veces se le olvida y se raya cuando hago cosas con otros tíos.

—¿Arreglasteis lo de la otra noche? —le preguntó Fenda—. Lo que me contaste por Insta.

—¿Qué pasó? —quise saber.

A Sergi se le escabulló una risita de entre los dientes. No me habría parecido tan odiosa si no viniese de él.

—Hace dos semanas salimos a Arena y me bebí como cinco cubatas. Había cenado poquísimo. Pillé una taja guapa. No sé cómo, pero acabé enrollándome con un chaval en el cuarto oscuro. Estuvimos ahí como una hora, metiéndonos mano y todo eso. —Los labios se le curvaron hacia un lado, orgullosos—. Carlos y Noe me buscaban como locos por las salas. Los muy plastas me llamaron cuarenta veces y me enviaron mil wasaps. Como si no pudieran pasárselo bien ellos dos solos, tío. Como si me necesitaran para *todo*, incluso para respirar. Cuando Carlos me vio saliendo del cuarto con el otro tío, montó un pollo de los gordos, mientras el pavo con el que me acababa de liar se reía de él en su cara. Que si lo ignoraba, que si estaba harto de ir detrás de mí y de arrastrarse mientras yo me follaba a otros tíos, que si lo trataba como a una mierda... Incluso se echó a llorar. Toda Arena se enteró del drama. Qué lache me dio. En serio. Ojalá se me hubiera tragado la tierra. Al final, me gritó que se piraba a casa y lo seguí, porque estaba alteradísimo y me preocupaba. Volvimos en tren y estuvimos discutiendo durante todo el puto trayecto. Joder, es injusto: se raya cuando me lío con otros, mientras que yo no digo nada si lo hace él. Es verdad que lo hace menos, pero porque le da la gana. Hay un montón de chicos que le tiran ficha y, si quisiera, podría follárselos a todos. Al llegar a Sabadell le dije que si teníamos una relación abierta, pues era abierta. Que si no le gustaba, allí tenía la puerta. Que podíamos dejarlo en cualquier momento. Que la mierda de pollos que me monta son innecesarios. Se lo pensó un rato. Creía que me diría que cortaba conmigo, pero se calmó, se disculpó e hicimos las paces. Y hoy me viene otra vez con el numerito. Que si ahora me abandonas, que si no me haces caso y lo de siempre. Lo quiero, sí, pero a veces se pasa de pesadísimo.

Nos pusimos en una esquina de la pista y Sergi se apoyó en la pared, con actitud de sobrado.

Estaba claro que Carlos no soportaba ver a su novio con otros chicos. Estaba muy pillado. Seguramente, quería una relación cerrada. Pero como no era posible, se conformaba con la abierta. Si se enrollaba con otros, sería para compensar. Para sentir que no era menos que Sergi. O para olvidarse de las rayadas. O quizá para provocarle celos, a ver si conseguía que se replanteara el tipo de relación que tenían.

Me imaginé a Carlos pasándose las noches pegado a Insta, buscando entre los seguidores de Sergi a los tíos que le habían comido la boca o a los que sospechaba que se había chingado. Los investigaría uno por uno y los envidiaría en caso de que estuvieran más buenos o fueran más altos y más popus que él. Los nombres, los abdominales y los comentarios con los que adornaban las fotos de Sergi le bailarían por la cabeza torturándolo y provocándole insomnio. Estaba enamorado y obsesionado y no era capaz de cortar una relación que le hacía daño. Debía de creer que separarse de Sergi era peor que seguir así. Me daba tanta pena que lo habría abrazado para consolarlo.

A Laura le ocurrió más o menos lo mismo con una tía y un tío. Los tres se enrollaban entre ellos por separado, o sea, sin hacer tríos. Al principio era la polla, hasta que surgieron los celos y los malos rollos y terminaron por dejarlo. Ella siempre dice que el poliamor o las relaciones abiertas están bien cuando son equilibrados. Que si los gestionas mal son un veneno que te amarga y te pudre día tras día. Al igual que la monogamia tóxica.

En poliamor, por ejemplo, acabas quemado si siempre te ignoran. Es como estar en la sala de espera de la persona X y que te digan: «Aguarde aquí indefinidamente con los demás, a ver cuándo a X le sale de los cojones hacerle caso. ¡Coja una revista para distraerse, si lo desea! O, aún mejor, ¡coja *Ana Karenina*, que la cosa va para largo!». Laura había estado en una sala de espera y también había mandado en la consulta, recibiendo y echando a los pretendientes cuando le salía del papo.

Si alguna vez viene un flipado a decirte que amarte a ti mismo te basta para ser autosuficiente y no depender de los demás, no te lo creas. Te está timando con una utopía cruel. Necesitamos la atención y el cariño de los otros, más o menos como necesitamos dormir, comer y respirar.

Nos acercamos a la barra porque Sergi decía que el camarero, colega de su hermano, siempre le hacía favores. El hombre lo saludó con la mano, contentísimo. Le dijo que su bro aún no le había devuelto los cincuenta pavos que le debía y que era un rata y un hijoputa. Luego nos dio una birra gratis para que la compartiéramos, murmurando:

—No se lo contéis al jefe, ¿vale?

Fenda la estrenó, pero el móvil empezó a vibrarle a medio trago. Al sacarlo del bolsillo, la pantalla le iluminó la cara y las burbujas de la cerveza.

—Hostia, Aida me ha dicho que ha perdido a todo el mundo, que está fuera sola y que tiene ganas de potar. —Me tendió la birra—. Quedaos aquí. Voy a buscarla.

Mierda, ¿acababa de dejarme a solas con Sergi? ¿Con el puto Sergi? No tenía ni idea de qué decirle, por lo que, tras dar un largo trago de cerveza, le pasé la botella mientras le soltaba lo que era menos pertinente en ese momento.

—En primaria eras un cabrón conmigo, eh...

Por suerte me salió un tono amistoso.

En el fondo esperaba que tuviera el detalle de pedirme perdón o algo así. Yo me había disculpado con Fenda y me merecía que él hiciera lo mismo conmigo.

—Eran tiempos difíciles para mí, ¿sabes? —respondió, mientras bebía—. Estaba enfadado con el mundo. Pero no fue para tanto, ¿no?

Que me persiguiera llamándome nenaza y maricón, como si fueran insultos, como si ser afeminado y gay fuese malo, junto con el resto de cosas que hacía, *sí* era para tanto. De ahí venían la mayoría de mis inseguridades. En el insti, al darme cuenta de que era marica, lo escondía y me lo negaba de todas las formas posibles porque me lo habían hecho ver como algo vergonzoso. «Encima —pensé, sin decirlo en voz alta—, tú has terminado siendo un maricón integral. Y no me hables de tiempos difíciles porque en ese aspecto te supero con creces».

—No —dije, finalmente, mordiéndome la lengua—. No fue para tanto. Tranqui.

A veces soy un cagado, ¿veis?

—Me alegro. Has cambiado muchísimo, ¿sabes? Estás muy guapo y mola la voz que se te ha puesto.

Vi a Carlos unos metros más allá, con una chica que llevaba gafas. Debía de ser la famosa Noe. Nos observaban con cara de pocos amigos y susurraban. Sergi les daba la espalda y no se enteraba de nada. Haciendo acopio de falsedad, le sonreí y le robé la cerveza para apurarla. Dejé la botella en el suelo y me acerqué a él mirándolo a los ojos. En realidad, el hijoputa era guapísimo. Las malditas pecas le quedaban superbién.

Él también me miraba. Me agarró por la cintura para pegarse aún más a mí. Se moría de ganas de probarme. Se le hacía la boca agua.

No iba a dejarlo con la miel en los labios, así que poniéndole la mano suavemente en la nuca y apretándosela, lo besé.

En las pelis y en los cortos sobre gais es un topicazo que el acosador que hace bullying al marica —y que en realidad es un gay o un bisexual reprimido— se lo monte con el marica en algún punto de la historia. Acababa de comprobar que esto también ocurría en la vida real. Y no os engañaré: me daba todo el morbo.

El topicazo, sin embargo, siempre va acompañado de una segunda parte que espero no tener que vivir nunca. Después del beso o del polvo, el acosador, arrepentido, cose a hostias al protagonista y lo deja desdentado y desangrado. Lo he visto mil veces y la rabia me arde en el cuerpo cuando, al final de la peli, es el prota quien debe compadecerse del acosador, entenderlo y hacerle de psicólogo sin cobrar. ¡Qué mierda de guionistas!

La lengua de Sergi hacía ballet. Se movía cálida, delicada y segura, como los personajes de *El lago de los cisnes*. En clase de música nos proyectaron el espectáculo entero y aluciné. ¡Cuánta coordinación!

Él había cerrado los ojos mientras nos besábamos. Yo, en cambio, los mantenía abiertos. Bajé las manos hasta su culo y lo apreté contra mí, al tiempo que buscaba la mirada de Carlos. Di con ella enseguida. Tenía los ojos fijos en nosotros, tan tristes que no les quedaba energía para escupirnos dardos. Le hice un guiño, sin dejar de liarme con su novio.

Unos segundos después, observando siempre a Carlos, separé los labios de la boca de Sergi y le comí el cuello a lo vampiro hasta dar con la oreja. Le encantaba. Los suspiros que se le escapaban me lo confirmaban.

—No has cambiado ni un pelo —le susurré entonces—. Eres igual de gilipollas que con doce años. Para mí siempre serás el desgraciado que me amargó la primaria.

Me aparté de él, sin atreverme a mirarlo a la cara, y me largué.

Solo esperaba que, para Carlos, ver lo que acababa de ver fuera la última gota de humillación que necesitaba para mandar a Sergi a la mierda. Si cortaban y si, para colmo, se amargaban el uno al otro con broncas y rayadas, me daría por satisfecho.

Ya lo veis. A veces también puedo ser un hijoputa...

28

Ya puestos a exigir derechos para maricones, yo reclamo el derecho de poder ser un hijo de la gran puta. ¿O es que por ser del colectivo arcoíris estamos obligados a ser angelitos de luz?

Fuera encontré a Fenda con David, Jordi y Aida. La última estaba superpedo, de rodillas sobre la acera, y había trallado en medio de la calle. El resto la rodeaban. David le apartaba el pelo de la cara para que no se lo manchara si le venía otra arcada.

—¡Déjame, pesao! ¡Que quiero entrar!

Empezó a cantar «Malamente» de Rosalía y repitió una y otra vez que no quería que parara la fiesta.

—Venga, Aida, levántate —le rogaba David—, que ya nos vamos para casa. Estás fatal, ¿no lo ves?

—¡Que no! ¡Trá, trá! ¡Quiero entrar! —Trató de ponerse de pie, pero no se aguantaba y se cayó—. ¡Motomami, motomami!

Al final, la engañamos entre todos asegurándole que regresábamos a Punto, a ver un concierto de Rosalía. Se lo tragó y nos siguió alucinada hasta el coche. David la ayudaba a caminar. En cuanto se sentó detrás, apoyó la cabeza contra la ventanilla y se quedó roque. O sea que esta vez me tocó a mí ocupar el asiento del copiloto.

Al llegar a Sabadell, David llevó a casa a Jordi, a Fenda y a Aida, que pudo salir del vehículo solita. Anduvo formando eses hasta la puerta del bloque e intentó abrirla con la T-Joven unas cuantas veces, hasta que encontró las llaves en el bolsillo —pasó un buen rato buscándolas— y logró entrar.

Yo era el último. David aparcó en mi calle, pero no bajé.

—No tengo sueño —le dije, sobrio y sincero—. Ni ganas de entrar en casa ni de ver a mi hermano y a mis padres. Además, antes les he dicho que estaría toda la noche en el piso de un amigo haciendo un trabajo.

—Yo tampoco quiero ir a dormir —admitió David—. Si Aida no la hubiera tajado tanto, me habría quedado en Arena un par de horas más. ¿Te apetece hacer algo?

Sabadell es una basura y eran las cuatro y media de la madrugada, pero a David se le ocurrió un buen plan igualmente. Condujo hasta el Mirador de la Salut, que está a las afueras de la ciudad, muy cerca del santuario de la patrona de los sabadellenses.

Detrás del mirador hay una mansión en ruinas. David me contó la leyenda urbana que la acompaña. Nunca la había oído. Espero que no se la inventase sobre la marcha fingiendo que la había extraído de la sabiduría ancestral de Wikipedia.

Hace un siglo y medio, en el caserón vivía un matrimonio que tenía una empresa textil y un montón de pasta. De vez en cuando, la mujer se acostaba con la modista que le cosía aquellos trajes tan incómodos del siglo XIX. Al ver cómo le quedaba la ropa, la modista debía de decirle: «Estás guapa, sí, pero si te la quitaras estarías *buenísima*». Cuando el marido las descubrió desnudas y abrazadas entre las sábanas, arrojó a la modista por el balcón. La palmó al instante. Él contó a todo el mundo que había sido un accidente. «La plebeya ha resbalado. Los pobres no están acostumbrados a entrar en casas tan grandes y tan altas. Y, encima, era del sexo débil, lo cual la hacía aún más estúpida». La señora de la casa, incapaz de vivir viéndole la cara al asesino cada día, se ahorcó en la habitación de invitados donde solía hacerle el amor a la modista.

Los que de noche se acercan a las ruinas de la mansión afirman oír gritos de dolor y pena, porque el fantasma de la señora todavía llora la muerte de su amante. Otros dicen que lo que realmente se oye son gemidos de placer, porque al convertirse en espíritus las dos mujeres pudieron gozar de la libertad que en vida se les prohibía.

Es una leyenda supertétrica, lo sé. Pero me encantó. Me gustan esa clase de leyendas. Me parecía infinitamente mejor que la historia de amor idealizada y falsa de un musical. Laura, en cambio, la habría odiado. Siempre se queja de que la mayoría de las bolleras de los libros y las pelis acaban sufriendo y muriendo, y que eso es injusto. No soporta que se les niegue el derecho a un final Disney. Le molaría muchísimo ir al cine y ver a lesbianas que se aman de manera sana, en un mundo de paz, y que todo les va de puta madre. Cuando me lo dice, le contesto que a mí me aburriría mazo ver una peli en que todo va bien y todo el mundo es supertolerante y superfeliz. Sería un bodrio. No me la creería, porque el mundo no es un lugar ni tolerante ni feliz. Además, me pondría celoso y me deprimiría. Me daría muchísima rabia que los personajes me restregaran por la cara su vida fabulosa. Tendría ganas de dispararles balas en forma de palomitas.

—No me gusta el final —le confesé, sin embargo, a David—. En vez de suicidarse, la tía tendría que haber decapitado al marido y haber colgado la cabeza en el balcón, para que las moscas disfrutaran de un desayuno gourmet.

—No podemos reescribir el pasado —respondió él, acercándose a mí y mirándome los labios—. Pero podemos escribir el...

—Calla, calla. Te estás pasando de cursi.

—Has construido una barricada dentro de ti para no dejar pasar jamás el sentimentalismo, ¿eh?

—Para no dejar pasar las cosas cutres. —Me incorporé y crucé el espacio entre el asiento del conductor y el del copiloto para sentarme detrás. La parte posterior era bastante ancha, comparada con la de otros coches—. ¿Vienes?

David se puso a mi lado. Me coloqué encima de él y me quité la sudadera y la camiseta. Él llevaba camisa. Empecé a desabrochársela, botón a botón, mientras le besaba el pecho y el abdomen que se le descubrían poco a poco. Se le erizó la piel.

Cuando terminé de desnudarlo de cintura hacia arriba, nos liamos, mientras él me ponía las manos en el culo y luego me las metía por dentro de los vaqueros. Estaba *muy* caliente. Lo escribo en cursiva porque la otra opción sería repetir «muy» cuarenta veces, y entonces vendría Montse a decirme que soy redundante.

—¿Hasta dónde quieres llegar? —me preguntó David. Le mordí el pezón—. ¡Oye!

—Quiero follar.

—¿Quieres pasar a la segunda fase?

—Sí. O sea, me gustaría. Seguramente lo haré fatal, porque nunca lo he probado. Como quieras.

Me acercó los labios al oído. Le notaba la polla dura contra el culo.

—Yo también quiero hacerlo.

David sacó un par de condones de la cartera y los dejó a los pies del asiento.

—¿Cómo quieres hacerlo?

—¿A qué te refieres?

A pesar de estar cachondo, estaba muy perdido. Tenía muchísimas ganas de pasar a la segunda fase. Me había imaginado mil veces cómo sería, cuando me masturbaba o cuando simplemente pensaba en ello. Pero ahora no sabía ni por dónde empezar.

—¿Qué te apetece probar? —dijo David—. ¿Ser activo, ser pasivo...? Odio que se le llame así, porque hace que la gente tenga mogollón de prejuicios. En verdad, siendo pasivo puedes seguir estando *activo* en el polvo. No hace falta que te quedes quieto. Y si eres activo puedes *dejarte hacer* de vez en cuando. Pero ya me entiendes.

—No lo sé. ¿A ti qué te gusta más?

—Soy versátil. He probado ambas cosas y he disfrutado por igual.

—¿Y cuando haces de pasivo te haces lavativas? ¿La *douche* o algo así? Lo vi en no sé qué serie de Netflix.

—No hace falta, tío. Qué pereza. Además, hacerse *douches* y cosas de estas muy a menudo puede acabar perjudicándote.

—¿Cómo lo hacías con el chico trans?

Es una pregunta de mierda, lo sé. Pero me devoraba la curiosidad.

—De muchas formas. Dejábamos volar la imaginación. Es el chico con el que he tenido el mejor sexo. Probamos el vaginal, el anal, los juguetes... El sexo gay no consiste solo en meterse una polla por el culo. Un tío no es solo un culo o una polla. El sexo es descubrirse, ir probando... Hacer lo que te apetece, cuando te apetece.

—Joder, cómo mola. Pues yo no tengo ni idea de nada.

Me rayaba saber que lo decepcionaría si me comparaba con su otro lío.

David me sonrió.

—¡Óscar, tranqui! Yo tampoco soy ningún experto. Y no te estoy haciendo pasar ningún examen. ¡Si todavía no tenemos ni veinte años! No tenemos que saber de nada. Muchos chicos de mi edad son vírgenes y eso no es un problema. Además, las primeras veces con alguien nunca son las mejores. Siempre son menos fluidas. Si lo intentamos y sale mal, no pasa nada. Pero en realidad cualquier cosa que hagamos ya estará bien, porque me gustas mucho, así que nada puede salir mal. —Me dio un pico que terminó convirtiéndose en beso con lengua y añadió—: Ya estaría contento aunque solo nos quedáramos aquí abrazados toda la noche.

Quería decirle que me volvía loco y que me moría por comerle la boca otra vez, aquella noche y todas las demás, pero únicamente me salió:

—Bua, vale.

—La primera vez que haces de pasivo te cuesta dilatar y todo eso, y te duele. En casa tengo dildos que ayudan muchísimo, pero no los he traído. Como yo ahora dilato más fácilmente, puedo hacer de pasivo. La verdad es que me gusta y me apetece. Si vienes a casa otro día, podemos hacerlo al revés.

Me lo quedé mirando. Era guapísimo. Es decir, ya lo era antes y ya me había dado cuenta, pero ahora lo veía *aún* más. Quizá por las lucecitas de dentro del coche. No lo sé. ¿Sabéis el momento en que miráis a alguien que ya habíais visto otras veces, fijándoos mejor, y lo veis precioso, preciosísimo, y os preguntáis cómo es que no lo habíais visto así antes? Pues eso.

Le arranqué el cinturón y le desabroché los tejanos. Él me lo hizo a mí y pronto nos quedamos sin ropa. Desnudarse en el coche es complicado. El espacio es muy limitado. Apagué las luces mientras él se tumbaba en el asiento. Me puse encima de él. Le recorrí el pecho con la boca, dejándole huellas de besos. Le hice un oral algo ortopédico. Luego, más incorporado, me humedecí dos dedos con saliva y le ayudé —o, por lo menos, se intentó— a dilatar, procurando ser suave. Noté que me agarraba la polla con una mano y me masturbaba.

—Lo haces muy bien —me dijo.

—Tú también.

—Creo que ya puedes meterla.

Cogí uno de los condones. Lo abrí y me lo puse. No era la primera vez que lo hacía. El año pasado le robé un condón a mi primo. Más tarde, cuando estaba solo en casa, me lo puse para ver qué aspecto tenía. Luego me lo quité y me hice una paja solitaria.

Me lubriqué la polla cubierta de látex con saliva, mientras él, todavía tumbado, levantaba las piernas y se añadía saliva *allí*. Intenté meterla. Yo solo no lo conseguía. Eso me puso nervioso. Me estaba dando mucha vergüenza. Se me bajó un poco y tuve que tocarme para hacerla subir de nuevo. Solo empezó a entrar cuando David me ayudó.

Ya la notaba dentro. Era brutal sentir que *estaba dentro de él*. Que lo *penetraba*. Era como si me estuvieran succionando la polla.

—¿Estás bien? —le pregunté—. ¿Te duele?

—Métela más despacio.

—Vale. —Fui más lento y, al cabo de unos segundos, dije—: Creo que ya ha entrado toda.

David tenía los ojos cerrados y sonreía. Yo no sabía dónde apoyar las manos. Coloqué la derecha en el respaldo del conductor y la izquierda en un asiento de detrás.

Empecé a moverme adelante y atrás. Intentaba ser delicado. Como la brisa que te acaricia la cara y el pelo y te pone la piel de gallina. Trataba de no aumentar demasiado el ritmo ni de ser brusco. Sus dedos me recorrían la espalda: bajaban trazando espirales, se detenían en el culo, me lo agarraban para acompañar el movimiento, luego subían hasta los hombros y repetían el camino. Los sentidos se me despertaban en cada rincón del cuerpo.

—¿Qué tal? —gemí resollando—. ¿Te gusta?

—Sí. ¿Y a ti?

—Muchísimo.

Tanto él como yo nos movíamos. Entrecruzó los pies en mi espalda. Me cogió por la nuca para que le acercara los labios a la boca. Todo un poco precario, porque no estábamos en una cama, pero me gustaba. Allí debajo lo notaba todo muy cálido y muy apretado. La sensación de balancearme, metiéndola y sacándola, *la sensación de follarle el culo*, era húmeda, caliente, eléctrica, como estar bajo la lluvia en verano.

Me incorporé y lo cogí por las piernas, acelerando el movimiento. En algún momento me pidió que fuera más despacio. Luego me dijo que podía volver a acelerar. Habíamos empezado siendo bastante torpes, pero a medida que pasaban los minutos nos entendíamos y nos coordinábamos.

David, mientras tanto, se masturbaba.

—Si quieres te lo hago yo —le propuse.

Apartó la mano y lo relevé. Me apoyó los pies en los hombros. Cada vez follábamos más rápido, más húmedo, más apretado, más cálido, más duro. Mi vientre le rozaba los huevos. Mis muslos chocaban contra su culo. La polla se le hinchaba y se le endurecía. La mano con que le hacía la paja se me impregnaba de sudor y de pre. Todo cobró tanta velocidad que el final se precipitó.

—Lo haces superbién —jadeó. Estaba muy cachondo y eso me ponía que flipas—. Me has pillado el puntillo y buf... Si sigues así me correré, ¿eh?

—Mola.

A mí también me faltaba poco. La bomba no resistiría mucho más y estallaría. Me moría por acabar, pero al mismo tiempo no quería hacerlo antes que él, en parte por orgullo y en parte porque quería que se corriera mientras follábamos. Tenía ganas de *verlo*.

—No pares... —me pidió.

Y mientras le daba con más fuerza, *muy concentrado en aguantar*, terminó. Fue guapísimo. Como si un bote de tinta blanca se hubiera derramado sobre el abdomen de una estatua griega. Una estatua con arito.

Yo estaba a punto y continué balanceándome, hasta que me detuvo colocándome la mano en el vientre.

—Uf, para, para. Cuando termino, me da cosa seguir follando. No sé por qué. Es como que me duele.

Me apetecía mazo correrme dentro. Quería saber lo que se sentía. Pero no es no. La saqué poco a poco y me deshice del condón arrojándolo a los pies del asiento.

—¿Dónde quieres acabar? —me preguntó.

—Me da igual.

—¿En mi pecho te va bien?

—Me va perfecto.

Era una guarrada porque se había corrido ahí y todavía no se había limpiado, pero estábamos calientes y nos ponía. Mientras él jugaba a manosearme el culo y los huevos —lo cual me excitaba a niveles estratosféricos— me pajeé hasta que las tintas se mezclaron en su abdomen. La mía era más transparente. Más inexperta. No tenía tantas historias que escribir.

Lo limpié con mi camiseta, diciéndole que no se preocupara, que volvería a casa solo con la sudadera y que la lavadora ya me lo solucionaría todo. Nos quedamos tumbados en el asiento, abrazados y medio tapados con su chaqueta. Le apoyé la cabeza en el pecho y de vez en cuando le besaba el cuello y le mordía la oreja y el pendiente, mientras él se divertía enredándome el pelo.

El nirvana alcanzado después del polvo era mil veces más intenso que el de después de una paja solitaria. Me sentía mucho más relajado. Todo estaba más claro. Solo me faltaban galletas, trozos de pizza o algo así, porque me había entrado hambre.

Estuvimos en esa posición hasta que salió el sol. No nos dormimos. Ninguno de los dos tenía sueño. No sé muy bien qué hora era cuando nos incorporamos. Las siete o por ahí, seguramente.

—No sé si lo que tenemos es un lío —decía David, mientras nos vestíamos—, un rollete o si simplemente somos amigos. Pero ya me gusta que no lo definamos.

—A mí también me gusta. No hace falta que nos pongamos ninguna etiqueta.

En realidad, yo no lo tenía tan claro. Quiero decir que no conocía demasiado a David, pero si entonces me hubiese pedido salir, o sea ser novios, le habría respondido que sí sin pensármelo. En verdad, si no me hubiera dicho que ya le parecía bien «no definir» lo que teníamos, le habría planteado lo de «ser novios».

Sin embargo, no quería agobiarlo ni nada. Tenía miedo de que si le pedía salir se imaginara que estaba enamoradísimo de él, se asustara y huyese. A lo mejor no le hacía gracia tener compromisos. A mí los compromisos tampoco me entusiasman. Las responsabilidades me provocan alergia. Pero David sí que me gustaba. Si lo hubiera visto dispuesto a meterse en una relación seria y tal, creo que habría merecido la pena el esfuerzo, por muy chungo que suene.

—Pronto será Sant Jordi —dijo, cambiando de tema. Pasó al asiento del conductor y yo me acomodé en el del copiloto—. Con los de mi carrera montaremos una parada de libros de segunda mano en la plaza de la Universidad de Barcelona. La madre de Jordi trabaja en el Ayuntamiento de la ciudad y nos ha enchufado para que podamos hacerlo. —Giró la llave y el motor se puso en marcha con un bramido—. ¿Vendrás a vernos?

—Claro que sí.

—Guay. Me hará ilu que estés por allí. Cuando mis compañeros no nos miren, cogeré un libro y te lo regalaré, ¿vale?

—Tranqui. Si es de segunda mano, seguro que puedo permitírmelo.

—Que no, que no. Quiero regalártelo.

—¿Seguro?

—Cállate y aprovéchate de mí. Normalmente no soy tan generoso. Soy más bien rata.

Joder, qué mono.

Lo del libro era el último empujón que necesitaba para hundirme en el vacío de la cursilería. Me veía capaz de soltarle, en cualquier momento y sin avergonzarme, una frase del estilo: «No podemos reescribir el pasado, pero podemos escribir el presente».

Por desgracia, el presente que escribimos no fue tan ideal como el argumento de un musical romántico con final feliz.

David condujo hasta la puerta de mi casa. Le di un beso y antes de salir le pedí:

—¿Cuándo volveré a verte?

—¿Quieres que te haga una propuesta indecente?

—Cuanto más indecente mejor.

—¿Seguro?

—Seguro. Venga. Dispara.

—El sábado no habrá nadie en mi piso. Mis padres no vuelven hasta la noche. ¿Quieres venir por la mañana, hacemos croquetas y comemos?

—Vale. Pero con una condición.

—Dispara.

Desplegué una sonrisa maliciosa.

—Tú eres el postre.

—Ah, entonces tú tienes que ser la merienda. Porque estás más bueno.

—Qué mentiroso...

—¿Mentiroso yo?

—¿Pues sabes que siempre he preferido el postre antes que la merienda?

—Supongo que por eso somos compatibles. —Se inclinó y me abrió la puerta. Después me besó en el paquete, por encima de los vaqueros—. Esta es la merienda más deliciosa que hay. Sin duda.

—Ah, ¿sí?

—Desde luego. Qué pena que no puedas probarla...

—¿Quién te ha dicho que no la he probado?

Sus cejas arqueadas no daban crédito.

—¿Al igual te la puedes...?

Me eché a reír.

—Qué va. Soy flexible, pero no tanto.

—¡Anda, tira pa tu casa! —Me revolvió los rizos—. ¡*Ciao*, guapo!

Ojalá no nos hubiéramos ido nunca del mirador. Ojalá nos hubiéramos quedado allí para siempre, abrazados dentro del coche, tapados con la chaqueta que olía a su colonia.

29

Estuve toda la mañana del viernes durmiendo. Me desperté a la una del mediodía. Lo primero que hice, sin salir de debajo de la manta, fue mirar si había recibido algún mensaje de David. No tenía ninguno, así que lo abrí.

> Buenos diias enfermero amateur

No tardó mucho en contestarme.

> Mi coche huele a ti...

Al levantarme de la cama, la cabeza me daba vueltas como una bailarina y me arrolló una avalancha de náuseas. Me bebí como cuarenta vasos de agua para no morir, lo que me obligó a estar mil horas meando. Luego me di una ducha tan fría como el iceberg del Titanic y desayuné (o almorcé, o como queráis decirlo) galletas y un café con leche. Laura afirma que esta es la fórmula mágica para curar al cien por cien la resaca. Discrepo con lo de «al cien por cien». El malestar solo se me pasó un poco.

Montse me había enviado un correo. Mientras los jóvenes salíamos de fiesta, ella se pasaba la noche corrigiendo redacciones. Pobrecita.

De: montse-salavert@inspauvila.cat

Para: oscar.putavida@gmail.com

Enviado: viernes, 26 de marzo, 14.57

Asunto: Redacción y certamen literario

Buenos días, Óscar:

La redacción «Las clases que cunden» es excelente. Escribes muy bien para la edad que tienes. Otro profesor te diría que el tono es demasiado coloquial y que el registro debería ser más formal, pero yo creo que todo, hasta la última palabra, se adecúa al contexto del instituto y a la expresión que le corresponde a un alumno de cuarto de la ESO.

¿Has pensado en presentarte al certamen literario de Sant Jordi del instituto? Puedes participar escribiendo un poema o un relato en prosa. Tienen que estar en catalán. Las obras se entregan en el departamento de Lengua catalana y el plazo finaliza el 6 de abril. Las bases están colgadas en el Moodle. De todas formas, te las adjunto aquí en PDF.

La entrega de premios (se darán cincuenta euros al ganador y treinta al finalista, en las dos categorías) tendrá lugar el 16 de abril, porque este año Sant Jordi cae en Semana Santa.

Por otra parte, la propuesta que haces en la redacción sobre trabajar por proyectos y permitir que los alumnos elijan los temas que desean explorar me parece acertadísima. Por el momento no puedo aplicarla a las clases normales, pero los jueves por la tarde que vengas al instituto dejaré que escribas redacciones sobre lo que quieras. Reseñas de novelas y películas, críticas al instituto, experiencias revolucionarias en la Obrera... Como si quieres destrozar el capitalismo con cuatro párrafos. Citando a Karl Marx, obviamente.

Con todo esto, no será necesario que me entregues el trabajo sobre Ramon Llull y Bernat Metge. Te lo perdono.

Hasta el jueves,

Montse

Pegué un salto de alegría. ¡Llull se podía ir a tomar por culo!

Me descargué las bases del certamen. No entiendo la poesía, así que me fijé exclusivamente en la categoría de prosa. Pedían un relato de una página o dos. Tema libre. Aún me quedaban cinco días de vacaciones, aka expulsión. Me daba tiempo de escribirlo. Total, no tenía nada que perder...

Le envié el PDF a Rocho por WhatsApp.

> Podrias presentarte al premio! Escribe un poema o algo asi
> Q eres una pro rapeando y eso y arrasas siempre en las batallas de gallos

> Q dices jambooo
> Pero si no me aclaro con los acentos en catalan!!!
> Cmo me voy a presentar a un premio de poesia en catalan?

> Suda de la normativa
> Q los acentos no te ahoguen el talento!
> Ganaras seguro! O crees q alguien puede escribir algo mejor?

> Nse niño, ya vere

Por la tarde fui a los Merinales, a ver a Román. No sé por qué. Salí de casa sin pensármelo. Supongo que tenía ganas de hablar con él. Contarle que había ido a Arena y todo eso.

La puerta metálica del taller estaba bajada y cerrada. Ni rastro de Román. Eran las cinco y media. Debía de haber ido a tomar café o algo así.

Alguien había pintado un grafiti en la puerta.

MARICON DE MIERDA

«Maricón» sin tilde. ¡Hijos de puta analfabetos! Ya puestos a joder a mi tío, podrían haberlo hecho bien... ¡Qué basura de vandalismo! ¡Me sangraban los ojos!

Entré en el chino y compré un espray de grafiti lila. Tras comprobar que no había demasiada gente en la calle y que nadie se fijaba en mí, taché «de mierda» y escribí «orgulloso» debajo. A continuación, le añadí la tilde a la O.

—Pero ¿qué coño haces? —oí que exclamaba alguien detrás de mí. Me volví con el corazón pegado a la garganta. Román me miraba sosteniendo un café para llevar y un croissant—. Ahora perderé *todavía* más tiempo limpiando la puerta.

—Luce mejor así, ¿no crees? —le respondí.

—No sé qué decirte.

—Te he arreglado la chapuza que te han dejado. No puedes negármelo...

—Tienes una caligrafía horrible. Más que letras parecen garabatos...

—Es la primera vez que pinto un grafiti.

—¡No hace falta que lo jures!

—Por cierto, soy marica.

—¡No me digas!

—Digo.

Mi tío dio un trago de café con actitud de diva. Carraspeó.

—Mira, Óscar, hace algunos años, cuando veía que te ponías los tacones de tu madre para bailar «Bad Romance» de Lady Gaga y «Toxic» de Britney Spears con esa amiga tuya... ¿Cómo se llamaba?

—Fenda.

—Eso. Cuando lo hacías, pensaba: dentro de diez años quizá lo veo desfilando en las manis del orgullo. O quizá no, que tampoco es bueno que nos guiemos por los prejuicios.

—Bueno, de momento no he ido a ninguna mani de esas. Ni a ningún desfile. Pero sí. Soy como tú. No te equivocabas.

—¡Para el carro, chico! Nadie es como yo. Y tú aún menos. Tengo una caligrafía infinitamente mejor que la tuya. Las facturas que les hago a los clientes del taller me quedan preciosas.

Le contesté con una mueca. Estaba saliendo del armario con él, antes que con mis padres, y no se le ocurría otra cosa que echarme en cara su ego de mierda. A veces podía ser muy idiota.

—¿Y te sientes tan orgulloso como dice tu grafiti de parvulario? —inquirió.

—Lo intento.

Me alargó el vaso para que se lo aguantara mientras se sacaba las llaves del bolsillo y abría el taller. Entramos los dos. Dejé el café sobre la mesa, junto con el espray.

—¿Por qué has vuelto? ¿Echabas de menos las motos?

—Al final he optado por estudiar mecánica.

—Sí, claro, y yo he presentado mi candidatura para ser el próximo papa.

—Seguro que te votan todos los curas gais.

Acabé contándole que estaba con David. Que mis padres todavía no se habían enterado y que me daba vergüenza decírselo. No solo porque sabrían que me había tirado a un tío, sino porque es rarísimo hablar de estos temas con ellos. Matemáticamente hablando, la fórmula sería: padres + sexo + amor = incomodidad extrema.

—Tú eres un experto en el tema —le dije—. ¿Los gais suelen ir de flor en flor, como las abejas, y no se atan nunca a nada ni a nadie, o qué?

—Depende del tío. Yo soy de esos, sí. Pero hay parejas que se casan, adoptan, comen con los suegros cada domingo, envían a todo el mundo felicitaciones de Navidad con fotos de ellos vestidos de Papá Noel y todo ese rollo tan aburrido. ¡Tremendo muermo!

—¿No te enganchas a nadie porque te hicieron daño en el pasado? ¿Alguien te hizo sufrir mucho y por eso has cerrado las puertas a «todo ese rollo tan aburrido»?

—Me parto con este psicoanálisis de aficionado.

—¿No me contestarás? ¿Desperdiciarás la oportunidad de hablar de ti, eso que tanto te gusta?

—No te pases de listo, ¿eh?

—Vale. Perdón.

—En el pasado me hicieron daño. Sí. Varias veces. Y yo también lo hice. El juego del amor funciona así. Estáis genial juntos y, de repente, ya no estáis tan bien, todo se termina y cada uno pa su casa. Es la vida. Pero no soy una abeja porque eso me dé miedo. Simplemente, no estoy hecho ni para la monogamia ni para el matrimonio ni para enviar postales en las que salgo disfrazado de payaso ni para visitar a los suegros cada puto finde.

No suelo ser el típico panoli que se pone a hablar de intimidades porque sí. Excepto si es con vosotros, claro. Pero aquella tarde estaba en el mood de confesarle cosas a Román. No sé por qué.

—Me da miedo enamorarme. —No me hacía gracia abrir la compuerta de los sentimientos—. No quiero tener que sufrir y arrepentirme después. De momento, las experiencias que he tenido con chicos han sido caca de vaca, con moscas y todo. Ahora que empiezo algo que parece bueno, no quiero estropearlo enamorándome y pegándome demasiado a él. Eso a lo mejor hace que se aleje de mí o algo así. Como un imán que primero atrae a otro, pero luego lo repele porque le cambia la carga, ¿sabes?

Temía acabar condenado a rayada perpetua, como Carlos, que estaba preocupado 24/7 por lo que hacía Sergi.

—Para pasarlo mal —agregué—, prefiero no enamorarme.

Y sellar la compuerta de los sentimientos con cemento, como dirían los cursis.

—¡Madre mía! —rio mi tío—. ¡Si los dramas te hicieran brillar, serías el sol! Desde la última noche que salí de fiesta a Satanasa que no veía a alguien tan dramático. ¡No te comas tanto el coco! Tienes dieciséis años. Es normal que tus líos hayan sido basura. En realidad, lo más normal sería que todavía no te hubieras enrollado con nadie. Y Óscar, a ver, ¿a quién no le han hecho nunca daño? Sufrir y hacer sufrir es humano. Y tranquilo, que todo se supera. Si piensas que puedes vivir sin sufrimiento, eres tan memo como los que se engañan creyendo que, si hacen las cosas bien, el universo los recompensará.

Perfilé una sonrisa.

—El karma no existe.

—Exacto. Hoy en día, por culpa de la porquería de los libros de autoayuda, nos repiten sin parar que todos tenemos que ser superpositivos y superfelices las veinticuatro horas del día y que está prohibido deprimirse. ¿Qué cojones? ¿Cómo es que hay gente que se lo traga?

—Ya que el karma no existe, ¿pondrás una denuncia?

—¿Por qué? ¿Por el grafiti?

—Sí.

—No vale la pena. Perdería el tiempo. Ya me han pintado unos cuantos y, a pesar de denunciarlo, nunca los han atrapado. Los hacen de noche, cuando nadie los ve. Van encapuchados. Y cuando he ido a hablar con la poli no me han hecho demasiado caso. Asienten diciendo: «Sí, sí, lo apuntamos y lo miramos», pero en verdad piensan: «Tiraremos el papelito al montón de mierda que no nos importa». —Chascó la lengua—. Da igual. Lo borraré y pa casa. ¡Un día más en el paraíso!

30

El sábado por la mañana vi que Helena había hablado por el grupo
de Whats para decirnos que antes de ir a los conciertos de esa noche
—los de la plaza Cruz Alta, en que tocarían Pirat's Sound Sistema y
los demás— podíamos ir a su piso a beber y tal. No habría nadie
y vivía cerca de la plaza. Alba y Marc dijeron que se apuntaban.

Me revolví bajo la manta, bostezando y dudando entre si salir finalmente de fiesta o no. Tenía ganas de juerga, pero me daba pereza
ver a Fabre. Y al mismo tiempo me sacaba de quicio tener que renun-
ciar a pasármelo bien por ese cabronazo.

Me vibró el móvil. Un mensaje suyo:

FABRE CAPULLO

Oscar sorry por lo del otro dia... me pase
y tal... vienes hoy?

Sí, tenía el contacto guardado así.

No me daba la gana de perdonarlo. Le dejaría el visto y lo sor-
prendería haciendo una aparición estelar en el piso de Helena, sin
avisar a nadie de que iba. Pero al final le escribí:

Sisi, alli estare

Repetí lo mismo por el grupo. Hubiese preferido ver el concierto con otra gente. Con Fenda, Aida y David, por ejemplo. O con Laura. Incluso con Montse, aunque tuviera casi cincuenta tacos. Todos ellos me caían mejor que los del insti. Pero no me habían dicho nada. Debían de tener otros planes. Tenía que conformarme. Ya ves tú, qué remedio...

Los que predican que uno tiene lo que se busca me dirían que me merecía a Fabre Capullo. Me lo haré mirar...

David me escribió a las nueve y media.

> Guapooo
> Vienes a hacer croquetas al final?
> A mi keli

> Clarooo
> A q h te va bn q vayaaa?

> 11

> Daleee

Mis padres me dejaron salir por la mañana. Y también accedieron a que me fuera de conciertos por la noche. Seguían de buen humor. Además, pensaban que el jueves me había pasado no sé cuántas horas haciendo deberes y estudiando con Fabre. Dentro de su cabeza había cumplido con la cuota de niño bueno y aplicado, o sea que, lógicamente, me merecía una dosis de libertad. Animalitos. Dejemos que sigan creyendo en este universo idílico. Si son felices así, ¿por qué estropeárselo revelándoles la verdad?

El mundo funciona de esta manera: o timas o te timan. Pero si timas a la gente y no se enteran, sino que siguen contentos y todo eso y encima te invitan a que los vuelvas a timar, quiero decir que casi te lo suplican, has ganado por partida doble.

Duchado, perfumado y con tejanos porque ningún chándal del armario me quedaba bien con la sudadera, salí en dirección al piso de David. Me detenía cada dos por tres delante de los portales y los coches para dar volumen a los rizos y despeinarme un poco los que se me ondulaban sobre la frente. Hacía bastante calor para la época del año. La gente llevaba las chaquetas desabrochadas o atadas a la cintura. Yo ya empezaba a sudar bajo el jersey. Me lo quité y me lo colgué a la espalda, atándome las mangas sobre el pecho, al estilo cayetano. El peinado se me deshizo, ¡qué puta rabia!, así que tuve que pararme otra vez ante un portal.

Crucé la plaza Montserrat Roig. Estaba desierta. El polvo gris de las obras flotaba en el aire y alfombraba el suelo cayendo poco a poco, como sedimentos. Los ultras debían de estar durmiendo tras una larga y dura noche cazando moros, perroflas y maricones. Los salvadores de la patria necesitan descansar. Claro que sí. ¿O creéis que no se echan siestas? Si no, ¿cómo queréis que tengan energía para disciplinar a los vagos y maleantes y liquidar a los más inútiles y los más deleznables?

—Llegas tarde —me riñó David al abrirme la puerta. Iba con pantalón de chándal largo y sin camiseta. Se había puesto directamente el delantal, que le tapaba hasta la clavícula.

—Lo bueno se hace esperar —le vacilé, y me respondió con una mueca. Le acerqué una mano a la cintura y lo besé.

Se volvió y avanzó por el pasillo, hacia la cocina, mientras yo cerraba la puerta lentamente para poder repasarlo bien. El delantal, atado por detrás, le dejaba al descubierto la espalda, lo cual la hacía aún más atractiva. Se le marcaban los hombros estrechos y los músculos de la nuca. El chándal se le ceñía al culo, que se veía precioso. Todo era demasiado hipnótico...

Ojalá me hubiera dicho que sudara de las croquetas y que me pasara el día comiéndole la espalda y toqueteándole el culo. Dejé la sudadera en una silla del comedor, como el otro día, y me dirigí a la cocina. La pechuga de pollo asada ya estaba en la tabla de cortar. David no había perdido el tiempo. Lo ayudé un rato a triturarla, o al menos lo intenté. Era la primera vez que lo hacía y me estaba saliendo como el ojete, así que me requisó el cuchillo y me desterró a un rincón del mármol con las tijeras, para que redujera el jamón envasado a virutas.

—Eso sí que sabes hacerlo, ¿no?

—No te prometo nada...

—Eres un pibón y la comes de puta madre, pero en la cocina eres un completo inútil, ¿eh?

Exageraba con lo de comerla de puta madre. Los otros chicos debían de chupársela mejor. Solo lo decía para hacerme la pelota. Y no era ni mucho menos tan guapo como él. Pero pese a ser un puto rayado y un puto inseguro, decidí ponerme chulo:

—Un manco en los fogones, un diez en la cama. Menudo partidazo, ¿eh?

—No te flipes...

—No me flipo. *Te* flipo.

Eso le arrancó una carcajada. No me miraba: seguía triturando la carne. Yo apenas había cortado dos pedazos de Peppa Pig.

—Hoy tienes el ego por las nubes —me dijo—, ¿verdad que sí, poeta?

—¿Tú crees?

—Por supuesto. —Cuando terminó con el pollo, virtió todos los cuadritos, que parecían minipiezas de Lego, dentro de un plato hondo—. Tendremos que bajarlo ni que sea un poco.

Olvidándome del jamón, me limpié las manos con un paño húmedo atado al asa del horno. Cogí a David por detrás y le pegué el pecho al torso desnudo. Tenía algunos granitos repartidos por los omóplatos. Por un segundo me vino a la mente Laura, que le habría suplicado desesperadamente permiso para reventarlos.

Le hundí las manos en el delantal hasta que le noté el abdomen. Después le di besos en el cuello y, agachándome poco a poco, le reseguí la espalda con los labios, zigzagueando y saltando de lunar en lunar. Se le erizó la piel, como si de pronto se le abrieran mil flores diminutas. Me enderecé y le clavé el paquete en las nalgas. Las notaba firmes. Como si no las cubriera nada de ropa. *Algo* bajo mi braguetá intentaba encajar entre ellas. *Algo* caliente y tentado de salir y abrirse camino adentro.

—¿Y cómo me vas a bajar el ego? —inquirí acercándole la boca al oído.

—Bajarte el ego será fácil. Pero bajarte eso tan duro que noto no sé si lo será tanto...

Me moví adelante y atrás, apretándome bien contra él a cada *adelante*.

—Qué impaciente, ¿eh? —protestó—. No hemos ni hecho la comida y ya quieres el postre.

—Sorry.

—¿No dices que lo bueno se hace esperar? Pues al lío. A cortar jamón, que tampoco es plan de estar enrollando croquetas toda la noche.

Rescató la media cebolla del cuenco desde el que suplicaba que le prestáramos atención y la trasladó a la tabla de cortar. Se oyó un chasquido fresco cuando empezó a descuartizarla. Mientras, volví a mi posición y no la abandoné hasta llenar el plato con una colina de virutas. O como dirían los graciosillos: piezas del puzle Peppa Pig.

Luego me lavé las manos en el fregadero. Dejando manar el agua caliente, me mojé los dedos y derramé gotitas humeantes sobre la espalda de David. Las primeras, serpenteando como ríos entre los poros, lo cogieron por sorpresa y se erizó —¡ah!, ¿qué haces?—, pero las siguientes le resultaron agradables. El torso le reflorecía mientras cortaba con tanta precisión como si tocara un instrumento. A mí los ojos se me encendían de deseo al ver cómo el agua se le mezclaba con el sudor. Cuando repetí las curvas de besos, le probé la piel cálida, húmeda, agria y dulce a la vez.

Por muy cursi que suene, en ese momento lo único que quería era fusionarme con su olor. Con *él*. La boca se me hacía agua, ávida de devorarle los labios, la lengua, el pecho, el cuello, la entrepierna.

Dejé de tocarlo y me alejé unos centímetros. Corría el riesgo de ponerme demasiado cachondo y no quería incomodarlo ni nada de eso.

—¿Cómo aprendiste a hacer croquetas? —le pregunté, explorándome los bolsillos con las manos y caminando en círculos por la cocina.

—Me enseñó mi abuela. —Se sorbió los mocos y miró hacia el techo mientras se ventaba con la mano, como para retener el llanto o como para secarse las lágrimas.

—Vaya, lo siento... No sabía que estaba muerta.

—No, no —rio—. No es eso. Si está más viva que tú y que yo. Es una Fittipaldi. Todo el día arriba y abajo con su Peugeot verde, a toda velocidad como si compitiera en Fórmula 1.

—¿Y por qué...?

—Culpa de la cebolla.

—Ah. Joder, soy subnormal.

—Cómo se nota que no has cocinado en tu puta vida, ¿eh? ¿Todo te lo hacen los papis o qué?

El paquete de harina estaba abierto sobre el mármol. Cogí un poco con dos dedos y se la tiré a la cara. Soltó el cuchillo para sacudirse.

—Whaaaaaat? —exclamó—. ¡Qué rabioso! Tampoco he mentido, ¿no?

—No. No he cocinado mucho, la verdad.

Muy amablemente, le quité la harina que se le había quedado bajo el ojo. Iba a besarlo, pero me hizo la cobra. Igual que yo en la parada del bus. Siempre que lo recuerdo me siento como si me hubieran apuñalado. Para no pensar en ello, me fijé en lo que hacía, a ver si así aprendía algo. Estaba colocando una sartén llena de aceite sobre el fuego.

—En realidad, sí que cocino cosas —le confesé—. Me hago Yatekomos. Y también me caliento pizzas. Una currada, la verdad...

Se le escapó la risa de nuevo. No podía seguir fingiendo que estaba enojado.

—Me caes fatal —me soltó, sonriendo y arqueando las cejas. Echó la cebolla al aceite, para freírla, y la cocina entera empezó a crepitar.

—¿Por?

—Porque te estoy haciendo la comida mientras me tocas los cojones en vez de ayudarme. Pero eres tan mono que me parece bien.

La sonrisa se me contagió.

—Si no sé cocinar es porque me he dedicado a hacer otras cosas más interesantes.

—¡No me digas! ¿Cómo qué?

—Leer *Jane Eyre*.

—Yo leo y cocino. Una cosa es compatible con la otra.

—¿Lees *Jane Eyre*?

—No.

—Si lo haces, ya no podrás cocinar. El libro no te deja hacerlo. Quiero decir que te deja demasiado exhausto para currarte algo más que un Yatekomo. Y te absorbe tanto que incluso te olvidas de que tienes hambre. Es peligroso, ¿eh? Te lo advierto. Ten cuidado si alguna vez lo empiezas.

—Qué idiota.

—Eso me decía todo el mundo y al final la palmé de inanición...

—Claro que sí. En todo caso, morirás por sobredosis de excusas baratas.

—Mis excusas son baratas. Sí. Lo reconozco. Pero yo no lo soy.

Tengo que admitir que lo de hacerme el chulo me estaba saliendo bien.

—Ah, ¿no eres barato? ¿Cuál es tu precio?

—Unas buenas croquetas. Un enfermero tremendo con un culo y un cuello sexis. Un masaje con cosquillitas.

—¿Solo eso? Anda, sí, eres carísimo, ya lo veo...

Bueno, chavales, quizá me he motivado y no me estaba saliendo tan bien. Quizá estaba siendo superidiota y punto.

Alucinaba al verlo dorar la cebolla tan cerca del fuego. No entendía cómo podía estar tan tranquilo. A mí me daba pánico que me saltara aceite a los ojos o algo así. Le habría acoplado una barra extensible a la cuchara, rollo palo selfi, para remover la cebolla desde el pasillo.

Me dijo que echara parte de la cebolla frita dentro de una segunda sartén con aceite y que tirara el jamón allí. Obedecí y él la colocó sobre otro fogón. Luego añadió el pollo a la primera sartén. Mezclamos los dos contenidos con harina, sal y esas cosas y después vertí leche dentro de cada uno, poco a poco, según me indicaba David, a medida que él removía la masa a conciencia para que quedara espesa y tal. Finalmente metimos ambas masas en el congelador.

—No podemos enrollar las croquetas hasta que la pasta, o como se llame, se enfríe, ¿verdad? —pregunté, con voz de corderito.

—Exacto. Vas progresando. Normalmente la guardo en la nevera unas horas, a veces toda la noche. Pero hoy no tenemos tanto tiempo y tiraremos de congelador.

—¿Y qué quieres hacer mientras tanto?

Creía —deseaba— que me diría que saltáramos a la cama de cabeza.

—¿Jugamos a cartas?

—Ah, vale —acepté, hablando más agudo de lo normal y manteniendo el tono inocente para ocultar la frustración.

Nos sentamos en el sofá y jugamos al Mentiroso un par de partidas. Luego jugamos un rato al Tres. Y al final echamos cinco partidas de Kobo. También se le llama Cuatro, Tamalou y de mil formas más. Seguro que lo conocéis.

Como ganó la primera del Kobo, me vaciló haciendo bailar las cejas con orgullo y abriendo los ojos almendrados de par en par, mientras le escudriñaba con cara de perro. Yo arrasé en el resto de partidas y me vengué celebrando con una carcajada malévola cada victoria. Al final David desistió y arrojó las cartas al suelo.

—Hora de hacer churros —declaró, poniendo morros. La masa ya llevaba una hora y pico en el congelador.

—El Kobo es como la vida. —Adopté un tono filosófico, a ver si lo picaba—. Y como invertir en bitcoins. Primero te estafan y pierdes y luego estafas y ganas. Entonces las cosas van genial, pero de repente se tuercen, y los números que un día eran verdes ahora son rojos.

—Hostia, no sabía que eras un cryptobro experto en economía.

—Ni Platón habría llegado a estas conclusiones. Y mira que el pavo era listo...

.—Mirándolo así, el amor también es como invertir en criptomonedas. Las cosas van bien hasta que empiezan a ir mal.

—Desde luego. —Afilé la sonrisa—. Y empiezan a ir mal en cuanto pierdes al Kobo cuatro veces seguidas, ¿no?

Bajó la vista y me sacó la lengua. La derrota aún le dolía. Lo empujé suavemente para que se tumbara en el sofá y me puse encima.

—¿Adónde vas, fiera? —me dijo—. Hoy estás más caliente que un horno, ¿eh?

—Puede.

Me dio un pico y se me quitó de encima para levantarse. Caí entre los cojines.

—Anda, ven.

Hundí la cara en el respaldo y ahogué un gruñido de pereza. Entonces me soltó un cachete en el culo. Me incorporé por acto reflejo.

—Ay.

—A trabajar.

Me hice un lío con el huevo y el pan rallado y en las manos se me formó un guante de porquería. En cambio, David se coordinaba con arte de chef. Con la derecha agarraba un trozo de masa, le daba forma de croqueta y la pasaba por el huevo, y con la izquierda la rebozaba.

—Bueno, sí, eres un crac amasando y tal —le reconocí, haciéndome el duro a la vez—. Pero un loser total con los naipes. Nunca he visto a nadie tan malo como tú. En serio.

Esta vez fue él quien me atacó. Intentó que el pan rallado me fuera a la cara, pero me cayó en el pecho de la camiseta. Me lo sacudí con el codo y nevó amarillo en el suelo embaldosado.

—Después me barrerás la cocina —sentenció, severo—. Hasta el último rinconcito, ¿eh? Y fregarás y secarás todos los platos.

—No sé. Ya veremos. Pero antes mejor que te deje seco a ti, ¿no?

—Si me sigues vacilando quizá te quedas sin almuerzo y sin postre...

—Hala. ¿Ves? Quieres que muera desnutrido.

Se encogió de hombros.

—Pasan que cosas. La vida es dura.

Sí que lo era, sí. La vida *estaba* durísima.

Le pasé dos dedos pringosos por la espalda.

—Mmm. Ñam, ñam, ¡que aproveche!

—¡Para! —exclamó, riendo y apartándose hacia la derecha—. Eres un cerdo.

—No te lo voy a negar.

En cuanto le limpié la roña, nos frotamos las manos bajo el grifo hasta lucirlas impecables y freímos veinte croquetas. Las demás las congelamos. Tostamos algunas rebanadas de pan, las untamos con tomate, aceite y sal, y lo llevamos todo a la mesa. Engullimos la comida en un pispás, es decir, que nos moríamos de hambre y lo que había en el plato duró un nanosegundo.

Arrastrando a la ñoña posalmuerzo y olvidándonos de despejar la mesa, fuimos a su cuarto y nos tumbamos en la cama, sin deshacerla ni nada. No había ni manta ni edredón, porque estaban para lavar, tan solo sábanas. David me preguntó si tenía frío y que si quería algo para taparme. Negué con la cabeza de forma tan bestia que casi me desnuqué. ¿Mantas? ¿Con ese calor? ¿Estábamos locos?

Abrió el ordenador sobre la mesilla de noche y puso un episodio de *Sex Education*. No sé de qué temporada. Para seros sincero: prestaba cero atención a la serie, que vale, que es muy buena, pero entonces me importaba un comino. Nos acurrucamos desnudos de cintura para arriba, haciendo la cucharilla, yo delante y él detrás.

En un momento dado me abrazó con fuerza. Era mala idea. Una putada colosal. Porque tener sus brazos cálidos a mi alrededor y su pecho respirándome en la espalda me hizo pensar que no recordaba haberme sentido nunca tan bien. No quería que me soltara. Incluso sufría al ser consciente de que pasados unos minutos reduciría la fuerza o se apartaría por el calor. Trataba de saborear todos los segundos. Y se me escapaban demasiado rápido de la boca.

Al final, bajó un brazo y se desenganchó de mí. Por suerte no me vio curvar los labios tristes hacia la barbilla.

La cosa volvió a animarse cuando me preguntó:

—¿Hoy te apetece que lo probemos al revés?

—¿O sea —temblé, sin girarme— que me la metas tú?

—Sí.

—Bueno. Vale.

—Solo si quieres y si te sientes cómodo, ¿eh? Si no, tranqui.

—Sí, sí. Intentémoslo. A ver qué tal.

—Si te duele mucho o no te gusta o lo que sea paramos.

—Vale.

—Tú mandas.

Me acarició la nuca con los labios, dándome besos húmedos y provocándome cosquillas agradables.

—Voy a por los dilatadores. —Se incorporó para cerrar el Netflix y se levantó de la cama. Me puse bocarriba, con las manos juntas detrás de la cabeza, y lo observé—. Podemos usar uno, ni que sea el pequeño, así la polla no te entra directa ni te duele tanto. —Revolvió el armario hasta encontrar una tote bag. La agitó mientras me la enseñaba y sonrió—. *Et voilà les sex toys.*

De la bolsa sacó condones, un bote de lubricante y una caja, y lo dejó todo en una punta de la cama. Me incorporé para examinarlo. En la caja había tres dilatadores de silicona. El de en medio se alargaba formando espirales. Los otros dos eran como un palo con bolas. Todos tenían una anilla al final. Literal que parecían polos.

—¿Te parece que probemos el de en medio? —me pidió—. No te preocupes: está limpio. Cien por cien desinfectado.

—Vale. Entonces ¿me lo meto yo o cómo...?

Me empujó para que volviera a tumbarme.

—Calma, nene. No te embales.

Me desabrochó los pantalones y me los quitó al mismo tiempo que los calzoncillos, mientras que yo levantaba un poco las piernas para que salieran. David se desnudó solito y tiró toda la ropa al suelo. Se me puso encima a cuatro patas y mirando a mis pies, con lo cual su culo me quedaba sobre el pecho y su cara en la entrepierna. No era exactamente un 69, porque, aunque le aferré la tula y lo masturbé, no podía llevármela a la boca. Lo que sí podía era verle perfectamente el trasero, redondo, magnífico, orgásmico, apuntándome a la cara y abriéndosele un poco. El culo, caliente, que me había follado la otra noche. Le di una cachetada con las dos manos, sin pasarme, aunque el golpe resonó por la habitación. Él me contestó con un gemido de placer. Luego le agarré las nalgas y jugué a separarlas y exprimirlas. Enderecé la cabeza y las besé una vez, dos, tres. Las devoré mordiéndolas y lamiéndolas.

—Savage —dijo, con tono de actriz de Sexo en Nueva York.

—El postre está delicioso —confesé, casi sin voz. Parecía que acabara de regresar de un día de gritos en Port Aventura. O que me hubiese fumado un verde.

—¿Sí?

—Gourmets total.

Me resiguió los muslos y los huevos con los dedos. Luego me la empezó a comer. Cuando le entraba en la boca y la exploraba con la lengua, era como penetrar una gelatina cálida, suave y empapada. En un punto la sorbió tan fuerte que desencadenó una explosión de sensaciones. Eché la cabeza atrás y cerré los ojos para disfrutarlas al máximo. Los nervios, desde los pies hasta el cuero cabelludo, me zumbaban, eléctricos.

Pasado un rato, le di una palmadita en el culo.

—Ven aquí.

Le indiqué que se volviera y que se me acercara. Yo seguía tumbado bocarriba, con la cabeza elevada por la almohada. Apoyó las rodillas a ambos lados de mis hombros. Le sujeté el culo y me acerqué su polla a la boca. Lo moví hacia delante y hacia atrás, metiéndola y sacándola. Estaba morcillita y conseguí que se empalmara del todo. Más tarde empezó a balancearse él y pude relajar los brazos. Estaba cachondo y empujaba con ímpetu, o sea que el rabo alcanzaba más y más profundidad, y al final, para evitar arcadas y todo eso, lo detuve poniéndole una mano en el vientre.

—Ay, perdona...

Siguió con más calma, enmarañándome los rizos, amasándolos como las croquetas y rascándome el cuero cabelludo. Se me erizó la nuca.

—Qué guapo eres —murmuraba.

Sí, especialmente en esa posición, visto desde arriba y con la boca llena de verga.

—Venga, date la vuelta —me dijo, vaciándome la boca y sentándose a mi lado.

Lo obedecí. Me tumbé bocabajo y me dejé hacer. Con las uñas me trazó una carretera sinuosa por la columna. Rascaba bastante y me encantaba. Juraría que me quedaron marcas durante unos minutos. Me estuvo manoseando el culo tanto tiempo como le apeteció y a continuación me tiró de la cintura para que elevara la pelvis. Así podía abrírmelo mejor.

Sentí los chasquidos del bote de lubricante cuando David lo destapó y se vertió el líquido en su palma. De repente noté el ano húmedo y frío. Me lo lubricó despacio, moviendo en círculos la punta del índice y el corazón, abriéndose paso hacia dentro. La adrenalina me afloraba en el esternón. Tenía la piel de gallina. Me sentía frágil, vulnerable y al mismo tiempo protegido. La polla, chorreando saliva y pre, se me endurecía contra la sábana. El tejido le provocaba pequeños espasmos cuando frotaba el glande.

—Te lo empiezo a meter, ¿vale? —dijo—. Si te molesta, avísame y te lo saco.

—Vale.

La punta de silicona empujaba para entrar. Al principio era raro. No estaba muy acostumbrado a que me metieran cosas por el culo. Pero no me dolía. En realidad, me parecía curioso. Incluso agradable. Cuando tuve medio dilatador dentro y empezó a entrarme la parte en que se ensanchaba, noté que la piel se me estiraba y me escocía y me asusté.

—Ve más lento, plis —me apresuré a decir.

—¿Te duele? ¿Lo saco?

—No, no. O sea, sigue, pero más despacio.

Pronto me acostumbré al tamaño del juguete y ya no volví a sentir dolor. Era como que el culo lo absorbía. El agujero se estrechaba y se abría de forma intermitente.

—Ya ha entrado todo. ¿Qué tal?

—Bien, bien.

La punta del dilatador me tocaba un punto del culo como más ancho. Creo que era el punto G o justo donde estaba la próstata. No estoy seguro. Lo único que os puedo decir es que si encogía el ano, el juguete hacía más presión en la zona y daba mucho gusto: flotaba KO un segundo y la polla se me contraía.

Entre las nalgas percibía la anilla, que siempre se queda fuera para poder sacar fácilmente el dilatador y todo eso. La palpé para examinar el tacto.

Nos tumbamos cara a cara, investigándonos los ojos, memorizándolos.

—Si no lo consigo —dije, con palabras roncas y titubeantes—, quiero decir que, si al final *no lo puedo hacer*, me sabrá mal, o sea... —Chisss. —David me acalló con un beso—. No me seas tonto. No te preocupes. Si ves que te duele, lo dejamos estar. No te fuerces, ¿vale? Solo lo estamos probando. A mí me disgustaría que lo pasaras mal.

—Eres fantástico.

—¡Uy! —Sonrió de oreja a oreja—. El enemigo número uno de los musicales y hater de la vida se ha convertido en un simp cursi.

—Por ahora. Luego volveré a ser el típico emo hater.

Nos estuvimos liando y tocando cinco o diez minutos, hasta que se incorporó para sacarme el dilatador. Lo hizo poco a poco y ahogué un ay contra la almohada cuando me salió la parte más gruesa.

—¿Estás bien?

—Sí.

Dejó el dilatador en el suelo. Total, esa tarde ya no lo utilizaríamos más...

—¿De verdad?

—Sí, sí. ¿Y tú?

—También.

Se puso un condón y se untó de lubricante. Me tumbé boca arriba, flexionando las rodillas.

—¿Así va bien? —le pregunté—. ¿O probamos otra postura?

—Así va perfecto.

Me levantó las piernas. Primero intenté cruzar los pies en su espalda y mantenerme en la posición, pero me resbalaban, y las piernas elevadas sin ningún apoyo tampoco me aguantaban demasiado, por lo que me apoyó los tobillos en sus hombros.

Se la cogió para controlarla y empezó a meterla, látex contra carne. La punta se deslizó bastante bien hacia dentro. No me disgustó.

David me miraba a los ojos, arqueando las cejas y asintiendo, como preguntándome si me estaba molando. Dije que sí con la cabeza. Pero después de meterme media polla, estalló el dolor. Era como si me tiraran de la piel. Di un respingo. De repente me parecía demasiado grande. Los nervios me cerraron el culo y echaron por tierra el trabajo del dilatador. No entraría. Sabía que no entraría.

—¡Ay, ay, ay! Para, para, porfa... Hostia, qué daño... —gemí—. Sácala...

David, preocupado, la sacó lentamente. Si la hubiera sacado de golpe me habría matado.

—Lo siento, ¿eh? —jadeé—. Joder...

—¡No, no! ¡No te disculpes! Perdóname tú a mí, que no quería hacerte daño ni nada...

—No, no, tranqui.

—¿Ahora te encuentras bien?

—Sí. —Y era cierto. El dolor se había esfumado tan rápido como había venido—. Ha sido solo un momento: de repente me ha hecho mucho daño, y he apretado el culo hacia dentro y tal y aún ha sido peor.

—Jope, qué mal... Tendría que haberte puesto otro dilatador antes. O no sé...

—¡Qué va, qué va! ¡No te rayes! Si tenía muchas ganas de que me follaras. Quiero decir que todavía las tengo. Lo podemos probar otra vez, a ver si...

—No, no. Chill. Ya es suficiente por hoy. —Me besó en el pecho y en las mejillas muy rápidamente. Picos supersónicos—. No quiero hacerte sufrir más.

—No me has hecho sufrir. Podemos volver a intentarlo. Me apetece y me da rabia no poder...

—Si lo hacemos, quiero que lo disfrutes. —Se quitó el condón y lo lanzó hacia la papelera. Falló y cayó al suelo con un plaf—. Ahora estás nervioso y tal, así que no dilatarás mucho si intento meterla de nuevo.

Tenía razón. ¡Pero tío! Me frustraba muchísimo no haber conseguido hacer de pasivo. Era la primera vez que ponía culo, sí, ya lo sabía, al igual que sabía que las primeras veces no son las mejores, que habría otros días, que no era el fin del mundo, etcétera, pero de todas formas me jodía. Tenía muchas ganas de que me follaran. Me había imaginado tantas veces cómo sería y lo había idealizado de una manera... Que sí, que a la hora de la verdad no es tan fácil, pero qué queréis que os diga, soy imbécil, ¿vale?

No me hagáis caso, por favor. Sinceramente, gente: no sé por qué os leéis mis mierdas.

David se tumbó bocabajo. Me miró de reojo, contrayéndose con una risita y meneando el pompis.

—Siempre podemos repetir lo del coche. Con otra pose, si eso... Pero solo si te apetece.

La erección se me había apagado, pero al oír esto el rabo me resucitó enseguida.

—¿Necesitas dilatador?

—No creo. El otro día no me hizo falta. ¿Quieres ver si hoy entra igual de bien o qué?

Me subí encima de él y pegué piel con piel. La tula, todavía húmeda, le encajaba entre las nalgas como anillo al dedo. La deslicé arriba y abajo. Resbalaba bastante. La sensación era brutal. El placer me asaltaba en forma de pulsaciones.

—Ni te imaginas cuánto me pones —le susurré, justo antes de morderle la oreja libre de pendiente y hacerle la lavadora con la lengua por dentro.

Mientras, él suspiraba.

—Fóllame.

—¿Cómo dices?

—Que me folles.

Me acerqué a los pies de la cama a por un condón.

—Espera —añadió—. ¿Me quieres atar?

—¿Cómo? ¿Qué?

—Atar. Las manos y tal.

—¿Rollo sado?

—No, no. Ni BDSM ni nada de eso. Nada heavy. Tipo, atar y jugar del chill, ¿sabes? Lo probé una vez por los jajas y me moló.

Qué random, ¿verdad? Pero por qué no, pensé; además, con él me sentía muy cómodo. Le dije que sí.

—Tendrás que guiarme, ¿eh? Que no entiendo de estas cosas.

—Es fácil y cutre, no te preocupes.

Sacó un jersey de yaya de un cajón de la mesita.

—Está viejo y ya no me entra. Servirá.

Se puso a cuatro. La espalda le formaba un arco invertido. Adoraba aquella curva de carne caliente. Le abofeteé la nalga izquierda. Más fuerte que la última vez, pero con ternura, por supuesto. Tal y como me mandó, con las mangas del jersey le até las manos a la cabecera de hierro.

—¿Te aprieta demasiado?

—Qué va.

Como no tenía ni idea de los pasos a seguir en momentos así, improvisé. Primero le comí la boca de forma salvaje, casi agresiva. Luego me encargué del cuello. Se lo succioné durante un rato. La piel le vibraba, *le temblaba*, al ritmo de los latidos. Debajo, la sangre corría un maratón dentro de las venas marcadas, a punto para la ebullición.

Mientras le rascaba la espalda en plan tigre, le hundí la cara en la axila. La olí, la *degusté* y repetí el proceso por todo el torso, repasándolo con la lengua, pellizcándolo con los labios y adornándolo de huellas rojas. Los sabores eran afrodisíacos. Sudor, hormonas, desodorante, colonia, saliva, lubricante, jabón, menta, frío, calor. Me embriagaban como el alcohol.

Hinqué las rodillas en el colchón, con la espalda rígida, y le tiré de la cintura. Le restregaba la verga por el culo, haciendo un poco de teatro, y seguidamente me la agarraba y la agitaba arreándole golpecitos. Me miré los brazos. Eran delgados y nunca los entrenaba en el gimnasio, pero estaban tensos y, ¡dios!, se me marcaba bastante el poco músculo que tenía.

Antes, el rol de vulnerable-protegido me había rentado. Ahora me sentía dominante, juguetón, con ganas de proporcionarle placer en cada rincón del cuerpo, y me flipaba por igual. Mientras lo esposaba, me había abrumado lo de tener que ser creativo y hacerle algo que le gustara, pero ahora estaba más relajado. Iba haciendo. Me divertía.

—¿Te gusta? —quise comprobar, por si acaso.

—No sabes cuánto.

Me puse un condón y lubriqué tanto el látex como el trasero de David. Entró rápida y fluida, sin que tuviera que empujar demasiado. El túnel de los orgasmos la absorbió por sí solo. Lo sentía apretadito, igual que la última vez. Le aferré la cintura. Mientras exploraba el túnel hacia delante, hacia atrás y girando un poco a la derecha y a la izquierda, un hormigueo se me expandía por los genitales y los muslos. Respiraba hondo, ruidosamente. Necesitaba aire para impulsarme.

David, de improviso, encogió el culo para succionármela y apretármela más y mejor, y se movió arriba y abajo, cobrando velocidad.

—¿Qué te parece? —preguntó.

—Me pone que flipas. —Me vino un escalofrío—. Pero para, para, que si no me correré ya.

Redujo la presión, a la vez que yo disminuía el ritmo para aguantar más. Cuando me vi capaz de reanudarlo, me incliné y le sujeté con firmeza la nuca, mientras lo follaba con fuerza. No lo hacía de forma violenta ni nada de eso. Pero en mi cabeza sí que lo estaba *empotrando*.

—No pares —murmuró, expulsando una bocanada de aire—. No pares. Me encanta. Me has vuelto a pillar el puntillo...

Eso me animó. Aceleré al tiempo que lo abrazaba juntando los brazos en su abdomen y le aplastaba el vientre contra la pelvis. Me creía el puto amo y a la vez lo adoraba, como si fuera un dios o algo así. Como si le estuviera haciendo el amor al mismísimo Apolo. Estuve a punto de soltarle que me volvía loco. Que lo amaba. Pero me mordí la lengua.

Volví a erguirme. Después, inclinándome adelante, le recorrí los labios con los dedos y se los metí en la boca. Me los relamió y me los mordió. En algún momento se giró para mirarme y aproveché para liarme con él.

—Al final me correré casi sin paja —dijo.

—Creo que yo me correré antes —confesé.

Notaba el semen a punto de salirme disparado. La ametralladora cargada hasta arriba para arrasar.

—Pues córrete.

—¿Quieres que me corra?

—Sí.

—¿Qué? —jugué—. No te oigo.

—Que quiero que te corras. Quiero sentir cómo se te hincha la polla y cómo te estalla.

—Vale. Allá voy...

Me corrí a saco. Quiero decir que me pasé un buen rato eyaculando. No me aguantaba de pie y tuve que sostenerme en sus hombros.

Cada vez que pensaba que había terminado, el culo me apretaba la polla y venga, otro espasmo.

Correrse dentro. OMG. Un poema.

—Creo que ya estoy —dije finalmente.

—¿Quieres sacarla? Poco a poco, porfa...

—No, no. Todavía la tengo dura. Puedo seguir. Hasta que te corras.

—¿Seguro?

—Sí.

—Tampoco me falta mucho.

Continué con el balanceo, tratando de recuperar la velocidad anterior. No lo logré del todo. Tenía la polla demasiado sensible y me daba cosa. Pero en un pispás, tocándolo un poco, acabó vertiendo sobre la cama.

—Qué desastre... —lamenté, más tarde, cuando ya lo había desatado y lo estaba ayudando a limpiar la sábana con toallitas.

—No te rayes. Hoy tengo que poner lavadoras. Lo añadiré al montón y nadie se enterará de nada.

Qué espabilado. Yo ni siquiera sabía cómo funcionaba la lavadora de casa.

—Esta noche salgo por Saba, ¿sabes? —le informé.

—Ah, ¿sí? ¿Por la Cruz Alta?

—Sí, al concierto de los Pirat's y tal.

—Jordi también irá. Me ha dicho que me apunte, pero tengo mogollón de trabajos de la uni acumulados. No creo que vaya. Aparte de que la plaza me pilla lejos de casa y me da pereza andar.

No pude evitar alegrarme. No quería encontrármelo de fiesta con Fabre, Alba y todos esos. ¿Os imagináis la situación? Eso sí que daba pereza. No, no. Ni de puta broma, chaval.

—¿Nos duchamos? —me propuso, sonriendo con el contorno de los labios enrojecido.

—Tantas veces como quieras.

Entonces vi que en el cuello le brillaba una mancha morada. El chupetón era pequeño. Pero, joder, ¡por fin había conseguido hacer uno!

Lo acaricié con el pulgar, orgulloso, y como si fuera Da Vinci contemplando la *Mona Lisa*, declaré:

—*Mea culpa.*

31

Cené en casa y llegué al piso de Helena a las once menos cuarto. Era el último. Ya estaban todos en el comedor, sentados en el suelo en círculo, con un cubata o una birra en la mano. Al lado de la anfitriona estaba su prima, de dieciocho años, que nos había comprado el alcohol. Era la quinta o la sexta vez que nos hacía el favor. Parecía friki y pringada. Seguramente, no tenía amigos de su edad y por eso venía tanto con nosotros.

Alba y Fabre estaban superapretaditos. Ella le pegaba una mano a la nuca, como una garrapata, y se la acariciaba haciéndose la guay. Me saludó con un «hey» pasota. Él ni siquiera me miró. De repente, le interesaba mogollón saber cuál era el porcentaje de alcohol del 43, y cogió la botella de la mesa para investigarlo con el ceño fruncido.

Helena, en cambio, me abrazó como si llevara años sin verme. Estuvo más de diez segundos abrazándome. Luego me despeinó. Eso me reventaba, tío. Antes de salir me había pasado cinco minutos peinándome delante del espejo.

—¿Cómo estás, guapo?

—Bien.

Intenté recolocarme el pelo.

—¿Quieres un vaso?

—Claro.

La acompañé a la cocina. Fue ella quien me bajó el vaso del armario, pese a que yo ya sabía dónde encontrar las cosas tras haber ido a su casa cuatro mil veces. Es muy amable. Quizá demasiado. Suele agobiarme. Y sé que a Fabre y a los demás también les agobia. A la larga, la gente que ha sufrido bullying en algún momento de su vida puede comportarse así: hablando muchísimo y tratando de gustar a todo el mundo. Como los simps. Para que *aquello* no se repita. Para no estar solos nunca más. Helena las había pasado canutas en primaria. Al llegar al Pau Vila, era la tía más charlatana, más chillona, más sociable y más generosa que podías echarte a la cara, y también la más plasta. Hay momentos en que es evidente que está siendo falsa. Es imposible que le caiga bien todo el mundo. Incluso es simpática con los que le vacilan de vez en cuando y con los que se aprovechan de ella pidiéndole fotos de los apuntes y los deberes, pero luego no le hacen ni puñetero caso. Eso me da entre pena y rabia. Siempre estoy a punto de soltarle: oye, ¿no tienes puta dignidad? Una cosa es ser generosa y otra ser tonta.

Y se nota mazo que finge que le importan los dramas de Alba y que, mientras la escucha e intenta ayudarla dándole consejos, se muere por refugiarse en el sofá para mirar Netflix.

Alba es la otra cara de la moneda. No es que le hicieran bullying del todo, sino que, hasta el año pasado, era supercallada y superreservada. Un puto espectro. Estaba en clase, pero no la notabas. No salía mucho, solo se juntaba con Fati y siempre sacaba sobresalientes. En palabras de Anna —la muy cabrona también es una reina de los dieces—, era Sor Repelenta, la monja empollona. A veces, algunos compañeros de clase se reían de ella, porque era fácil hacerlo. Yo me había reído en algún momento. Ahora va de perrofla y de tía «sociable, pero borde». Para que no se burlen más de ella, se hace la chula gastándote chascos y después sube un selfi contigo a Insta, eufórica, como si fuerais íntimos, fingiendo que es popu y que tiene un porrón de amigos. ¡Qué posturetas! Fuma y se rapa la zona superior de la nuca —como todo el mundo— para parecer alternativa. Tiene el complejo del alternativo: el que intenta ser diferente siguiendo la moda.

Puede que la descripción que os doy no sea cien por cien imparcial. Lo reconozco. Puede que me influya el hecho de que sea la novia de un tío que, por desgracia, no solo me gustaba, sino que me había chutado de su vida con una patada en el culo justo después de que le comiera la polla.

Me senté entre Helena y su prima con un cubata de 43 y Lima en la mano.

—¿Jugamos al Yo nunca? —sugirió Helena.

—Tía, ¡siempre hacemos lo mismo! —protestó Alba—. Ya lo sabemos todo de todos.

Tuve que morderme la lengua. Eso no era verdad.

—Todavía no hemos jugado con la prima de Helena —apuntó Fabre.

—Es cierto —le dio la razón Alba—. Vale, pues juguemos.

No creo que hubiera accedido si no hubiese sido por él. Iba de feminista, pero la frase estúpida de un tío la hacía ceder. En fin, la hipocresía...

—Además, hay novedades que aún no han salido a la luz... —añadió Helena, con los ojos clavados en la parejita.

Joder, eso me sentó como una bofetada. Admitirlo me avergüenza y me cabrea, pero verlos tan juntitos —y, sobre todo, verlo a él y recordar toda la mierda que me había escupido— me creaba un nudo raro en la barriga. Me bebí casi medio cubata de golpe, para desatarlo.

—Yo nunca me he liado —empezó Helena. Jugando a esto siempre nos lo preguntamos. La vieja confiable.

Bebimos todos menos la prima de Helena. Era gracioso que nos sacara dos o tres años y que, en ese sentido, estuviéramos más avanzados.

—A mí nunca me ha gustado un profe o una profe —dijo Alba. Bebimos tanto ella como Marc y yo. En mi caso, era el profe de repaso de Fabre.

—¿Quién te gustaba, pillín? —cotilleó Alba escrutando a Fabre.

—Montse, ¿a que sí? —dije, entre dientes, y todo el mundo se meó de risa.

—Nah —se defendió el Chico Gym—. Era la de francés, la que teníamos en segundo. No me acuerdo de cómo se llamaba.

—Arlette —lo ayudó Helena.

—Eso. La rubia estaba como un tren, ¿eh?

—El rabo te hacía *oh lá lá* cuando la veías, ¿no? —le solté—. Y después te sacaba *fromage président*.

Me fulmiasesinó con la mirada, mientras las chicas se partían el culo, incluso Alba, aunque reía un poco incómoda. Yo, nervioso, me esforzaba por mantener la expresión de tipo duro y no bajar la cabeza.

—Putos franchutens —concluyó Alba. Gran frase. Digna de poeta.

La prima otaku, que no conocía a ninguna de estas profes y estaba más perdida que un hetero en Grindr o en un encuentro de fans de *Glee*, continuó con el juego diciendo:

—Yo nunca me he dado un pico, me he liado o he hecho algo sexual con alguien del mismo sexo.

Miré a Fabre de refilón y solo un segundo, para que nadie lo advirtiera. Se había quedado con cara de póquer. Las chicas se miraron entre ellas sonriendo. Nadie bebió. Pensé en hacerlo, en serio, pero me daba muchísima pereza tener que explicarme. No quería hablarles de David. No quería mezclarlo con ellos. Ni que fuesen diciendo por el insti que me iban los tíos. Porque los rumores corren más que los electrones. Y ni loco les contaría lo de Fabre. De hecho, él y yo no nos habíamos besado. Únicamente cumplíamos la parte «sexual».

—No he hecho nada con ninguna chica —saltó Helena—. Pero no me importaría probarlo. Hay que probarlo todo alguna vez en la vida.

Hablaba escandalosamente. Siempre lo hacía. En general, no me molestaba.

—Si algún día me lío con una tía —insistía— a lo mejor me gusta y me entero de que soy bi.

—¿Quién? —dijo Alba.

—¿Quién qué?

—Que quién te ha preguntado.

Helena estalló entre risas. Cerré los puños. ¿La acababan de zasquear y se reía? Joder...

A Alba sí que le molestaba la forma de hablar de Helena. Cuando charlaba con nosotros, la solía cortar para soltarle zascas en plan: «Tía, no hace falta que grites, que no somos sordos». Se atrevía porque no era ni de lejos la más popu del insti. Porque había sido la marginada mucho tiempo y estaba acostumbrada a aguantar esos comentarios. Porque sabía que no se la devolvería y porque había pibes delante. A Fabre no lo trataba igual porque ahora iba de guay y de vacilón y, además, la ponía cachonda. De vez en cuando lo picaba. Pero de manera amistosa.

Alba hablaba mierda de Helena a sus espaldas. Decía que siempre intentaba remarcar que *estaba allí*, para que le hiciéramos caso. Que siempre que abría la boca actuaba como si nos estuviese desvelando el sentido del universo.

Helena era una nota, sí. Pero ¿quién no ha querido nunca atención en su vida? Todos la necesitamos. Vale, a veces se hacía pesada. Pero Alba no era precisamente la Madre Teresa de la Humildad y el Silencio.

—Pues a mí no me van nada las tías —dijo Alba—. Imaginarme otro coño delante de mí me da asco. —Ah, como si las mujeres solo

285

fueran un coño...—. Me gustan los tíos y punto pelota. Para comerle la boca a una pava tendría que pillarme un supermegapedo. Y lo haría por los jajas, porque es amiga mía. O para hacerle la olla al típico machirulo subidito.

El típico machirulo subidito era la síntesis de Fabre. Quiero decir que si buscáis «Fabre» en el diccionario, os aparece esta definición. Ahora Helena podría haberle devuelto la pullita a Alba diciéndole: «¿Quién te ha preguntado?». Pero lógicamente ni se le pasó por la cabeza.

—Yo nunca he mirado porno hentai —dijo el puto guarro de Fabre, cambiando de tema.

Únicamente bebió la prima de Helena. Debo reconocer que un día, por curiosidad, entré en el apartado hentai de pornhub y me llevé sorpresas turbias. Salían dibujos animados de mujeres con cola de perro haciendo cosas raras.

—¿Al igual? —dijo Alba, mirándola con cara de náusea.

—Soy otaku —le contestó ella, sonriendo y encogiéndose de hombros—. Me encanta el anime.

—¡Puaj! ¡Qué asco, tía! —Alba miró a Fabre, medio riendo, buscando complicidad para burlarse de la otaku. No la encontró.

—Yo nunca he perdido la virginidad —dije. Alba y Fabre intercambiaron una sonrisa que me hizo apretar los dientes. Recé para que no se me notara. Bebieron los dos a la vez. Yo fui el tercero.

—¡Hala, Óscar! —exclamó Helena—. ¿Tú también? ¿Con quién?

—Con una del pueblo.

—¿Cómo se llama?

—Yaiza. Buscadla en mis seguidores de Instagram.

—¿Y cuándo fue? —quiso saber Alba.

—El verano pasado.

—¡Qué cabrón! ¡Aún no nos lo habías contado!

Seguro que en el fondo le importaba tres cojones.

—¡Luego quiero ver una foto! —dijo Helena.

Creo que se lo tragó todo el mundo salvo Fabre.

Al cabo de un cuarto de hora o así, fuimos tirando para el concierto. Nos llevamos la botella de Lima que contenía la mezcla con 43. En la plaza Cruz Alta había muchísima peña. Cuando llegamos, los Pirat's Sound Sistema todavía no habían empezado a tocar. Nos pusimos detrás del escenario y seguimos bebiendo.

De repente se me pasaron las ganas de estar dos o tres horas de fiesta con ellos. Prefería pirarme a casa y fundirme con el sofá, mirando una serie o algo así. No me caían bien. Me deprimían. Muchas veces los amigos de la ESO no son gente con la que realmente te gusta juntarte. Vas con ellos por pura supervivencia, porque estar solo en la selva del instituto significa la muerte.

Aun así, no me largué. Ellos no me apetecían, pero la fiesta sí. Y tampoco iba a hacerles el feo. Le robé la botella a Alba y di tres sorbos de Lima con 43 para levantarme el ánimo. Luego se la devolví. Empezó el concierto y nos pusimos en medio de la plaza. Qué puto estrés. La música era asquerosa y el alcohol todavía no me subía. Nos daban por todos lados. La gente abría ollas —las odio; cuando me meto siempre me tropiezo y me como hostias— y te empujaba dentro.

Nos pulimos el alcohol como pudimos. Mientras bebía, un cani de mierda cerdohijoputa me empujó y parte de la mezcla se me derramó sobre la sudadera. Me cagué en sus muertos, pero por dentro. No lo dije en voz alta porque me daba miedo que me reventara a navajazos.

Creía que no me emborracharía. Hasta me rayé porque no iba taja ni nada y me imaginaba que los del súper habían estafado a la prima de Helena vendiéndole agua con colorante en vez de 43. Y entonces me subió todo de golpe. La cabeza se me expandía. Volaba pletórico por las estrellas. Los Pirat's me parecían estupendos. Me puse a bailar al ritmo de los perroflas, saltando y moviendo los brazos como ellos. ¡Incluso entré en una olla con un chaval que llevaba mullet y pantalones cagados! Si recibí algún hostión —no lo recuerdo—, ni lo percibí.

El concierto de los Pirat's se me pasó volando. No sé si duró dos horas o una y media, pero a mí me parecieron treinta minutos. Nos alejamos de la muchedumbre un momento porque Alba y Helena querían mear en los Poly Klyn habilitados en la calle. Había una cola larguísima. Mientras ellas la hacían, acompañadas de Fabre y la otaku, me desvié hasta encontrar un callejón y meé en la entrada oscura de un garaje. Iba muy Tinky Winki. Creo que volví a los Poly Klyn corriendo como el viento, Perdigón. O sea, dando pena. Porque soy patético corriendo. Si sois de los que sienten vergüenza ajena, creedme: no queréis verme en acción.

Me daba pereza estar con ellos en la cola, así que fui a pasear, a ver si me encontraba a alguien interesante. En la calle había muchos grupitos sentados en la acera, haciendo botellón, enrollándose o jugando a las cartas. La luz de las farolas y los semáforos me deslumbraba tanto que tenía que hacer un esfuerzo heroico para reconocer a alguien. Me acerqué a una tía random que bebía de una botella de Xibeca junto a una amiga. Tal vez fuera su churri.

—¿Me das un poco? —le supliqué—. Ni que sea un traguito...

—¡Podría ser tu madre, muchacho!

—¡Qué exagerada! ¿Cuántos años tienes?

—Treinta.

—Yo veinticinco. Podríamos ser hermanos. A un hermano le darías birra, ¿a que sí?

—¡Anda ya! ¡No me cuentes milongas y vete a casa a ver los Lunnis, zagal!

No le veía la cara, así que no podía confirmar si realmente tenía treinta años. Tampoco había nada que corroborar, porque lo de «zagal» ya lo decía todo. Hablaba como una boomer. Y hacía eones que la broma de los Lunnis había pasado de moda.

Como la cola del baño portátil no avanzaba demasiado, seguí con el rodeo. Me encontré a Marta, la ex de mi hermano. La abracé y nos dimos dos besos.

—Tía, ¡me caes tope de bien! —le dije, superalegre—. ¡Y Joan es gilipollas!

Quería añadir que prefería tenerla a ella como hermana. Que si existía un hechizo para intercambiar hermanos no dudaría en pagar para utilizarlo. Pero en ese momento no se me ocurrió ninguna frase coherente para expresarlo.

—Vas muy pedo, ¿eh? —rio.

—¡Qué va! —Vi que uno de sus amigos custodiaba una red de Estrellas. Las señalé—. ¿Me das, porfa?

Le dijo al tío que me dejara pillar una. Era la mejor persona del mundo. Se merecía un puto Nobel.

—No cuentes a tus padres que te alcoholizo, ¿vale?

Me llevé el índice a los labios, haciendo «chisss». Mientras me alejaba, andando hacia atrás y sosteniéndole la mirarla, le grité:

—¡Echaré de menos que vengas a casa!

Se lo decía en serio. No era postureo. No recuerdo lo que me respondió. Ni siquiera sé si llegó a contestarme. Di un par de vueltas más, mientras succionaba la cerveza como un bebé hambriento mamando del pecho. No quería dejar ni una gota para Fabre y las demás. ¿Qué queréis que os diga? Soy un rata.

Cuando regresé a los Poly Klyn, ya sin la lata, Helena y Alba salían de uno justo en ese momento. Jamás entenderé la manía que tienen las tías de ir a mear juntas. Fabre las esperaba un poco apartado de la cola, con los brazos cruzados e investigando con los ojos las colillas repartidas por la acera. Seguramente fantaseaba con la idea de pirarse a casa y encerrarse en la cueva gamer para jugar a la Play.

Volvimos al concierto, mientras Alba decía que *adoraba* a DJ Lenin y a DJ Pastis, que pinchaban entonces, y empezaba a grabar instastories. Nos mezclamos con la multitud, pero no nos adentramos tanto como con los Pirat's. A ninguno de nosotros nos hacía ni puta gracia que nos arrojaran dentro de otra olla. Los DJ estaban mezclando una canción de reguetón clásico del año de la pera —«La despedida», me parece— con «Follar sempre» de Oques Grasses. Tras las tajas soy capaz de recordar los temazos que han sonado, pero no las conversaciones que he mantenido. Es de locos.

Unos metros más allá, en medio de la muchedumbre, me saludaba alguien. No lo identifiqué a la primera. Tuve que parpadear como cincuenta veces. Era David. Estaba con Jordi y unas chicas que no conocía. Así que al final se había apuntado al concierto. Quizá me lo había contado por Whats y no me acordaba. O quizá no me había dicho nada. No tenía la cabeza en condiciones para acordarme de los wasaps de nadie.

¡Mierda, mierda, mierda! Venía hacia mí. Hacia Fabre, Alba, Helena y la otaku que —coño, pobrecita— ya ni me acordaba de cómo se llamaba. Tenía ganas de verlo, sí, de hablar con él, de que nos liáramos, de que follásemos y de todo lo que queráis, salvo presentárselo a mis amigos. Si es que puedo llamarlos *amigos*. No lo mezclaría con la gentuza del insti ni loco. Tampoco quería que se enterase de que estaba en cuarto de la ESO y no en primero de bach.

Sabadell es una ciudad, pero funciona como un pueblo. Al final, todo el mundo conoce a todo el mundo y todos pueden saber cualquier cosa de ti. Si te cagaste encima en el parvulario, lo sabe toda la maldita ciudad y te lo recordarán hasta el día en que te mueras. Me iba el corazón a mil. Volvía a tener el *puto nudo el estómago*, y mira que estaba borracho.

—Hola —me dijo, plantándose delante de mí. Llevaba brillibrilli, el pendiente que me flipaba tanto y eyeliner. Se había hecho la raya bajo el ojo y se había pintado las uñas. Para variar, lucía el chupetón. Todo le quedaba muy bien. Pero joder, por eso y por cómo se movía y por cómo me hablaba se le notaba desde China que era marica. Él entero me volvía loco. En serio. Le habría comido la boca si los del insti no hubieran estado allí, mirándolo. Esperando a ver cómo reaccionaba yo. Con ganas de saber quién era. Fabre lo sospechaba, seguro. Y la otaku anónima también.

David hizo ademán de abrazarme, o de besarme, ni idea, y lo detuve poniéndole la mano en el pecho.

—¡Tú, tú, para! —exclamé—. Venga, tío, déjame...

—¿Qué?

—Vete. Por favor. Pírate. Joder...

En realidad, reaccionar así era aún más sospechoso. No sé por qué no lo pensé entonces. Pensar no es mi fuerte.

Si lo hubiese abrazado y saludado con naturalidad, algo frío y distante quizá, y luego les hubiera colado una trola a los del insti, no habría pasado nada. Pero la cagué. Como siempre.

David volvió con Jordi y sus amigas. Estaba enfadado. Y con razón. Si no quería presentarle a mis amigos ni besarlo delante de ellos, podría haber actuado de otras maneras.

Me vino a la cabeza el chico de las gafas. El asco con el que lo miré. Acababa de tratar igual a David. Seguía siendo tan imbécil como con once años.

—¿Quién es? —inquirió Alba.

—Un amigo de mi hermano —me inventé—. Un plasta que siempre viene a pedirme pitis y esas cosas.

—Yo tengo tabaco de sobra —dijo la otaku—. Le podía liar un cigarrillo sin problema.

—Si quieres le paso tu número, listilla. Para que seáis mejores amigos. ¿Te parece?

—Óscar, ¿por qué coño le hablas así a Laia? —me espetó Alba—. ¡Cálmate, tío!

La miré. Si no fuera porque el alcohol me impedía articular frases largas con sentido, le habría vomitado una lluvia de mierda. A veces recuerdo ese momento y me imagino el discurso sublime con el que podría haberle confesado que me caía como el ojete y que la encontraba falsa, posturetas e hipócrita. Que ella era la primera que se burlaba de la friki de Laia porque miraba hentai. Claro que entonces solo me salió:

—Estoy muy calmado.

Ni siquiera vocalicé. Sonó tan creíble como si hubiese declarado «soy hetero».

Estuvimos allí cuarenta minutos más. Ninguno de nosotros bailaba. Laia y Helena como mucho meneaban la cabeza. Fabre seguía con los brazos cruzados, contando las colillas del suelo. Alba rodaba la película *Resacón en Sabadell* con su Samsung y la proyectaba en sus instastories, simulando que el concierto era la polla en vinagre. Yo estaba rayadísimo y me pilló el típico bajón de cuando vas pedo. Pero más chungo. Tenía ganas de tirarme a las vías de la Renfe. Me lo planteé. En serio. Lo acabé descartando porque sabía que habría una avería, el tren jamás llegaría para atropellarme y me pasaría mil horas allí, congelado y rodeado de chicles fosilizados, para nada.

Al final, Fabre sugirió que nos largáramos, aunque la sesión de los DJ todavía no había terminado. Nadie le llevó la contraria. Para regresar teníamos que atravesar la plaza, y en lugar de bordearla, se nos ocurrió la locura de cruzarla en diagonal. Había muchísima gente. El sitio es pequeño. Intentaba no separarme de ellos, pero el alcohol me inundaba la cabeza y acabé perdiéndolos. De repente ya no sabía dónde estaban ni hacia dónde tenía que dirigirme. Desorientado, salí de la muchedumbre y llegué al mismo sitio donde estábamos hacía diez minutos.

Tras bordear la plaza muy despacio porque me costaba la vida orientarme, empecé a bajar la calle que llevaba a mi barrio. Solo. Caminaba dando traspiés. Y no para chulear. No era intencionado. Os lo juro. Haciendo un esfuerzo olímpico, llamé a Fabre. No me contestó. Llamé a Alba, que sí que me lo cogió.

—¿Óscar?

—¿Dónde estáis?

—Ya nos hemos ido. No te veíamos y creíamos que te habías quedado en el concierto con el amigo de tu hermano o con otras personas.

—Qué va. ¿Por qué iba a...? Os he perdido y he dado la vuelta. ¿Por dónde vais?

—Ya hemos pasado el ayuntamiento. Nos falta poco para llegar a casa.

—¡Qué cabrones! ¿Por qué andáis tan rápido?

—No vamos rápido. Eres tú que vas lento.

—Pero ¿por qué no me habéis llamado para preguntarme si me quedaba en el concierto?

—Nos hemos esperado un rato en la plaza y no venías. Con tanto ruido tampoco habrías oído el móvil. Lo siento.

—No sé ir hasta Gracia. Estoy un poco... perjudicado. Me quedaré sobado en un banco.

La risa de Alba me perforó la oreja.

—¡Tío, Sabadell no es tan grande! Y si ves que te pierdes, ¡usa Google Maps!

—¿No podéis venir a buscarme? ¿O por lo menos esperarme en el ayuntamiento?

—Fabre y yo tenemos que volver a casa ya, que mañana nos levantamos temprano y eso. Y hace un rato que nos hemos separado de Helena y Laia. Ellas ya estarán en el piso.

—¡Sois unos putos desgraciados! ¡A ver si os atropella un camión a los dos!

—¿Perdona?

—¡Que a ver si os atropella un puto...!

Silencio. Me había colgado.

Chasqueé la lengua. ¿Esos eran mis amigos? ¡Y una polla!

La vejiga estaba a punto de reventarme. Me colé por un callejón oscuro y meé en un portal. Si un vecino trasnochador hubiese conectado la cámara del interfono, me habría visto en acción. Después de doblar tres esquinas, fui a parar a la estación de autobuses. Ni idea de cómo había llegado hasta allí. ¿Era el destino, que me decía que me largara de Sabadell para siempre porque era la Puta Capital del Infierno?

Me tumbé bocarriba sobre un banco de metal. Tenía nubes en el cerebro. Literalmente. Las sentía dentro, acumulándose, densas, intentando salirme por la frente. Me esforcé para no cerrar los ojos. Si los cerraba, me sobaría en un segundo.

La Ciudad Infernal era un océano de asfalto, cemento y ladrillos. Los edificios fríos y feos se elevaban balanceándose poco a poco, como fantasmas. Olas gigantes filmadas a cámara lenta. En algún momento me caerían todos encima. Me aplastarían igual que los humanos aplastamos hormigas mientras caminamos. Joder. Creamos el Festival de la Muerte a nuestro paso y ni nos damos cuenta.

Me imaginé el percal que sufren las hormigas cada día. El drama de hallarse siempre entre zapatos colosales. Deportivas Nike, fabricadas por niños explotados en Bangladesh. Mientras corren para esquivarlas, deben de ir perdiendo extremidades. Quizá las hormigas chillan a su manera y ni las oímos. Como cuando alguien taja se tumba en un banco, gritando en silencio, y la gente lo mira mal y pasa de largo, sin tratar de entenderle.

Recordé que, de pequeño, a menudo bajaba la calle de la estación de autobuses con mi madre. Durante un tiempo se escuchaba una gata maullar desde el balcón de un piso cercano. Los maullidos eran tristes y podían confundirse con los llantos de un bebé abandonado. Mi madre me explicó que debían de haberle quitado sus gatitos para venderlos o para darlos en adopción y que gritaba para que volvieran con ella.

—Cuando yo todavía vivía con los abuelos —me decía—, la gata de una vecina hacía lo mismo. Maullaba por las noches porque añoraba a sus pequeños.

—¿Qué ocurrió, al final? —quise saber. Tendría unos ocho o nueve años—. ¿Los mininos volvieron?

—No. Y la gata no paró de maullar por las noches. No podía olvidarlos. La vecina terminó llevándola a la casa que tenía en El Vendrell, porque la gente se quejaba de que con el ruido era imposible dormir.

A lo mejor no quería ponerme triste o algo así y se inventó lo de la otra casa. En realidad, la vecina debió de dejar al animal tirado en la autopista, para que nadie la molestara más.

Aquella noche, a mi yo de nueve años le costó un huevo dormirse. Pensaba en la gata de la estación. No quería que le ocurriera lo mismo que a la otra. Ni que se muriese de tristeza o algo por el estilo.

Ahora, en el banco, me vino todo a la cabeza. Me eché a llorar. No sé por qué. Soy muy patético. Me emparanoié: seguro que mi destino era como el de esas gatas. Tendría una vida penosísima. Me quedaría para siempre en el banco húmedo y deprimente de la estación, sin poder dejar de llorar, esperando un bus que jamás llegaría.

Igual que el tren de la Renfe, que no vendría si intentaba suicidarme. Quizá se me agotaba la energía de tanto llorar y, por fin, me moría. El cuerpo se me desintegraría. El esqueleto se me pegaría al banco. La gente que lo viera ya no me miraría mal ni pondría a parir a los jóvenes por emborracharse, sino que se lamentaría: «¡Qué pena! ¡Al pobre chico nunca le llegó el bus!».

De repente, me estalló una tormenta en el estómago. Me incorporé de golpe, todavía sollozando, y poté detrás de un coche. A eso le sucedieron cuatro o cinco arcadas.

—¡¿Qué diablos haces, imbécil?! —bramó entonces un tío, desde arriba—. ¡Le has vomitado a mi coche! ¡Lárgate de aquí, hostia!

Creía que estaba alucinando. O que el puto Dios me hablaba desde el cielo. Al notar que ya no tenía que trallar más, apoyé una mano en el maletero para poder levantar la cabeza. Vi a un boomer calvo que se asomaba por una ventana del bloque de enfrente.

—¡Te digo que te vayas! ¡Estoy llamando a la policía! No sé por qué pagamos impuestos... ¡Al final, en la escuela pública no os enseñan nada de provecho!

¡Qué clasista! Como le estaba regando el coche con birra gástrica, ¿no podía estudiar en un cole privado?

—Perdón, perdón... —balbucí. Me embistió una arcada imprevista y esta vez proyecté la pota directamente sobre el maletero. Os juro que no pude evitarlo.

—Pero ¿qué demonios? —gruñó—. ¡Espérame aquí, hijo de la gran puta, que voy a cruzarte la cara!

Desapareció de la ventana. Joder, lo decía en serio. ¡Estaba bajando! Había dos vecinas en el balcón superior. A pesar de verlas borrosas, distinguí que una me estaba filmando con el móvil.

—¿Por qué me grabas, puta guarra? —le espeté. Ahora lo recuerdo y me muero de vergüenza. Seguro que tenía la boca rodeada de vómito. Como un payaso con la sonrisa pintada—. ¿Quieres meterte los dedos mirando cómo trallo? ¡Pues aquí tienes! —Tambaleándome, le hice la peineta con una mano mientras me agarraba el paquete con la otra—. ¡Córrete a gusto, vieja!

Entonces el calvo salió por la puerta principal, en pijama. Tenía barriga de Papá Noel y dos puños que no cargaban sacos de regalos sino ganas de mandarme al cementerio con pase VIP. Parecía el abuelo Luis a punto de zurrar a Román, por nenaza y por marica. De repente me daba muchísima rabia. Lo odiaba.

—¡Me cago en ti y en tu coche de mierda, puto gordo! ¡Ho, ho, ho, feliz Navidad!

Eufórico, le pegué una patada al vehículo.

El hombre corrió hacia mí con la barriga rebotándole. En parte me ardía el ansia de molerlo a palos, pero incluso borracho era consciente de que no le ganaría. Ojalá hubiera tenido veinte años y buenos músculos para enviarlo al hospital. Se lo merecía, por no dejarme vomitar tranquilo.

Hice lo único inteligente de la noche: darme a la fuga. Hui a toda hostia por un callejón y corrí hasta asegurarme de que la Esfera Calva no me perseguía.

Continué caminando. A veces aceleraba, abriendo los brazos como si fueran alas, imaginándome que me convertía en un cohete espacial. Tras doblar tres esquinas me detenía, tan ahogado como si se me hubieran carbonizado los pulmones. Finalmente, me senté en un portal ancho y oscuro. Parecía la boca de un lobo. Pero no era un sitio peligroso. Al contrario: me protegía de Papá Noel que, estresado por la competencia que le hace Amazon, ha perdido el pelo y quiere partirles las piernas a los niños que se han hecho mayores y ya no creen en él.

No se me ocurrió nada mejor que abrir el WhatsApp y mandarle un audio de cinco minutos a David, pidiéndole cincuenta veces perdón por lo del concierto. Le repetí sesenta veces más que soy gilipollas y que siempre la estoy cagando. Nunca había sido tan sincero. Le dije que los amigos del insti me caían como el culo. Que no quería que los conociera. Que no valían la pena. Que él sí que la valía. Que me sentía fatal por haber sido tan cabrón. Lo adorné todo con una reflexión filosófica barata y cursi sobre que los diamantes no debían mezclarse con la mierda. Que yo era una mierda y que, por lo tanto, entendía que no quisiera volver a verme.

Me tumbé en el suelo. No me aguantaba ni sentado. Me pasaron tres o cuatro personas por delante. Una entró en el bloque de pisos. No me hicieron ni caso. Creo que me tenían miedo. Como si estuviera allí esperándoles para robarles el iPhone que se habían podido comprar tras pasar tantas horas explotados en la oficina. Al que entraba en el edificio estuve a punto de decirle: «Dame el móvil o te rajo el cuello», para ver cómo reaccionaba. Pero no tuve cojones. Tampoco me habría tomado en serio.

Me sentía como un vagabundo. Fuera de la sociedad. Siempre ignoramos a la gente que duerme en la calle. Solo los miramos para pensar: «Suerte que no soy yo. Menos mal que no me ha tocado a mí». Durante un segundo, nos dan lástima, miedo, asco o todo a la vez. Si ellos nos miran, nos sentimos culpables y entonces es cuando aceleramos el paso para perderlos rápidamente de vista y simular que no existen.

Los que dicen a los niños «¡Sed solidarios! ¡Ayudad a los pobres!» son los más hipócritas del universo. Se sienten superbuenas personas soltando un par de euritos a los que piden limosna en la calle o donando yogures Activia para-la-flora-intestinal al banco de alimentos en cuanto llega Navidad. Su conciencia queda automáticamente tranquila. Se convierten en Gandhis. ¡Ni siquiera Jesucristo crucificado les igualaba en generosidad!

A ver, está bien que se enseñe a los niños que se debe ayudar a las personas y todo eso, pero más que «dad monedas y patatas chips a los pobres de vez en cuando», se les tendría que decir: «Cambiad el sistema para que no haya muertos de hambre sin techo».

Me planteé ser trotamundos. Viajar por el planeta a pie, mendigando y durmiendo en los portales. En bici no iría porque me daba demasiada pereza. Podría visitar Florencia y desde allí dirigirme a Atenas. Me había quedado sin viaje de fin de curso, pero no había ningún problema. Atravesaría Italia yo solito, andando, y cuando viera el autocar de mis compañeros, los saludaría llamándoles burgueses. Luego les tendría envidia y me pondría a hacer autostop en cuanto estuvieran lejos.

O mejor todavía: viviría en el bosque. Me montaría una cabaña. De pequeño, en los campamentos, las construía y no me quedaban nada mal. Allí no habría ni amigos falsos ni profes aburridos ni viejas imbéciles que graban a jovencitos. Solo animalitos que no te juzgan. Como mucho te comen. Pero no sería por algo personal, sino por pura supervivencia. En verdad, es mejor que te engulla un oso antes de que te asesine el estrés del trabajo. Laura seguro que estaría de acuerdo con mudarse a la montaña. Le envié un wasap:

> Pq no vmos a vivurr ak bosqee)?

No tardé en dormirme en el portal. Me desperté a las 4.35. Aún no era de día. Pese a que me entró un acceso de tos al incorporarme, me encontraba mejor. Se me había pasado bastante la taja. Tenía llamadas perdidas de papá y mensajes suyos preguntándome cuándo volvería y si estaba bien. Le respondí que me faltaba poco para llegar a casa. Por el camino me rayé muchísimo pensando que cada vez me parecía más a Joan.

32

El domingo me desperté a las dos de la tarde. Tenía el big bang en la cabeza y el huracán Katrina en el estómago. Entré en el WhatsApp, esperando que David me hubiese respondido al audio. Pero todavía ni lo había escuchado.

La cura mágica de Laura contra la resaca no me funcionó. Casi poté el café dentro de la ducha. Me dio tiempo de salir, medio enjabonado, para abrir la taza del váter. Entre arcada y arcada, el champú me llegó a los ojos. El picor infernal me obligó a cerrarlos. Vomitaba y gemía a ciegas. No os recomiendo para nada la experiencia.

Después de ducharme tuve diarrea. Me sentía tan sucio que decidí bañarme y volverme a enjabonar.

Una vez en la habitación, vi que David me había contestado.

Hey... Tranqui, no t preocupes
No quiero q dejemos d hablar por lo q pasó
Tampoco quiero presionarte para q se lo
digas a tus amigos, ni para q les hables de mí
X cierto, no soy ningun diamante! :') No soy
perfecto!

Claro q lo eres

«Se *lo* digas». Imaginarme diciéndoselo era pensar que me aplastaba una noria. Me daba mucha pereza. No solo la idea de articular las palabras, sino también el hecho de tener que verlos *mirándome* después. De seguir hablando con ellos. Etcétera. No lo soportaría. Si me cayera una noria encima, preferiría morir al instante. Y no tener que despertarme en el hospital. Ni ir en silla de ruedas. Ni tener que aprender otra vez a andar y hablar. Si se *lo* decía, querría desaparecer inmediatamente.

Le envié «😃». El ánimo no me daba para más.

David era perfecto, sí. Y eso aún me hacía sentir peor. Me reventaba. No podía reprocharle nada y él, en cambio, podía reprochármelo todo.

Laura también me había contestado:

> JAJAJA! TIO, IBAS FATAL!

Me pasé el domingo en la cama, durmiendo de forma intermitente. Mis padres tenían que ir a no sé dónde y no me molestaron mucho. Menos mal. Hacer el vago entre mantas durante horas es el mejor placer del mundo. Ojalá pudiera fusionarme eternamente con el colchón y las sábanas. A veces es lo único que deseo.

Mamá entró en mi cuarto solo una vez, sobre las cinco. Me giré para darle la espalda. No quería que me viera la cara de demacrado.

—¿Has comido? Te hemos dejado pollo en la nevera.

—Sí —le mentí. Si metía comida en el estómago, saldría disparada como un boomerang—. Antes he bajado a coger un trozo y me lo he comido aquí, mirando una serie.

—¿Seguro?

—Que sí, pesá.

Recé para que no fuera a la cocina a comprobarlo. Por la noche, cuando me encontrase mejor, ya devoraría el pollo.

Se me acercó y me besó en la mejilla. El instinto antipadres me impulsó a apartarme de ella y hundir la cara en la almohada.

Me cuesta aceptar su cariño y el de papá. Y mira que son buena gente. Me siento incómodo cuando me asfixian con abrazos y me llenan de besos. No sé por qué. Me ocurre desde los once años. Entonces, mamá me acompañaba al colegio por las mañanas, porque trabajaba cerca de allí, y me decía adiós con un beso. Un día, Vic lo vio y estuvo todo el recreo jartándose de mí y preguntándome si estaba en P5. Por la noche, cuando mamá llegó a casa, le dije: «Si puedo volver solo del cole, también puedo ir sin ti. A partir de mañana no hace falta que me acompañes». Desde entonces no le dejo que me haga cosas cariñosas en medio de la calle. Ni dentro de casa.

—Ay, déjame —gruñí.

—Tan simpático como siempre —canturreó—. Lo de anoche fue la caña, ¿eh? —Que intente *hablar joven* me hace gracia y me da lache a la vez—. ¿Estuvo cojonudo?

Asentí con la cabeza todavía enterrada en la almohada. Segundos después, tras oír la puerta cerrándose, me puse boca arriba, aliviado de estar solo de nuevo.

33

El lunes no tenía insti. Aún estaba expulsado. Reconozco que echaba de menos las clases. No porque me entusiasmaran, sino porque me daban una excusa para estar deprimido. Tener que ir al Pau Vila me servía para explicarme a mí mismo por qué estaba tan rayado y tan triste. Ahora, que me prohibían ir, seguía igual de deprimido, y eso me hundía todavía más.

Laura me llamó después de comer, excitadísima. Me contó que, por la tarde, algunos de la Obrera irían a una mani de Sants, para protestar contra el desalojo de Can Vagons. Me puso en contexto. El edificio Can Vagons era propiedad de la empresa de transportes TMB. Pero los vecinos del barrio de Sants de Barna hacía tiempo que lo habían okupado para montar un centro social al estilo de la Obrera. Ofrecían vivienda a la gente. Llevaban a cabo actividades lúdicas. Actos políticos. Se cultivaba un huerto urbano. Esas vainas.

Por la mañana, los Mossos —la policía catalana— habían desahuciado a todos los que vivían allí. Sin previo aviso. Habían vaciado el edificio a tortazos, como quien echa —o extermina— a las hormigas del hormiguero con insecticida. Y acto seguido habían traído excavadoras y grúas para empezar con el derribo. Laura quería unirse a las protestas para impedirlo.

—Guapo, ¿te apuntas? —me preguntó—. ¿Quieres ser un rebelde *con* causa?

—No tengo nada mejor que hacer.

Además, os he pegado el rollo revolucionario sobre los sintecho, así que habría sido hipócrita no acompañarla.

Una hora más tarde, quedé con Laura en la estación de Can Feu-Gracia. Subimos al tren y bajamos en plaza Cataluña para desplazarnos hasta Sants con la L1.

La plaza donde se había convocado la concentración estaba a rebosar. Las calles, como arterias, no dejaban de derramar personas. Desde allí podíamos ver Can Vagons. Ya tenía una pared derribada. El edificio estaba rodeado por furgones de la BRIMO y antidisturbios enmascarados con cascos. Para pasar el rato, saqué el tabaco de la riñonera y me lie un piti.

—¿Te acuerdas de los nazis que nos atacaron en la Obrera? —me preguntó Laura. Al ser más bajita que yo, no veía tan bien el panorama. Asentí soltando el humo de la calada. Señaló a los maderos—. Pues son los mismos que los que van con porras, la cara tapada y escopetas cargadas con balas de foam. Preguntarse: «¿Dónde están los de la BRIMO cuando aparecen los fachas?» es como preguntarse: «¿Dónde está Peter Parker cuando aparece Spiderman?». Los antidisturbios desahucian familias. Dejan a la gente pobre tirada en la calle. Eso no lo haría nadie con corazón y dos dedos de frente. De peques nos decían: «¡Cuando seáis mayores, trabajad de algo que os guste!». A ellos les apasionaba dar hostias. Eran el oso que venía a pegarte en el recreo por cualquier tontería. El tímido que solo sabía comunicarse insultándote, porque no tenía nada más que decir y, como eras más inteligente, le dabas rabia. O peor aún: son el majo que te invita a un cubata si te lo encuentras de fiesta y que, de vez en cuando, se le va la pinza, se pone muy agresivo y *no quiere* controlarse. Todos ellos se han alistado en la BRIMO. Míralos. Están deseando tener la mínima excusa para aporrearnos. Cuanto más resistamos, cuanto más nos rebelemos, mejor para ellos.

Hasta el día siguiente no supe que en la mani había más de cinco mil personas. La estación de Sants cerró provisionalmente y el tráfico se cortó en los alrededores de Can Vagons y la plaza.

Los minutos pasaban entre caladas. Me fumé otros dos cigarrillos. La calma caminaba tensa por una cuerda de equilibrista cada vez más frágil. En el humo del tabaco se olía la crispación.

De repente me vino a la mente David. No pude evitar sentir una punzada desagradable en el estómago. No me había vuelto a escribir. Mi «😮» del domingo se marchitaba, huérfano, en la conversación del Whats.

Si él hubiera venido, me habría cantado aquella estrofa de *Los miserables*:

> *One day more before the storm*
> *Do I follow where she goes?*
> *At the barricades of freedom*
> *One day more to revolution*

El *she* sería Laura. Y por supuesto que la sigo hasta las barricadas. Aunque sea un torpe de manual que más que ayudarla la estorbo.

—¡Barrio en pie de guerra! —clamaba la gente—. ¡Fuera la policía!

Y en un abrir y cerrar de ojos, se lio parda. Mientras me fumaba el cuarto cigarrillo, un grupo de encapuchados atravesó la multitud y saltó las vallas que separaban a los manifestantes del cordón policial. Iban lanzadísimos. Algunos terminaron triturados bajo las porras. Unos cuantos esquivaron a los antidisturbios y se plantaron en la parte derribada de la casa. A toda prisa, sacaron una especie de líquido de las mochilas —alcohol, tal vez— y rociaron la excavadora que había entre los escombros. Los albañiles, que se habían largado por la mani, la habían dejado allí. Un encapuchado arrojó una cerilla encendida y en pocos segundos estalló una bola de llamas, como si estuviéramos en *Fast & Furious*. Unas manos de fuego estrujaron la máquina, reventando los cristales al tiempo que se desataba el caos generalizado.

Se oían tiros. La BRIMO estaba disparando balas de foam. No veíamos desde dónde ni hacia quién. La angustia colectiva subió como la espuma. Estaba acojonado, porque en cualquier momento podía recibir un balazo en el ojo. La gente chillaba entre zarandeos. Algunos echaron a correr, empujándose y tropezándose entre ellos. Un escuadrón de antidisturbios se precipitó hacia Can Vagons para arrestar a los encapuchados. Creo que detuvieron a dos o tres. El resto huyeron. Por otro lado, la BRIMO cargó contra los manifestantes de la plaza, dándonos porrazos como si fuésemos instrumentos de percusión. Amenazándonos y apretando el gatillo de las escopetas. A pocos metros vi a unos trillaos que no retrocedían y que plantaban cara.

—¡HIJOS DE PUTA! —rugían, mientras un edredón de nubes oscuras arropaba el cielo—. ¡ASESINOS!

Laura y yo nos miramos, sin saber cómo actuar. Caminábamos poco a poco hacia atrás. De repente, los furgones de la poli tocaron la melodía de las sirenas. Las luces azules giraban deslumbrando las cabezas desniveladas. El sol se había esfumado. Parecía el puto apocalipsis.

—¡CAN VAGONS, AGUANTA!

Los furgones se abalanzaron sobre los manifestantes, en la plaza y en las calles adyacentes, para dispersarnos. A eso se le llama la maniobra del carrusel. Es la carroza de los Reyes Magos, que viene a sacarte los ojos a tiros en lugar de tirarte caramelos. Por las calles había personas que ya se iban a casa o que simplemente pasaban por allí, sin tener nada que ver con la mani. Tuvieron que comerse las cargas con patatas.

Laura y yo salimos follados, como todo el mundo. Miles de cuerpos escapaban impulsados por el instinto de supervivencia. Como los zombis que se subían unos encima de otros para escalar una muralla en *Guerra Mundial Z*. Pisé a una señora que había tropezado y que yacía en el suelo en posición fetal, gimiendo. La habría ayudado si los furgones no hubiesen estado pisándome los talones. No sé qué pasó con ella. Espero que siga viva.

Nos refugiamos en el portal de una calle que desembocaba en la plaza. Aún tenía el piti en la mano. De locos, ¿verdad? Se había apagado y estaba medio roto. Lo tiré.

Miré atrás. Un puñado de concentrados, encapuchados y tapados con buf, habían burlado a los furgones y estaban construyendo barricadas en las entradas a la plaza, para cerrar el paso a los antidisturbios, separarlos de los que se habían metido por las calles y defenderse de las cargas. Utilizaban vallas, contenedores, papeleras, sillas y mesas de bares y escombros de Can Vagons. Uno de los callejones que cortaron era el del edificio. Prendieron las barricadas. Iban preparadísimos. Yo llevaba el móvil, el tabaco y nada más. El fuego que ardía en la barricada que teníamos delante me deslumbró. Entorné los ojos. La silueta de los manifestantes se recortaba, negra, frente al rojo llameante. Los disparos retumbaban como una sinfonía de heavy metal. Pum, pum, pum. Las balas nos pasaban por delante, cortando el aire. El humo y el hedor del plástico al fundirse se elevaban hacia el cielo de hormigón.

Había mossos y carrozas asesinas por todas partes. Algunos habían quedado atrapados en la plaza. La gente les tiraba piedras, botellas de cristal, huevos y ladrillos. Incluso los vecinos, desde las ventanas. Yo no me atrevía a salir del portal para enfrentarme a nadie. Soy un cagado, ya lo sé. Pero no iba preparado. Apoyaba a los valientes mentalmente.

Parece que, si no la lías gorda, nadie te escucha. El centro social era *del* barrio. No sé nada de política, pero vivir bajo un techo tendría que ser un derecho incuestionable. Nadie decide nacer, por lo tanto, a los que venimos al mundo tendrían que garantizarnos cuatro cosas básicas. Los que vivían en Can Vagons no podían permitirse ni una hipoteca ni un alquiler. Y ahora estaban en la calle.

Los balcones de Sants estaban llenos. Los vecinos protestaban contra la policía y el desalojo. Los yayos hacían ruido con las cacerolas al ritmo de los porrazos.

Laura estaba pegada al móvil. Miraba el Telegram, que se ve que es la app que se utiliza para organizar manifestaciones y esas movidas. Le llegaban fotos y vídeos de todo lo que ocurría. En las calles adyacentes a la plaza ardían aún más barricadas. Cada vez se apuntaba más gente. Los de la BRIMO, pendientes de los contenedores incendiados a la par que de cargar, estaban desbordados. Los maderos que se encontraban en la plaza se metieron en los furgones, incapaces de actuar ante tantos frentes y tanta muchedumbre. Se retiraron por una calle que todavía no estaba bloqueada. Los aplausos y los gritos de victoria estallaron en los balcones.

Tenía miedo de que volvieran con refuerzos. La adrenalina me había abandonado las venas y ya no estaba nada excitado. Menos mal que Laura no levantaba la mirada del Telegram. Si no, me habría visto la mirada aterrada en los ojos. Eso me habría provocado una vergüenza más letal que los balazos.

—¿Nos vamos? —le sugerí, mirando a otro lado—. Nunca tendré hijos, pero amo mis huevos...

Laura asintió. Nos adentramos en la calle. Llegar hasta el metro fue una odisea. Había caos y cargas por todas partes. Escaparates rotos. Una alfombra de cristales y basura desplegada por las aceras.

Esquivamos barricadas. Furgones que se nos abalanzaban para atropellarnos. Gente motivadísima que corría de un lado para otro, como si estuvieran en la Revolución francesa y fueran a cortarle la cabeza al rey. El ruido ensordecedor de los helicópteros que sobrevolaban el barrio me impedía oír lo que me decía Laura.

En la carretera, un madero tenía a un chico de mi edad inmovilizado bajo las piernas. Se ensañaba con él apaleándolo y clavándole rodillazos. Me giré. Se acercaban más antidisturbios. No quería que me ahogaran bajo sus botas, así que dejé atrás al pobre chico. No entendía lo que berreaba. Quizá pedía ayuda. Quizá insultaba al policía. Quizá le suplicaba. Solo oía que gritaba. Tenía la mugre de la cara corrida por las lágrimas. La boca abierta y aplastada contra el asfalto. Parecía que la hélice del helicóptero le tronara desde la garganta. Todavía hoy escucho sus gritos.

Por fin dejamos atrás el infierno. Llegamos a una parada de metro, pero estaba cerrada, de modo que tuvimos que andar un buen trecho hasta la siguiente. Estábamos en shock. Ninguno de los dos pronunció palabra alguna hasta que subimos al tren que nos llevaba a Sabadell. Laura fue la primera en hablar, para informarme de las noticias que recibía a través del Telegram. Algunos manifestantes habían reokupado Can Vagons. Después de que la plaza se vaciase un poco, los Mossos habían irrumpido en el edificio para echarlos de nuevo. También habían cargado contra los manifestantes refugiados en los portales. Por el momento, habían detenido a seis personas. Me mostró imágenes de las decenas de heridos y un vídeo de la excavadora incendiada. Aún ardía.

Los polis no detuvieron a ninguno de los ultras que vinieron a reventar la Obrera y apalear perroflautas. Ni cargaron contra ellos. Ni los obsequiaron con la maniobra del carrusel. Al contrario: los dejaron en paz y se llevaron a Juanjo.

A ver, algún agente simpático habrá. Seguro. Si te persiguen por la calle insultándote y amenazándote, o si se produce un atentado, que venga la poli puede ser tu única salvación. En esos casos, no hace falta

309

ni que el madero sea simpático. Por algo dicen que algún día necesitarás a un hijoputa... No sé si nos saldría bien lo de vivir sin policía.

Sin embargo, me creo a Laura cuando afirma que los antidisturbios son mala gente, sin excepciones. Joder, como no puedes mirarlos a la cara porque llevan máscara, se atreven a hacer cualquier cosa. Son máquinas que rompen cabezas, parten huesos, ciegan ojos y vacían testículos. Si pudieran, nos matarían. No me cabe la menor duda.

Mientras Laura me contaba la movida, pensé en la revuelta de Stonewall de 1969 y en las manis por los derechos LGTBI de los setenta. Después de que mi tío me hablara de ello, había leído cosas sobre el tema en Google. La gente se había pegado con la poli. Con piedras y demás. Porque los reprimían y los detenían injustamente. Porque los torturaban y los asesinaban. Si no se hubieran rebelado, no se habrían conseguido los pocos derechos que, por lo menos, se tienen hoy en día en algunos países. Habría sido inútil organizar solo concentraciones pacíficas, pobladas de florecillas, gritar durante media hora «¡Queremos libertad!» y largarse al oír la sirena de la patrulla.

Si ellos nos tratan con violencia, si nos pisan los derechos, ¿no deberíamos hacer lo que decía Jane Eyre y devolverles el golpe? De otro modo, se acostumbrarán al poder. Cada vez nos pegarán más fuerte. Y siempre seremos sus subordinados.

Si ellos son adictos a las hostias, nuestra carne no será su droga.

Apenas dormí esa noche. Estuve hasta las cuatro de la madrugada con el móvil. En Insta vi que al final la policía había conquistado la plaza de Sants. Pero había un montón de protestas previstas para los próximos días. En varias paredes del barrio lucían grafitis que proclamaban:

¡CAN VAGONS RESISTE!

Y resistió.

310

34

El martes me desperté a las diez. Superpronto. No sé por qué. A veces, los días en que no tengo clase me levanto solo, sin alarmas, y no puedo volver a dormirme.

Era mi último día de vacaciones. A la mañana siguiente repicarían las campanas de la vuelta al cole.

Pese a no haber nadie en casa, no bajé al comedor ni nada. Me senté en el escritorio y encendí el ordenador, sin ningún objetivo en concreto. Para pasar el rato y punto. Todavía tenía abierto el PDF con las bases del certamen del insti. Los relatos en prosa tenían que ocupar entre una y dos páginas.

La mani de Can Vagons me inspiró. Me puse a escribir sobre lo que había vivido. Pero me detuve a los dos párrafos. Me estaba saliendo un truño. Lo borré todo para empezar de cero. La segunda vez no superé ni la primera línea. ¡Coño, qué lamentable! ¡Escribir es dificilísimo! Creía que se me daba bien y no tenía ni puta idea. De mal humor, apagué el ordenador para bajar a comer un Yatekomo que debía de estar caducado. Ni siquiera lo comprobé. No me apetecía cocinar nada que me llevara más de dos minutos.

Por la tarde no tenía nada que hacer, así que volví a ponerme a escribir. Que no os engañen: a la tercera *no* va la vencida. Intenté desarrollar el relato de Can Vagons unas cuantas veces más, hasta que no me quedó otro remedio que desistir. Pero como diría mi tío: si no te funciona una herramienta, coge otra. Eso me lo trajo a la memoria. Podía escribir sobre la lucha LGTBI durante la transición, en la que él había participado. Como en el jaleo de ayer, pero en más ocasiones y de forma más bestia, había levantado barricadas para defenderse de la poli. ¿La pasma a quién protegía, al final? ¿A las leyes, a los ricos, al estado o a la gente? ¿Un poco de todo? ¿A algunos más que a otros? ¿Tus derechos, como el de la vivienda, desaparecían en cuanto tocaban las narices a los bancos?

Antes de empezar a redactar, hice un pequeño esquema en una hoja. Incluso le añadí una caricatura de mi tío, con un cabolo calvo enorme. Tardé tres horas en terminar las dos páginas. *Et voilà* el primer borrador. Parirlo me costó que lo flipas. Meaba sangre para que me salieran frases decentes. Y casi se me cayeron los ojos tratando de unirlas entre sí para que cobraran sentido. Acabé hablando de la mani del 77 y de las barricadas que se armaron en las Ramblas.

«Melenas y barricadas». Este era el título.

Cualquiera lo habría escrito mejor. Seguro. Pero si ganaba, sería cincuenta pavos más rico. Eso no ocurre todos los días.

Imprimí tres copias del relato, firmadas con el seudónimo Edgy boy. Las metí dentro de un sobre que encontré por casa y añadí la plica con mi nombre y todo eso.

Por la noche ensayé cuarenta mil mensajes para abrir a David. Me daba miedo que de vez en cuando entrase en el Whats y que todo el tiempo viera que le estaba escribiendo. Tecleaba algo, como «Holaaaaaa», «Cmo estas?», «Te has enfadado o algo?? Sq estoy rayado...» o «Q le dice un jaguar a otro?? Jauar you!!!», y luego borraba las letras una a una apretando los dientes.

Al final le mandé «Heeey <3» y punto. No me contestó. Podría haberlo hecho, porque lo vi varias veces en línea. Las punzadas en el estómago se multiplicaban acompañadas de jaqueca.

Al tumbarme en la cama, pasadas las doce, estuve un buen rato revolviéndome inquieto bajo las sábanas. La angustia, la ansiedad y los escalofríos se me enroscaban en la barriga, como un huracán con muelas devorándome entre carcajadas. Los pensamientos se me acumulaban y todos se divertían atormentándome.

¿Y si la noche del concierto hubiera hecho tal cosa? ¿Y si le hubiese dicho tal otra? ¿Y si me hubiera disculpado de otra forma? ¿Por qué me ignora? ¿Qué está haciendo ahora mismo? ¿Dónde está? ¿Le gusta otro? Normal. Quiero decir, ¿cómo es que llegué a gustarle yo? ¡No lo entiendo! ¿Y si voy a verlo a casa y se lo pregunto? ¿Está tan enfadado como me parece? ¿Ya no querrá hablarme más? ¿Y qué voy a hacer ahora? Soy imbécil. Me merezco todo esto, por cagarla día tras día. Quiero morirme, joder. Si la diñara haría un favor al mundo. A mí mismo, a David, a mis padres, a Joan, a Fabre, incluso a Román, porque no iría a molestarlo al taller nunca más. ¿Y si me tiro a las vías? ¿O mejor me pongo delante de un coche para que me atropelle? Uf, pero eso me dolerá mogollón... ¿Lleno la bañera y me ahogo? No, no, no. Demasiado trabajo. Me da pereza. Aparte de que mis padres podrían atraparme *in fraganti*. «¿Qué haces, hijo?», me preguntarían. ¿Y qué les diría? «Dejadme, por favor, solo me estoy bañando». O: «Dejadme, por favor, que me suicido por vuestro bien. A la larga me lo agradeceréis. Soy un hijo terrible». Podría aplastar la cara contra la almohada y dejar de respirar. Más fácil, ¿no? Bua, ¿y si busco en Google cómo suicidarme con pastillas? Creo que tengo Paracetamol en el armario. ¿Cómo será mi funeral? ¿Me quemarán o me enterrarán? ¿Pondrán música punkie? ¿O más bien canciones tristes, románticas y vomitivas de guitarrita y armónica? ¿Quién vendrá a la ceremonia? Supongo que nadie. O, a lo sumo, mis padres, por compromiso, y tal vez Laura. ¿Alguno de ellos llorará? Laura derramará alguna lagrimita, seguramente. Pero luego se irá a fumar y vender porros y se olvidará de mí, porque al fin y al cabo soy un pringado y tampoco le aporto mucho. No me necesita. Nadie me necesita.

Al final no me maté. Antes de sobarme, pensé que algún día tenía que escribir un testamento en que constara que cedo mi gran fortuna —un total de cinco euros— a la Obrera, y que todo el mundo que asista a mi funeral estará obligado a tomarse un chupito nada más entrar.

35

El miércoles, por primera vez en la vida, llegué al insti antes de las ocho. Tenía ganas de ir. Me distraería. No estaría pensando todo el tiempo en por qué David no me respondía. Mi «Heeey <3» de la noche anterior seguía huérfano. Ni siquiera había abierto el mensaje.

En el aula solo estaba Queralt, sentada en primera fila. Se parecía muchísimo a la youtuber Soy una pringada. Como de costumbre, me miraba con cara de Hitler amargado. Di gracias al universo por no ser como ella. Por no andar como un pato ni ser ultrafriki. Ya me bastaba con ser maricón.

—¿Por qué me miras con ganas de exterminarme? —le pregunté, sentándome sobre una mesa aleatoria. Dejé la mochila en el suelo.

Se sorprendió de que le dirigiera la palabra después de no haberle hecho ni caso en toda la ESO. Tardó unos segundos en responderme.

—Porque me caes mal.

—Miras así a toda la clase. ¿Te cae mal *todo el mundo*?

—Sí. Y no me da la gana de ser falsa. No os pondré buena cara porque me la suda que no seáis mis amigos. —Asentí. Estaba flipando. Jamás me la habría imaginado hablando en ese tono. Como estaba animada, siguió esparciendo mierda—: Total, siempre habéis sido unos hijos de puta conmigo. Si sigo en este instituto, es porque me obligan los idiotas de mis padres.

—Joder... Me gusta tu sinceridad.

Hizo una mueca de asco.

—Gracias, imbécil. Por cierto: qué caca que se te hayan terminado los días de expulsión, ¿no? La clase era más bonita sin ti.

—Pero ¿de qué me culpas? Nunca te he hecho nada.

Aitor y Font a veces la insultaban, sí, sobre todo porque estaba gorda. Pero yo no me unía a ellos. O eso recordaba.

Queralt soltó una carcajada atronadora. Habría sentido vergüenza ajena si hubiese habido gente alrededor.

—En segundo de la ESO, tu *best friend forever* Alba, que era tímida con todo el mundo menos conmigo, me señalaba cada dos por tres y decía: «¡Ay, qué asco, tiene piojos!». Tú o hacías el gesto de no acercarte a mí o simplemente te quedabas mirando. Y para que lo sepas: no tenía piojos. El yonkarra de Aitor, antes de irse del insti, me perseguía en educación física y me escupía en el pelo soltándome: «¡Puta foca, vete al acuario!», mientras tú, que pululabas por allí pegadito a Fabre, me mirabas riendo por debajo de la nariz y murmurabas: «Bua, bua, ¡mira qué le ha hecho!». Y ninguno de vosotros movía un dedo para defenderme.

»En los campamentos, Aitor me derramaba agua en la comida y tú te partías. Me acuerdo muy bien. En los juegos de orientación, iba a tu grupo porque los profes nos dividían por orden alfabético y yo, por desgracia, estoy debajo de ti en la lista. Como andaba lentísimo, me gritabas: «¡Venga, corre un poco, pato mareaaaao!» y todo el mundo se echaba a reír. ¡Felicidades, habías aprobado el examen de circo y eras oficialmente un payaso! Qué mierda de campamentos. Iba obligada y allí lo único que quería era desaparecer montaña abajo, rodando como una bola de nieve.

»La primera vez que nos sentaron por orden alfabético, cuando me puse a tu lado no tardaste ni dos segundos en mirar a Anna y decirle: «Qué peste de repente, ¿no?». ¡Qué gustazo empezar así el insti! En clase de sociales, mientras estudiábamos la prehistoria, nos enseñaron la estatuilla de una Venus, y como *estoy como una foca*, dijiste: «¡Coño, Queralt, no sabía que ya vivías hace un millón de años!». El recreo lo pasaba sola muchas veces y venías con los chicos a decirme: «Muuu, muuu». El día que nos hablaron de la gravedad, Fabre y tú me dibujasteis con tropecientos planetas orbitándome alrededor, y os inventasteis la historia de «Queralt, la chica que acabó convirtiéndose en un agujero negro». Creíais que no me enteraba de la misa la media y lo oía todo.

»No soy ciega, ¿eh? Ya sé que el trasero se me sale entre los hierros de la silla. Y me la sopla. No me torturaré con dietas y gimnasio para alegraros la vista. —Se le escapó una risita—. ¡No me importáis tanto! Pero no todo el mundo es como yo. La gordofobia mata. Hay un porrón de gente que pilla anorexia y se suicida por comentarios así. Tampoco ayuda que, en las pelis, cuando aparece una tía gorda, siempre se limite a interpretar el papel de la gorda pringada.

»Vale, no has sido quien me ha hecho más putadas. Pero nunca me has ayudado. Y si hablamos de los putos profes... Veían lo que me hacían. ¡Y no actuaban, tío!

No sabía qué contestarle. Jo, ¿qué podía decirle? Tendría que haberme callado y haberme tirado por la ventana sin pedirle perdón siquiera. Pero le solté una perlita:

—Tía... ¿Te apuntas todo esto? ¿Tienes una Lista del Rencor? No me acuerdo de la mayoría de las cosas que me cuentas.

—Esa es la peor parte. Que a ti no te importaba nada de todo eso. Pero a mí sí, por mucho que te diga que me la sudáis. Tengo la mala suerte de gozar de buena memoria.

—Bueno. Siento haber dicho lo de la peste y lo de la Venus. Lo del dibujo fue idea de Fabre. Él lo pintó todo y se inventó la historia.

Yo solo le añadí el título. Éramos pequeños y memos y tal... Pero el resto de cosas que dices que te hice no fueron para tanto, ¿no? Todo el mundo se reía de todo el mundo. Todos nos quedábamos mirando cómo Aitor molestaba a la gente. No solo nos callábamos cuando te lo hacía a ti.

Había utilizado la misma excusa que Sergi en Arena: «No es para tanto».

—Ese es el problema: todos hacéis lo mismo.

—Aitor también me insultaba y me apedreaba con los borradores, ¿eh? Me los tiraba a la puta cabeza. Tampoco hiciste nada al respecto. Ni entonces ni cuando se metía con los demás. Nunca te he visto defendiendo a nadie.

Queralt bajó la mirada, suspirando.

—Supongo que tienes razón. Pero vosotros teníais amigos que podían apoyaros. Yo no. Y viendo la manera en que me tratabais, no me daba la gana ayudaros.

—No todo el mundo tenía amigos. Juana del C también estaba solísima en el recreo y cuando la bombardeaban con pelotas de baloncesto no eras su Superwoman salvadora.

Perfiló una sonrisa.

—Veo que no eres tonto del todo. Piensas un poco. Pero no por ello me olvidaré de ti ni de todos los que habéis contribuido a que el insti sea una tortura.

—Tía, ¿no sería mejor dejar de darle vueltas? Vivir cada minuto recordándolo todo tiene que ser un puto estrés.

—Podría. Pero no quiero. Odiaros es mi manera de vengarme. Por el momento. En unos años, cuando dirija una multinacional o sea la presidenta del país, ya sabréis lo que es bueno.

Todavía sonreía. No sé si iba en serio. La tía me daba miedo y a la vez me hacía gracia.

—El mito que dice que los niños a quienes les han hecho bullying son superricos de mayores y que, en algún momento, se vengan de los acosadores, que están en la miseria, es una trola tan grande como la Sagrada Familia. El que se lo inventó era un desgraciado. Como los medievales que decían que, si te portabas bien mientras te morías de hambre y trabajabas explotado, irías al cielo.

—¿Te crees que no lo sé, idiota? Pero no te preocupes. —De repente adoptó un tono teatral—. Os odio tanto que me esforzaré muchísimo para llegar a lo más alto de la pirámide. Por eso me guardo el rencor. Es la gasolina que me impulsa. Piensa que mis únicos amigos son tres frikis de internet que viven en Paraguay, con los que juego al LoL por las noches. Y no me interesa salir de fiesta ni enrollarme con nadie. Tengo mucho tiempo libre para currármelo y ser la próxima Bill Gates. Me vengaré de todos vosotros espiándoos por la webcam.

Era tan rara que me estaba cayendo bien. Me intrigaban más sus idas de olla que cualquier vaina que me explicaran Alba, Helena y Fabre.

—O sea —concluí, con la risa a punto de traicionarme—, que tendríamos que aprovechar el tiempo en que aún podemos ser felices.

—Exacto.

Empezaron a llegar a alumnos. Alba y Helena entraron en el aula hablando como si estuvieran debatiendo el futuro del planeta. Se sentaron en el fondo, sin dirigirme la palabra. Yo solía sentarme en la pareja de pupitres de al lado, con Fabre Capullo. Pero hoy no me apetecía. Él aún estaría rayado por la expulsión y tampoco querría tenerme cerca. Seguro que me culpaba por todo. Por haberse colado en el insti, por haberse perdido clases, por haber suspendido exámenes, por las broncas de sus padres y por ser bisexual. O, al menos, por haberlo sido un poco conmigo.

Queralt siempre tenía una o dos sillas libres alrededor, así que le pregunté:

—¿Puedo sentarme contigo?

Me miró como si tuviera jeroglíficos en la cara.

—¿Qué pollas dices?

—No hueles mal. En serio. Me lo inventé para hacerme el graciosillo. Para ser popu y tal.

—¿Crees que no lo sabía? Me ducho todos los días, a diferencia de muchos de vosotros. —Cogió la mochila que había sobre la mesa de la derecha y la dejó en el suelo—. Y sí. Siéntate aquí, si quieres. —Me apuntó con el índice—. Pero no pienses que me apiadaré de ti cuando sea presi, ¿eh?

—Claro que no. Es más: no quiero que lo hagas. Todos nos merecemos que nos esclavices en un campo de concentración. ¡*Hail* Queralt!

Esto le arrancó una carcajada.

Cuando ya había llegado casi todo el mundo, saqué el libro y la libreta de catalán de la mochila. Queralt vio que entre la carpeta y el sobre del certamen —más tarde, durante el recreo, pasaría por el departamento de catalán para dejarlo sobre el montón de sobres— llevaba *Jane Eyre*. Lo señaló con el mismo dedo con el que antes me amenazaba.

—No te hacía tan inteligente como para leer las Brontë. Son geniales, ¿verdad? Este lo devoré en verano. Aluciné, incluso más que con los de Austen. Me habría gustado nacer en el siglo XIX. Siendo mujer todo habría sido muy difícil, obviamente. Pero es que el siglo XXI es una puta mierda. ¿A ti qué te parece el libro?

—Muy bueno. De momento.

—¿Sí?

—Sí.

—Tienes buen gusto. A lo mejor te acabo salvando de la esclavitud...

—En realidad, nuestros gustos se parecen. Con los de clase me ocurre lo mismo que a ti. Me caen todos como una patada en el culo. Pero yo soy un falso.

Si alguna vez le hacéis bullying a alguien, pensad que podría terminar siendo vuestro único amigo en el instituto. Así que no le hagáis bullying a nadie.

Montse entró en el aula. La observé a ella y a la clase. Parecía que hubieran pasado mil años desde la última vez que habíamos dado catalán. Se sentó en la mesa. No me dijo nada. Ni siquiera me miró. Empezó con el «Buenos días, chicos» y todo eso. El tono aburrido de siempre. Me molestó. En serio. Creía que, después de todo, le caía bien. Que de alguna forma nos habíamos hecho amigos. Me sentía como aquella gata abandonada en la autopista.

Al mismo tiempo, me odiaba por pensar así. ¿Me creía especial o algo por el estilo? La señora tenía casi cincuenta años y una vida fuera del Pau Vila. Yo era un chaval tonto y pringado. Uno más. Había visto a cientos como yo. Cuando se terminara el curso, me olvidaría. Los profes deben de olvidarse de la mayoría de sus alumnos. En cambio, los alumnos siempre los recuerdan.

—Hoy haremos una clase distinta —empezó—. No tengo más remedio que hablaros de las crónicas de los reyes de la Corona de Aragón. Y del sujeto y el predicado. Lo siento: es el programa que nos impone la Gene. Pero os lo explicaré en el patio. Será más divertido. Cada uno de vosotros interpretará un papel. Alguien será Pedro el Grande. Otros los franceses, que gobernaban Sicilia antes de que él la conquistara. —Sacó un puñado de hojas de la cartera—. He preparado unos diálogos teatrales para que comprendáis lo que sucedió. Cuando acabemos, los roles cambiarán: uno hará de artículo, otro de nombre y un tercero de verbo. Así analizaremos las oraciones de la forma más gráfica posible. ¡Puñeta, sois adolescentes! No estáis hechos para quedaros quietos en un aula seis horas seguidas. ¿A que no? Ya lo haréis cuando tengáis ochenta años y vuestros hijos os encierren en una residencia porque no os soportan.

Se oyeron resoplidos de aburrimiento.

—¡No, tío! ¡Qué paliza!

—¡Quedémonos aquí!

—¡No hace falta que lo hagamos allí!

—Tranquilos —prosiguió Montse—. Si no os interesan ni la historia ni la lengua, podéis quedaros aquí con el móvil. No os preocupéis por si suspendéis el examen. Os aprobaré con un cinco igualmente. Eso sí: prometedme que no le diréis nada al director. ¡Ah, y si de mayores os echan la bronca por hacer faltas de ortografía, no digáis que fui vuestra profe!

—¡Bua, perfecto!

—¡Dabuti!

—What the fuck, bro?

—Vamos. —Se levantó con las hojas en la mano—. Los que tengáis ganas de aprovechar el tiempo, venid conmigo.

Bajamos quince personas. Ni la mitad de la clase. La verdad es que me esperaba que fuéramos menos. Incluso se apuntó Rocho, que interpretó a Pedro el Grande, un «jambo colonialista y opresor», según ella.

Antes de salir, Fabre, Alba y Helena se miraron entre sí, como si tuviesen miedo de decidir por sí solos o de parecer unos empollones. Una vez en el patio, ninguno de ellos me preguntó por qué me había cambiado de sitio. Pillé a Helena observándome en varias ocasiones, como si quisiera venir a decirme algo. No lo hizo, porque seguía a Alba como un perrito faldero y ella no se me acercó.

Me daba igual. En realidad, estaba contentísimo. Montse me había hecho caso. No me había abandonado en la autopista.

Tal vez, cuando la edad le garabatee mil arrugas en la cara, al igual que yo le había garabateado «hija de puta» en la pizarra, y sus hijos la lleven a una residencia, todavía se acuerde de mí y de mis redacciones.

36

Por la tarde, David todavía no me había contestado. Me pasé un par de horas tumbado en la cama, bocarriba, con el móvil frente a la cara, releyendo todas nuestras conversaciones de Tinder, Insta y Whats. Cada mensaje, cada visto azul, cada vez que lo veía en línea y no me escribía... todo me ahogaba presionándome el pecho. Luego le miré los posts y las stories destacadas de Insta sin parar de preguntarme en qué narices pensaba metiendo la pata y arriesgándome a perderlo.

Al rato la ansiedad se me convirtió en rabia. Estaba enfadado con él. Me daba vergüenza que me preocupara *tanto*. Era humillante. ¿Por qué no me respondía, el gilipollas? No le costaba nada y me estaba rayando muchísimo. Ya se supondría que me estaba rayando, ¿no? ¿Quería que me sintiera así? ¿O yo ya le daba igual? ¿Ahora le importaba una mierda? Tampoco era tan grave lo que había hecho... Bueno, sí que lo era, pero todos cometemos errores, ¿no? ¿Y si no quería hablarme ni verme, al menos de momento, porque estaba dolido? ¿Necesitaba tiempo para que se le pasara? ¿Y si simplemente estaba ocupado y era yo que me estaba comiendo la olla? ¿Era un puto egoísta inseguro? Sí, tal vez solo tenía que esperar un poco, tal vez me contestaría más tarde...

Al final, solo estaba seguro de una cosa: con todas las pelis que me estaba montando, me había ganado el título de «Tarantino de los mariquitas».

Por la noche ya no aguantaba más. Le escribí desesperado preguntándole si quería quedar el viernes o durante el fin de semana. Antes de mandar el mensaje, dudé. Tampoco quería ser plasta ni que se cansara de mí. Pero acabé pulsando la tecla. En una hora me respondió.

> Tio sorry no puedo, estos dias estoy
> liadisimo con trabajos d la uni

Mientras releía seis o siete veces el mensaje, sentado en el escritorio, me temblaba la pierna. No me proponía otro día para quedar. Ni me decía que tenía ganas de verme. Aún estaría picado.

> Valee, tranquii 😛

Una carita de memo. *Mi* carita.

Acurrucado en la cama, me pasé un buen rato mirando instastories. Tanto David como Aida habían subido fotos y vídeos de una rave montada en la UAB. Habían ido juntos. Él vestía un top blanco. Llevaba maquillaje y el mismo brilli-brilli que en el concierto.

Ver que estaban de juerga me sacaba de quicio. ¿No tenían *tantos* trabajos? Quiero decir, cada uno puede irse a la fiesta que le dé la gana, pero no hacía falta que David me mintiera. ¿No os parece rastrero? Si no quería verme el pelo, que me lo dijera directamente. Aunque me sentara fatal, sabría la verdad.

Salí de Insta al recibir un wasap de Laura.

> No puedo dormir... me recomiendas
> pelis?

Si quieres una triste, no necesitas abrir el
ordenador

Mirame a mi y estaras servida

Le mandé un selfi de mi careto rayao.

Jajajaja

37

El jueves por la mañana, mientras iba al insti sin peinar y con careto de zombi, me llamó Aida. Me cagué en todo porque me interrumpió «Walking disaster» de Sum 41, la canción que estaba escuchando.

—¿Qué ocurre?

—Óscar... —Hablaba nerviosísima. Su respiración chocaba, metálica, contra el micrófono del móvil. Estaba corriendo—. David. Anoche, cuando volvía a casa después de la fiesta de la UAB, pasó por la plaza Montserrat Roig y lo vieron unos nazis de esos. Lo siguieron hasta una calle paralela, lo tiraron al suelo, le empezaron a pisar y a dar patadas y puñetazos y, joder... Le han partido los dientes. Por poco no le ciegan un ojo. Le rompieron dos dedos. Y no sé qué más. Voy de camino al Taulí. Lo han ingresado allí. Su madre me ha llamado hace un rato para contármelo todo.

Olvidándome de las clases, di media vuelta y corrí hacia el hospital.

—Ahora voy. —Y le colgué. La metralleta de escalofríos me torturó todo el camino. En mi cabeza veía nítidamente a Pablo, inclinándose hacia David como una hiena. Con la mandíbula y el cuello tensos y el lunar que le crecía y le giraba como un tornado. Amenazándolo con un: «¡Te partiré la puta cabeza, bujarra!» justo antes de zurrarlo.

Cuando nos liamos por primera vez, David me dijo: «Ahora, de entre los árboles del parque, saldría la fauna de la ciudad: pijos, canis, chonis, perroflas y abuelas indepes. De repente, todos serían bailarines excelentes, improvisarían una coreografía a nuestro alrededor y se pondrían a cantar al mismo tiempo».

Se le olvidó una especie de la fauna: los skins fachas.

Sí, ya sé que es un topicazo que zurren a un gay o a cualquier otra persona LGTBI. Pero es que pasa bastante. De la misma forma que si metes harina y levadura en el horno te sale pan, cuando mezclas maricones y neonazis en un callejón oscuro tienes paliza asegurada. Ah, y en este caso fueron unos ultras los que lo hicieron, pero no siempre es así. Hay un montón de gentuza LGTBI-fóbica. Y la mayoría de las veces no se presentan con esvásticas tatuadas.

Me encontré a Aida en la puerta del Taulí con los ojos enrojecidos. Entramos juntos. A los de recepción les dijimos que éramos amigos de David y les preguntamos en qué habitación estaba. Nos indicaron el número y la planta y subimos. Apenas me notaba las piernas. El corazón me latía en los oídos. Sus padres estaban en el pasillo, delante de la puerta, con los brazos cruzados y la frente arrugada. Él era clavado a David.

—Nos ha dicho que quiere estar solo —nos informó su madre.

—No lo molestaremos mucho tiempo —le respondió Aida—. Que sepa, al menos, que nos tiene aquí por si nos necesita.

Entramos dejando la puerta entornada. Había dos camas: una estaba vacía y en la otra se acurrucaba David, en posición fetal, de espaldas a nosotros y tapado hasta el pecho. No le veíamos la cara. Tan solo el pelo, la nuca, parte de la bata y una mano enyesada que sobresalía.

—David —lo llamó Aida—. He venido con Óscar. —No se giró. No abrió la boca. Era un cuerpo mudo que se hinchaba y deshinchaba por la respiración, formando arrugas en las sábanas—. ¿Cómo estás? —Silencio—. Joder, perdona... Qué pregunta más estúpida.

No sabía qué decir. Había pensado en cinco o seis frases que pudieran animarlo, pero todas daban pena.

—¿Los has denunciado? —pregunté, finalmente. No me respondió—. Los has denunciado o los denunciarás, ¿a que sí? —Nada—. ¿Había uno con un lunar enorme bajo el ojo? Lo conozco. Sé cómo se llama. Podemos decírselo a la policía. —Silencio—. Tío, todo esto tiene que salir en internet. Y en la tele. Tienes que contarlo. Todo el mundo debe saberlo. Tienen que detenerlos. Tienen que meterlos en la cárcel. Que se queden en una celda sin váter, hasta que ya no sean capaces de aguantarse la mierda y se caguen encima. Que se mueran allí. Que las ratas hagan canibalismo comiéndoselos.

El cuerpo de David se contraía bajo las sábanas. Estaba llorando. Ahogaba los sollozos pegando la boca a la almohada.

—No pueden... —continué.

Él me cortó.

—Cállate, Óscar. —No vocalizaba del todo bien. Como si le hubieran implantado un hierro en el paladar o como si tuviera llagas en la lengua—. No denunciaré nada. Dejadme solo. Por favor. Quiero estar *solo*.

—¿Qué? —dijo Aida—. ¿No pondrás ninguna denuncia? ¿Por qué? ¡Esto no puede quedar así! Mi tía es poli. Puedes confiar en ella. Me comentó que si me increpaban por la calle, si me agredían o si me discriminaban en la uni o en el trabajo, la llamara. Le puedo pedir que...

—¡Hostia puta, Aida! ¡Olvídalo! He dicho que no. Largaos. En serio...

Reventé de rabia.

—¡Eres un hipócrita, tío! ¿Ya te has olvidado de toda la mierda que me soltaste el día que nos conocimos? Que los que estaban antes que nosotros lucharon muchísimo. Que no podíamos decepcionarlos escondiéndonos. Se lo debemos, ¿te acuerdas? Si nos reprimimos, los que nos quieren callados e inexistentes ganan. ¿Dejarás que esos hijos de puta piensen que pueden zurrar a todos los maricones que quieran e irse de rositas?

De repente, David se volvió medio incorporado. Su cara parecía una bola de plastilina roja sufriendo bajo las manos de un niño. Tenía una especie de gasas en la nariz porque se la habían roto. Un labio reventado y cubierto de costras. Puntos por la cara y por los brazos. Cardenales y rasguños en las mejillas y alrededor de los ojos. El derecho estaba inyectado en sangre y apenas se veía con los párpados tan hinchados. Como si hubiese empequeñecido. O como si, al ver lo que era realmente el mundo, se hubiera asustado y se hubiera hundido en su cuenca. El izquierdo se veía mucho más grande. Cuando abrió la boca, todavía sollozando, le vi dos dientes de abajo inclinados hacia dentro, como desencajados, y unos cuantos más rotos. Trocitos de porcelana pintados de sangre. Le faltaba un colmillo superior. Le habían arrancado el pendiente de un tirón y tenía el lóbulo de la oreja desgarrado.

Un muñeco atropellado.

—¡Cierra la boca, imbécil! —me espetó—. ¡Eres un puto egoísta! —La voz se le quebraba y las palabras se le fundían en los llantos—. Para ti es muy fácil decirme que ponga denuncias. No estabas allí. A ti no te han pegado ninguna paliza, así que cállate. A mí sí. Y estaba solo. Me inmovilizaron y me taparon la boca con un zapato que casi me asfixia mientras me rompían el móvil. No podía pedir ayuda. No sabes lo que es recibir hostia tras hostia, mientras suplicas que paren y les dices que harás cualquier cosa que te pidan. Ni que te respondan con risas y hostias aún más fuertes. Iban a matarme, gritaban, eufóricos. Oh, sí, tenían muchas ganas. Pero no me moría. Y ellos no paraban. Joder, ojalá me hubieran matado al primer golpe.

—No digas eso...

—Es lo que siento. Y no quiero volver a pasar por lo mismo. Esa gente es una puta mafia. ¿Qué ocurrirá si los denuncio? Quizá pillarán a uno o dos y por poco tiempo. Mientras tanto, el resto seguirán libres y ya me sé la historia. Me amenazarán a mí y a mi familia. Me seguirán por la calle. El día que me acorralen y, como ayer, no haya nadie mirando, rodarán la secuela de la paliza. *Reventamos al maricón: segunda parte.* Spoiler: al final de la peli, el prota la palma. ¿Entonces qué? Hablarán de mí en la tele un par de días, diciendo: «¡Puta sociedad! ¡Parad la homofobia!». Publicarán tuits y posts de Insta que circularán un poco. Y luego todo el mundo me olvidará. Seré un cadáver enterrado. Un nombre más en la larga lista de personas LGTBI asesinadas. Os aseguro que prefiero encerrarme en casa toda la vida antes que vivir eso de nuevo. Que os lo hagan a vosotros, a ver si después, conociendo el panorama, os quedan ganas de denunciar. Yo ni de coña permitiré que toquen a mis padres. Porque si eso ocurre, o si aquello se repite, las carrozas del orgullo no vendrán a salvarnos volando y escupiendo fuego de colores, ¿verdad que no? Pues ya está. Ahora, dejadme en paz. Quiero dormir.

Notaba una presión incómoda bajo los ojos. Las ganas de llorar. Sorbí la nariz para retenerlas.

Los padres de David estaban en el umbral de la puerta. Sus ojos tristes, derrotados, sin esperanza, sobre los labios mudos, nos pedían que nos marcháramos.

38

Al salir del hospital, me llamó mi madre.

—Óscar, acabo de recibir un correo informándome de que no estabas en clase a primera hora. ¿Qué haces?

Puta mierda de insti. Siempre tocándome la polla.

—He ido al Taulí a ver a un amigo. Está ingresado.

—¿No podías ir por la tarde?

—No. Le ha pasado algo muy bestia.

—¿El qué?

—Ya te contaré.

—¿Tú estás bien?

—Sí. Tengo que colgar. Ahora entro en clase.

Le dije a Aida que tenía que marcharme. Asumiendo que David no iba a hablarme durante un tiempo, le pedí que me informara de cómo evolucionaba todo.

Estuve toda la mañana en clase, sin poder concentrarme ni un minuto, y luego fui a comer a casa. Menos mal que no había nadie. No hubiese soportado encontrarme a Joan o a mis padres. No me sentía capaz de enfrentarme a la mirada de mi madre, ni de darle ninguna explicación ni de aguantar broncas.

A las cinco, con una copia de «Melenas y barricadas» impresa a doble cara en la mochila y la idea de visitar más tarde a mi tío, volví al Pau Vila por el castigo de los huevos. Fabre, Rocho y yo nos sentamos en puntas opuestas de la clase. Cada día nos separaban más sillas. Estaba superempanado. No me enteraba de lo que ocurría a mi alrededor. De repente, vi que Montse nos había repartido hojas y que estaba delante de la pizarra diciéndonos no sé qué.

—... lo que hablamos. ¿Óscar?

—¿Qué?

—¿No me has oído?

—No.

—La redacción de hoy, tal y como ya te indiqué por correo, puedes hacerla sobre lo que quieras. Libros, pelis...

—Ah. Vale.

—¿Y nosotros de qué la hacemos? —preguntó Fabre—. ¿No somos tan privilegiados como él o qué?

Cerré los puños bajo el pupitre.

—También sois libres de elegir el tema —dijo Montse—. Aquí apostamos por la igualdad.

—No tengo imaginación para hacer redacciones, ahora —masculló Fabre.

—Podéis escribir sobre literatura o cine, por ejemplo.

—Yo tengo tropecientos libros pendientes de leer —intervino Rocho—, pero cero tiempo para hacerlo. Y la pasta no me llega para el cine.

—De acuerdo —aceptó Montse—, pues escribid sobre vuestro último viaje.

Fabre asintió, resoplando.

—No viajo —replicó Rocho—. Si no puedo permitirme el cine, ¿cómo quieres que me pague un finde en Menorca? Como mucho, viajo al Mercadona para comprarles la leche y el ColaCao a los plastas de mis hermanitos.

—Puedes escribir una redacción titulada «Visita al Mercadona». ¿Qué te parece?

Rocho puso los ojos en blanco.

—Sí, *que interessant!* «Rocho y Teo se van de compras».

—¡Venga ya! Lo que ocurre en el súper es una mina de historias. Piensa en las miradas asesinas que la charcutera dirige a sus clientes, mientras corta el jamón. La química amorosa que se intuye entre los cajeros. Las batallas campales de los que quieren llevarse el último paquete de papel higiénico...

—En lugar de una redacción, ¿puedo escribir un poema? ¿O una canción, en plan rap?

—Por supuesto.

Montse salió del aula diciendo que regresaría al cabo de una hora, deseando leernos.

Puse «Devolver el golpe» de título. Me temblaba la mano, como si de repente tuviera párkinson. Con caligrafía de neandertal, frases torcidas y apretando el boli contra el papel, empecé a escribir sobre lo que decía Jane Eyre, trasladándolo a la actualidad. Lo de no tratar bien a quienes nos tratan mal, sino hacer todo lo contrario. Saqué a colación varios temas: el racismo, el machismo, la LGTBI-fobia, los desahucios y la violencia policial, hasta que se me cansó la mano.

—¿Qué te ocurre, camarada? —me preguntó Rocho, cuando puse punto final a la redacción y apoyé la cabeza sobre la mesa, con los brazos colgando—. ¿Tienes el síndrome del queso? Te veo to rayao.

—No me pasa nada.

Señaló a Fabre.

—¿Ese parguela te ha puteado otra vez?

—No.

—Vale. Si quieres contármelo, yatusabe. La psicóloga Rocho está disponible.

Terminé por contarle que un grupo de ultras había cascado a David al lado de la plaza Montserrat Roig.

—Esos nazis son puta escoria. Sé quiénes son. Siempre están en esa plaza, hasta el culo de farlopa. El Gabri está picadísimo con ellos, porque cuando les sale de la polla insultan a unos amigos suyos latinos. «¡Putos panchis, volveros a vuestro país!», les gritan, saltando. «¡Nos robáis el trabajo, sudacas subnormales!», «¡Tenemos palos para todos vosotros!». Tío, algunos ni siquiera han nacido en Latinoamérica. Los parieron aquí y se lo gritan igualmente. Obviamente, no tendrían que decir nada de eso a nadie, venga de donde venga. Pero ya me entiendes.

—Joder, tía...

—Alguna vez han tundido a golpes a unos moros que conozco. De noche, cuando les superaban en número y edad. ¡Qué cobardes, joder! Por no hablar de mis compas negros. Los persiguen llamándoles monos de mierda. Les dicen que cojan una patera para irse a África, porque, si no, los matarán. Y no van de farol. El Mamadou y el Álex siempre cuentan que corren como locos al oírlos. Porque si los atrapan, están muertos. Esos dos también se andan con el Gabri. Él no es ni negro ni latino ni moro, pero si tocan a alguno de sus hermanos, es como si lo tocaran a él. Les tiene muchas ganas a los nazis.

—Ya me imagino.

—Si vives cerca de donde se juntan, o si algún día te atreves a acercarte a ellos, llévate una navaja o algo así.

Le hablé de la movida en la Obrera.

—Hostia puta. Qué chungo. ¿Y la poli no os ayudó?

—Qué va.

—El Ayoub es uno de mis mejores amigos. El mes pasado esos desgraciados lo persiguieron hasta su portal para soltarle que era un moro apestoso y que se largara a Siria nadando. Fue a denunciarlo a los maderos, pero no movieron ni un dedo porque no pudo grabarlo y no tenía pruebas. Si no lo protegemos nosotros, nadie más lo hará. Hablaré con el Gabri. Esto no puede seguir así. Esas ratas no pueden campar a sus anchas como si nada. Ya nos han pisado y ahora nos toca pisarlos a ellos.

Fabre no abrió la boca. No sé ni si nos estaba escuchando.

Al salir del insti, a las siete y poco, me dirigí a los Merinales, con las manos en los bolsillos y la cabeza gacha, fija en los chicles pegados en la acera. A los diez minutos se puso a llover. No llevaba ni paraguas ni capucha, pero me la soplaba. El agua que me caía por el pelo y la cara me relajaba.

La puerta de aluminio del taller estaba abierta por abajo. Román ya había borrado los grafitis. Empapado y tiritando, me agaché y entré en el local. Él estaba desmontando las ruedas de una moto o, por lo menos, eso me parecía. Vi las imágenes enmarcadas de las manis y la bandera del arcoíris al fondo. La había metido dentro. Antes siempre la colgaba fuera. Por lo del grafiti, supongo. Recordé la foto del periodista con el que había salido en los ochenta. Con él debió de sentir algo similar a lo que sentí con David en el mirador. Al darme cuenta de que, de repente, estaba llorando, me dejé caer sobre una silla. Román, sin decir nada, cogió otra, le dio la vuelta y se sentó apoyando los brazos en el respaldo. No sé dónde, probablemente en Twitter, leí que los LGTBI no sabemos sentarnos en las sillas y por eso siempre nos colocamos en posiciones rarísimas, como si fuéramos contorsionistas.

—Me dan ganas de vomitar al pensarlo —dije, cuando se me normalizó la respiración—. Pero estoy pillado de ese chico. *Enamorado*, quiero decir. Tampoco es que lo conozca tanto. Quizá solo me he imaginado cómo es. Quizá me lo he *inventado*. Ni puta idea. Todavía llevaba la mochila. La dejé en el suelo. Román fue a por una toalla y me la dio para que me secara un poco. Me quité el jersey, que chorreaba, para ponerlo sobre el radiador de al lado, y me pasé la toalla por la cara y el pelo.

—Lo han destrozado.

Le conté que habíamos discutido en el hospital. Que no creía que me volviera a dirigir la palabra. Que esos hijos de puta me habían estropeado lo único bueno que tenía.

—Sonia Rescalvo Zafra —murmuró mi tío.

—¿Cómo?

—Intento recordarla todos los días. Unos segundos, como mínimo. Cuando desayuno, cuando trabajo o justo antes de acostarme. Era mi amiga. Me enseñó muchísimas cosas. Hoy soy quien soy gracias a ella. En 1991, unos neonazis le pegaron una paliza brutal en el Parque de la Ciudadela y la asesinaron. ¿El motivo? Era una mujer trans.

Román se acercó a la pared y descolgó un marco con dos fotografías. No tenían nada que ver la una con otra. La superior, en color, me dijo que era de Sonia. Salía sonriendo y luciendo rizos castaños. No me comentó nada de la inferior. Estaba en blanco y negro y mostraba una manifestación, probablemente de los setenta. Aparecía una pancarta que clamaba:

POLICÍA A LA CÁRCEL

MARICONES A LA CALLE

—David debe de estar en shock —dijo, devolviendo el marco a su sitio—. Necesitará tiempo para curarse. A mí también me cayeron muchos palos. Lo entiendo. Se siente una puta mierda. Le gustaría quedarse en la cama para siempre y no tener que pisar el exterior nunca más. Los palos te acompañan toda la vida. Te infectan la memoria. Los recuerdos no desaparecen, sino que te asaltan cuando menos te lo esperas, mientras vas por la calle, mientras subes a un autobús o cuando, de noche, te tumbas en la cama. Te hacen temer lo que te encontrarás al doblar la esquina o lo que podría hacerte ese grupo de tíos en la oscuridad. Si David te lo pide, dale apoyo. Y si no quiere verte más, no hay problema. El rollo de «he encontrado mi alma gemela» es falso. No solo hay una persona para ti.

Se acercó a la cocina del local, pequeña y situada en un rincón. Empezó a preparar un té de esos que contienen tres mil propiedades.

—Tus visitas espontáneas me roban demasiado tiempo, ¿sabes? ¡Tengo mucho trabajo! No puedo pasarme el día cocinándole sopitas al niño...

—No hace falta que me hagas un té. En serio.

Pero continuó.

—No fue fácil sacar adelante el taller cuando me convertí en el propietario —me explicaba, mientras ponía la tetera en el fuego—. Al principio, la mayoría de los vecinos preferían llevar los coches a otro sitio. Yo les parecía demasiado extravagante y pensaban que no tenía ni idea de mecánica.

—¿Y qué hiciste?

—Entrenar la paciencia. Comerme comentarios, preguntas y miraditas que a tu abuelo no le hacían. Con el tiempo, me fueron conociendo. Vieron que no era un extraterrestre y que pintarse las uñas y ser una diva es compatible con saber reparar motores. De vez en cuando hay quien me dice cosas. O me pintan regalitos, como el del otro día. O algunos clientes desconocidos me observan extrañados.

Antes, eso me daba miedo y trataba de no ser tan yo con ellos. Hasta el día en que mandé a la mierda los complejos.

La tetera no tardó en disparar vapor. Mi tío me llenó una taza hasta arriba y me la trajo. Sostenerla entre las manos congeladas me reconfortaba. Tras beber varios tragos, la dejé sobre la mesa y saqué la copia de «Melenas y barricadas» de la mochila. No se había mojado mucho.

—Mira. Lo he escrito para el concurso de Sant Jordi del insti. Es una mierda integral. Pero va sobre ti.

Coloqué el folio junto a la taza. Román no lo cogió.

—Pero ¿cómo se te ocurre escribir sobre mí? —No gritaba, pero sonaba cabreado—. ¿Tú qué narices sabes de mí?

Joder, no me esperaba esa reacción. Bajé la mirada.

—No sale tu nombre. Tranqui.

—Da lo mismo. No escribas sobre mí. No te lo he pedido. Escribe sobre otros temas. Cosas tuyas: los porros, las pajas, los móviles, yo qué sé. Pero no vayas hablando de mí a la gente como si fuera tu padre. ¿Me oyes?

—Bueno... Estos días he venido a verte y me has contado un porrón de cosas. Con eso te he conocido un poco y he podido escribir dos páginas de mierda.

—Charlas conmigo cinco minutos y, como encima eres marica, ¿te crees la reencarnación de Oscar Wilde y te pones a redactar mi biografía? ¡No te flipes, chaval!

Pobre Oscar Wilde. Lo encerraron en el trullo y lo condenaron a trabajos forzados por homosexual. De hecho, quien denunció «las prácticas antinaturales prohibidas» que llevaba a cabo fue el padre de su amante, un noble inglés. Leí *El retrato de Dorian Gray* en Navidad. Estaba bastante bien, excepto la parte del medio, que es pedante y aburridísima. Lo publicaron en 1890 y es lo más gay que he leído jamás.

Se me escapó la risa.

—¿«No te flipes, chaval»? ¿Tú te crees que tienes dieciséis años? ¡Qué primo! ¡Pero si eres un boomer!

—Tengo unos cuantos años, sí. Pero mi espíritu siempre será joven. *I'll be forever young.*

Le concedí el beneficio de la duda y decidí que esa última frase era una broma poco conseguida y no una declaración de intenciones. Era lo mínimo que le debía.

Miré la hora en el reloj de la pared. Faltaba poco para las nueve.

—¡Qué tarde! —Me levanté—. Me piro. Hoy mi madre ya me tiene preparada una bronca maravillosa. No puedo darle más motivos para castigarme con el toque de queda de las ocho. ¡Hostias, a las ocho es cuando la gente *empieza* a salir!

—¿Me obligarás a tirar el té? —Se llevó una mano a la cabeza con actitud dramática—. ¡Qué derrochador!

—No te he pedido *en ningún momento* que me lo prepares.

Me agaché para mirar a través de la abertura de la puerta. Ya no llovía. Me colgué la mochila a la espalda y cogí el jersey y el relato.

—Puñeta, espera... —dijo Román—. ¿Dónde vas con esto? —Señaló el folio—. Vuelve a dejarlo encima de la mesa y lárgate. Venga.

Le hice caso, medio sonriendo. Observé cómo cogía el texto con las manos grasientas. Las frases se arrugaban en el papel, bajo la presión de las uñas pintadas.

Se despidió de mí poniendo los ojos en blanco y regalándome una mueca.

Mi tío es un puto falso. Tras salir a la calle y doblar un recodo, di media vuelta, cediendo ante la curiosidad. Me asomé por debajo de la puerta de aluminio, con cuidado para que no me pillara, y lo espié.

Estaba leyendo el relato con una sonrisa en los labios.

39

Mis padres estaban en casa, cenando en el comedor con el ceño fruncido. Ni siquiera habían puesto el telediario. Intenté darles esquinazo, pero me obligaron a sentarme con ellos. Se morían de ganas de regañarme.

Si alguna vez sufro la desgracia de tener un hijo, echarle broncas me dará tanta pereza que dejaré que haga lo que le salga de la polla. Que aprenda a decidir por sí mismo. Si la caga y se mata, es su problema. Los padres no estarán siempre ahí y hay que saber vivir sin ellos. «Fuma, haz pellas, suspéndelo todo, sal de fiesta y vuelve a la hora que quieras, si te apetece. Pero a mí me dejas en paz. Y el mando de la tele y el Netflix los controlo yo». Estas serán mis únicas normas.

—¿Qué ha pasado esta mañana, Óscar? —inquirió mamá.

El corazón me iba a cien. Sabía que era el momento. No tenía ni ánimos ni imaginación para inventarme nada. Solo me quedaba la verdad. Era como si me hubieran pegado cera en el bigote. Como no me apetecería ir por la calle luciéndola, tendría que arrancármela de golpe, aunque eso me hiciera chillar de dolor.

—He ido a ver al chico con quien... Con quien estoy... —Clavé los ojos en el mantel de la mesa y descubrí el dibujo que tenía bordado, en el cual nunca me había fijado, antes de añadir—: Con quien estoy *de lío*. Ya me entendéis, ¿verdad? Anoche le destrozaron la cara.

Porque es gay. Como Román. Como... como yo. Ahora está en el hospital y todo eso.

—¡Hostia puta! —exclamó papá—. ¿Quién le pegó?

—Unos fachas.

Estuve a punto de decirles que uno de los agresores podía ser Pablo. Lo conocían. Pero como no estaba seguro y, además, David no quería ni acudir a la policía ni que la gente se enterara de nada, me lo callé.

—¿Y está muy grave?

—No va a morir, si es eso a lo que te refieres. Pero tiene mogollón de heridas. Le faltan dientes. Le rompieron los dedos. Esas cosas.

—¿Lo ha denunciado a los Mossos?

—No.

—Y emocionalmente, ¿sabes cómo se encuentra? —preguntó mi madre.

—Está hecho polvo. Pero... ¿solo me preguntáis eso? Acabo de deciros que me van los tíos. Y, de hecho, solo me gustan los tíos. No soy bi.

Mamá y papá intercambiaron una mirada. Él se presionó el puente de la nariz.

—No lo teníamos claro al cien por cien —dijo mamá, volviéndose hacia mí—. Pero ya nos lo esperábamos. Eres nuestro hijo. Te conocemos.

—Estamos aquí para lo que necesites —añadió papá, asintiendo—. Supongo que es lo típico que se dice y ya lo sabes, pero no está de más recordarlo.

Mamá me tomó la mano y se la aparté instintivamente.

—Ay, cierto —refunfuñó—. ¡Me olvidaba de que eres alérgico a los papas!

—¿En serio ya lo sabíais? —inquirí.

341

—Sí, bueno, y aparte de lo que dice mamá —contestó papá, medio sonriendo— tienes que saber que en primero, en segundo y en tercero de la ESO, en las reuniones de padres, los profes nos decían que internet era peligrosísimo y que teníamos que vigilar dónde os metíais cuando os poníais a teclear el ordenador. Por eso, cuando todavía no tenías portátil propio y cuando todavía no buscabas las cosas en el modo de incógnito, te cotilleamos el historial de búsqueda *alguna vez*. Los profes son un coñazo. Salvo Montse, me caen todos como el culo.

—En el historial —continuó mamá— vimos que te habías metido en el Yahoo respuestas para leer los comentarios de las entradas: «Creo que soy gay», «Me gusta mi mejor amigo y soy tío, ¿qué hago?», «Tengo novia pero me fijo más en los chicos»...

—Hiciste cuatro o cinco veces una encuesta que te decía si eras gay, bisexual o hetero —añadió papá, riendo.

—Siempre me salió que era gay —confesé.

—También averiguamos la clase de porno que mirabas...

No sabéis lo incómodo que era todo aquello. Os aseguro que no queréis pasar por lo mismo.

—Estuvimos a punto de comentarte algo sobre el tema —admitió mamá, mirando el techo—. Nos preocupaba que miraras porno, fuera el que fuera. Creíamos que te traería problemas, que te concentrarías menos en clase y cosas así. Pero los compañeros de trabajo nos contaban que sus hijos hacían lo mismo. —Se le escapó una risita—. Ah, y Vero, la psicóloga de Joan, decía que es algo normal a esas edades, así que dejamos de preocuparnos tanto. Además, no queríamos que te enfadaras con nosotros ni que nos perdieras la confianza si te enterabas de que te espiábamos *un poquito*.

—No me cotilleéis el ordenador nunca más, ¿vale? Es que... ¿Qué coño? Lo que busco es privado. Que seáis mis padres no cambia nada.

—No te lo mirábamos cada día, sino muy de vez en cuando. Y desde que terminaste segundo y aprendiste a usar el modo de incógnito, no hemos vuelto a hacerlo.

—¿Y cómo es que nunca me preguntasteis nada? Sobre lo de ser gay, quiero decir. ¿Preferíais que fuera hetero y temíais que, diciéndome algo sobre el tema, saliera del armario? Conocían muy bien a mi tío. Sabían que no había tenido una vida fácil.

—Óscar, únicamente lo sospechábamos. —Mamá suspiró—. Nos imaginábamos que algún día tú mismo sacarías el tema. Tampoco teníamos prisa. Además, los padres nunca preguntan a los hijos si son heteros, ¿a que no? Es lo que dice siempre Román, indignadísimo: no hay ningún momento dramático en el que los padres se sientan a la mesa con su hijo, bajo una atmósfera lóbrega, y él les cuenta que es hetero, lo cual desata una cascada de lágrimas y expectativas de futuro difuminadas.

—Ya.

No me imaginaba que mis padres fueran tan abiertos de mente. Otra cosa que agradecerle a Román.

—Si mañana quieres visitar a tu novio —dijo papá—, puedo acercarte al Taulí en coche.

—No somos novios.

—Bueno, lo que seáis. Hoy en día le ponéis unos nombres más raros a todo...

—Y nos ha dicho que no quiere visitas.

Papá sacudió la cabeza.

—¿Cómo se llama? —quiso saber mamá.

—David.

Eso la hizo reír.

—¿Qué pasa?

—Cuando estaba embarazada de ti, no tenía claro cómo llamarte. Estaba entre Óscar y David. De hecho, estuviste a punto de llamarte David.

—Pero a mí me gustaba más Óscar —agregó papá, desplegando una sonrisa triunfal.

40

Heyyy David, cmo te encuentras??

Mejor, gracias, pero quiero estar solo y tal
La vd es q no tengo ganas ni de salir ni
de ver a nadie
Solo quiero estar en mi cuarto mirando
series

Okey, tranqui
Si necesitas algo, estoy aqui
Q series miras?

Durante la primera quincena de abril, la lluvia y el sol se peleaban por ver quién nos amargaba más el día. O tronaba como en un bombardeo mientras diluviaba y nos congelábamos o sudábamos océanos por el bochorno. Encima, el polen que invadía el aire nos obligaba a estornudar cada tres segundos. Teníamos que salir de casa con una puta maleta para llevarnos el paraguas, el chubasquero, la sudadera, el abanico, la crema solar y toneladas de clínex. Con todo, David me respondía con evasivas hasta que desapareció. Entonces intenté saber de él a través de Aida.

Heeey Aida, hace unos dias q nse nada de David

No me contesta, me deja el visto, etc

Tu lo ves x la uni?

Ha faltado a clase varios dias
Ni yo ni los de la uni sabiamos nada
de el mientras tanto
Lo unico q se es q un compañero
le pasaba apuntes
Hoy ya ha vuelto y casi no ha abierto la boca.
Le he preguntado q tal todo y me ha dicho
que esta ocupado pq se mudará a Sant Cugat
con sus padres
Supongo q despues de lo ocurrido no se sienten
comodos viviendo en esa zona de Sabadell

Me rayaba no saber nada de él y ver que me ignoraba. Y eso me hacía sentir culpable, porque era egoísta por mi parte querer que me prestara atención después del chaparrón de mierda que le había caído.

Lo echaba de menos. Con él me sentía supercómodo, superlleno, y ahora me había dejado un vacío de profundidades indeterminadas. No hablé de ello ni con Laura ni con Fenda. Ahora quedaría bonito decir que no lo hice para evitar que se comieran mi drama. Pero ¿sabéis qué? La verdad es que no me apetecía tener que contar tantas cosas.

Llegué a preferir no haberlo conocido jamás. No tenía claro que los buenos momentos juntos compensaran tanta mierda.

Me costaba masturbarme. Mirar porno me deprimía y tampoco tenía ganas de hacerme pajas. Aun así lo intentaba, pero a los cinco minutos me cansaba y paraba. En clase era incapaz de escuchar y tomar apuntes. La calle solo la pisaba para ir al insti y volver. Ni andando podía parar de darle vueltas a lo de David. En el hospital había sido cero empático. Me arrepentía muchísimo de lo que me había salido de la boca. Lo repasaba una y otra vez y pensaba en lo que podría haber hecho mejor.

De regreso a casa tras el castigo del jueves, estuvieron a punto de atropellarme en un paso de cebra. Ni me di cuenta de que estaba cruzando la calle. Tan solo caminaba, cabizbajo, escuchando música y haciéndome ollas. El conductor se detuvo en seco, me pitó y me miró con cara asesina. Lo vi abrir los labios y torcerlos para pronunciar las sílabas HI-JO-DE-PU-TA. Parecía el dibujo animado de un viejo haciendo playback. Permanecí quieto en medio del paso, con cara de me-la-su-da, esperando que de la rabia le pillara un ictus y la diñara. Por desgracia, sobrevivió y no tuve más remedio que seguir adelante.

Creo que, una noche, mis padres tuvieron una discusión de las fuertes con Joan. Oí los gritos. Estaba en la cama, desnudo, tapado con la sábana hasta el ombligo, con los ojos abiertos y clavados en el techo. Acababa de fumarme lo que me quedaba de la hierba de Laura.

Tal vez solo estuvieran viendo un partido de fútbol. No lo sé. No presté atención a lo que decían. Si se hubiesen tirado los platos a la cabeza *literalmente* y se estuvieran desangrando, no habría reaccionado. Me los habría encontrado muertos a la mañana siguiente y al principio ni me habría inmutado. Esos días hablaba tan poco que, cuando me oía la voz, me parecía la de un desconocido. Los sonidos, los coches, la gente, las clases: todo me atravesaba sin alterarme. Me había convertido en un fantasma catatónico.

41

Aquel año, en el insti celebramos Sant Jordi el viernes 16 de abril. Los de cuarto nos saltamos la clase de antes del recreo para ir al salón de actos. Para que los profes nos entregaran los premios del certamen y todo ese lío. Primero dieron los premios de poesía. Sorpresa: Rocho se llevó el segundo. Subió al escenario, donde había un micro, y nos leyó el poema. Era supercombativo, como todo lo que rapeaba en las batallas de gallos. El primer premio lo ganó Queralt. En el escenario, el profe inútil de castellano le puso la banda de ganadora al revés —era una banda supercutre; se notaba que la habían hecho los mismos profes en el departamento a toda hostia, con un pedazo de tela y un rotulador— y le dio una copia del poema. Lo recitó con un tono teatral exageradísimo: todos flipamos en colores porque nunca habíamos oído a Queralt hablando así y diciendo esas cosas.

El poema se titulaba «Amor letal». Iba de una pareja con una relación hipertóxica, lo que para Queralt significaba un amor realista. A lo largo de los versos, la voz omnipresente que contaba la historia se quejaba de que hoy en día nos obligan a tener relaciones perfectamente equilibradas y sanas. Decía que nos engañamos pensando que el amor es bonito e inofensivo. Que las relaciones ideales son imposibles y que únicamente los solteros pueden disfrutar de una vida equilibrada y sana. Si hay amor, hay obsesión, celos, odio, rencor, locura y sufrimiento. El tío y la tía del poema se aman y se odian a muerte. Fantasean con asesinarse el uno al otro mientras follan. Se ponen los cuernos y son, a la vez, psicópatas que creen que, si el otro no es suyo, no puede ser de nadie. Sin embargo, tras el orgasmo se sienten tan satisfechos que piensan: «Ahora no lo haré, lo dejaré para el próximo polvo». Y así sucesivamente, de manera que nunca se matan, porque las ganas de hacer el amor superan las de hacer la venganza. Todo escrito en tercetos encadenados y bien rimados.

Queralt está fatal —esto también rima, para variar— y los profes que la premiaron aún más.

Juana del C se llevó el segundo trofeo de prosa. Había escrito un relato de tres párrafos sobre el típico bosque lleno de rosas que huele muy bien. Un truño. No hay nada más surrealista que un bosque con olores agradables. Por favor, no mintamos: los bosques y las montañas siempre apestan a mierda.

Cuando anunciaron el primer premio de prosa, ni me enteré. Estaba embobado, todavía pensando en la ida de olla de Queralt. Se había pasado cinco pueblos, ¿no?

El chaval de al lado me sacudió el hombro diciéndome: «Petao, que tienes que salir, ¡que has ganao!». Montse, desde el escenario, me indicó que subiera. Allí me colocó la banda. Correctamente. Decía «Mestre en gai saber». Maestro en gaya ciencia. Aunque *gai* también significa gay.

—¿Qué cojones? —se me escapó, mientras lo miraba.

—¿No te acuerdas de lo que os expliqué en clase? —dijo Montse.

—Últimamente estoy algo disperso.

—En el siglo xix, durante la Renaixença catalana, quien ganaba los concursos literarios de los Jocs Florals recibía el título honorífico de *Mestre en Gai Saber*. Mirándolo bien, encaja con tu cuento. —Me guiñó un ojo—. ¡Felicidades! ¿Estás nervioso?

—¿Por qué?

—Por tener que leer en público.

—Qué va.

Y era cierto. Me importaban una mierda los payasos que se sentaban frente al escenario. ¿Por qué me había preocupado tanto tiempo por lo que pensaban de mí y los rumores que podían ir largando? Ahora me la sudaba. Si les caía mal, pues fantástico. Ellos me caían peor. Era una sensación liberadora. Hasta me sentía estúpido por haber perdido tantas horas y tanta energía intentando parecerme a ellos y encajar.

Debía de pensar todo esto por lo de David, que sí que era importante. Y porque faltaban menos de dos meses para que terminara el curso. Hace un rato os decía que después de salir del armario con los compañeros querría desaparecer. Pues era lo que tenía en mente. Si al final me metía en bach, me cambiaría de insti y dejaría de ver a esa gente. No aguantaba más el aire viciado del Pau Vila. Las etiquetas que te ponen con doce años todavía te cuelgan de la frente, podridas y pestilentes, a los dieciséis. Allí, el marica pringado, la gorda, el friki, el retrasado y el pajero pervertido nunca serán más que eso.

Leí «Melenas y barricadas» frente a caras aburridas, bostezos y móviles tecleados disimuladamente.

En segundo nos daba inglés una tía que molaba bastante. Ahora estaba de baja por depresión. La pobre no salía del pozo. Y nosotros teníamos la culpa. Por cómo la tratábamos. Sí, algunos adolescentes somos *aún más* cabrones que los profes. En fin. Da igual. La cuestión es que ella siempre nos decía «*Go big or go home!*» cuando nos tocaba hacer exposiciones orales. Tras leer el relato, puse en práctica su consejo.

Seguro que todos los que estaban allí lo sabrían en algún momento —algunos ya lo sospechaban—, así que, acercándome un poco más al micro, añadí:

—Ah, y soy tan gay como anuncia la banda. Soy un Maestro en el Hecho de que me Gusten los Tíos.

Algunos se troncharon. Otros aplaudieron, quizá por el relato, quizá por la confesión, quizá para hacer el mongolo. Y el resto ni idea. Ni me fijé en qué caras ponían. Lo único que hice fue buscar a Queralt con la mirada. La encontré fácilmente: se sentaba en primera fila. Me sonreía.

En cuanto salimos del salón de actos, Alba, Helena y Fati me comentaron algo falsísimo. «¡Hala, qué guay, Óscar! ¡Nos alegramos un montonazo!», o una frase por el estilo. No les hice ni caso. Estaba entretenido mandándole una foto del relato a David por WhatsApp. Le escribí que me habían premiado y todo eso. Le pregunté si el 23 de abril, cuando se celebraba realmente Sant Jordi, al final vendería libros en la plaza de la Universidad.

Me dejó el visto. Otra vez. ¿El cabrón no pararía nunca de hacerme ghosting?

Ese era el último día del segundo trimestre. Hasta después de Semana Santa no volveríamos al insti. Ahora teníamos vacaciones, pero yo no descansaría una mierda. Tenía que estudiar para las recus.

A las dos y media, al acabarse las clases, Rocho me siguió hasta las taquillas.

—¡Felicidades, Stephen King!

—Igualmente, Pasionaria.

—El Gabri me ha dicho que te espera en la plaza del Trabajo. Quiere hablar contigo.

El corazón me pegó un brinco en el pecho.

—¿El Gabri? ¿Por qué?

—Tranqui. No es na malo. Al menos pa ti.

Salimos del insti los dos juntos. En un banco de la plaza se sentaban el Gabri —alias Cani Supremo— y un par de MDLR amigos suyos. Fumaban. En el regazo del que estaba en medio había un altavoz que emitía trap. Eran los típicos que, si te los encuentras por la calle, o te cambias de acera o doblas la esquina, por si acaso. Si algún día se te acercan y te piden la hora, lo mejor que puede pasarte es tener que regalarles el reloj.

Es una pena, porque algunos son guapísimos y tienen una voz ronca que me pone cerdísimo. El Gabri era de esos. Llevaba una ceja partida y anillos en los dedos con los que cogía el cigarrillo. Si el mundo fuera distinto, le tiraría la caña sin cortarme ni un pelo. Nunca lo he dicho en voz alta porque me da vergüenza, pero me flipan las nucas de los canis. Anchas. Tensas. Atravesadas por una cadena.

Los tres me estudiaron mientras les sostenía la mirada. El MDLR del altavoz bajó la música. El Gabri fue el primero en hablar. Era un orador excelente. No me lo esperaba. De hecho, lo único que le había oído decir hasta entonces era «Dame el móvil», el día que me había atracado. Si se presentaba a las elecciones, el cabrón las ganaría.

—Esos calvos zurraron a tu novio, ¿verdad?

—No es mi novio.

—Bueno, tu amigo.

—Sí.

—Últimamente se meten mucho con el Miguel y sus panas. Y el martes fueron otra vez a por el Ayoub. Cuando salía del locutorio de su padre, lo acorralaron y le dieron un guantazo y una patada en los huevos. Por suerte, solo fue eso. Había gente alrededor. Al día siguiente apareció una esvástica pintada en la puerta del locutorio y «ESTÁIS MUERTOS» en la acera. El Ayoub ya puso una denuncia por algo así y no le sirvió de nada. Además, su padre y él tienen miedo de que les revienten la cabeza si vuelven a hablar con la poli. El Miguel no tiene papeles, así que solo nosotros podemos protegerlo.

—Qué putada, tío.

—Ya ves, hermano. Los viernes y los sábados por la noche siempre se juntan en esa plaza. La que está rodeada de obras. ¿Sabes cuál te digo?

—Sí.

—Hoy iremos a verlos. A las doce o así. ¿Te vienes?

—¿A verlos?

El Gabri perfiló una sonrisa. La canción de trap se terminó y empezó una del Morad.

—Rocío me ha hablado de ti. Sé que no eres imbécil. Ya me entiendes. *Los machacaremos.*

No había nada que me apeteciera más. Pero no tengo ni idea de pelear. Y soy un gafe.

—Ahora voy a quedar como el culo, pero... A ver cómo te lo digo... No sé pegar.

Me dedicó una risita condescendiente. *Animalito.*

—Bro, no pasa nada. Lo que importa es que seamos unos cuantos. Para que los perros se jiñen. Quédate detrás de nosotros y, si vienen a por ti, esquivas los golpes y les das en los ojos con los puños. O una buena patada en las pelotas. No te rayes. Estaremos allí para defenderte. Tampoco nos quedaremos mucho rato. Solo les daremos un susto. Estará to flama, ya verás.

Ya no escuchaba la música. Solo me oía el corazón galopándome en el pecho.

—Les devolveremos el golpe. Para que nos dejen en paz de una puta vez.

—Lo vas pillando, bro. —Se encendió el piti, que se le había apagado, y echó un par de caladas—. Esta noche ponte una sudadera con capucha y un buf o algo en la cara, para que no te reconozcan. Todos iremos así. Para que luego no vengan a por nosotros. Y para que la pasma no nos pille. Los nazis tienen amigos en la poli y en los juzgados y eso no es nada bueno.

No tengo bufs en casa. Nunca me ha molestado el frío en el cuello. Sin embargo, me gusta currarme los disfraces de carnaval.

—Puedo ponerme una máscara.

La sugerencia le arrancó una carcajada.

—Lo que tú quieras, niño. Como si me vienes disfrazado de dinosaurio. Ah, y lo más importante: tráete la navaja. Las cosas no se pondrán feas, pero por si acaso. En verdad, yo siempre la llevo. Nunca está de más.

Mira, de eso sí que tenía.

42

La navaja que me regaló el yayo cuando cumplí trece años tenía las iniciales LM grabadas en la empuñadura. Luis Martínez. La saqué del cajón de mi cuarto y la examiné. Era bastante grande. Acumulaba un porrón de años, pero no la utilizaba para nada, así que todavía estaba afilada. Me la metí en el bolsillo de los vaqueros. Del cajón inferior me llevé tres máscaras blancas de V de Vendetta que daban mucha grima. Me puse guantes de lana por si tenía que dar algún puñetazo. Para protegerme las manos y eso.

Al notar la lana que me apretaba los dedos me di cuenta de que aquello iba en serio. No era ni una broma ni una peli: salía a *cazar* de verdad. Estaba acojonado. Una vocecita me aconsejaba que me quedara en casa. Sin embargo, la sangre me hervía y tenía ganas de continuar lo que había dejado a medias en la Obrera. Las piernas me temblaban de miedo, mientras que los pies se me inquietaban en las zapatillas, ansiosos por pisar ratas.

Mis padres y Joan dormían. Al día siguiente madrugaban. Salí de casa de la forma más silenciosa posible. Ya estaba acostumbrado a escaparme sin que se enteraran.

A las doce y media de la noche nos encontramos todos en el portal del Gabri, muy cerca de la Cruz de Barberá. Aparte del Cani Supremo, estaban los dos MDLR de la plaza, Rocho y otro tío.

—Traigo dos máscaras extra —comenté, mientras me ajustaba bien la mía.

El Gabri se puso una. Parecía el ángel de la muerte preparado para desplegar las alas negras y levantar un vuelo de belleza y sangre.

—¡Tete, esto es chunguísimo! —dijo, palpándola y riendo—. Parece que estemos en la peli esa de la purga.

El cuarto chico se puso la otra. Rocho llevaba un buf muy largo y capucha. Me apretó el hombro.

—¿Todo bien, camarada? ¿Preparado para el segundo Gran Golpe?

—Preparadísimo —le mentí.

La plaza Montserrat Roig no estaba demasiado lejos. Solo había tres neonazis. La luz de las farolas los revelaba. Dos de ellos, con la cabeza afeitada, se sentaban en un banco de espaldas a nosotros. El tercero, con un centímetro de pelo, estaba de pie ante ellos.

El tercero, el más visible, vestía una cazadora abierta y una camiseta con letras góticas estampadas. Meneaba los brazos y los hombros, colocadísimo. ¿Y sabéis qué es lo peor de todo? Que me di cuenta de que era guapo. Tenía la mandíbula marcada, con algo de barba. Lucía un pendiente. Las cejas se le inclinaban, simétricas, sobre los ojos furiosos. Los labios se le torcían en una mueca de hachís que, si no hubiera pertenecido a un facha, no me habría importado besar. Ahora lo pienso y, avergonzado, me acuerdo de un poema de Sylvia Plath: «Papi». Uno de los pocos poemas que me han perforado. Me lo envió Laura, que siempre lee cosas de esas en internet. Hay una estrofa horrible que dice:

No Dios, sino una esvástica
tan negra que por ella no hay cielo que se abra paso.
Cada mujer adora a un fascista,
con la bota en la cara; el bruto,
el bruto corazón de un bruto como tú.

«Cada mujer adora a un fascista». Piel de gallina.

Avanzamos hacia ellos como una manada. Los nervios me apretaban tanto el estómago que podría haber vomitado allí mismo. La adrenalina me salvaba. Me daba subidón llevar la máscara y estar protegido por gente que sabía pelear. Con el rostro tapado, todo es más fácil. Ahora entendía a los antidisturbios.

—¿Qué coño hacéis? —bramó el que tenía pelo, cuando rodeamos el banco para acorralarlos—. ¡Enseñar la cara, cobardes de mierda!

Los dos que llevaban la cabeza rapada se levantaron. El más mayor debía de sacarme diez años, mientras que el otro...

El otro era Pablo. El cerdohijoputa de Pablo. Volvíamos a encontrarnos, como si estuviéramos jodidamente predestinados. Como si el universo se emperrara en que acabáramos lo que habíamos dejado a medias no solo en la Obrera, sino aquel día en la piscina, hacía tres años.

El Gabri, Rocho y el resto empezaron a pegarse con el calvo más mayor y con el de la cazadora. Las peleas de las pelis siempre son superépicas. Bien montadas, coordinadas e incluso atractivas. Pero en la vida real dan pena. Son ridículas e infantiles. La troupe cani y los fachas se daban de hostias donde podían. Se arañaban. Se tiraban de la ropa para defenderse. Se pegaban bofetadas. Todo muy ortopédico.

Me quedé solo ante Pablo. Estaba temblando. Tensé los brazos cerrando las manos para disimularlo. Me miraba encocado, medio sonriendo y moviendo los puños como los boxeadores. Me cago en la puta, chaval...

Nunca había creído en la chorrada del destino, hasta entonces. «Luego vendré a por ti. Te partiré la puta cabeza», me había dicho. Sin ser consciente de ello, estaba cumpliendo la promesa. Vino a por mí. Por instinto, retrocedí dos metros. Se detuvo un momento, siempre con los puños en alto.

—¿Te has cagao en las bragas, mariquita? Anda, ven. Te reventaré el culo, que sé que te encanta.

No podéis ni imaginaros el miedo que me inflamó el cuerpo al oírle la voz, ronca y fría, acuchillando el aire.

No me reconocía. Eso era lo único bueno, aunque inútil.

De repente lo visualicé pisándole la boca a David con una de sus botas asquerosas, mientras los demás le cosían a patadas el estómago y los huevos. Los gemidos ahogándose contra la suela roñosa.

Pablo se me abalanzó, excitado, y lo empujé con fuerza para quitármelo de encima. Me arreó un puñetazo en el vientre que detonó una bomba atómica de dolor. Me agarré la barriga, pensando que me moría. Caí de culo y me golpeé el cabolo contra una papelera. Él lo aprovechó para propinarme una patada en la rodilla que me hizo aullar. La siguiente hostia la esquivé rodando rápidamente hacia la izquierda.

—El otro día aplastamos a un mariposilla como tú —ladraba—. No se murió. Pero lo dejamos hecho un cuadro. Espero que al verse en el espejo se suicidara. No me gusta dejar mariposas sueltas, ¿sabes?

Me levanté. Trató de arrebatarme la careta, pero no lo logró porque le paré el brazo con la mano. Luego le pegué un puñetazo en la mejilla. Chocar con la mandíbula me hizo un daño que alucinas en los dedos, pero como era en caliente y llevaba guantes pude seguir con la pelea.

—¿Quién coño eres, hijoputa?

Como respuesta, le aticé un rodillazo en los huevos. Con una rabia y una fuerza que hasta entonces jamás me habían salido, lo empujé contra un banco.

Al igual que los de la BRIMO, me escondía tras la máscara para atreverme a hacer lo que deseaba: apalear a los que me odian y a los que odio. La cara de Vendetta me ayudaba a ser yo mismo. A la vez,

358

detrás llevaba pegada la máscara que me había construido a lo largo de los años. Para ocultar la pluma, lo que me gustaba, lo que *era*.

En realidad, todo el mundo lleva máscara. Es un recurso de supervivencia. Pocas veces nos comportamos según lo que pensamos y lo que sentimos. Sin embargo, casi siempre somos falsos. Ojalá pudiéramos dejar de ser educados con la gente que querríamos ver desaparecer por el pozo. Ojalá pudiéramos ser quienes los empujan.

Por unos instantes, Pablo ya no era Pablo. Ya no lo veía como a una persona. Ahora era *una bola calva*. Y a la bola calva le descargué cinco golpetazos en la nariz. Otro en la boca. Un séptimo en el ojo. Y otros dos en el estómago. El primero ya lo dejó atontado y lo aproveché para continuar a lo bestia. Las hostias de intolerancia —las que habían recibido David, mi tío, Sonia Rescalvo y todos los demás— le volvían como un boomerang. Y los puños que las clavaban tenían las uñas ensangrentadas tras pasar tanto tiempo rascando la puerta del armario.

Me obligó a dar un paso atrás aplastándome las pelotas con la rodilla. Se me lanzó encima y me golpeó la cara con su frente kilométrica. Tenía la sensación de que me había explotado la nariz. Me la apreté por encima de la careta, gritando y alejándome aún más. Estornudé sin desenmascararme.

Entonces vi que el Voldemort nazi había sacado la navaja. Con una sonrisa afilada, me enseñaba la punta orgullosa. Arremetió contra mí varias veces, intentando herirme. Como una serpiente que, de repente, muerde y se echa atrás. Lo esquivé. Se desangraba por las fosas nasales. Su narizota era un tubo de pintura que le coloreaba los labios y los dientes de rojo.

Me saqué la navaja del bolsillo. La mano me temblaba un huevo. Apreté el botón y salió la hoja. No sabía qué coño hacer con eso. Dando pasos hacia atrás, miré a mi alrededor, en busca de ayuda. El Gabri, Rocho y el resto estaban entretenidos. Mientras se ocupaban del de la cazadora, el segundo ultra empujó al Gabri, que cayó de espaldas. El facha se agachó sobre él y le aporreó la cabeza como si tocara el tambor. Cuando estaba a punto de arrancarle la máscara, Rocho le giró la cara con una patada de futbolista y le dio otra en el costado para sacarlo de encima de su novio. Después, ambos bandos siguieron pegándose. Era un puto caos.

Mi nazi, al verme distraído, me placó y me tumbó. Se me puso encima. Me inmovilizó el cuerpo con las piernas y las manos con los brazos. Notaba su navaja presionándome el brazo derecho. Sujeté con fuerza la mía, para que no me la quitara.

El miedo a morir me dominaba el cuerpo. Se me nublaba la vista. Sacudí el torso y las piernas, desesperado, para liberarme de él. Inútil. Doblé las rodillas para tratar de pegarle en la espalda. Inútil. Con tanto peso encima me costaba respirar.

Me agarró el brazo y me lo torció hasta el otro, para inmovilizarme los dos con una sola mano. Así le quedaba libre el puño con el que sujetaba la hoja letal. Mientras le suplicaba que no me matara, me la introdujo por debajo de la máscara e hizo fuerza hacia arriba para subírmela. Los ojos inyectados en sangre se le agrandaron, sorprendidos. Las pupilas se le dilataron, como un eclipse, por la farlopa. Incluso se le ensanchó el lunar canceroso. Me chorreaban lágrimas por las mejillas y las sienes.

—Vaya, vaya. El enano otra vez. —Hablaba decepcionado. Lamentaba de veras que coincidiéramos en esa situación—. El tontolaba de tu hermano estará orgulloso de ti, ¿eh? Ahora me llora, la niñita... ¡Puto cobarde maricón!

Sentí el metal frío recorriéndome la oreja. Casi no podía moverme. Estaba como paralítico.

—Tu hermano tendría que haberte dado unos buenos guantazos hace años. Pa que aprendieras. Tendría que haberlo hecho yo mismo en cuanto vi que ibas pa bujarrón. Estas cosas o se cortan de raíz cuando aún se está a tiempo o luego no hay remedio. Ahora es demasiado tarde, enano. A la mala hierba no se la deja crecer. Se arranca y se extermina. Supongo que lo sabes.

Entonces me abrió un corte en la parte trasera del lóbulo. Chillé. Se detuvo para acallarme metiéndome la empuñadura de la navaja en la boca. No había vecinos en la plaza que pudiesen oírme, pero no quería que vinieran Rocho y los otros a salvarme. Estaba sangrando como un cerdo en el matadero. La sangre me caía por la nuca.

—Te arrancaré la oreja de cuajo y te rajaré la puta cara. Y luego te abriré el culo en canal. Eso seguro que te pone cachondo.

Lo decía en serio. Me asesinaría.

Lloraba, gemía y sacudía las partes del cuerpo que no tenía bloqueadas. Pero no me liberaba de la tenaza.

Pablo miró a un lado. Vio que los canis y la choni estaban lejos y demasiado atareados para venir a por él, por lo que me sacó la empuñadura de la boca e hizo más profundo y más ancho el corte de la oreja. Me estaba mareando por el dolor. Le grité que parara. Que haría cualquier cosa que me pidiera. Lo mismo que había suplicado David. Él se rio de mí. La risita sonaba aburrida. «Macho, qué pereza, siempre me dicen lo mismo».

Desesperado, me moví entre convulsiones y conseguí liberar la mano vacía. Le pegué hostias frenéticas en la cara, en el pecho, donde pude. Él paró de cortarme para golpearme la herida con la empuñadura, lo que casi hizo que me desmayara. Me inmovilizó la mano con la que le estaba pegando, o sea que me dejó libre la otra, la que aferraba a muerte la navaja.

Me dio en el corte por segunda vez. Gesticulé, enloquecido, tratando de detener la tortura de cualquier modo. Si volvía a hacerlo, perdería definitivamente el conocimiento. Le golpeé en el hombro, en la cabeza, en el cuello, para que se cayera hacia un lado o algo así. Al quinto golpe se quedó quieto. La fuerza con que me sujetaba disminuyó y pude salir de debajo de él. No era capaz de ponerme de pie. Me limité a sentarme en el suelo, con la respiración a velocidad de Ferrari. Me miré la mano. Tenía la navaja ensangrentada. Pablo estaba de rodillas, como si le rezase a Hitler, con la mano apretándose el cuello, de donde le manaba un Ebro escarlata. Sin darme cuenta, le había clavado la hoja. Toda entera. Las venas de robot le habían explotado como las tuberías que revientan en una inundación.

Me recoloqué la máscara. La oreja todavía me sangraba a chorro. El líquido, caliente, me bajaba por dentro de la camiseta y me llegaba a la espalda. Apenas percibía el dolor. No podía mover ni un dedo.

No sé cuánto tiempo pasó. En algún momento, el tío se desplomó sobre un charco rojo. La cara se le aplastó contra el suelo.

—¡Coño, que lo ha matao! ¡Que se lo ha cargao! —gritaron los otros dos neonazis, justo antes de salir por patas—. ¡Putos asesinos! ¡Estáis muertos!

Se perdieron por un callejón. De repente, me rodeaban el Gabri, Rocho y el resto. A pesar de inhalar toneladas de aire, no me entraba nada, me sentía como si me hubieran sellado los pulmones con cemento. Al mismo tiempo, era como si estuviera en una pesadilla. Tenía la esperanza de despertarme de golpe en mi habitación o en medio de la clase de mates.

Rocho me sacudió.

—¡Óscar, levántate, joder!

—La ha palmao... —dijo uno de los amigos del Gabri, observando a la bola calva que yacía en esa posición tan grotesca—. Se ha ahogao con su sangre o algo así. ¡Hermano, vámonos ya!

—¡Óscar!

—Que se quede aquí, si quiere. Yo me piro.

—¡Mueve el puto culo, Óscar!

Rocho me dio una bofetada y volví en mí. Me ayudó a levantarme. Aún tenía la navaja en la mano. La cerré y me la guardé en el bolsillo. Hacía un frío de locos. Estaba tiritando. Me puse la capucha de la sudadera. De repente, la herida de la oreja me escocía muchísimo. Para detener la hemorragia me la presioné por encima de la ropa.

Todos echamos a correr en la misma dirección. Yo tan solo los seguía. Como un autómata. Tampoco habría sido capaz de orientarme para ir a ningún sitio. Nos paramos en la pendiente oculta de un parking.

—¿Qué coño ha pasado? —me preguntó Rocho.

Fue entonces, pensando en qué responder y materializándolo en palabras, cuando empecé a entender lo que había ocurrido. Poco a poco se hizo real.

—No lo sé. Ha sido sin querer. O sea, él me estaba cortando la oreja. —Me bajé la capucha para mostrarles la herida—. Quería arrancármela entera. «De cuajo», decía. He intentado que parara, que no me matara, que se apartase de mí, y entonces... Joder, joder, joder. Ha muerto, ¿verdad? ¿Lo he matado?

—Sí —me contestó el Gabri—. Pero ellos se lo han buscado, jodiendo a todo el mundo.

—Si hacen malabares con petardos, las manos les estallan —añadió Rocho—. Y a todo cerdo le llega su San Martín.

—Lo he matado. Joder. Iré a la puta cárcel... —Lo que tenía en el estómago ya no era un nudo. Se me había llenado de plomo—. ¡Me engañasteis, hostia! Me dijisteis que los asustaríamos un poco y que luego nos largaríamos. Nada más. Que yo casi no tendría que pelearme con nadie porque me estaríais protegiendo. ¡Y una polla, tío! ¡No me habéis protegido una mierda! ¡Estaban a punto de matarme y no habéis venido!

—Cálmate, bro —dijo el Gabri—. No nos esperábamos que la movida terminara así. Pensábamos que saldrían corriendo desde el minuto uno, que no se pondrían tan agresivos. Pero respira. Ha sido en defensa propia y eres menor. No irás a la cárcel. En el peor de los casos, te mandarán a un centro de esos y te soltarán en un par de años. Pero en serio, respira, chaval, que no van a pillarte. Ni su banda ni la pasma. Porque los otros dos no te han visto la cara. Y a nosotros tampoco nos la han visto. A parte de que llevabas los guantes esos. No has dejado huellas ni nada. Así que tranquilo.

—Los dos perros se han ido cagando leches a su guarida, a llorar —continuó Rocho—. No han llamado a la poli. Si no, ya habría mil patrullas dando vueltas por aquí.

—Chavales, esto es chungo de cojones —intervino el amigo del Gabri que también llevaba máscara—. No podemos largárselo a nadie. Si lo contamos, fijo que nos pillan y nos rajan el cuello.

—¿Vives por aquí, Óscar? —inquirió el Gabri. Estaba tan alterado y perdido que no le respondí—. ¿Óscar?

—Sí, vive cerca de mi piso —le contestó Rocho—. Él a un lado de la Gran Vía y yo en el otro.

—Vale, tío, pues límpiate un poco la sangre de la oreja, ponte la capucha y vuelve con Rocho a casa, como si nada —me propuso el Gabri—. La navaja y la máscara dámelas, que de eso me encargo yo. Salid de aquí cogidos de la mano, como si fuerais novios y vinierais del bar. Ah, y no tires la ropa a la basura, porque podrían encontrarla. La metes en una bolsa y la quemas en un descampado. Que no te vea nadie haciéndolo, ¿vale?

—Óscar, ¿nos escuchas? —insistió Rocho.

Asentí. Había recuperado un poco el aliento. Me rasgué la camiseta para secarme la sangre con el pedazo. Luego lo usé para seguir haciendo presión sobre el corte. Me mordí la lengua para no gemir.

El pantalón y la sudadera eran negros, así que las manchas de sangre que había apenas se veían. Me puse la capucha manteniendo la presión por debajo.

El camino de vuelta lo recuerdo como si lo hubiera hecho borracho. Me limitaba a seguir a Rocho, que me acompañó hasta la puerta de casa, repitiéndome todo el rato que hiciera como si aquello no hubiese ocurrido. Que no lo hablara con nadie, que no pensase en ello y que lo olvidara. Que había sido un accidente.

43

Una vez en casa, subí a mi habitación con pies de gato. Me desnudé y metí la ropa dentro de una bolsa, con la intención de tirarla al mar o quemarla por los caminos solitarios del Ripoll, a las afueras de Sabadell. Me encerré en el baño. No reconocía al chico que me devolvía la mirada en el espejo. Como si no hubiera logrado quitarme por completo la máscara y se me hubiese fijado un trozo para siempre. Las cejas se me contraían hacia los ojos rojísimos y asediados por la oscuridad. La sangre se había secado y se me había quedado pegada en la cara pálida. Una costra negra se agarraba a la piel bajo el ojo. Al verlo las piernas me flaquearon. Me la arranqué con las uñas sucias.

Como había llevado la máscara, la cara me había quedado poco señalada. La sangre coagulada procedía de otras heridas. Y tampoco se me había roto la nariz. Pero tenía cortes y arañazos por todas partes. La piel magullada y moratones en los brazos, los hombros y el abdomen.

Me limpié en el lavabo entre llantos silenciosos, con una presión increíble en el pecho. Sentía que el chorro del grifo me ahogaría, sí, me ahogaría tal y como quería ahogarme Pablo el día de la piscina. Terminaría el trabajo que él había dejado a medias antes de morir. Antes de que lo asesinara. Le rogué al grifo que me ahogara. Oh, sí, supliqué morir de repente a vete tú a saber quién, que en un segundo se me detuviera el corazón y no tuviese que existir ni pensar nunca más.

Pero no ocurrió. Al cerrar el grifo, seguía vivo.

Mordiendo una toalla para ahogar el grito, me desinfecté el corte. En los próximos días tendría que vigilar que no se me viera. Menos mal que estaba detrás de la oreja. Podría haber sido peor. Si mis padres o quien fuera me preguntaban por el tema, les diría que me lo había hecho mientras caminaba por el bosque de Can Deu o por el Ripoll, que había resbalado y me había rascado con una verja, un muro de piedra o una rama.

Me miré en el espejo de nuevo. El rostro, empapado, me continuaba resultando extraño. El agua me chorreaba por el pelo y la piel, e iba dejando gotas por el camino. La luz del baño se reflejaba en todas ellas. Era como el agua de la piscina que recorría el cuerpo de Pablo y lo hacía brillar como un cristal con mil caras.

¿Quién era ahora? ¿Un asesino?

¿Y si no me había cosido ninguna máscara ni me había cambiado una careta por otra, sino que finalmente me había quitado todas las que llevaba? Al fin y al cabo, ¿era realmente *eso*?

No pegué ojo. En la cama me asaltaban escalofríos y descargas de adrenalina todo el tiempo. Me venían a la memoria una y otra vez la navaja con las iniciales LM entre mis dedos y la imagen de Pablo arrodillado, agarrándose el cuello y desangrándose. ¿Qué debía de pensar mientras tanto? ¿Que se arrepentía de todo? ¿Que me odiaba? ¿O no terminaba de entender lo que ocurría y, como quien se desliza hacia el precipicio tratando de nadar hacia la cima, se imaginaba que sobreviviría, que la herida de repente se le cerraría, que el Ebro rojo era solo temporal y que pronto volvería a casa?

No paraba de pensar que la poli me atraparía. Que me llevarían a la cárcel o a un centro de menores. O peor todavía: que algún día me encontraría a los neonazis delante de casa, con sonrisas afiladas.

Lo que me remataba era que todo esto solo podría hablarlo conmigo mismo. Estaba solo.

44

A la mañana siguiente, mamá llamó a la puerta de mi habitación.

—¿Óscar? ¿Estás despierto? —me preguntó, desde el pasillo, sin abrirla.

—¡No! —rugí.

—Papá y yo pasaremos el día en Castellar. Comeremos en casa de la tita. Nos vamos dentro de una hora. ¿Vienes?

—No. —Esta vez fue más bien un ronquido.

—¿Seguro? Piensa que tu tía te da dinero cuando te ve...

—Hoy he quedado.

—Vale. Pues tú te lo pierdes.

La hermana de papá es bastante maja. Demasiado espiritual, tal vez. Se traga toda la basura del horóscopo y la homeopatía. Pero aun siendo boomer ofrece conversaciones interesantes. Y me da billetes de veinte.

Joan curraba en el súper, así que volvía a estar solo en casa. Bajé al comedor, me tumbé en el sofá y puse la tele. El canal 3/24 emitía un resumen de la sesión del Congreso de los Diputados del viernes. En la tribuna hablaba una señora de Vox. Decía que los menas —niños y jóvenes de mi edad o más pequeños— eran los culpables de todos los males. Que si tenía un hijo gay, prefería no tener nietos. Que los homosexuales no debían adoptar porque no formaban una familia natural. Que el matrimonio únicamente podía darse entre un hombre y una mujer. Que la familia tradicional era la única viable. Que las parejas del colectivo con hijos necesitaban terapia. Que las personas trans no existían. Que el día del orgullo era denigrante. Que las leyes en contra de la LGTBI-fobia tenían que desaparecer. Que el amor homosexual era solo vicio.

«¡No al lobby LGTBI!».

Acabé mirando dibujos animados.

En el diario digital de Sabadell publicaron un artículo que explicaba que habían hallado a un joven muerto en el sur de la ciudad. La policía estaba investigando el caso. La hipótesis era que se había producido una pelea entre bandas, seguramente por la droga. Algunos vecinos afirmaban haber oído gritos lejanos por la noche. Pero de momento no se había encontrado ningún testigo directo.

Leí la noticia mordiéndome las uñas. Una costumbre que jamás había tenido. Me pasé el día yendo del sofá a la cama y de la cama al baño. Si esto fuera una peli, haría avanzar los años a toda pastilla, hasta el momento en que el recuerdo de la pelea y de todo eso ya no me hiciera tanto daño. O mejor aún: resumiría el resto de mi vida en unas pocas líneas antes de que desfilaran los créditos.

Por desgracia, eso era imposible. Tenía que vivir *todos los minutos.* Y cada vez iban más lentos.

Tal y como suponía el Gabri, los dos ultras no denunciaron nada ante los Mossos. Debieron de cagarse al ver que no eran los únicos chungos de la ciudad, y no querrían que volviésemos a reventarlos. Además, como no podían dar ninguna descripción de nosotros a la poli, se arriesgaban a que los acusaran a ellos de la muerte de su amigo. «Una pelea dentro de una misma banda», dirían los polis, con ganas de cerrar el caso rápidamente y largarse a comer dónuts.

Espero que esas ratas no pisen nunca más la plaza. Y que ahora se lo piensen dos veces antes de insultar y amenazar a alguien.

Pero a pesar de que odiaba a muerte a los neonazis, no podía evitar pensar en Pablo mientras miraba la tele en el sofá. El ruido de burbujas que hacía al ahogarse. El miedo que se derramaba de sus pupilas frías.

Nunca había llegado a conocer a su madre. Me imaginé cómo debía de estar ahora. Sentada a la mesa de un comedor que, probablemente, tendría una cruz de Jesucristo torcida en la pared y el techo poblado de manchas de humedad. Encorvada, esquelética y arrugada, con las mejillas hundidas en una mueca de calavera. El cabello fino y débil, tras años pasando por tintes baratos, y claros tan grandes como las manchas de humedad. ¿Sería alcohólica? ¿Gritaría al enterarse de la muerte de su hijo? ¿O se desharía en un llanto silencioso sobre la silla, empequeñeciéndose cada vez más? Quizá no diría nada. Tan solo abriría una botella de ginebra y bebería un trago con cara inexpresiva, pensando que ya sospechaba que algo fallaba cuando veía que su hijo se afeitaba la cabeza y se tatuaba esvásticas. «Tendría que haber actuado entonces —se diría—. Ahora ya no importa». Luego se bebería el resto de la ginebra de golpe, con la esperanza de que la hiciera olvidar que había sido madre.

Cansado de los dibujos, hice zapping un rato y terminé en Telecinco. En el programa de Ana Rosa hablaban del sabadellense «brutalmente asesinado». Decían que lamentaban mucho la tragedia. Que la delincuencia estaba aumentando en esa zona de Sabadell por culpa de la inmigración ilegal y los okupas. Bla, bla, bla.

En *Espejo Público*, el show de Susanna Griso, también hablaban del tema. Habían mandado un par de reporteros a la ciudad para cotillear. Mostraron imágenes de la plaza Montserrat Roig y los edificios del barrio. De algún modo, un periodista graduado en la Universidad de los Plastas acababa de localizar el bloque donde vivía la madre del fallecido. Al ver que salía, se le acercó y la bombardeó a preguntas. ¿Cómo era tu hijo? ¿Se metía en problemas? ¿Estaba en una banda relacionada con la droga? ¿O crees que lo atacaron por sus ideas políticas? ¿Era independentista?

La mujer intentaba darle esquinazo, le suplicaba que la dejasen en paz. Era una señora de lo más normal. De hecho, me sonaba. La había visto por la calle alguna vez. O en el súper. Se parecía un poco a mi madre, aunque era más joven y más guapa. Las dos eran morenas y llevaban el mismo peinado. Eso era mil veces más terrible que la mujer-Gollum que me había fabricado a medida.

¿Que la madre del facha fuera tan parecida a la mía significaba que yo no era tan diferente a él?

Al final, la señora cedió, y entre lágrimas contó a la cámara que su hijo tenía veintidós años y que era un chico corriente, a veces algo atolondrado, pero siempre bueno.

La voz de Pablo me atronaba en la cabeza y retumbaba al chocar con el córtex cerebral.

¡Venga, enano, chuta!
¿La quieres tocar?
Menudo bujarra
¡Cállate, zorra feminista!
Eres un hijoputa, como tu hermano
El otro día aplastamos a un mariposilla como tú
Espero que al verse en el espejo se suicidara
No me gusta dejar mariposas sueltas
A la mala hierba no se la deja crecer
Se arranca y se extermina
Te abriré el culo en canal
Eso seguro que te pone cachondo

Entonces, ¿cómo cojones actuamos ante la intolerancia? ¿La toleramos o no? «No os rebajéis a su nivel», nos dicen siempre. Pero ¿qué hacemos si nos marginan y nos muelen a palos sistemáticamente por ser como somos? ¿Cómo coño actuamos si estamos desprotegidos? ¿Nos defendemos o permitimos que los golpes continúen? ¿Pensamos en no rebajarnos mientras nos zurran? ¿Conservamos la fe en una justicia que, muchas veces, no llega a tiempo o no funciona porque tiene la venda de los ojos llena de moho? ¿Nos comemos con patatas que nos maten porque queremos ser pacíficos? Pero si ser pacíficos nos cuesta la vida a nosotros y a nuestros compañeros, ¿no estamos siendo, en realidad, violentos?

Y pese a pensar en todo eso, la culpa y la angustia me carcomían como si me precipitara por un pozo infinito lleno de bocas y colmillos hambrientos.

45

Cuando mis padres regresaron de Castellar, me preguntaron por la herida y les enchufé la trola de la verja del Ripoll. Les conté que ya me lo había desinfectado y que sobreviviría porque estaba vacunado del tétanos.

Ah, por si os interesa: tras varios meses, los Mossos archivaron el caso de Pablo porque no hallaban ni pruebas ni testigos que desatascaran la investigación. Concluyeron que fue una pelea callejera que terminó mal: lo que ya sospechaban al encontrar el cadáver. *West Side Story* en Sabadell.

Pero no nos adelantemos tanto. Antes de esto, llegó Sant Jordi y en los instastories de David vi que estaba vendiendo libros en la plaza de la Universidad. No sé cuánto hacía que no hablaba con él. Aún no me había respondido al último mensaje.

Tenía que estudiar un porrón de cosas. Las recus son un zurullo enorme. Pero sabía que no pegaría ni chapa en todo el día. El depósito de energía estaba agotado. Lo siento, cada uno hace lo que puede... Salí de casa, tras decirles a mis padres que había quedado con Laura para ir a las paradas de Sabadell, y me dirigí a la estación de tren. Me moría de ganas de volver a ver a David. Estar con él me ayudaría a no torturarme recordando la pelea. Le pediría perdón. Le preguntaría si quería empezar de cero, o alguna chorrada por el estilo.

En el mirador me había dicho que me regalaría un libro por Sant Jordi. Quizá todavía pensaba hacerlo. Si dormía a su lado, las pesadillas se desvanecerían. Todas las noches soñaba que me metían en la trena y que me daban la bienvenida a navajazos. O que moría asfixiado por una lluvia de botas, ante decenas de caras con lunares bajo los ojos. Las calles de Barna rebosaban de gente. Nunca había visto esa ciudad tan llena, y mira que no destaca por ser solitaria. Tardé un siglo en llegar a la plaza. Entre los cientos de cabezas distinguí la parada de David. Él estaba allí, con sus compañeros. Aún tenía lesiones en la cara, pero se le veía contento.

Me imaginé dentro de una escena de musical. En este caso haría una excepción y me gustaría protagonizarla. La cosa iría así: me acercaría a David. Un plano contra plano mostraría la mirada intensa que intercambiaríamos y que, por sí sola, diría: «Te he echado de menos, idiota. Nunca tendríamos que habernos separado». Nos sonreiríamos y nos besaríamos. Todo el mundo bailaría break-dance de repente. En algún momento, se enfocaría a un flipado haciendo malabares con libros y rosas.

Me pasó algo parecido a la obra de teatro *La reina de la belleza de Leenane*. La prota, perdida en la esquizofrenia, se imagina que el hombre que ama la ha citado en la estación para fugarse juntos del pueblo. Y al final resulta que el pueblo ni siquiera tiene estación.

Avancé hacia la paradita. Entonces, un chico alto, con barba de tres días y riñonera que estaba por allí vendiendo libros, cogió a David por la cintura y empezó a enrollarse con él. David cerró los ojos y le hundió la mano en la nuca.

Me quedé de piedra unos segundos. Luego, con miedo de que me pillaran mirándolos, di media vuelta y regresé a plaza Cataluña.

Estaba con otro. Debía de ser un tío de la uni o, tal vez, de Tinder. En realidad, Tinder funciona así: si quieres, puedes hablar con un montón de personas al mismo tiempo. Cada día te salen más y mejores. Si te cansa uno, ve a por otro. Si uno te ignora, no hay problema. Tienes decenas disponibles. Un clavo saca otro clavo. David estaría jodido y ese chico habría sabido ayudarlo. No como yo. Seguro que me odiaba, después de la cagada del hospital. La putada es que nunca lo sabré a ciencia cierta. Podría preguntárselo por WhatsApp, pero tampoco me contestaría. Lo peor de todo es que en ningún momento me dijo que ya no quería volver a verme.

Ese tío era mayor que yo y probablemente más maduro y con más experiencia. Hablar con él no sería tan deprimente. Quizá ya lo conocía mientras se enrollaba conmigo. Quizá se lo tiraba mientras tanto, también. Quizá era su exlío. Le debía de poner mucho más que yo.

Nunca le hagáis ghosting a nadie. Quedarse con las dudas es lo peor que puede pasarte. Es mejor rayarse sabiendo la verdad que imaginando cuatro mil posibilidades. O, mirándolo bien, tal vez no... Mejor no me hagáis caso, ¿vale? ¡Qué mierda sabré yo! Ya veis qué clase de pringado soy...

Durante el camino de vuelta a Sabadell, deseé que David fuera borde y gilipollas. Así sería fácil odiarlo y olvidarlo. Pero, por desgracia, era bueno.

Bajé en Can Feu-Gracia y fui a la plaza del Trabajo para sentarme en un banco. Para *estancarme*. El sol brillaba triste y frío, pese a ser primavera. Me imaginé a Billie Joe Armstrong tocando la intro de «The forgotten» con el piano allí en medio. Si viviera en una peli, ahora vendrían Laura, Fenda, Fabre, David, mis padres y Román a abrazarme y consolarme. Me dirían que, por mucho que las cosas se pusieran feas, siempre estarían allí. Obviamente, los minutos se acumulaban y no venía nadie a sacarme del banco. La gente, desconocida, pasaba sin mirarme.

Si mi vida la ha escrito realmente un autor, le pegaré una buena hostia por hacerla tan deprimente. ¿Por qué narices los maricas y las demás personas LGTBI no podemos vivir historias románticas azucaradas y vomitivas, como las de algunas comedias musicales?

Joder, ¡qué injusto!

En la zona infantil de la plaza, los padres y los abuelos jugaban con los niños. En una época muy lejana, Joan y yo éramos así. Entonces parecía que el tiempo podía congelarse. Que no teníamos que crecer nunca y que había un guardián entre el centeno vigilando que no nos cayéramos por el precipicio.

Las parejas paseaban cogidas de la mano. Los conductores de algunos coches tocaban el claxon. Y mientras tanto, el nudo del estómago se me hacía cada vez más grande y se me enquistaba para siempre.

Dos chicos de mi edad llegaron a la pista de baloncesto. Pusieron música con un altavoz y empezaron a jugar, despreocupados y riendo.

Lo habría dado todo para convertirme en ellos. Sé qué vida tendrán. Estudiarán una carrera que no les entusiasmará, pero que tampoco les parecerá horrorosa. Sacarán notas regulares. Conseguirán un trabajo normalito. Se casarán. Se bañarán en la Costa Brava en verano. Tendrán hijos y de vez en cuando exclamarán: «¡Qué mayores están!», mientras los años se aceleran, las arrugas se les multiplican en la cara y se van encorvando. En general, seguirán igual de tranquilos que ahora.

Yo jamás viviré todo eso de la misma forma. Hay unos recuerdos que siempre vendrán a estropearme los buenos momentos. Dentro tengo tatuados la cabeza pálida afeitada, el lunar negro que agoniza, las pupilas que se ahogan y los ruidos de un moribundo.

La pelota de baloncesto rebotando en la pista sonaba intermitente, como los besos en el cuello. Como los puñetazos.

Entonces, los niños que jugaban a unos metros del banco vieron a un chico solo que doblaba las rodillas contra el pecho y bajaba la cabeza. Quizá se preguntaron por qué lloraba.

He said,
sit back down where you belong,
in the corner of my bar with your high heels on.
Sit back down on the couch where we
made love for the first time and you said to me...
Something, something about this place,
something 'bout lonely nights and my lipstick on your face.
[...]
It's been a long time since I came around,
been a long time but I'm back in town,
this time I'm not leaving without you.

«Yoü and I», Lady Gaga

Una part de tu em floreix a dins.

«La gent que estimo»,
Oques Grasses i Rita Payés

I'll show you how God
falls asleep on the job.
And how can we win,
when fools can be kings?
[...]
You and I must fight for our rights.
You and I must fight to survive.

«Knights of Cydonia», Muse

Hijos de Franco condenando por ser franco.
Crecerá la semilla de libertad que planto.

«Ni Felipe VI», Pablo Hasél

Mama,
just killed a man,
put a gun against his head, pulled my trigger,
now he's dead.
Mama, life had just begun,
but now I've gone and thrown it all away.
[...]
Mama, oooh,
I don't want to die,
I sometimes wish I'd never been born at all.

«Bohemian Rhapsody», Queen

Agradecimientos

En primer lugar, quiero dar las gracias a mi maestro, Jordi Solé, a mis editoras, Alba Gort, Gemma Vilaginés y Júlia Doy, y a mi agente, Sandra Bruna, por apostar por *Armarios y barricadas* y por mí. Habéis creído en el libro en todo momento, a veces incluso más que yo, y nunca me cansaré de agradecéroslo. He aprendido muchísimo de los cinco.

En segundo lugar, enumeraré a las personas que me han ayudado con el proyecto, desde la primavera de 2020, en que nació la idea, hasta hoy. Gracias por inspirarme, escucharme, leerme y aconsejarme. Estas páginas tienen algo de cada uno de vosotros. Sin lo que me habéis aportado, estarían incompletas.

Mis padres, Manel y Yolanda, lectores pacientes. Yaya Pepa, de la que tanto he aprendido y que tanto me ha dado. ¡Gracias, sobre todo, por enseñarme a hacer croquetas! Mi prima Vero, referente y guía que siempre me ayuda a dar nombre a lo que siento y a conocer lo que ignoro. Andreu Vilaró, uno de los primeros lectores de *Armarios y barricadas*, que me animaba a escribir y que conoció el título de la novela justo cuando se me ocurrió, en 2021 en Palafrugell. Rubén Ojeda: las conversaciones que tuvimos durante la cuarentena asentaron la base del argumento. Me colmaste de historias aquellos meses. Mireia Fernández, mi gurú, mi lectora predilecta desde los trece años: sin tu feedback, escribir sería tan solitario y tan triste que hace tiempo que habría tirado la toalla. Oriol Ortega, el bergadán más guapo y con más estilo, que habla un inglés de primera y que no solo me ha leído, sino que me ha apoyado a la hora de gestionar las rayadas ocultas tras las páginas. Jordi Ribolleda, de los primeros en apostar por el libro. Sin ti difícilmente habría visto la luz.

Núria Mas, amiga desde antes de saber escribir: gracias por leerme y estar siempre allí. Montse Arasa, que me aguantó de adolescente y que, por mucho tiempo que pase, nunca ha dejado de enseñarme cosas. Fran Pardo: gracias por el activismo, por plantar cara, por todo lo que haces por nuestra lucha. Alba Mas. Abel Ruiz. Las personas de la Obrera, que me abrieron las puertas del centro social y, por tanto, las puertas de este libro. Los filólogos literarios y las camioneras: Alba Molera, Júlia Armengol, Cargoleta, Ermengol Passola y Euli Chéliz. Toya Colors: artista y arte a la vez. Marta Valdivia. Jordi Jordana. Laura Hereter. Bruno Fernández. Laia Balaguer. Marta Domingo. Helena Dalmases. Queralt Argelaguet. María Pifarré. Clara Ribes. Helena Salas. Roger Sabater. Arnau Balaguer. Oriol Merino. Sergi Pujante. Nuria Rivero. Mar Torres. Martí Guiu. Meritxell Carcellé. Xavi Olivé. Mención especial a Snow, mi gato, que siempre me hace compañía acurrucándose delante del ordenador y llenándome el escritorio de pelos. Sin ti la soledad del novelista sería insoportable.

Me quedo corto diciéndoos que valéis más que el oro. Valéis cientos de historias, miles de páginas y millones de palabras. Valéis *literatura*.

Por último, gracias, lectores, por haber dedicado parte de vuestro tiempo a conocer a Óscar, Rocho, Román, David, Laura, Fabre, Fenda, Montse y el resto de la troupe. En *El guardián entre el centeno*, Holden Caulfield advierte: «No cuenten nunca nada a nadie. Si lo hacen, empezarán a echar de menos a todo el mundo». Nunca los he echado tanto de menos como ahora, que pongo punto final a los agradecimientos. Y sé que mañana todavía los añoraré más.